# 公共關係學
## 原理與實務

姚惠忠 著

五南圖書出版公司 印行

# 作者序

　　公共關係經常與廣告同被視為行銷的工具；公關部門也經常被置於行銷部門之下，成為組織行銷功能下的附屬工具角色。公關大師James Grunig卻一再強調：「公關應該發揮其策略性功能」。為什麼實務與理論產生這麼大的落差？筆者以為，這些現象導源於公關教育的不平衡發展，以及社會對公關定義的分歧。

　　放眼國內公關教育，我們發現：公關課程大都在傳播學院開設，商學院或管理學院幾乎沒有任何有關公共關係的專業課程。這樣的發展，導致經理人和管理幹部對公關的認識，僅止於類似廣告的工具性角色，或只是行銷的第5個P而已。甚至將公關視為只是爭取新聞報導、或和媒體打交道的一種技巧或職業。

　　事實上，公共關係是組織以溝通為手段，所進行的形象管理、關係管理和危機管理。公關所面對的公眾是多元的，除了顧客或消費者之外，還有員工、股東、社區、媒體、政府、經銷商、供應商等等。公關除了行銷的功能外，尚有管理、溝通、甚至形象修護等功能。公關所能運用的工具，除了新聞報導之外，還包括廣告、事件、議題、人際傳播

和其他工具（如演講、簡報、DM、戶外看板、網路和年度報告等）。

為了釐清公關的內涵和範圍、為了發揮公關應有的策略性角色、更為了讓經理人和管理幹部對公關有正確的認識和重視，本書從公關概念談起。概念篇的內容包括公關的正確定義，公關與新聞、廣告和行銷的差異，公關實務工作內容，公關的主體和客體，公關的過程（溝通與傳播），公共關係的基本原則，以及公關人員需要的特質和技能。

操作篇主要介紹如何做公關。操作篇從公關企劃談起，特別凸顯情報、策略、創意三個企劃要素的重要性與其間的關聯。本書除了強調一切企劃應該以客觀的資訊為依據外，也提出2PM的公關策略組合，並介紹創意在公關的應用。操作篇接下來介紹新聞宣傳、廣告、事件、網路和其他工具等公關工具的運用技巧，以供讀者參考、應用。另外，操作篇也強調公關評估的重要性和內容，希望讀者瞭解並落實評估工作，是彰顯公關功能的重要程序，進而使公關獲得應有的重視和地位。

危機篇則從危機的特性以及其啟示談起，第十七章除了介紹危機管理的工作範圍外，也著重危機前的偵測、預防與準備工作的說明。第十八章主要介紹危機處理的基本原則，並分別以兩個危機案例（正反面案例各一）分析，驗證危機處理原則的適用性。第十九章則是第二版新加的內容，主要是

危機傳播，重點介紹組織面對危機時，應該採取什麼「言說策略」加以因應，尤其強調危機情境與危機反應策略之對應。

第二版是在2006年第一版的基礎上，佐以作者三年來新的教學、研究發現，加以補充、修訂而成。希望新版的內容更能符合公關教學之需要，並給公關從業人員更切實際的協助，以期本書能夠真正成為一本既有理論、又有實務參考價值的教科書，同時也是公關從業人員值得參考的工具書。

姚惠忠

2009.8.26

# 目　錄

概念篇

操作篇

危機篇

概

念

篇

# 第 1 章
# 公共關係的定義

1972年，Al Ries和Jack Trout宣稱「定位紀元的到來」（The Positioning Era Cometh），「定位」成為行銷和廣告界的熱門觀念；三十年後，Al Ries和她的女兒Laura Ries以 "The Fall of Advertising & The Rise of PR" 一書，大聲疾呼「公關紀元的到來」（The Public Relations Era Cometh）。究竟公共關係為何物，讓這位定位大師產生如此革命性的主張？公共關係真有如此神通，能夠取代廣告成為行銷或組織形象推廣的利器嗎？本章將先從「到底什麼是公共關係」？也就是從公共關係的定義談起。

有人說，公關就是組織和媒體之間的關係管理；也有人說，公關是為組織和公眾之間搭起一座友誼的橋樑，強調「和諧」（harmony）和「關係」（relationships）；更有人說，公關強調組織與公眾建立共識、分享意義的參與式傳播（participative communication）。甚至有人將公關理解為請客、送禮、交際、應酬。大家對公關的理解和闡釋，紛歧而且莫衷一是！實際上，不管是經商、交際或是日常生活，我們經常在做公關而不自知，究竟「公共關係」是什麼？「公共關係」與「人際關係」又有何差異呢？

「公共關係是組織為獲得公眾瞭解和信譽所進行的誘導性活動」？這樣的定義純粹是從「私利」角度出發，短期內或許能夠產生一些效果，但終究因為未考慮受眾的感受或利益，很難發揮長期功效。韋氏字典則把公共關係解釋為「一種相互瞭解及相互信賴的科學與藝術」，這樣的解釋已經從「互利」角度著眼，但這樣的定義還是太籠統，無法表現公共關係的全貌和時代意義。

## 第一節 溝通是公關的主要內容

孫秀蕙（1997）指出公關的定義為：「協助個人或（營利或是非營利）組織，透過多樣且公開的溝通管道與溝通技巧，與不同的公

眾建立良好的關係」（p4）。這個定義顯示公關的三個元素：公關主體、客體（對象）和手段。事實上公關本質上屬於一種組織行為，而且不只是營利組織需要公關，非營利組織也有實施公關的必要性。發展至後來，由於某些個人經常需要與公眾打交道，因此這種組織行為慢慢擴充、延伸、適用到個人，所以實施公關的主體包括了「組織或個人」。公關的目的在於「和不同的公眾建立良好的關係」，她點出了公關對象的多元性。而公關的內容則是「透過多樣且公開的溝通管道和溝通技巧」，正由於不同類型公眾對組織有不同的意見、態度和需求，因此組織需要運用不同的溝通管道和技巧與之溝通，以期望能獲得不同公眾對組織的認同和支持，從而與之建立良好的關係。換言之，組織是運用溝通或傳播手段來與公眾建立良好關係，可以說溝通或傳播是公關的主要內容。問題是：何謂「良好的關係」？「溝通」是公關的全部嗎？公關的實質工作內容又為何呢？

居延安（2001）主編的《公共關係學》則指出：「公共關係是一個組織在運行中，為使自己與公眾相互瞭解、相互合作而進行的傳播活動和採取的行為規範」（p10）。居延安進一步闡釋了「良好的關係」，就是組織「與公眾相互瞭解、相互合作」。此一定義強調組織以傳播為手段，與孫秀蕙的溝通手段看似相異，究竟公關以溝通還是傳播為手段或過程呢？事實上，溝通與傳播從英文來理解都是「communication」，筆者認為，兩位學者的看法只是側重的面向不同而已，當我們強調公關的雙向精神時，我們習慣用「溝通」來表述；另外由於公關的對象是群體，必須借用傳播技能來傳遞有利組織之訊息，因此當我們強調公關技巧時，我們會用「傳播」來形容。所以，筆者經常用「溝通或傳播」來說明公關的手段或過程。居延安更進一步指出：除了「傳播活動」之外，公關的內容還包括了組織所「採取的行為規範」。換言之，溝通或傳播只是公關的主要內容，但不是公共關係的全部。組織或個人要做好公關，除了溝通和傳播之外，還牽涉到組織及其行為人（例如組織負責人、發言人、員工），表現於外

的各種言行。

## 最完整的定義

　　孫秀蕙和居延安對公關所下的定義，雖然言簡易賅，但仍停留在「互利」的基礎上，這兩個定義，對公共關係所從事的工作內容，似乎也無法全然包括。雖然公共關係的定義相當紛歧，但目前被公認最完整的定義，是由Harlow博士整理所提出的。他彙整了四百多個定義加以分析之後提出：「公共關係具有特殊的管理功能，它幫助組織建立並維持與群眾間的雙向溝通、瞭解、接納及合作；它參與處理組織所面臨的各種問題與糾紛；它幫助組織瞭解公眾輿論並作出反應；促進公眾瞭解組織和事實真相；它強調組織為公眾利益服務的責任；它幫助組織隨時掌握並利用變化的形勢，預測發展趨勢，使之成為組織的警報系統；它使用正當、有效的研究方法和傳播技能作為主要的工具」。為了讓讀者更瞭解Harlow的定義，茲將其定義分解如表1-1：

表1-1　最完整的公關定義

| 分類 | Harlow定義的內容 |
|---|---|
| 屬性 | 一種特殊的管理功能 |
| 目的 | 幫助組織與群眾建立並維持雙向溝通、瞭解、接納及合作 |
| 工作內容 | 1.促進公眾瞭解組織和事實真相<br>2.幫助組織瞭解公眾輿論並作出反應<br>3.參與處理組織面臨的各種問題與糾紛<br>4.幫助組織隨時掌握並利用變化的形勢，預測發展趨勢，使之成為組織的預警系統 |
| 社會責任 | 為公眾利益服務 |
| 主要工具 | 使用正當、有效的研究方法和傳播技能作為主要工具 |

## 強調為公眾利益服務

Harlow的定義，除了相當完整和全面外，特別強調公共關係為公眾利益服務的社會責任。由於交涉雙方在尋求互利的運作過程中，必然產生一些社會矛盾或社會利益，這種必然性使公共關係，由講求「互利」的原則轉移到強調「公利」的方向。因為只講究「互利」原則、漠視「公利」的作為，很容易引發社會大眾的杯葛或干擾，而無法完成公共關係所賦予，要和各種不同公眾維持正面關係的目標和使命。這與張依依（2004）所強調的「利人利己」觀念也不謀而合。公共關係的最終目的在求組織與環境的和諧……一個組織裡，只有公關人，是一腳站在自己人這邊，而另一腳卻站在別人（消費者、群眾）那邊……如果公關人員一味的站在自己一方（企業）設想，就失去了身為溝通者或傾聽者的功能，所以企業高層應特許公關人「為他人著想，為他人發聲」……公關部門的唯唯諾諾，乃至公關功能不彰，應是重要原因。

Harlow的定義，也點出了「瞭解公眾輿論和社會脈動」的重要性。掌握輿論走向和社會流行趨勢，才能夠「對症下藥」，為組織尋求最佳的切入點，從而擬定最符合公眾興趣或需要的政策和溝通方案。這是公共關係強調「雙向溝通」的重點，所謂雙向溝通，係指訊息傳遞者和接收者在互動時，有訊息的交流與回饋。它不僅能夠提高說服的效果，還有促進溝通雙方相互瞭解的功能。

## 公關協助組織建立預警系統

掌握並有效利用變化的趨勢，發展成組織的預警系統，事實上是危機訊息偵測的範圍；為組織處理各種問題與糾紛，則是危機或衝突處理的工作。換言之，危機管理也是公共關係的工作內容，如何為組織未雨綢繆、偵測可能的危機；做好危機的預防和準備；在危機發生時，將損害程度降到最低；並幫助組織做好復原、重建工作等都是公

共關係的範疇。

　　公共關係應協助組織建立哪些預警系統呢？張在山教授指出，「公共關係應協助機構預測並反應(1)重要群眾的觀念及意見，(2)市場上的新價值觀及新風尚，(3)行政及立法情勢發展的動向，(4)社會、經濟、科技，以及政治環境的改變。機構如果沒有公共關係的功能，將變得耳不聰、目不明，對於環境變遷沒有感覺」（張在山，1994：p20）。

　　公共關係想要傳達有利組織的訊息、和不同公眾建立正面的關係，要運用什麼工具呢？Harlow指出要運用正當、有效的研究方法和傳播工具。如果工具有效但不正當，不僅有違公關實事求是的原則，且不符企業倫理或道德觀念；如果工具正當但卻無效，用它又有何意義？因此公關要求正當、有效的工具和方法。這裡同時點出公關的主要工具包括各種研究方法和傳播手段，再次強調了「研究」的重要性。可以說是「沒有調查就沒有發言權」的另一詮釋。

## 第二節　公關具有管理功能

　　James Grunig & Hunt（1984）認為：「公共關係是組織與其公眾之間的溝通管理」（p6）。Grunig（2001a）在世新大學題為「公共關係在管理中的角色及其對組織與社會效益的貢獻」的演講中強調：「公關正在演變為一種管理功能，而非僅僅是一種技術性的傳播功能」（p7）。他進一步指出：「僱用個別公關人員或公關公司的組織，已經開始體認到公共關係具有重要的管理功能。他們之所以體認到公關對組織有價值，是因為公關協助組織思考如何在組織利益與其公眾利益之間求取平衡」（p8-9）。換言之，公關部門存在的目的，即在於主動與公眾建立良好的關係，以協助組織做更有效（effective）的運作，從而凸顯公共關係在管理功能上的重要性。

臧國仁（1988）建議學者在討論公關時，可由三個方向著手，如此便可掌握公關工作的重心：

1. 管理—公關是一種管理科學，也是管理單位工作的一部份，透過公共關係對內協助管理階層、對外建立組織聲譽，以達成組織目標。
2. 行銷—公關也是行銷的重要工具或手段，一種非廣告性的推銷策略，有「行銷的左右手」之稱，主要的目的與廣告同為「形象塑造」，在非營利組織亦多常利用公關為宣傳的手法。
3. 溝通—公關的本質就是溝通，溝通的基礎則建立在傳播上，主要運用傳播媒體來做溝通，扮演橋樑的角色。

黃懿慧（1999）進一步將「公共關係理論的主要學派區分為三：管理學派、語藝／批判學派，以及整合行銷傳播學派（IMC）」（p7）：

1. 管理學派—認為公共關係是組織的「溝通管理者」，業務範圍則涵蓋了所有組織及公眾間可能透過「溝通」解決的問題。管理學派秉持「雙向對等溝通」、「混合動機模式」與「策略管理」的理念，兼顧組織與公眾的利益，透過談判、協商與合作的方式解決問題。
2. 語藝學派—認為公共關係是組織的「修辭者」，因此舉凡與符號產製有關的業務，口號、標語、宣傳、公共演說等，都是公共關係人員職責所在，形象與名譽管理更是工作重點。另一方面語藝學派也主張公關人員必須扮演「軍械庫」角色，發揮「抗辯」功能，說服公眾採納組織的立場與觀點。
3. 整合行銷學派—認為公共關係應發揮「實用性」的功能，此學派主張公共關係業務主要是處理「行銷推廣」的問題，「訊息

傳遞」是公關人員的重要職責，目的是為了增加產品銷售、服務使用，以及維持或加強消費者的品牌忠誠度。

Lauzen & Dozier認為管理學派「強調公共關係『管理』乃至於『諮詢』的角色，將公共關係由技術層面，引入策略管理的領域，對於公關專業層次的提升，有其特定的貢獻」（黃懿慧，1999：p23）。Hutton（1999）將公共關係區分為六種不同的導向（orientations）或模式（models）：說服（persuasion）、倡導（advocacy）、公共資訊（public information）、善因公關（cause-related public relations）、形象管理（image management）和關係管理（relationship management）。在利益（interest）、主動權（initiative）、形象（image）三維架構的思考下，Hutton（1999）認為策略性關係的管理（managing strategic relationships）是比較具有典範（paradigm）的公關定義。Grunig（2001a）更直言優越公關應該具有策略性，他認為公關部門或主管應該躋身組織決策核心。Grunig（2001b）也指出：「策略性公關由下列三項工作組成：

1. 確認組織最需要與之發展關係的策略性公眾。
2. 規劃、執行並評估與這些公眾建立關係的溝通方案。
3. 測度並評估組織與這些公眾的長期關係」（p54）。

為什麼公關具有管理功能呢？除了從策略管理的角度思考之外，我們還可以從訊息、部門分工和資源分配等層面檢視公關的管理功能：首先從訊息的角度看，公關為了取得效果，必須掌握正確的訊息，從訊息的蒐集、分析到傳遞，屬於訊息管理的範疇。第二從組織部門的分工執掌看，公關部門必須充分瞭解各部門的工作特性，取得組織管理部門的信任和授權，才能要求其他部門充分配合公關部門的規劃，開展公關計畫。第三從公關使用的資源看，如何善用週邊資

源、讓有限資源發揮最大功效，有賴於公關部門對各種資源的妥善分配、設計和管理。所以「公關具有特殊的管理功能」。

　　張依依（2007）更將公關理論分階段編年排列，她指出1975年至1985年，是公關理論發展的第一個十年，理論重點在「說服」。1986年至1995年，是第二個十年屬於「管理」的年代。1996年至2006年，則為第三個十年，理論研究的重點在「關係」。其中最受人所矚目的應屬Grunig及其學生，有關「關係品質」的研究。Huang（2001）更指出，關係品質在公關策略與衝突化解之間，具有中介效果，藉此證實「關係品質」的重要性。至此，公關理論的研究重心，已從管理功能轉向關係品質的作用。

## 第三節　公關在經營組織的形象

　　Harlow的公關定義雖然完整，也「表達了公共關係的基本內涵」（居延安，2001：p6），但不夠簡潔、通俗。如何為公共關係下一個既全面、又符合公關實務特性的定義呢？在公關實務上，要做到以上定義的要求，首重組織形象的經營；而且公關的最終目標不僅是要改變公眾的態度或行為，更重要的是要獲得公眾的支持行動。因此，公關專家Haywood先生認為，「公共關係是經營企業形象，為企業創造最有利運作環境的一門學問，除了評估相關人士的態度之外，它還必須透過良好的政策與有效的溝通，贏得大眾的瞭解與支持」（胡祖慶譯，1996：p27）。

　　Haywood的定義，雖然只著眼於企業，卻無損其適用於其他組織或個人的普遍性。「經營組織形象，為組織創造最有利的運作環境」，總結了公關的目的和功能。組織所面對的各種公眾形成了組織的運作環境，換言之，創造最有利的運作環境，指的就是與影響組織的公眾以及被組織影響的公眾建立良好的關係；「評估相關人士的態

11

度」點出研究的必要性；溝通不是公關的全部，公關欲竟其功，還需組織本身的良好政策。所以他指出：「企業要贏得大眾的信心不能只靠嘴巴（意謂溝通），更重要的是它表現在外的行為」（胡祖慶譯，1996：p38）。公關的最終目標除了獲得公眾的理解外，更重要的是公眾的實際支持行動。整個定義簡潔有力、一氣呵成，兼具全面性，是最符合公關實作現況的公關定義。

前文提及公關使用傳播技能做為工具，公關能運用的傳播技能或工具有哪些呢？從公關實作角度觀之，一篇有利組織運作的新聞稿、一場說明組織善意的記者會、一則傳遞組織形象的廣告、一本介紹組織理念或願景的小冊、一封誠懇希望獲得公眾諒解的DM、一場關心弱勢族群的公益活動、一個針對公眾關心之議題的看法或主張（例如SARS期間，朋友見面常出現尷尬場面，那就是想握手又不太敢握。面對此尷尬現象，某保險公司老總提出「SARS期間，拱手不握手，才是好朋友」的主張。因為此主張廣為多數公眾認同與肯定，因此連帶對此老總或保險公司產生好感），都是公關可以運用的傳播技能或工具。

綜合以上論述，公關是一種組織行為，以不同類型公眾為對象。公共關係與人際關係最大的區別在於：人際關係是一種個人行為、而且其對象是個體而非群體。公共關係從目的上看，是一種關係管理；從手段上看，公關是一種溝通管理；從實作內容看，公關則是一種形象管理和危機管理。簡言之，公共關係就是組織以溝通為手段，所進行的形象管理、關係管理和危機管理。換言之，舉凡一切能夠維護組織形象、與組織的策略性公眾（影響組織的公眾以及被組織影響的公眾）建立並維繫長期良好關係的一切努力或作為，都屬於公關工作範疇。它包括組織形象的塑造與經營、對所屬成員的行為規範、與不同類型公眾的接觸與溝通、可能對組織營運發生影響的議題管理、以及組織面臨問題或危機時的處理和解決。

# 第 2 章

# 公關與新聞、廣告、行銷的比較

**有**了明確的公關定義，但仍有許多人對新聞、廣告、行銷和公關之間的重疊性感到疑惑。究竟公共關係與新聞、廣告和行銷有何不同？這一章我們將分別對公關與新聞、公關與廣告、公關與行銷，做詳細的比較和說明。

第一節 ## 公關與新聞的差異

　　有人認為，公關就是免費的廣告；而且綜合和分析大量的資訊、撰寫新聞稿、採訪、被訓練到能夠下出好的標題文案，這些都是公關和新聞從業人員一般性的工作；甚至有許多新聞界從業人員兼職公關工作，或公關從業人員出身自新聞界，這些現象導致很多人產生「公關和新聞（journalism）沒有多大差異」的錯誤想法。事實上，這兩個領域截然不同，我們可以從範圍、目標、對象和管道等四個面向（Wilcox, Ault, Agee and Cameron, 2000: p13-4）加以比較和區別。

### 一、範圍（scope）
　　新聞寫作和媒體關係雖然是公關非常重要的工作項目，但這只是公關多元化、多面向工作中的兩項，例如議題管理的諮詢、特殊事件的設計和行銷溝通的規劃和執行，都屬於公關但非新聞的範疇。此外，公關人員為了有效的完成各種任務，被要求需具備策略思考、解決問題的能力，以及其他的管理技巧，而這些能力和技巧卻非新聞人員被要求的重點。

### 二、目標（objectives）
　　新聞人員蒐集並選擇資訊的目的，是要提供新聞和訊息給公眾，傳播活動本身就是他們的目的。雖然公關人員為了提供訊息給公眾，也蒐集事實和資訊，但傳播活動只是他們的手段而非目的。換言之，

公關的目標不僅僅是傳遞訊息給公眾，更重要的是希望透過訊息的傳遞來改變受眾的態度和行為，以促進組織目標之達成。因此從傳遞訊息的角色看，新聞人員扮演客觀的觀察者（objective observers），而公關人員則是某些特定觀點（尤其是客戶或老闆的觀點）的倡導者（advocates）。

## 三、受眾（audiences）

新聞人員面對的受眾就是一般的社會大眾，尤其是他們所工作之媒體的閱聽眾。相對於此，公關人員不僅面對多元的受眾，更經常將其受眾，依據人口統計、心理特質或對某些議題之涉入程度等變項，加以區隔或細分，並針對區隔後之受眾的需求、關切或利益來設計不同的訊息重點，以期獲得最大的溝通或說服的效果。

## 四、管道（channels）

由於就業的性質，大部分的新聞人員只透過單一管道（即其工作的媒體）接觸他們的受眾。公關人員接觸其不同受眾的管道則呈現多元化的現象，他們除了透過大眾傳播媒體——報紙、雜誌、廣播和電視之外，也經常使用直接郵寄、小冊、海報、商業期刊、特殊事件和網際網路等載體或管道，傳遞若干訊息給他們的目標受眾。

### 表2-1 新聞與公關的比較

| | 新　聞 | 公　關 |
|---|---|---|
| 範圍 | 以新聞寫作為主 | 除新聞寫作之外還包括其他面向的工作，如事件規劃和議題管理的諮詢 |
| 目標 | 1.提供新聞或訊息給公眾<br>2.新聞人員扮演客觀的觀察者 | 1.提供訊息只是手段，影響受眾的態度和行為才是目的<br>2.公關人員是某些特定觀點的倡導者 |
| 受眾 | 一般的社會大眾 | 分別針對不同的區隔受眾 |
| 管道 | 透過單一管道（即其工作的媒體）接觸他們的受眾 | 整合多元化管道接觸不同的公眾 |

## 第二節　公關與廣告的差異

Al Ries and Laura Ries指出：「公關讓你透過第三者間接述說你公司的故事或介紹你的產品……公關具有可信度，廣告則沒有可信度可言」（李芳齡譯，2003：p30）。因此許多人把新聞宣傳（publicity）等同於公共關係，也有人搞不清楚新聞宣傳和廣告的區別。事實上，新聞宣傳只是公關的一部分領域（或許可稱新聞宣傳為狹義的公關），以下我們將先比較廣告和新聞宣傳的不同，再進而找出廣告和公共關係的差異。

雖然新聞宣傳和廣告都利用大眾媒體來傳播訊息，但兩者的外型和內涵（format and context）皆不相同。新聞宣傳試圖將組織、產品或事件，以新聞記事或專欄故事的型態呈現在大眾媒體之上，公關人員將這些資料提供給媒體的新聞部門，再由所謂「守門人（gatekeepers）」的媒體記者和編輯來決定是否採用，如果這些資料順利被採用，才有機會讓組織、產品或事件的訊息見諸於大眾媒體。換言之，公關人員對訊息的發布並不具有主控權。

廣告則不同，組織或個人（廣告主）通常和媒體的廣告部門交涉，並付費向媒體購買版面或時段，廣告的內容、形式、刊出的時間和地方皆由廣告主決定。換言之，廣告主只是向媒體「租借空間（renting space）」，而且廣告主對發布的訊息內容和形式擁有絕對的主控權。

由於廣告發布權掌握在廣告主手中，媒體為了生存或盈利，通常呈現出媒體有求於廣告主的關係；相反的，公關的訊息發布權由於操之於媒體，所以呈現出公關人員有求於媒體的現象。另外從傳播手段看，廣告為了在極短時間內吸引消費者的注意、引發興趣，比較傾向採用藝術誇張或自我宣揚的傳播手法；而新聞宣傳為了獲得守門人的信任與採用，往往採取比較接近新聞或讓事實說話的傳播手法，以期有利於組織的訊息能夠順利的出現於媒體之上。

| | 廣　告 | 公關的新聞宣傳 |
|---|---|---|
| 表2-2　公關的新聞宣傳和廣告的比較 | | |
| 對訊息的主控權 | 有 | 無 |
| 交涉的部門 | 媒體的廣告部門 | 媒體的採訪部門 |
| 付費與否 | 付費 | 不付費 |
| 媒體關係 | 媒體有求於廣告主 | 公關人員有求於媒體 |
| 傳播手法 | 藝術誇張或自我宣揚 | 接近新聞或讓事實說話 |

事實上，新聞宣傳只是公共關係的一部分，就公關所包含的整個面向來看，我們可以根據範圍、目標、受眾和管道等面向，進一步分析廣告和公共關係的不同（Wilcox等，2000：p15）。

## 一、範圍（scope）

一般公認，廣告是一種專業化的溝通。然而，公共關係在範疇上則比廣告更為廣泛，公關還關切、處理整個組織的政策和績效表現，例如經營階層對股東要求的回應、員工對組織的認同與支持、或是客服中心人員回答顧客來電的因應態度與方式。

## 二、目標（objectives）

公共關係經常使用廣告做為一種溝通工具，公關活動也經常扮演支援廣告的角色。廣告的主要功能是產品或服務的銷售，而公關的功能則是為組織創造一個有利的運作環境，因此公關比廣告更需要關注，並處理會影響組織運作的經濟、社會和政治等面向的因素。

## 三、受眾（audiences）

廣告主要針對產品消費者提出說服性的訊息，公共關係面對的公眾較為多元化，包括內外部不同屬性的公眾，例如股東、員工、社區領袖、媒體記者、政府官員和環境保護團體等等。

| 表2-3　廣告與公關的比較 | | |
|---|---|---|
| | 廣　告 | 公　關 |
| 範　圍 | 專業化的溝通 | 專業化的溝通之外，還涉及組織的政策和績效表現 |
| 目　標 | 產品或服務的銷售 | 為組織創造有利運作的環境建立並維護組織的良好形象 |
| 受　眾 | 產品消費者 | 多元化，包括內外部不同屬性的公眾 |
| 管　道 | 大眾傳播媒體 | 多面向管道 |

## 四、管道（channels）

　　廣告幾乎都是透過大眾傳播媒體做為訊息的通路，公共關係除了大眾媒體之外，也經常使用其他傳播工具如宣傳小冊、特殊事件、演講、新聞稿、記者會和專欄故事等管道，將有利於組織的訊息傳遞出去。

　　從以上的比較分析中，可以看出公共關係將廣告視為訊息傳播的一種工具或手段，也就是說公關包含了廣告（如圖2-1所示）。由於廣告過高成本的劣勢，再加上以新聞型態出現的訊息，遠較廣告訊息有較強的可信度或公信力，所以「正確運用公關，能夠提供廣告活動無法促成的正面認知和感受」（李芳齡譯，2003：p30）。也因此許多組

圖2-1　公關包含了廣告

織開始調整廣告和公關的投入比例，越來越多組織大量使用成本較經濟，而且較有可信度、公信力的新聞宣傳或公關活動來傳遞訊息。

　　Al Ries and Laura Ries認為：「廣告只有提醒作用……只有在一個品牌已經透過……公關建立其可信度後，才需要運用提醒的功能」，所以「必須透過公關手段，才能建立品牌」（李芳齡譯，2003：p142）。為了強調「廣告的式微」和「公關的崛起」，他們更分別從十四個面向來談廣告與公關的區別，我們特別將這些區別整理如表2-4所示：

　　從表2-4觀察，不難發現Al Ries and Laura Ries視公關等同於新聞宣傳，這是一種狹義的看法。本書雖贊同他們的若干主張（例如公關著重逐步加強、經濟實惠、需要創意、具有可信度），但對公關的定義和範圍，卻與他們父女的看法迥異（請參閱本書第一章之主張）。

| 表2-4　Al Ries對廣告與公關的區別 | |
| --- | --- |
| 廣告像北風 | 公關像太陽 |
| 廣告像爆炸式的擴散 | 公關卻（是）線性式的發展 |
| 廣告講究瞬間爆發 | 公關著重逐步加強 |
| 廣告重視視覺導向 | 公關重視文字表達 |
| 廣告觸及每個人 | 公關專注特定族群 |
| 廣告是自導自演 | 公關藉媒體引導 |
| 廣告壽命短暫 | 公關永生不息 |
| 廣告收費昂貴 | 公關經濟實惠 |
| 廣告擅長品牌延伸 | 公關擅長推新品牌 |
| 廣告利於舊產品 | 公關利於新產品 |
| 廣告逗趣俏皮 | 公關嚴肅莊重 |
| 廣告不需要創意 | 公關才需要創意 |
| 廣告缺乏可信度 | 公關具有可信度 |
| 廣告利於維護品牌 | 公關利於建立品牌 |

資料來源：李芳齡譯（2003），Al Ries & Laura Ries原著，p295-323

## 第三節 公關和行銷的差異

　　一般而言，行銷和公共關係有許多重疊的地方，例如兩者都在經營組織的公眾關係，並運用相類似的傳播工具接觸或說服公眾；行銷和公關的最終目的都在追求組織的成功和經濟上的生存和發展。儘管如此，他們之間仍有許多差異，以運作範圍而言，行銷比較關切產品的開發、實物的分配、區位的分析、零售、定價和顧客的服務；而公共關係則較關切組織與媒體、各級政府單位、社區、投資者和員工的關係。因此，行銷人員對損益平衡、供需條件、競爭態勢的分析、產品的包裝設計和所謂的排隊理論[1]（queuing theory），要有較深入的瞭解；公關人員則必須對媒體環境、政策法令要求、社區關係的維護、議題管理方案的發展和執行等工作有更進一步的熟悉。

　　James Grunig曾以如何形容「大眾（the public）」來指出行銷和公關的基本差異。他指出行銷和廣告多以「目標市場（target markets）、消費者（consumers）、顧客（customers）」等名詞來指稱他們所要影響的對象；而公關人員則以「公眾（publics）、閱聽人（audiences）、利害相關人（stakeholders）」來稱呼他們所面對的公眾。換言之，公關所面對的對象比行銷更加多元或複雜，從利益關係人角度看，包括了員工、社區、股東、政府、會員、媒體、供應商、經銷商、捐款人以及消費者等公眾。

　　公共關係與行銷最大的不同點，在於它們的任務（mission）和所適應的環境（environment）之差異。就任務而言，行銷的目的為增加銷售量、市場占有率，為組織賺錢（make money），效果以短期較為明顯。因此，Grunig指出：「行銷的主要目的在於，透過提高市場需

---

1　日常生活中，排隊的現象無所不在：買票、吃飯、結帳、等待服務時，顧客會盤算「應該排哪一個櫃檯會比較快」？「到底還要排多久」？；相對的，商家也要思考到底在何時要開幾個窗口或櫃檯才符合成本？探討這些問題的數學理論通稱為排隊理論。

求線的斜率,為組織增加利潤」(Wilcox等,2000:p16)。換言之,
行銷的目標重點在於產品和服務的銷售,以及顧客滿意度的經營,因
此比較關注市場的供需變化;而公共關係的任務則在為組織和不同利
害關係人建立、維持良好的互動關係,或為組織帶來各種公眾對組織
的善意,進而創造或維護組織的良好形象。因此公關較關注於社會輿
論和公眾態度的變化。換言之,公關不僅能為組織賺錢,更能為組織
省錢(save money),效果上比較強調長期的經營。就所適應的環境而
言,行銷主要在經濟環境(economic environment)中運作,經濟環境
主要由消費者、競爭者和供銷體系等群體所組成;公關則主要在社會
環境(social environment)中運作,社會環境由政府、社區、股東、員
工和活躍團體(activist groups)所組成。

雖然行銷和公關所使用的工具或傳播管道多所類似或重疊,
但運用的重點卻有一些差異。相對而言,公關運用新聞宣傳和事件
(event)的比例,往往比行銷要來的高;而行銷運用廣告或促銷活動
的機會,則明顯比公關要來的多。表2-5列出公關與行銷在五大面向的
比較。

至於行銷和公關涉及的範圍,行銷學者專家多認為公關只是行銷

表2-5　行銷和公關的比較

|  | 行　　銷 | 公　　關 |
|---|---|---|
| 範圍 | 產品形象<br>顧客關係管理 | 組織形象<br>多元利害關係人的關係管理<br>危機管理 |
| 目標 | 產品和服務的銷售 | 組織的良好形象 |
| 關注焦點 | 市場的供需變化 | 社會輿論和公眾態度的變化 |
| 受眾 | 消費者、顧客 | 公眾、利害關係人(包括員工、社區、股東、政府、會員、媒體、供應商、經銷商、捐款人以及消費者等公眾) |
| 管道 | 運用廣告的比例較公關高 | 運用新聞宣傳的比例較行銷高 |

的一種工具或戰術（吳怡國等譯，2002：p77-86）。但Haywood卻認為：「公共關係對市場行銷非常重要。但它並不屬於市場行銷的一部分，因為它所接觸的對象有許多和市場行銷並無關係」（胡祖慶譯，1996：p184）。Hutton（2001）則引用他人研究指出，依「行銷工作中有多大比例與溝通有關」、以及「溝通工作中有多少比例與行銷有關」這兩個標準，行銷與公關可能存在五種關係：

一、當行銷工作內容幾乎與溝通完全無關、且溝通工作內容也幾乎與行銷完全無關時，此類組織，行銷與公關分屬完全不同的領域，兩者是完全獨立的功能，例如政府機構是典型的代表。

二、當行銷工作內容有部分與溝通有關，且溝通工作內容也有部分與行銷有關時，此類組織，行銷與公關領域有部分交集，例如大型企業的行銷與公關工作雖有重疊，但公關、行銷也各有獨立之功能。

三、當行銷工作內容只有極少數與溝通有關，但溝通工作內容卻絕大部分與行銷有關時，此類組織，行銷工作內容遠大於溝通，因此行銷包含公關，例如生產多樣產品的企業即是。

四、當行銷工作內容絕大部分與溝通有關，但溝通工作內容卻只有極少數與行銷有關時，此類組織，溝通工作內容遠大於行銷，因此公關包含行銷，例如非營利型組織即是。

五、當行銷工作內容絕大部分與溝通有關，且溝通工作內容也絕大部分與行銷有關時，此類組織，溝通工作內容幾乎等於行銷，因此公關等於行銷，例如零售業或小型企業皆屬此類組織。

　　筆者從公關是組織的形象、關係與危機管理之定義看，仍主張公共關係的範疇比行銷廣。首先從形象管理看，行銷談產品形象；公關著眼於組織形象。其次從關係管理看，行銷重視顧客關係管理，也涉及經銷商或通路之關係管理；公關除此之外，仍涉及政府、媒體、社區、員工等關係管理。最後從危機管理角度看，為了避免因為議題的發展而導致不利組織的法令通過，公關人員必須對議題展開偵測、

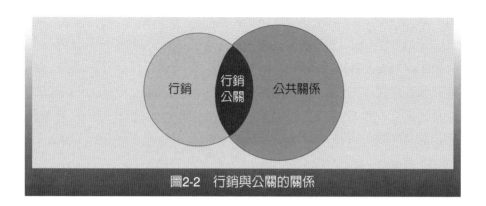

圖2-2　行銷與公關的關係

評估、參與等議題管理的工作；為避免危機對組織產生致命的威脅，而從事的危機管理工作，這些都屬於公關、而非行銷的範疇；相對而言，除了定價和銷售通路之外，我們很難找出專屬於行銷，而非公關的工作項目，因此筆者主張：公共關係所涉及的範圍較行銷稍廣一些，其間的關係如圖2-2所示。

　　雖然行銷和公關有以上的諸多差異，但行銷與公關相互支援的現象卻越來越普遍。例如，公關人員大量應用行銷觀念和研究方法，幫助組織與各種公眾建立良好的關係，也促進了公關理論和技巧的進一步完善。另一方面，行銷人員則廣泛運用新聞宣傳、事件活動、發言人制度等公關手段，來加強產品的行銷力量；以及透過公關為組織所建立的形象和信譽，來提升產品行銷的績效。正由於公關為企業與各種公眾建立良好的關係，有助於企業產品或服務的行銷，因此Kotler稱公共關係（public relations）為行銷的第五個「P」（其他4P分別為product、price、place、promotion）。當公關被用來支援組織的行銷目標時，也就是運用公關的概念和技巧，來促進產品的銷售或提升顧客的滿意度，Harris稱之為行銷公關（marketing public relations簡稱MPR）。

　　雖然行銷與公關相互支援越來越普遍，但行銷領域的研究卻有越來越朝向「關係」或「顧客以外之公眾」的趨勢，例如「行銷公關」

和「關係行銷」（relationship marketing）。Hutton（2001）就指出：「公關和行銷之間的關係，有漸被行銷學者或專家定義或掌握的趨勢」（p214）。Hutton認為造成這樣的趨勢之原因有二：其一是，行銷越來越朝向關係（relationships）和非顧客公眾（noncustomer publics）方向的研究和發展；其二則是公關學者和從業人員所製造的一些空隙（void），讓行銷學者或從業人員有機可趁。這些空隙包括（Hutton, 2001: p212-4）：

1. 不能有效教育企業人士和商學院認識真正的公共關係
2. 公關人員缺乏對行銷和企業通盤的瞭解
3. 公關未能自身定義並發展為更成熟、進步的理論
4. 公關理論人員食古不化（inflexibility）
5. 公關未能發展出其核心信念或概念
6. 公關似乎過度依賴「溝通」，或視「溝通」為公關的核心信念
7. 公共關係不斷在崩解

Hutton相當憂心公關漸被行銷邊緣化的現象，為了阻止這樣的發展趨勢，公關學者與從業人員，應該正視上述這些問題，並試圖因應這些挑戰，以期待公關能夠在「公關與行銷」的關係上有一個比較公平的定位。如此，公關的未來才會璀璨明亮、並掌握在自己的手中；否則，公關的未來極可能是不確定的，而且命運將操之在他人手上。

# 第 3 章

# 公關實務工作內容

「What is PR」應該包含理論和實務兩個層面的闡釋或說明，瞭解公共關係的定義、並清楚了公關與新聞、廣告、行銷之間的差異後，讀者可能想問：公關實務上，究竟包含哪些工作內容？也就是，組織的公關部門或公關公司究竟負責哪些工作、或提供哪些服務？以下我們將分別探討公關部門和公關公司的工作內容。

## 第一節　公關部門和公關公司在做些什麼？

張在山（1994）指出，一般機構的公關部門所職掌的工作項目包括（p77-8）：

### 一、雙向溝通

除了將公司的相關訊息傳遞給各類公眾外，還要整理、分析外界環境訊息（包括政治、法律、社會、經濟、環保等），並選擇對公司生存發展有影響的訊息，提供給公司管理階層做參考。

### 二、議題管理

「偵察社會趨勢，預測機構何種問題將可能成為公共議題。以便先機而動，密切注視其發展，採取措施加以控制。否則，聽其自然發展，一旦問題形成，將難以收拾」。事實上是一種未雨綢繆、防患於未然的工作。

### 三、教育

對管理階層，「應使他們瞭解民意的趨向，以及本機構在社會中所負的社會責任」；對組織全體人員，「應使他們知道在公共關係活動中，他們所負的任務和使命」。

## 四、訓練

　　「由於社會壓力日益增加，機構的高級主管要耗費很多時間在公共事務上」，所以公關部門「應訓練管理階層如何處理群眾事務」。如面對各種公眾發表談話、上電視接受採訪等。

## 五、精通管理學識

　　「要解決公共關係問題，多半要管理上的配合。因此公共關係工作人員應學習目標管理、資源分配、人事管理，以及傳播的成本效益分析等」學識。

　　就臺灣的現況而論，組織內部所設置的公關部門，會因為組織高層對公關功能的認知不同，而使公關部門的位階和所負責工作內容產生差異。很多企業認為公關是行銷的工具之一，因此公關部門聽命於行銷主管，未能躋入組織決策核心，負責之工作以新聞媒體和政府單位為主要對象。少數對公關有正確認識的企業，其公關部門與行銷、財務或人力資源部門平行，比較能夠將利害關係人或各類公眾的意見和需求，反映給各部門主管知道，從而使組織在做決策時，能夠納入這些公眾的意見或需求。因此其所負責的工作內容也比較廣泛，除了媒體和政府單位外，民意的蒐集、社區關係、危機管理、衝突解決、甚至內部員工和股東關係的經營，都是公關部門的工作範圍。

　　不管公關部門的位階為何，組織的公關部門編制通常不大。少則一、二人，多則五、六人，這樣的人力要處理各類利害關係人的關係維持，有其事實上的困難。一般而言，組織通常以公關部門作為對外聯繫的「窗口」，並將若干工作外包給公關公司或顧問公司執行。借重公關公司的專業，並結合內部公關部門對組織的瞭解，協力處理各項公關事務。問題是，公關公司提供哪些服務項目呢？

## 公關公司提供哪些服務？

公關公司提供哪些服務？Wilcox等人（2000）列舉了十項公關公司的服務項目（p110-12），這些服務包括：

1. 行銷傳播（marketing communications）：運用新聞稿、專欄故事、特殊事件、小冊子、和記者會等工具，從事產品及服務的促銷。

2. 主管言語訓練（executive speech training）：為客戶主管提供如何接受媒體訪問、如何發表演說等訓練；包括講稿、肢體語言和儀容服裝等注意事項。

3. 研究和評估（research and evaluation）：運用科學性的調查方法，測度公眾的態度和認知，以作為公關計畫的依據。

4. 危機傳播（crisis communication）：當緊急事件發生時，公關公司提供該說些什麼、做些什麼的輔導和諮詢服務。例如原油外洩或不安全產品的回收。

5. 媒體分析（media analysis）：為客戶分析媒體的效能、受眾接觸媒體的特性，以提供客戶選擇最適合的媒體、對目標受眾傳播特定的訊息。

6. 社區關係（community relations）：當客戶建廠或擴廠時，為客戶提供獲得政府和社區民眾支持的方法。

7. 事件管理（events management）：新聞發布會、週年慶祝活動、各種集會、酒會、座談會和全國性討論會的規劃與執行。

8. 公共事務（public affairs）：當客戶需要出席政府公聽會、或應對監管團體的要求時，公關公司為客戶準備各種文件、聲明和背景資料。

9. 企業信譽和品牌的建立（branding and corporate reputation）：提供各種規劃意見，以期建立企業品牌和產品品質的信譽。

10.財務公關（financial relations）：為客戶提供有關避免被其他廠
　　商接管的方法，並與股東、證券分析師、和投資者有效溝通的
　　諮詢服務。

　　過去客戶經常對公關公司說：「這個訊息，想辦法把它傳遞
出去」，這個階段的公共關係，只是扮演協助組織做好媒體關係的
角色；隨著時間的演進，客戶的問題慢慢變成：「我們應該說些什
麼」？這時候的公共關係，已經開始扮演組織之溝通訊息設計者的角
色；如今，聰明的客戶則會問公關公司：「我們應該做什麼」？所以
Wilcox等人（2000）特別指出：「公關公司越來越強調他們的諮詢服務
功能……近年來，公關公司的角色已經從訊息傳播的執行者，轉移到
提供各種解決方案的諮詢顧問」（p112）。為了讓讀者更清楚公關實
務的工作內容，筆者在公關公司任職十多年，僅就個人的實務經驗，
整理一般公關公司的服務項目和工作內容如後：

## 第二節　公關公司是提供各種解決方案的諮詢顧問

### 一、組織形象塑造與經營
　　為客戶廣泛蒐集、分析需求面、競爭面及大環境因素的訊息，為
客戶找出適當的定位，並利用各種形式管道（新聞報導、廣告、事件
或議題）和媒體（電視、廣播、報紙、雜誌和網路），傳遞有利於組
織的核心訊息，建立並維護客戶的形象。

### 二、媒體關係與新聞焦點設計
　　為客戶和各媒體編輯、記者建立正面、良好的關係，並為客戶
的相關訊息，設計或找尋新聞價值（包括新聞稿的撰寫和記者會的舉
辦），以期有利於客戶的訊息，能經常獲得媒體的報導。

### 三、事件行銷（活動設計與執行）

為了凸顯客戶的形象、或希望與特定族群建立良好關係，公關公司為客戶規劃各種能吸引媒體、目標公眾注意的活動，包括論壇、展覽、演唱會、週年慶活動、公益活動、促銷活動，以及目標公眾喜愛的各種知識性、健身性或娛樂性等活動。

### 四、議題管理

面對外在環境的急速變化，界定出對客戶可能造成影響的政治和社會議題，並且迅速動員資源、形成策略，以因應議題，甚至主導議題的發展。以期在消極面，防止與客戶經營目標相衝突的公共政策或法規產生；積極面，則推動有利於組織發展的公共政策或法規（吳宜蓁，1998）。

### 五、危機管理

除了危機傳播之外，公關公司也提供包括危機訊息偵測、危機預防、危機準備（應變計畫的研擬、發言人的媒體訓練與危機的模擬演練）、危機處理和復原、重建等內容的危機管理諮詢服務。

### 六、教育訓練

為了提升組織的效率、業績、激勵員工士氣、或樹立組織的專業形象，客戶經常有針對特定對象（如經銷商、員工、股東、管理幹部）的培訓需求。公關公司提供課程規劃、活動設計、講師安排、訓練績效評估、教材編製、場地布置、食宿安排等服務。

### 七、贊助資源之規劃或媒合

許多非營利事業組織（NPO）經費有限，這些組織為了推展理念，必須對外尋找贊助資源。公關公司透過公益活動的規劃設計，有機結合政府推動政策、或企業建立形象的需求，為NPO組織尋找贊助

資源，並負責整個公益方案的執行。

## 八、行銷公關

　　雖然公關主要以組織形象為努力核心，但越來越多公關公司也將這些概念運用到產品或服務的銷售上。以整合行銷傳播的技巧，提升產品或服務的附加價值，以達到提高銷售或顧客滿意度的目標。在這過程中，公關人員應該比廣告或行銷人員，更注意產品或服務與企業或品牌形象的連結。

## 九、城市行銷

　　同樣的概念也被廣泛運用到城市的形象建立，各城市主管單位運用公關理念舉辦各種活動，運用各種媒體在宣傳活動同時，將城市美景或現代化建設景象等訊息，傳遞給各目標受眾，以期吸引遊客、投資商，並在目標公眾心目中塑造一個良好的城市形象。

## 十、政府公關與法案遊說

　　為了與政府或立法單位建立良好互動關係，以期為組織創造一個最有利的運作環境，公關公司運用各種媒體或活動，例如表達對政府既定政策的支持、對某項正在討論中的法案提出更具建設性的意見等，為客戶與政府、立法單位搭起溝通的橋樑。

## 十一、人物行銷

　　演藝人員、運動明星、大企業家、候選人都有爭取公眾支持的需求，如何塑造個人形象？如何營造個人知名度？如何成為鎂光燈追逐的對象？如何爭取公眾的喜愛或支持？這些都是公關公司的服務內容。

## 十二、内部公關（員工或股東）

　　舉凡員工傳播、培訓、激發員工士氣提高生產力等工作，組織也可以外包方式，由公關公司企劃執行。另外由於上市公司越來越多，面對眾多股東的聯繫、關係的維持，以期股東支持營運團隊、公司政策、或不隨意出售手中持股，在在都需要公關公司的服務。

## 十三、社區公關

　　敦親睦鄰的工作需要持續而且有計畫的進行，為了與社區公眾維持互助共榮的關係，組織的社區公關工作也愈形重要。尤其是可能產生環境污染的組織，應可預期社區民眾對污染的厭惡與抗爭，更需要及早未雨綢繆，以免事發之後難以收拾，這些情況為公關公司提供了極佳的商機切入點。

## 十四、金融公關

　　財務槓桿對企業的發展有相當的影響作用，為了穩定公司的財務狀況，並爭取更多資金擴大經營規模，針對證券分析師、銀行、投資公司等特定對象的關係建立和維持，正逐漸受到上市公司的重視。也越來越多公關公司瞄準這塊市場，扮演專業金融公關的角色。

## 十五、各種傳播工具的設計與製作

　　除了諮詢和企劃等工作外，公關公司也承接一些傳播工具的製作任務。例如傳單、廣告、宣傳小冊、產品目錄、公司簡介、錄影帶簡介、通訊之編輯發行、招貼海報、店頭POP、企劃提案（power-point）、會場布置、直郵信件（DM）、演講稿撰寫、會議資料準備等。

　　綜觀以上項目，讀者可能會驚嘆：公關公司的工作內容怎麼會如此龐雜？公關公司的實際面貌就是這樣，但並不是每一個公關公司都承接這麼複雜的工作。相反的，由於各公司的專長和資源不同，為了

在某一個領域做出成績，公關公司正走向專業化的發展趨勢。有人專攻特定產業做公關，例如醫藥、食品、高科技、房地產、服務業、政治遊說、選舉文宣；有人瞄準相同屬性的公眾對象，例如媒體公關、內部公關、政府公關、金融公關、社區公關等；也有人將主力放在各種宣傳工具的製作上；更有人專門從事公益活動的贊助媒合公關。由於這樣的發展有助於公關公司對某一領域專業知識的累積，從而提升對客戶的服務品質。因此，我們樂見這樣的發展趨勢。

# 第 4 章
# 公關主體和客體

「在社會生活中，一種關係的形成必須具有關係的主體、客體以及使主客體產生聯繫的媒體，這三者是構成任何一種關係所不可缺少的最基本要素」（林先亮，2002：p8）。公共關係亦然，公關既然是要透過不同的溝通管道和溝通技巧，和不同類型的公眾建立起正面的關係。構成這種正面關係的基本要素包括了：主導公共關係的主體：組織或個人；公共關係的對象，也就是公關的客體：不同類型的公眾；以及公共關係的媒體和過程：溝通管道和溝通技巧，也就是訊息的傳播活動。本章將先介紹公關主體和客體，公關的過程將在下一章做詳細說明。

## 第一節　公關主體：主導公關的組織或個人

　　小從個人，大到國家都需要公共關係。例如：一個影星要和媒體、影迷建立正面的關係；一個企業要和所在的社區、上下游廠商、顧客維持良善的關係；一個學校要和教職員、學生、學生家長保持密切聯繫的關係；一個非營利性的社團，要和贊助者、志工、社會大眾建立正面的支持關係；一個政府單位要獲得民眾的支持、媒體的好感、公務人員的積極配合；一個國家要獲得全國民眾的擁護、鄰國友邦的支持合作、國際社會的認可。所以公關的主體包括了各式各樣的組織或個人，這些組織或個人可能是一個歌星、老闆、官員、企業、學校、社團、社區、媒體、政府單位甚至一個國家。

　　這些從事公共關係的組織或個人，根據Haywood的定義，他們在經營個人或組織的形象，以期為他們創造出最有利的運作環境。問題是，何謂組織形象？又何謂運作環境？所謂組織形象，是公眾對某一組織的整體觀感、印象和評價，顯示在公眾面前的包括組織的行為特徵和精神面貌。構成組織形象的要素包括「內在的組織狀況與行為，以及外在的組織識別系統」（林先亮譯，2002：p46）。

有人說：「精彩的組織形象很重要，就好比一個姑娘，如果她擁有一張姣好的面孔，她得到的關注和機會勢必比別人多」；還有人說：「組織形象的時代感很重要，設想一下，如果你穿著四十年前的服裝，走在二十一世紀的街道上，別人會怎樣看待你」？問題是，美麗的外表和時髦的服飾就能保證無往不利嗎？外在的形象包裝就代表一切了嗎？

## 從受眾觀點塑造組織形象

　　當然不是！個人或組織的形象是一個整體概念。如果沒有實質的內涵，再亮麗的外表只能帶給個人或組織短暫的成功。所謂建立形象不只是要讓大家看見你；更重要的是，要讓大家看見「你希望被看見的你」。個人或組織的形象應該築基在實力和信譽之上，並表現在日常生活的一言一行。

　　由於公眾對組織所形成的印象或評價，「深受公眾價值觀念、思維方式、道德標準、審美意向及性格等主觀因素的影響」（林先亮，2002：p45），因此形象的塑造不能單憑組織的主觀意願或看法，必須對公眾的態度、偏好有一定程度的瞭解，也就是要針對受眾的需求來設計組織的形象。

　　良好的形象是組織最重要的無形資產，他關係到組織的生存和發展。公共關係的目標就是：

1. 當組織的形象發生惡性變化時，盡可能地促使它朝向反的方向轉化，至少要阻止他繼續惡化的勢頭；
2. 當組織的形象發生良性變化時，保持它的發展趨勢，並進一步把它引向深入；
3. 在社會組織的形象比較模糊時，盡可能建立起一個清晰的良好形象（居延安，2001：p80）。

## 形象從定位做起

　　塑造形象之前應先認清組織目前所在的「位置」，再根據各類資訊尋找「理想的位置」。然後運用溝通或傳播手段，將目標受眾對組織的印象，從目前的位置轉移到理想的位置，就是所謂的「形象定位」。以企業針對消費者為例，形象定位需要的資訊包括：大環境的發展趨勢、市場的消費潛力；主要消費者的特徵、需求、購買決策因素；競爭者的形象定位、產品質量、銷售通路、價格、行銷及廣告策略；再加上組織本身的自我檢視。這些資訊的簡單羅列，基本上不具有太大的意義，必須經過深刻的理解和分析，這些資訊才會變成有用的情報。

　　根據分析後的情報，我們可以找出組織面臨的問題和挑戰，也可以找出組織的優勢和機會。綜合這些分析，再配合目標受眾所關心的利益或需求，我們就可依此原則和方向，找到最適合組織發展的定位。在公關或廣告業界，通常用一個簡單的訴求來總結這個定位，並設計相關的圖案或符號來代表組織的外在形象（即所謂的視覺識別，VI）；這個定位不僅將組織的經營理念（即所謂的理念識別，MI）融合其中；更要求組織的所有成員必須依此定位身體力行（即所謂的行為識別，BI），以期組織的形象能夠經得起時間和環境的考驗。以上VI、MI、BI合稱企業的識別系統（CIS）。

## 組織的言行會影響形象

　　組織的運作環境，是由可能影響組織決策、以及受組織決策影響的各類公眾所組成。居延安（2001）就指出：「組織與環境的相互作用過程，就是組織的運行過程，而組織的工作目標也只有在這種運行過程中才能實現」（p77-8）。換言之，組織在追求目標過程中，如何用行動和溝通方案為組織建立並維護其形象，從而與構成組織環境的各類公眾建立良好關係，就是為組織創造最有利的運作環境。因此，

想要為組織創造最有利的運作環境，除了與受眾溝通之外，還需要組織本身的言行配合，才能贏取公眾對組織的信賴與支持。以某一組織之員工在外的行為舉止為例，穿著代表公司符號的工作服，員工在公眾場合高聲喧嘩、甚至大打出手，就算這家公司有很好的溝通技巧和溝通方案，這些員工的言行表現，已經嚴重影響了其他公眾對公司的看法和觀感。

公共關係是組織或個人，為維繫或改善與各類公眾關係而採取的積極性活動，作為公關主體的組織或個人，在公關活動中扮演主導性的角色。因此，影星除了出色的演技外，與影迷接觸時，不時表現出平易近人的親和力，並且經常參與公益活動，避免緋聞或生活上的不檢點，就是要為自己創造一個最有利的個人形象；企業除了提供優良品質的產品或服務外，注意第一線人員和顧客的接觸態度，妥善處理顧客抱怨與申訴，並經常舉辦或贊助藝文體育活動，為的也是為企業創造一個最有利的營利環境；媒體除了報導詳實的新聞外，針對不同讀者或觀眾的喜好，開闢專欄或設計節目，並經常舉辦閱聽眾的聚會，為的也是創造一個最有利的媒體運作環境；政府單位除了例行公事外，推行便民服務、微笑運動、打腐創廉，並且為政策投入適度的宣傳，也是要創造一個優質愛民的有為政府形象。總之，公關的主體為了獲得公眾的瞭解與支持，它會重視它在公眾心目中的印象和評價，塑造一個受公眾歡迎、喜愛的形象，為組織創造一個最有利的運作環境。

## 第二節　形象定位的考慮因素

組織希望在公眾心目中的位置，也就是「理想的位置」究竟應該如何決定？可以從哪些角度切入或考慮哪些因素呢？以下是形象定位的四種考慮因素：

## 一、考慮組織的優勢

　　Trout和Rivkin指出：「定位就是尋找明顯特徵的過程」。如果組織具有明顯的特徵或優勢，此一特徵或優勢又足以凸顯組織對公眾的價值、或符合公眾之期望，此一特徵或優勢就能做為組織的形象定位。以Volvo汽車為例，其與其他汽車最明顯的差異，就是鋼板厚，從而給人「安全」的感覺，於是「安全」可以作為Volvo的形象定位。大陸的國窖酒，標榜「1573」，意指其釀酒窖池始建於明代萬曆年間（西元1573年），是中國白酒行業中擁有四百多年歷史的國家級重點文物保護單位，窖池中生香微生物受長期馴化，能使窖藏酒濃香醇厚。由於酒越陳越香的觀念深植人心，於是「1573」成為國窖酒最引以為傲的形象定位。

## 二、考慮公眾的需求

　　由於形象是公眾對組織的認知和評價，形象定位不能只從組織角度思考，還必須考慮公眾的思維或需求，以期望形象定位能被公眾所接受。以Nike為例，由於球鞋的主要消費者為年輕人或喜愛運動的人士，這些人士嚮往積極、冒險、犯難之精神，「Just do it」正好擄獲年輕人或喜愛運動人士的嚮往，因此成為世界最大運動鞋品牌。各家手機功能、配備其實相差不大，純粹從產品面作訴求，很難突出。於是Nokia以「科技始於人性」為訴求，這種以消費者為本的形象定位，深深獲得許多消費者的青睞，Nokia因此成為屬一屬二的手機領導廠商。大陸招商銀行，有鑒於消費者對公營銀行服務態度普遍不佳的反感，從提供親切方便的服務切入，例如「一卡通」的首發，讓客戶的各種存款都整合到一張卡之中，免去多本存摺之麻煩，這種以客戶需求為最高考量的形象定位－「因您而變」，使招商銀行的業績與口碑越來越好。

## 三、創造新需求

　　如果組織沒有明顯優勢，公眾普遍的需求又已經被領導廠商占去之時，組織如何做形象定位呢？可以嘗試從創造新觀念著手。以台新銀行為例，在美商花旗與中國信託兩大信用卡發卡銀行夾擊下，台新銀行信用卡業務幾無空間。台新銀行從對手廣告中察覺，兩大發卡銀行的廣告模特兒，盡是西裝筆挺的成功男性，台新銀行深思：難道女性不用信用卡？於是台新銀行以女人為對象，提出「女人專用信用卡」觀念，以「認真的女人最美麗」為號召，成功創造出「新」的「女人信用卡」市場。美國Aim牙膏以兒童專用配方、Nyquil以夜間專用感冒藥作為形象定位，同樣都成功的在消費者腦海中創造了新觀念，從而創造了新的需求和市場。

## 四、從公益方向切入

　　組織也可以從公益方向思考形象定位。例如美國石油公司Chevron以「對環境負有社會責任」為其形象定位，您對這樣的表述有何看法？您覺得Chevron這家公司怎麼樣？如果您對這家石油公司有不錯的感覺或正面的態度，表示這家公司的形象定位相當容易獲得公眾的認同與支持，這就是從「公益」入手的形象定位。當您考慮從公益方向切入理想的位置，有三個問題值得留意：(1)不要跟風：當有很多組織競相投入相同或類似的公益活動時，宣傳效益將大打折扣，例如奧運熱。試問您還記得哪些廠商曾經贊助奧運會？就算您記得住幾家奧運贊助商，您會因此而非買他們所生產的產品嗎？(2)不要朝三暮四：形象是需要積累的，當您一個月或一季換一種公益活動時，公眾記得住嗎？為了讓公眾留下深刻印象，組織應選擇較有意義或適合本身的公益方向，然後從一而終。為了避免過於單調或每年重覆相同的戲碼，組織可考慮在此一方向或主軸下，每年調整花樣或細節，以期望累積公眾印象並持續公眾之關切熱度。(3)選擇什麼樣的公益方向呢？以「與組織經營性質相關」、或「與組織名稱相近」的公益方向最為理

想。以光明牛奶為例，從事「與眼睛相關」的公益活動，最容易引起公眾的聯想，是其他企業較難以與其相爭的項目。又如SONY公司，以「Some One Needs You」為主題的公益活動，就頗具「量身訂做」與「企業聯想性」的特色。

## 第三節　公關的客體：不同類型的公眾

　　從Public Relations的字義上，很難看出「公共關係」的真正涵義。所以有學者反對將Public Relations直譯成「公共關係」。也有學者反對用Public Relations這兩個英文字代表公共關係，而主張應該改為Relations With Publics，也就是「與公眾的關係」（張在山，1994：p9）。公共關係既然是「與公眾的關係」？我們對公共關係的客體－公眾，就有研究和瞭解的必要。

　　何謂「公眾」？Price曾於1992年的文獻指出，公眾（public）這個名詞源自於拉丁文「poplicus」或「populus」，意指「人民或百姓」（the people）。Vasquez & Taylor（2001）分別從四種觀點或見解（perspectives）整理公眾概念（p140-7）：

1. 大眾觀點（the mass perspective）視公眾為具有持久、不變特徵的全體居民（a single population of aggregate individuals with enduring characteristics）。

2. 情境觀點（the situational perspective）視公眾為因反應某問題情境而產生之個體的集合（a single collection of individuals that emerges in response to some problematic situation）。

3. 議程建構觀點（the agenda-building perspective），公眾被視為涉入政治的一種持續狀態（an enduring state of political involvement）。所謂議程建構係指：不同的團體需求，被轉化

為爭取政府部門認真注意或對待之項目的一種過程。

4. 同述觀點（the homo narrans perspective）以溝通作為理論建立和研究的架構，視公眾為經由溝通互動以對其所關心之議題，發展出團體意識的語藝或批判社群（rhetorical community that emerges over time through communication interaction such that a group consciousness is developed around an issue of concern）。

吳宜蓁（1998）指出，「公眾（publics）是指對某項社會議題持類似意見，或是對企業表現負有監督責任的一群利益（害）關係人」（p97）。所謂「利害關係人」（stakeholders），係指組織的決策或作為可能影響到的公眾、或者是這些公眾的意見或行為可能對組織的決策會產生影響。居延安（2001）則認為，公眾是「因面臨某個共同問題而形成並與組織的運行發生一定關係的群體」（p85）。

以一個企業作為公關主體而言，員工受僱於企業，他們的表現或生產力，與企業追求利潤的運作息息相關，消費者購買企業生產的產品或服務，他們的滿意度或對產品質量有疑問，對企業的生存或發展關係重大；媒體是新聞報導的守門人，對企業的褒貶更在在影響企業的榮枯；社區民眾對落戶該社區的企業，如果不懷好感，發動群眾抗議或阻撓生產活動，勢必對企業的形象有所損害；政府制定的各種政策或法規，可能增加企業的成本，進而對企業的獲利產生影響。這些都是因某種共同問題而形成，並與組織的運行發生一定關係的例子。所以他們都是企業所面對的不同「公眾」。

「公眾絕對不是單一的觀念，公眾可能包含任何公關工作所設定的目標對象，而且角色之間會互相重疊，例如員工、媒體記者、一般消費者、會員、投資人、社區民眾、政府機關等」（孫秀蕙，1997：p4）。公眾應該如何分類？本書擬從「情境理論」和「與公關主體的關係或面臨的問題」兩個不同角度加以分類。

## 第四節　依「情境理論」分類的公衆類型

　　二十世紀，自發性的群衆運動、罷工、示威和暴亂，都具有人類社會和心理行為的特點，因此「情境」觀點的學者們，視公衆為社會心理過程的一個部份，Grunig據此觀點，依公衆對問題的認知程度、公衆所認知的阻力程度、以及公衆對問題的涉入程度，將公衆分成四類：非公衆、潛在公衆、知覺公衆和行動公衆。第一類「非公衆」不是組織關切或應該經營的對象，可以不予討論。所謂「潛在公衆」（latent public）係指組織運行中因面臨某些共同問題，但尚未認知到該問題存在的公衆。例如購買某品牌商品的消費者，該商品某批號因為質檢不良存在缺點，但消費者尚未察覺，這些消費者就是這個企業的潛在公衆。這些公衆雖然尚未認知到問題的存在，但當問題一旦曝光，就會因面臨商品的缺陷，而成為與該企業運行發生一定關係的社會群體。等到消費者認知到缺陷問題時，這些公衆便成為了知覺公衆。

　　因此，所謂「知覺公衆」（aware public）是指已經認知到問題的重要性，但仍僅於認知層次，對問題還沒有進一步反應的公衆。援上例，此時消費者雖然已經知道產品質量有問題，但僅止於認知、私下抱怨或自認倒楣，而未採取任何退貨、申訴或抗議等行動，這些消費者就是這個企業的知覺公衆。當組織面臨這類公衆時，公共關係顯得特別重要，如果組織能夠採取適當措施，讓這些知覺公衆的不滿或怒氣消弭於無形，就能避免這些公衆成為對組織不利的行動公衆。反之，若組織對這些問題不聞不問、視若無睹，這些尚未採取抗議行動的知覺公衆，就很可能轉化為對該企業相當不滿的行動公衆，進而將事態擴大而危及該企業的生存和發展。

　　最後談到「行動公衆」（active public），發展到這個階段的公衆，不但認知到問題的存在，而且會主動蒐集相關訊息，甚至加入

相關組織，採取實際行動來解決問題。再援上例，如果該企業沒能及時解決產品缺陷問題，對消費者也沒有相關補救措施時，消費者可能會訴諸傳播媒體，對該企業和產品實施反面宣傳或拒買運動，消費者也可能向政府主管部門提出申訴，導致該企業接受政府主管部門的懲罰，消費者更可能向司法部門提出控告，讓該企業接受法律的制裁。不管行動公眾採取哪些手段，都足以讓該企業蒙受有形（金錢或利潤）和無形（商譽或形象）的巨大損失。因此當組織面對行動公眾時，除了要盡快展開補救措施外，更要展現解決問題的誠意和努力，才能將不利的局面穩住、甚至反正。否則「星星之火，可以燎原」這句千古名言，就會在組織的身上應驗。

以社會心理概念區隔公眾的研究，以J. Gruning的研究最具系統性。他發展出所謂「公眾的情境理論」（STP: situational theory of publics），他認為傳統的市場區隔（segmentation）概念，不足以解釋公眾的行動角色，必須從公眾的心理層面和對問題的認知程度，來分析公眾參與議題或事件的特性。因此他以公眾對問題的認知以及涉入問題程度為自變數，以資訊尋覓和資訊處理作為應變數，來確認和區隔公眾。Gruning將公眾分為四類（Vasquez & Taylor, 2001）：

1. 全議題公眾（an all issue public）：這類公眾對所有議題都相當積極或主動參與（active）。

2. 冷漠公眾（an apathetic public）：這類公眾對所有議題都顯得不注意或漠不關心（inattentive）。

3. 單一議題公眾（a single-issue public）：這類公眾只對一部分人關切的一個或少數議題顯得積極，例如鯨魚的保護或救援議題。

4. 熱門議題公眾（a hot-issue public）：這類型公眾對牽涉到每一個人（nearly everyone）的議題都顯得積極，例如酒駕和有毒廢棄物等議題。

## 第五節 就「與組織之關係」劃分的公衆類型

與組織的運行發生不同的關係，就會衍生不同的問題，因為面臨不同問題，也就形成了不同類型的公眾。以下是就「與組織之關係」來劃分公眾的分類：

### 一、組織內部公衆

包括組織的員工和股東。組織如果懂得擅用員工的力量，員工能對組織的公共關係或組織形象作出重大貢獻。Haywood就指出「員工就像水，水能載舟，也能覆舟……不管企業能夠抓住多少雙眼睛與耳朵的注意，都比不上抓住企業本身的員工。如果企業不去試圖說服自己的員工，或是企業本身的說法不能得到員工的接受，那麼要外界相信企業的各種說詞是不可能的」（胡祖慶譯，1996：pl88-9）。試想，如果連組織內的員工對自己的產品都嗤之以鼻的話，如何讓消費者對這個組織和其所生產的產品有信心呢？因此，加強內部溝通，讓員工採取對組織有利的態度，進而成為組織的義務宣傳員，是公共關係相當重要的一環。

在一般情況下，組織尤其是上市公司，除非投資大眾對董事會改選有決定性的影響，否則組織對投資大眾的重視普遍不夠。事實上，投資大眾透過股票市場，可以隨時撤出他們的資金，對組織影響重大，尤其當組織的財務面臨困難的時候，更需要投資大眾即股東的全力支持。因此，如何在平時做好和股東的溝通，以期建立投資大眾對組織的忠誠度，成為組織內部公關，尤其是上市公司不可或缺的一環。Haywood認為，要獲得股東的支持，牽涉到和四個主要團體之間的溝通，這四個團體分別為：

1. 大型投資法人機構

2. 代客操作或提供顧問服務的專業經理人

3. 散戶投資人或股東

4. 報導金融事務的媒體和商業研究報告

以員工或股東作為對象的公共關係，我們稱之為「內部公關」。

## 二、與組織生產或銷售環節相關的公眾

包括上游的材料供應商和下游的經銷商或零售商。這些公眾和組織的運作環境息息相關，材料供應的品質直接影響到產品的質量、經銷或零售環節的服務態度，更直接關係到消費者的滿意度。換言之，這些公眾也可以解釋為「廣義的內部公眾」，因為他們的表現影響一般公眾對組織的認知，所以組織應該注意和這類公眾的密切溝通、配合。試想，當材料供應出現瑕疵，導致組織生產的產品有所缺陷，組織能夠把所有責任推給供應商而置身事外嗎？當零售商服務態度不佳，導致顧客抱怨申訴時，組織能說這是零售商的事而不聞不問嗎？當然不能，為了在一般公眾心目中建立良好形象，或為組織創造一個最有利的運作環境，組織應該做好跟這類公眾的公共關係。

## 三、顧客或客戶公眾

對營利機構而言，這類公眾就是消費大眾；對非營利機構而言，這類公眾泛指組織想要影響的目標受眾，例如慈善機構可能希望喚起社會大眾對慈善事業的關懷或投入；政府單位可能希望民眾配合政府政策、或對政府的施政給予支持。廣義而言，這類公眾包括已經消費、正在消費的顧客和未來可能消費的潛在消費者，組織可以依據公關活動的不同重點，鎖定不同消費階段的目標對象。例如建立顧客消費檔案，並定期和顧客保持密切的聯繫和互動，這是對消費過組織產品的顧客，進行忠誠度的培養。新產品的告知或促銷，則是開展潛在顧客所做的努力。在細分市場的潮流下，公關更能針對不同的消費群

體，針對其需求或愛好，為這些公眾量身訂做不同的溝通訊息或公關活動，以期產生更好的迴響或效果。所以Al Ries大聲疾呼「必須透過公關手段，才能建立品牌」。以顧客或客戶作為訴求對象的公共關係，我們稱之為「行銷公關」。

## 四、對組織表現負有監督責任的公眾

包括政府、媒體和同業公會等社團組織。組織運行的過程中，依據法令必須接受政府單位的輔導和監督，因此多多少少都必須要和政府部門打交道。例如，組織的設立必須經過政府有關部門的審核、組織的生產或銷售環境必須符合衛生和安全的規定、組織的營利必須繳納稅款、組織雇用勞工必須符合有關部門的勞動雇用法規、組織的產品或服務質量必須接受政府相關部門的監督等等。為了創造最有利的運作環境，組織必須和各種政府部門或單位維持良好的互動關係，以期在積極面上獲得政府單位的支持和協助、在消極面上減少政府單位依法執行公務的干擾。以政府部門或單位為對象的公共關係，我們稱之為「對政府的公關」，而有別於以政府為公關主體的「政府公關」。

媒體是公關訊息傳遞的「守門人」，包括報紙、雜誌、電視、電臺、互聯網等大眾傳播媒體。由於公關主要在爭取新聞媒體的正面報導，不像廣告只要有預算即可控制廣告內容，所以公關面對的是「不可控的媒體」。為了爭取公關訊息能夠出現在各類媒體，為組織建立良好的組織形象，並期望當組織發生危機事件時，媒體能夠忠實的報導組織處理的誠意和努力，組織對這些媒體的編輯和記者，應該要維持良好的聯繫管道。這種關係的建立和經營，必須著重平時、長期的努力，切忌「臨時抱佛腳」的僥倖心態，更忌諱提供不實訊息或對媒體採取不合作態度。因為一旦被發現組織所提供的訊息不實在，媒體將不再採用組織發布的任何消息；如果對媒體採取不接觸或不合作的態度，媒體感受到敵意，只會加深媒體對組織的惡感或猜忌。由於大

部分公關訊息都必須透過媒體發布或傳遞，因此以媒體為對象的「媒體公關」，對組織而言顯得格外重要。

許多相同行業或技術的企業或個人，基於行業規則的統一、行業訊息的交流、同業之間的互助合作，經常有同業公會、協會或聯合會的組織成立。例如電子同業公會、紡織同業公會、律師協會、民間藝術家協會等。這些公會或協會，多半具有監督成員遵守行業或職業道德的公約或功能，組織或個人為了獲得同行的支持或協助、在業界建立口碑或肯定，應該經常主動參與公會或協會舉辦的活動，並與公會或協會保持密切的聯繫和互動。

## 五、社區公眾

組織所在地的社區民眾，與組織的生存發展息息相關，可以說是榮辱與共的關係。組織的繁榮發展，為地區帶來就業、利稅和名聲：地區民眾的肯定和支持，不僅會替組織提供更好發展的基礎，社區公眾的口耳相傳，也為組織建立一個良好的社會形象。反之，如果組織聲名狼藉，住在同一地區或社區的民眾與有辱焉，對組織的運行甚至採取敵視或抗爭的手段，從而影響組織的正常運作。因此，和社區內的民眾、家庭和機構維持良好的共生關係，無異於為組織創造一個有利的運作環境。如何把社區看成組織的「家」，用經營「家」的心情和態度，敦親睦鄰或和「家人」培養情感、作出貢獻，成為「社區公關」的主要課題。

## 六、贊助者公眾

非營利組織為了傳播理念，經常需要人力、物力和財力的奧援，奧援的來源可能是政府單位、企業、媒體或是一般社會大眾（例如徵求義工）。這些贊助者可能為了本身的形象，也可能為了某種理念的推廣，願意用經費、實物或時間贊助與他們理念契合的非營利組織。當非營利組織作為公關主體，為了推動某項理念或從事某種公益、慈

善活動時，必須借助社會力量或資源，而將可能的贊助者列為公關對象時，這些可能的贊助者就成了非營利事業機構的贊助者公眾。如何在平時就和這些贊助者公眾維持聯繫和正面關係，以期推廣活動時能夠獲得他們的支持和贊助，就成為非營利組織重要的公關項目了。

## 七、可能協助組織度過難關的公眾

當組織面臨危機或困難時，需要一些機構或單位的協助，例如航空公司發生空難時，它可能需要的協助包括：銀行的貸款、保險公司的理賠、空難附近醫院的救援、警察和軍隊的維持秩序、民間救難組織的協助救援、科技研究單位的失事原因解讀等等，這些機構或單位都是發生空難時，可以協助航空公司度過難關的公眾。要讓這些公眾在危機發生時，全力配合組織度過危機，有賴組織平時和這些公眾關係的建立和經營。如果組織平時不做這些經營，一旦發生事故或危機，想要獲得奧援，其難度應不難想像。因此，對這些可能在組織發生問題時給予幫助的公眾，組織絕對不可輕忽。

## 八、事件型公眾

因某一事件導致面臨相同問題的一群公眾，我們稱之為「事件型公眾」。例如因為減薪政策，導致收入受影響的勞工、因為工廠爆炸事件，導致受傷或死亡之作業員的家屬、因為產品質量出問題，導致消費該產品的消費者中毒或生病、又如工廠廢水或廢氣污染，導致健康受影響的居民。當事件發生，而且影響到面臨事件的這些公眾的權益時，組織往往會遭受到質疑、責罵甚至抗爭。面對事件型公眾，組織應該拿出最大的誠意、負責任的態度，並爭取在第一時間內加以迅速處理。否則拖延時間、推拖拉賴，只會讓公眾的反對意識增強，徒增處理的難度。

總之，面對不同的公眾應該要有不同的公關策略和技巧。問題是，這麼多類不同需求的公眾，組織資源和人力有限，如何能夠兼顧

又同時做好關係呢？關鍵在於組織應該有多元公眾的概念，並區分出建立關係或溝通的優先順序，一步一步為組織和不同類型公眾，建立起良好的溝通管道和正面關係，才能為組織創造一個最有利的運作環境。更重要的一個觀念是：如果能夠將組織的形象經營好，則不管是哪一類公眾都比較喜歡或願意與組織打交道，而且當組織面臨危機侵襲時，公眾也比較願意傾聽組織的解釋，從而讓組織能夠以較低的成本度過難關。因此，從事公關工作有一條簡單而明顯的路徑，那就是：經營組織的形象。

## 第六節　策略性公眾之選擇

由於組織資源有限，再加上並非所有公眾對組織都有同樣的重要性，因此Grunig（2001c）主張，組織沒有必要和所有公眾建立關係。他進一步指出，組織首先應該進行環境掃瞄，以確定組織值得或需要與哪些公眾建立關係。Grunig把組織需要與之建立關係的公眾稱之為策略性公眾（strategic publics）。

目標公眾之鎖定，也就是策略性公眾的選擇，對組織的公關成敗舉足輕重。如果鎖定對的公眾，事半功倍；反之，選擇錯誤的溝通對象，則事倍功半。選擇目標公眾，不一定從數量上做考慮，若能另類出擊、甚或逆向思考，往往能夠發揮令人意想不到的效果。以美國精進金融保險公司為例，他們特別鎖定曾有酗酒或交通事故前科的公眾為目標對象。由於這些公眾特別有保險的需求，而且又經常被其他保險公司刁難、甚至拒絕承保。因此，精進金融保險公司以這些公眾為目標，並提供隨叫隨到的高品質服務：發生交通事故時，只要一通電話，精進金融保險公司立即會派專人到現場處理事故，讓被保險人省下一筆不小的律師費用。由於鎖定一群有需求、又能夠提供針對性的服務，所以精進金融保險公司能夠在美國的車險市場中，創造出佳績。

## Intel Inside創造奇蹟

以製造中央處理器（CPU）而成為全球科技龍頭的Intel公司，原本是鎖定電腦製造廠商的工程或採購部門，作為其目標公眾，以期說服他們多採購Intel的晶片，安裝在他們所組裝製造的電腦內。問題是，早期晶片市場由於是買方市場，因此Intel的業務人員經常遭到電腦製造商採購部門的刁難。為改變這種劣勢，Intel公司改採以「終端消費公眾」為目標的鎖定策略。

Intel轉而直接向廣大的消費者訴求，以「Intel Inside」（內建英特爾處理器）的口號，贊助或分攤電腦製造商廣告費用的方式，大打「Intel Inside」的廣告，並要求電腦廠商在其所製造的電腦上，用貼紙讓一般消費大眾能立即辨識到電腦內部是否內建Intel晶片，塑造「裝有Intel晶片的電腦才是高品質電腦」的形象。這在早期的電腦零件產業，是沒人嘗試的作法，由於終端消費者慢慢習慣「Intel Inside」的訴求，因此Intel公司成為晶片界的龍頭。

Exxon石油公司一艘油輪在阿拉斯加外海觸礁漏油，事件發生時，Exxon石油公司至少面對三種不同立場的公眾：(1)指責公司嚴重破壞自然生態環境的環保人士；(2)與公司有直接利益關係的團體組織，如Exxon的員工、股東，和為數龐大的購油組織；(3)對此一議題缺乏參與感及興趣的被動公眾。Exxon石油公司應該鎖定哪一類公眾做為溝通對象呢？

## 危機期間溝通對象的選擇

前兩種公眾對污染議題雖有截然不同的立場，但都具備主動公眾的特性－參與感高、會注意事件的發展、討論並主動搜尋更詳細的訊息。Heath與Douglas建議：企業應將前兩者公眾列為目標公眾，因為立場偏向己方者如果動員起來，產生的草根影響程度不容忽視；立場與己方對立的群眾，雖不太可能改變抗爭立場，甚至可能會故意扭曲企

業發出的訊息，然若溝通策略運用得當，卻可以使對方因對企業進一步瞭解而產生抗爭力道的軟化，因此也是相當重要的溝通對象。

　　至於第三類冷漠或被動公眾，除非企業能有效提高冷漠被動群眾對此議題的參與感和興趣，並且使他們培養與企業立場相符的態度，才有可能產生預期的溝通效果。否則好不容易引發冷漠公眾的興趣，卻把他們推向組織的對立方向，使對抗組織的力量更加茁壯，反而讓組織得不償失。況且，要引起這群冷漠被動公眾的興趣，本身就不是件容易的事，因此學者專家建議：不將第三類公眾列為目標溝通對象。

# 第 5 章
# 公關的過程—溝通與傳播

公共關係的目的，在建立並維持組織與各類公眾之間的相互瞭解、接納與合作。要讓公眾瞭解、接納與合作，組織必須透過溝通的過程，把組織的努力和成果等訊息，傳遞給公眾。換言之，「溝通」是公關的主要內容，組織是透過訊息的傳播來完成公關的目的和使命的。換言之，公關的過程就是主體和客體之間的溝通或傳播。

溝通與傳播的英文雖然都是communication，但從中文來理解，溝通不同於傳播。從一般理解的角度來比較，溝通強調訊息雙向流動的特徵，傳播則偏單向的訊息傳遞；溝通的對象通常比較明確，而傳播的對象則較難掌握；另外，溝通相對於傳播，其受眾數量通常較為少數。當我們強調公關的雙向功能時，用「溝通」比較適合；當要對有一定數量之公眾傳遞訊息時，也就是要強調訊息傳遞技能時，我們傾向用「傳播」這個用詞。

何謂傳播？郭慶光（1999）指出：「所謂傳播，即社會訊息的傳遞或社會訊息系統的運行」。他同時指出人類社會傳播的基本特點包括：「第一，社會傳播是一種訊息共享活動……第二，社會傳播是在一定社會關係中進行的，又是一種社會關係的體現……第三，從傳播的社會關係性而言，它又是一種雙向的社會互動行為……第四……傳受雙方必須對符號意義擁有共通的理解，否則傳播過程本身就不能成立，或傳而不通，或導致誤解……傳播是一種行為，是一種過程，也是一種系統」（p5-6）。

王子龍先生在其著作《古早歌、詞、話》中指出：臺灣的俗諺語、格言「字句深藏文化根基、言短意長廣博精微、韻律優美好聽好記、雅俗適中老少咸宜、匯集先民智慧精選、金科玉律代代相傳」（范壽春、王子龍，2004：p8）。這些俗諺語、格言，完全符合上述傳播的基本特點，其目的或在警世勉勵、或在激濁揚清、或在指點迷津，在在都顯現出先民的智慧，它們能夠歷久彌新、源遠流傳至今，更展現出它們被後人所瞭解、接納與合作。

## 第一節　公關的傳播目標

　　傳播這種行為或過程，可以引述Lasswell所提出的「Who says what in which channel to whom with what effects」來做說明。用公關的角度看，這裡的五個要素：who和whom指的是公關主體和客體；「透過什麼管道」（in which channel）牽涉到媒介策略的問題，也就是訊息應該透過什麼形式、管道或載體才能發揮傳播的效果。「說甚麼」（says what）事實上就是溝通或傳播的內容；至於「產生甚麼效果」（with what effects），則和傳播者所要追求的目標有關。

　　有效的溝通對訊息內容有何要求呢？資深公關顧問Patrick Johnson認為，訊息的內容對接收者（receiver）而言，是否適當（appropriate）、有意義（meaningful）、易記得（memorable）、可瞭解（understandable）、可信任（believable），是檢測傳播效果的重要指標（Wilcox等，2000：p163）。如果訊息對受眾沒有意義、不具針對性、難以記憶、甚至無法瞭解或是不可信任，這樣的訊息肯定無法發揮溝通的效果，更遑論要獲得受眾的接納與合作。

　　希望達成溝通的目的，除了訊息內容必須符合上述檢測標準外，還要搞清楚組織透過傳播所要追求目標為何？J. Grunig列舉了五個傳播者可能的目標（Wilcox等，2000：p163）：

### 一、訊息的暴露（message exposure）
　　公關人員經常使用多種不同的方式讓訊息暴露給目標受眾，這些方式包括提供新聞稿給大眾傳播媒體，或透過可控媒體如時事分析、小冊、張貼海報等散播訊息。訊息讓目標受眾能夠接觸到，是訊息傳播最起碼的要求。

## 二、準確的傳播訊息（accurate dissemination of the message）

組織想要傳遞給受眾的訊息，經常必須經過媒體守門人（記者或編輯）的過濾，為了確保溝通效果，公關人員有時會將傳播目標設定為：如何讓訊息在傳遞時，仍能夠保持其原意或完整性，以確保公關訊息不被扭曲或誤解。

## 三、訊息的接受度（acceptance of the message）

從現實的觀點而言，閱聽眾接收到訊息還不足以說明傳播成功，訊息必須讓閱聽眾能夠接受，才能說是有效的傳播，因此公關人員經常追求其傳播的訊息能夠被受眾接受的目標。

## 四、態度的改變（attitude change）

某些時候，傳播者可能不只滿足於閱聽眾接受或相信傳播的訊息，傳播者更希望閱聽眾能夠接收訊息後，對組織或產品產生態度上的支持或改變，例如因為接收到組織積極從事公益活動的訊息，而對組織產生好感或不錯的評價。

## 五、產生明顯的行為改變（change in overt behavior）

公關的最終目標是要獲得受眾的支持行動，因此傳播者希望閱聽眾能夠因為接收到的訊息，而對組織採取支持的行動、或購買組織的產品或服務。例如某位重度吸菸者，因為看到一篇有關吸菸致癌的科學報導後，立即採取戒菸的行動。

美國紅十字會行銷主管Therkelsen指出，為了讓訊息能夠成功的促成公眾的支持，必須經過一定的傳播過程：訊息確實被收到（be received）、訊息必須得到受眾的注意（attention）、訊息能被瞭解（be understood）、訊息要獲得受眾的信任（be believed）、訊息能夠被記住（be remembered）、最後能夠根據訊息而採取支持組織的行動（be acted upon）。如果訊息無法完成這些任務，那表示訊息的傳播是失敗

的（Wilcox等，2000：p164）。

　　公共關係既然是經營組織形象的一門學問，組織通常要傳播的訊息必然是有利於運作的訊息。問題是，因為公眾所處的情境不同、組織在各類公眾心目中的認知階段不同、與各公眾的密切程度也不同，導致組織的訊息傳播目標，也會因為階段性或重點方向不同而有所差異。以J. Grunig列舉的五個傳播目標來分析，筆者以為：訊息暴露和準確傳遞的目標應該同時被追求，如果訊息只是暴露但卻失真，公關任務很可能失敗；另若訊息準確被傳播，但卻出現在目標公眾不經常接觸的媒體上，目標公眾等於沒有接收到訊息。因此當組織的訊息傳播達成這兩項目標時（訊息暴露和準確傳遞），受眾才能知曉某個事實，我們稱之為知曉層次的傳播活動。

　　至於第三和第四個目標，受眾如果對訊息內容能夠接受，自然對組織的態度會隨著訊息的指引而產生變化。因此我們把這兩類目標的追求，歸類為改變或強化受眾態度的努力，稱之為態度層次的傳播活動。最後一項目標的追求，希望受眾採取支持組織的行動，則稱之為行動層次的傳播活動。以下我們將對這三個層次的傳播活動做進一步的說明。

## 第二節　知曉層次的訊息傳播

　　當公眾對組織的營運或表現相對陌生、或對組織的訊息不太感興趣情況下，組織為了在公眾心目中建立初步的印象，必須採取「普遍告知」的訊息傳播，讓這類潛在公眾接收到訊息之後，能夠變成對組織有一定程度認識或瞭解的知覺公眾。例如新景點的開發、新產品的上市、新識別系統的啟用，為了提高潛在遊客、潛在消費者對新景點或新產品的認識，組織的公關重點即在於，讓這些潛在公眾知道有一個不錯的新旅遊去處或功能不錯的新產品。

J. Grunig指出，大部分公關專家經常瞄準訊息暴露和精確傳遞這兩項傳播目標，這兩項目標的達成，意味著目標受眾接收到正確的訊息。這是訊息成功讓受眾「知曉」的第一步。接下來要考慮的問題是，即使目標受眾接收到訊息，但若訊息無法引起目標受眾的注意，這些設計和傳遞的努力都將成為白費，因為訊息必須引起公眾注意方能產生告知的效果。問題是在媒體競爭激烈、公眾面對訊息爆炸的時代裡？什麼樣的訊息才容易引起受眾的「注意」（attention）呢？

　　J. Grunig和Hunt建議：傳播策略應該被設計來吸引兩類受眾（積極尋找情報者和被動處理消息者）的注意。在大多數的公關活動中，傳播的目標受眾經常是被動類的受眾。被動類受眾會注意訊息，可能僅僅是因為娛樂的緣故，所以想要吸引被動類受眾的注意，訊息要有風格和創意，例如引人注目的圖片、易懂易記、令人喜愛的標語或名人的推薦等等（Wilcox等，2000：p167）。

　　傳播者接近積極類受眾的方法則不同，因為這些積極者對某些訊息原來就處於有興趣的階段，他們會主動去搜尋一些補充性的情報，訊息想要引起這類受眾的注意、發揮傳播的有效性，公關人員可以透過對受眾態度的研究，或是將受眾加以區隔或細分（segmented）。這裡所謂的受眾研究和訊息反饋，是雙向傳播的再一次強調，我們將在稍後做更詳細的介紹；受眾經過區隔或細分之後，公關人員就可以利用受眾最常接觸的傳播工具，和他們進行溝通。

## 吸引受眾的注意力

　　媒體的使用與滿足理論（media uses and gratification theory）指出：「不管是電視也好，報紙、書籍、廣播也好，人們接觸媒體都是基於一些基本需求進行的，包括訊息需求、娛樂需求、社會關係需求以及精神和心理需求等。現實中的各種媒體或內容形式都具有滿足這些基本需求的效用，只不過滿足的側重點和程度各有差異罷了……『使用

與滿足』研究把能否滿足受眾的需求作為衡量傳播效果的基本標準」
（郭慶光，1999：pl83-4）。因此，公關人員應該把焦點集中在滿足受
眾需求的訊息修整（tailor）上，以期這些訊息能夠吸引受眾的注意。

　　知曉層次的訊息傳播，旨在讓公眾知道或瞭解組織的努力或用
心，所以訊息內容應該著重在引起公眾的「注意」（attention）。
Wilcox等人（2000）特別指出，根據社會科學的研究，人們會注意與他
們基本價值和傾向相同的訊息；另外與大眾關切之時事和議題有連結
的訊息，也有較大機會吸引受眾的注意。公關人員應該知道，訊息的
開頭最能吸引受眾的注意力，所以他們建議公關人員要把訊息的重點
擺在訊息的開頭（p168）。居延安（2001）則認為，知曉層次傳播效
果的取得，「主要取決於傳播訊息的強度、對比度、重複率和新鮮度
等訊息的結構性因素……訊息的強度、對比度和新鮮度越強，重複率
越高，就越容易引起人們的注意……此外，訊息的功能性因素對注意
也有一定的影響」（p175）。

　　所謂「功能性因素」指的應該是能夠激起訊息接收者共鳴、需
要或情緒的因素。舉凡能夠讓受眾一看到訊息，便認為「這裡面」有
為他寫的內容，而願意繼續看下去；或是能夠幫助受眾解決問題的訊
息；或是能夠引起受眾喜怒哀樂等情緒的訊息，都具有吸引受眾「注
意」的功能。例如新產品上市的訊息傳播，經常從困擾潛在公眾的問
題出發，當面臨訊息所點出問題的公眾接收到該訊息時，為解決他的
問題或需要，自然比較容易關注此一訊息，從而讓知曉層次的訊息傳
播發揮預期的效果。例如某種治療脫髮的新藥品，經常以禿髮、掉髮
的困擾作為訊息的開頭，藉以吸引潛在消費者的注意。

## 清晰、簡單讓受眾理解

　　訊息被正確的傳遞到受眾周遭、也順利引起受眾的注意，就完
成了知曉層次傳播的要求了嗎？如果受眾不瞭解訊息內容，等於有

61

「溝」但沒有「通」，受眾也就無法成為知覺公眾。因此知曉層次的傳播活動，仍應注意受眾對訊息內容是否能夠理解的問題。為了讓受眾充分瞭解訊息內容，公關人員傳遞訊息時，應該把握清晰（clear）和簡單（simple）的原則。Wilcox等人（2000）特別提出五項能夠增加受眾理解訊息的概念（concept）（p170-3）：

## 一、使用符號、頭字語和標語（use symbols, acronyms and slogans）

代表組織的符號應該是唯一、易記、廣泛被認知、並且能夠適當傳達組織理念的核心概念。頭字語則是由數個英文單字的字頭組成的單字，例如AIDS（愛滋病）是「acquired immune deficiency syndrome（後天性免疫不全症候群）」的簡稱，因為它簡短所以易寫易說。標語則有概念濃縮的功能，這些精簡的符號、縮寫或標語，使受眾易懂、易記、易傳，因此能夠增進受眾對訊息的理解。

## 二、避免使用專門術語或行話（avoid jargon）

把技術性的行話傳遞給一般受眾，社會科學家稱之為「語意上的噪音」（semantic noise），這樣的內容不僅會干擾訊息本身所欲傳達的意思，更會妨礙訊息接收者的理解能力。以一則新聞稿內容為例：「水性無機陶瓷樹脂之物性如下，外觀透明澄清液體、無色無臭；比重1.20l；黏度CPSl5-17；酸鹼度PH11-12.5；平均分子量300-600（光散射法）；正確貯藏環境下，長期安定」。以上訊息如果是在專業的化學刊物披露，或許沒有多大問題，因為它的對象是一些專業的化學科學家或專業人士。但若把這段訊息放在一般大眾媒體上，我們很懷疑究竟有多少人能夠瞭解其中的涵義。所以訊息內容應該儘量避免類似的專門術語或行話。

### 三、避免陳腔濫調或八股詞句（avoid cliches and hype words）

訊息中裝載太多陳腔濫調或宣傳的八股詞句，會不知不覺中嚴重傷害訊息的可信度。例如「技術領先」、「世界級水準」、「品質至上」、「創新發明」、「強力配方」、「頂級唯一」等詞句，由於一再被過度使用，已經很難取信閱聽眾，公關人員在傳遞訊息時，應該儘量避免。

### 四、避免婉轉的言詞（avoid euphemisms）

不直接、婉轉的言詞經常會隱藏某些資訊或導致誤解，嚴重的情況還會改變字面或概念的涵義，寫作的人稱之為雙關語（doublespeak）。有些組織會使用婉轉的言詞和雙關語去隱藏一些不利的消息，例如「裁員」經常被right-sizing、career assignment或relocation所取代。這樣的訊息不僅會引起受眾的懷疑、不信任，最後更可能導致敵意的行為。

### 五、避免歧視性語言（avoid discriminatory language）

訊息中若帶有歧視性的內涵，很難達成有效的溝通。因此公關人員應該再三檢查傳遞的訊息中，是否隱含了對性別、種族、或職業上的歧視或輕蔑。訊息如果有類似涵義或言外之意，應該消除之，以免造成不必要的困擾或傷害。

綜合以上論述，我們可以整理出知曉層次的傳播應該循以下過程或要求，才能將潛在公眾轉變為知覺公眾：訊息被準確的轉述或報導→訊息能被目標受眾接觸或收到→訊息能引起受眾的注意→受眾能理解訊息的內容→目標受眾「知曉」組織的相關訊息。我們把這些過程或要求整理如圖5-1所示。

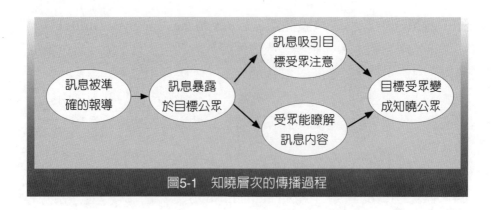

圖5-1 知曉層次的傳播過程

# 第三節 態度層次的訊息傳播

　　當公眾對組織有了某種程度的認識，此時的公眾已經成為知覺公眾，但他對組織所形成的認知、情感或意向，也就是對組織的態度可能是中立的、正面的、也可能是負面的。態度層次的訊息傳播旨在形成、強化或改變公眾對組織的態度，它包括：

一、幫助知覺公眾形成一種有利於組織的新態度；

二、增強正面知覺公眾對組織的正面態度；

三、將原先對組織持負面態度的公眾轉化為持正面態度的知覺公眾。

　　換言之，態度層次訊息傳播的重點，在於如何讓公眾接受或相信組織所傳遞的訊息（accept or believie the message），從而強化或改變受眾對組織的態度，也可以說是對公眾的一種「深入介紹」和「意識征服」的工作。

## 兩面宣傳說

　　想要在態度層次的訊息傳播上取得良好的效果，首先應該思考：怎樣的訊息容易被受眾接受或相信？從傳播技巧角度出發，有人提

出「兩面宣傳說」。該理論認為，不要過分低估訊息接收者的判斷能力，如果一再強調組織的正面或優點，說的越完美無缺，反而越難獲得受眾的全盤接受或信任。所謂「老王賣瓜，自賣自誇」就是最好的寫照。因此，該理論主張在做訊息傳播時，應該將組織的正反兩面訊息都透露給受眾，反而容易取得良好的效果。例如名歌手趙傳的成名歌曲「我很醜，但是我很溫柔」，試想趙傳到底溫不溫柔誰知道？為什麼這首歌廣受歌迷的喜愛？賣的那麼好？原因無它，因為趙傳不避諱告訴大家他的缺點。「我很醜」一唱出口，觀眾的反應是「嘿！他真的很醜」，因為第一句話的「真實性」，讓觀眾已經認同趙傳的「誠實」和「可愛」了！在「肯定類推」的心理因素下，觀眾自然「相信」趙傳「很溫柔」了。

李彬（2000）則提醒我們：「多數情況下，一味地否定或簡單的肯定，都很難說服受眾、達到傳播者所預期的效果。但在某些情況下……只講一面之詞要比兼談『兩面之詞』更有效」（p244-5）。他引述耶魯大學Carl Hovland教授研究的結論指出：「必須根據受眾的固有立場和文化程度來選擇使用一面之詞還是『兩面之詞』」：

1.如果受眾一開始就傾向於反對傳播者的觀點，那麼把正反兩面的意見都提出來就比只談一面之詞更為見效……

2.如果受眾原來就傾向於接受傳播者的觀點，那麼只講正面就比正反兩面都講更好。因為這時對受眾來講，正面之詞投其所好，進一步鞏固了受眾的預存認識。

3.對教育程度較高的受眾，應將正反兩方面的意見一併陳述……

4.對教育程度較低的受眾，最好是只說一面之詞。因為把正反兩方面的意見都擺出來，會使他們感到混亂，迷惑不解……他們可能比接受傳播之前更感到糊塗，不知所措……（李彬，2000：p245）。

雖然兩面宣傳的效果，會因為受眾原有態度及其教育程度而有所差異，但Lumsdin, A. A.和Janis, I. L.的實驗證明，兩面宣傳「由於包含著對相反觀點的『說明』，這種『說明』，就像事先接種牛痘疫苗一樣，能夠使人在以後遇到對立觀點的宣傳時具有較強的抵抗力……這種效果，被稱為『免疫效果』，或『接種效果』（inoculation effect）」（郭慶光，1999：p205）。

## 感性訴求容易改變公眾態度

當理性訊息碰上感性訊息，哪一種訊息比較容易勝出？由耶魯大學Carl Hovland教授所主持的「態度變遷」研究計畫，把重點放在訊息的「訴求」上，他們試圖找出何種訴求對於改變態度最有效。研究發現感性訴求的效果最好，以2000年臺灣總統選舉為例，連戰一大堆理性政見訊息，不敵一個感性畫面，那就是陳水扁用雙手把吳淑珍從輪椅上抱下來的畫面。尤其是引發訊息接收者情緒不安或恐懼的訴求（例如愛滋病的預防宣導），很能引起訊息接收者的注意力，並且激發他們改變態度。值得注意的是，恐懼訴求經常以高危險群為溝通對象，訴求的內容如果引起訊息接收者極端負面的心理反應，也很容易遭致反效果，例如許多反菸廣告，雖然受到非吸菸族群的肯定，但也面臨許多老菸槍的刻意逃避或無動於衷，因此運用之時不得不慎。

其實理性訴求也有其效果，訊息接收者可以既有的知識或經驗，檢視理性訴求所提的訊息是否合理，進而決定是否改變態度。所以郭慶光教授主張：「將兩者結合起來的『動之以情、曉之以理』的方法則更能收到良好的效果……有些人易於接受道理的說服，而另一些人則更容易受情緒或氣氛的感染。因此，無論使用哪種方法，正確把握問題的性質，並充分瞭解說服的對象，乃是取得良好效果的基本前提」（郭慶光，1999：p207）。

## 從受眾角度看傳播效果

感性訴求也好、理性訴求也罷，公眾對組織所傳播訊息的訴求會有什麼樣的反應呢？為了瞭解公眾接收到訴求的反應，「態度變遷」研究強調「角色扮演」的過程。即由訊息接收者扮演傳播者的角色，讓他們自己去想訊息的「訴求」，以試圖去說服別人。在這個過程中，訊息接收者會站在傳播者的立場，去想出說服別人的訴求。「要想說服別人就先說服自己」，因為這是訊息接收者想要說服別人改變態度的「角度」或「切入點」，所以訊息接收者不知不覺中也完成了自我的說服。這項發現，與公關強調「站在受眾立場想問題」的原則不謀而合。因此，公關訊息的設計，若能處處考慮到目標受眾、運用角色扮演的技巧找出最容易說服受眾的訴求，才能順利的完成增強或改變公眾態度的階段性目標。

「一般來說，受眾總是習慣於接受與自己既有認知結構比較吻合的訊息，同時儘量排斥與自己原有觀點不一致的訊息」（李彬，2000：p239）。這就是為什麼泛藍選民比較喜歡看陳文茜或趙少康的節目，而泛綠選民比較喜歡民視或三立頻道的政論節目。Wilcox等人（2000）也相當強調受眾原有傾向的重要性，他們特別引用Leon Festinger的「認知不一致」（cognitive dissonance）理論，來說明人們不會相信與他們傾向相反的訊息，除非傳播者能夠介紹新的資訊，使他們質疑原來的信念。Wilcox等人（2000）認為有三個方法能夠改變受眾的認知（p174）：

1.使目標受眾知道環境已經改變。
2.提供新發展或新發現的資訊。
3.啟用令受眾意想不到的發言人。

不同的受眾接收到相同的訊息，所產生的接受或相信的程度可能有很大的不同，因為每個人的「可說服性」不同。郭慶光（1999）引

述Janis的研究指出：「他採用臨床實驗的方法，以『社會不安感』、『委曲求全性向』和『感情抑鬱程度』，為自信心強弱的三項指標，就自信心強弱與一般可說服性的關係進行了測試」。根據實驗結果Janis認為：「自信心的強弱和可說服性的高低之間存在著密切的相關，即自信心越強，可說服性越低；自信心越弱，可說服性越高」（p211）。公關人員瞭解受眾這種心理，對訊息的被接受度有很大的幫助。所以，Olson（2001）在「Media Effects Research for Public Relations Practitioners」文章中，反覆強調：要達成傳播效果，最重要的是必須瞭解閱聽眾的各種特質（p278）。

## 意見領袖的人際溝通不容忽視

傳播理論學者Katz和Lazarfeld提出所謂的「兩級傳播說」，認為訊息的傳播會經由與媒體接觸較頻繁者，即「意見領袖」的過濾後，再經由人際溝通將訊息傳給最終的社會大眾。在這個兩級的過程中，意見領袖會以自己的觀點、或把自己的意見融入訊息之中再做傳播。後來經修正和補充，Katz和Lazarfeld等學者認為意見領袖的傳播可能不只「兩級」，因此主張「多級傳播說」；除此之外，他們更加強調人際溝通或傳播的效果。

不管是「兩級傳播」或「多級傳播」，對公關的訊息傳播來說，這些理論都凸顯出兩個非常重要的啟示，那就是：(1)要正視意見領袖對訊息的解讀和判斷能力；(2)大眾傳播並非訊息傳播的唯一途徑，人際溝通也是不容忽視的傳播策略，而且效果可能更好。正因為意見領袖的判斷能力高於一般社會大眾，我們在做公關訊息的傳播時，更應該注意「兩面宣傳」的重要性；另外，意見領袖通常是運用人際溝通的方式，來幫助其公眾認識問題、觀念或解決疑惑的。因此在設定公關目標的溝通對象時，公關人員應該體認到如何找出「意見領袖」的重要性，並重視人際溝通或傳播的效果。

# 消息來源可信度

最後我們從傳播主體的角度分析，不同的傳播者分別傳播相同的訊息，是否會產生不同的被接受度或被相信度？「態度變遷」研究指出，「在傳播的過程中，傳播者的『專家學養』（expertness）與可信度（trustworthiness），對於是否能成功地說服閱聽人，影響甚大」（孫秀蕙，1997：p49）。這就是訊息來源的可信度問題，前者是指傳播者對訊息內容，是否具有專業能力或資格發言；後者是指傳播者的品格、聲望和過去的表現，是否符合公眾的預期。換言之，傳播者對所傳播的訊息內容越專業、被公眾信賴或尊敬的程度越高、或是傳遞訊息時的態度越真誠，越容易取信於公眾。因此公關作業在選擇組織代言人時，應該特別注意代言人在目標公眾心目中的形象或信譽。

Wilcox等人（2000）指出：「某項研究發現，當大企業被政府調查或提出訴訟時，超過一半的美國人傾向於相信這個企業有罪；同時只有三分之一的人會相信企業對外的發言或陳述。正是消息來源可信度的問題，所以這些大企業總是起用受尊敬的外部專家或名人，代表企業對外傳達訊息」（p174）。另外，組織的言行表現是否一致，也會影響消息來源的可信度，而且「行」通常比「言」更重要。如果組織傳遞的文字或語言，和表現出來的行為不相容，是很難取信於受眾的。舉凡組織負責人、發言人、甚至是組織的員工，其言行舉止和傳遞任何訊息時的表現，都會讓公眾對組織的態度產生影響，不得不慎。

Wilcox等人（2000）以美國商會在報刊上，呼籲購買美國貨為例，它一方面強調購買美國貨很重要，卻發出了一組在杯底印有「中國製造」字樣的咖啡杯（p174）。試想，看到這樣言行不一致表現的美國人，對美國商會的呼籲能接受嗎？會相信美國商會的呼籲嗎？

Hovland提醒我們，就算是消息來源可信度很高的訊息，隨著時間的經過，其說服效果會呈現遞減的現象，這種現象稱之為叫「休眠效

果」（sleeper effect）。郭慶光（1999）認為：「它說明了一個重要道理，即信源的可信性對訊息的短期效果具有極為重要的影響，但從長期效果來說，最終起決定作用的是內容本身的說服力」（p203）。這就牽涉到訊息能不能長時間被受眾記住的問題，如果受眾不能記住訊息的內容，想要奢望受眾進一步採取支持組織的行動，可能是不切實際的。

綜合以上論述，態度層次的傳播重點包括：訊息要能夠被接受、被信任，受眾對組織才可能產生正面或強化的態度。接下來，我們將繼續說明行動層次的傳播活動。

## 第四節　行動層次的訊息傳播

贏得公眾的支持，是公共關係的終極目標。就算公眾對組織的態度由負面轉成正面，或是正面態度不斷增強，只要公眾尚未採取支持組織的行動，公關的任務就不能說已經完全達成。例如，新加坡航空公司經過臺灣機場的空難事件後，由於新航的處理得當，因此化危機為轉機，獲得了臺灣民眾的信賴或好感。但這種信賴或好感如果只停留在態度層次，而無法轉化成臺灣民眾對新航的支持（如購買新航機票）行動的話，則新航的公關任務尚未完全成功。所以行動層次的傳播活動，旨在將對組織有正面態度的知覺公眾，轉化為對組織採取支持行動的行動公眾。換言之，這個階段的重點是如何讓目標受眾採取「行動」（action）。

訊息的目的，確切來說，是希望能引發受眾循著訊息發送者的目標採取行動（或不行動）的動機，此一動機的形成過程，在廣告界稱為購買動機，其中以1920年代發展出來「AIDA認知模式」最為有名。AIDA模式指出，人類從認知一件事情，到展開相關行動，有四個心理過程，分別是：

1. 注意（attention）：受眾首度注意到訊息的存在。
2. 興趣（interest）：此一訊息引發了受眾的興趣。
3. 慾望（desire）：此一訊息進一步引發受眾有種想要購買或消費的慾望。
4. 行動（action）：促使受眾展開支持行動，根據此一訊息之要求進行實際購買或消費行為。

AIDA是廣告、行銷界人士在設計訊息時最奉為圭臬的認知模式，由於有此一模式存在，我們得以知道：訊息如果不能引起受眾注意，便不能引發其興趣甚至慾望，受眾也就不會有採取支持行動的可能。因此，能否引發注意力，是訊息在傳達時最首要的考量。但若受眾對訊息只停留在注意或興趣階段，對組織而言仍然沒有達成其公關任務。如何才能引發受眾想要、或實際對組織採取支持行動呢？

要讓受眾根據訊息採取行動，並不是一個簡單的過程。事實上這是一個相當冗長而且複雜的程序。要瞭解人們如何接受新觀念或產品，可以分析所謂的「採納程序」（adoption process），來理解他們採取行動的過程：

1. 認知（awareness）：個人認知這樣的訊息，但是還沒有足夠的訊息深入瞭解。
2. 興趣（interest）：個人開始被刺激去蒐集更多的資訊。
3. 評估（evaluation）：個人會評估此一產品是否能夠滿足特定的需求，此一評估可能部分來自朋友或家人的訊息回饋。
4. 試用（trial）：個人開始會小規模試用樣品，以增進他對此一產品的瞭解。
5. 採用（adoption）：個人決定完全且經常採用此一產品。

不管是AIDA認知模式或採納程序，當受眾接受或相信了訊息的

71

內容，他會不會產生試用或消費的的慾望？先決條件是受眾必須記住
訊息內容。如果記不住訊息，他很可能無法進行試用或採取行動的步
驟。所以我們要先談談，如何讓受眾記住組織所傳遞的訊息。公關人
員經常一再重複訊息的傳遞和出現，這種訊息的重複出現有必要嗎？
其用意何在？

Wilcox等人（2000）指出訊息應重複出現的四個理由（p174-5）：

1. 由於目標受眾不可能全在同一時間，看到或聽見組織傳播的訊
   息，就像並非每一個人都在某天看報或觀看相同的電視節目，
   因此訊息的重複傳播有其必要性。
2. 重複可以提醒目標受眾，降低受眾遺忘訊息的機會，如果信源
   可信度高，訊息的重複可以防止受眾的意見產生變化。
3. 重複能幫助受眾記憶訊息內容，研究發現，廣告如果沒有經常
   重複出現，廣告內容很快就會被人遺忘。
4. 重複能導致學習的改善，並有效改變受眾原本的冷漠或抗拒。

Wilcox等人（2000）進一步指出，訊息重複出現還有「抵消」存
在於訊息周遭「噪音」（noise）的功能。因為受眾經常在可能分心的
環境裡，聽或看組織傳遞的訊息，例如小孩的哭聲、家人或同事的對
話、狗叫聲、甚至於受眾可能在接收訊息時，不自覺的作白日夢、或
思考其他事務等等。但只要訊息重複的頻率或次數夠多，總有機會讓
受眾看到或聽到組織傳遞之訊息，從而達到能記住訊息內容或主要訊
息的目標；另外，訊息的有效傳播和維持，還有賴於多元傳播管道和
多樣化方法的運用，多管齊下的攻勢，更能幫助受眾記住這些重覆出
現的訊息（p175）。

記得住訊息和對組織有良好態度的公眾，因為種種原因或阻礙，
不一定會對組織採取實際的支持行動。行動層次的訊息傳播，就必須
找出這些原因，並排除這些可能的行動障礙，以期組織能夠贏得目標

受眾的支持。「一般說來，公眾採取行動的條件是：達到目標的途徑簡便、具體、直接；途徑越簡便、越明顯、越直接，公眾越可能採取行動」（居延安，2001：p178）。假設某地特產深獲許多外地潛在消費者的喜愛，為了克服這項特產只在產地銷售的限制，廠家特別開辦郵購服務，但在從事公關訊息的傳播時，卻忽略了郵購訊息的加強。在這樣的情況下，就算有很多人「想要」購買，也很難讓這些身處外地、卻對這項特產有很好態度的潛在消費者，對它採取實際的購買行動。

## 告訴公眾支持組織的理由

　　除了提供簡便的行動途徑之外，行動層次的訊息傳播更應該注意「目標受眾」採取行動的理由或利益。用廣告學的術語說，也就是要提供足夠的購買理由給消費者。正因為產品能夠解決消費者的問題，或滿足消費者心中的慾望，所以消費者採取購買行動。公關亦然，如果組織不能給公眾採取支持行動的理由，公眾就沒有支持組織的誘因。例如紅十字會經常組織捐血活動，捐血的民眾除了作公益的動機外，更重要的是萬一捐血者需要用血時，他能夠無償獲得別人的捐血；而且從醫學角度看，捐血有助人體新陳代謝、有益健康。捐血正是因為自救、救人、又對自己的健康有益等「誘因」，所以民眾才會採取支持紅十字會、加入捐血的行動。

　　前面曾經提到恐懼訴求的應用，「態度變遷」研究的繼承者William J. McGuire認為，恐懼或負面訴求有被濫用之嫌，導致許多訊息接收者因為恐懼感，而有暫時性的態度改變。但是McGuire的研究指出：「正面的訴求所造成的改變較為持久，也較容易造成行為上的改變」（孫秀蕙，1997：p63）。例如反菸訊息經常「威脅」吸菸有害健康，吸菸者雖然在言語上有服從的傾向（態度上同意吸菸有害健康），但因為這樣的訴求而真正採取戒菸行動的人畢竟是少數。因此

行動層次的訊息傳播，在運用恐懼或負面訴求的時候，應該特別注意
這種訊息或訴求，對公眾是否真能產生號召行動的效果問題。因為
「受眾在接觸並理解了傳播的訊息後，會在頭腦中記住自己贊同的
內容，而忘掉自己不贊成的內容。這是一種潛意識行為」（李彬，
2000：p239）。

　　從以上三個層次的傳播重點加以分析，筆者認為公共關係有兩個
核心概念：(1)凡事應從受眾的角度思考問題：因為能以受眾的認知出
發，將心比心所作出的決策必然較能符合受眾的期望，從而獲得受眾
的認同與支持。(2)公關所有努力與作為，都在創造或維護組織的可信
度：公關既然以溝通或傳播為主要手段，如果組織或傳播者沒有可信
度，其發言或傳播內容勢必無人相信，這個組織也就不必再做任何公
關努力了！因此，可信度是組織最重要的資產，組織應該珍惜並努力
加以維護。

## 第五節　公共關係的溝通模式

　　溝通既然是公共關係的主要內容，組織對公眾的溝通有哪些模式
呢？J. Grunig和Hunt以傳播的方向和溝通的立場兩個構面，將組織和公
眾之間的溝通劃分為四種模式（吳宜蓁，1998：pl19-21）。所謂的傳
播方向分為單向或雙向：單向傳播強調組織單方面發出訊息，不關心
公眾的意見、態度和回饋反應，類似組織對公眾的「獨白」；雙向傳
播則是透過意見調查等方式，蒐集並分析研究公眾的態度和想法，也
就是重視公眾的需求和反應，類似組織和公眾之間的「對話」。

　　溝通的立場則分為對等和不對等，「對等溝通」係指組織因為
環境的變化或公眾的壓力，願意改變或調整某些立場或作為，以求利
益上的平衡或雙贏，故稱為對等；「不對等溝通」則以說服公眾為目
的，組織本身並不做任何變革。因為組織不願意為利益上的平衡做

任何的妥協或改變，因此稱之為不對等的溝通。根據這兩個構面，J. Grunig提出「新聞宣傳」（press agency/publicity）、「公共資訊」（public information）、「雙向不對等」（two-way asymmetric）和「雙向對等」（two-way symmetric）等四種溝通模式，分別簡單介紹如下（吳宜蓁，1998：p119-21）：

## 一、新聞宣傳模式

屬於單向、不對等的溝通模式，組織不主動瞭解或探詢公眾的意見，傳遞訊息以宣傳為目的。它利用符合新聞價值的話題或造勢活動吸引媒體的注意和報導，來塑造組織的形象、提升組織的知名度、或促銷組織的產品或服務。例如舉辦公益活動獲得媒體的報導，以期讓公眾產生該組織熱心公益的印象。由於這種模式是以宣傳和媒體報導為最大目的，因此組織有時會不惜以製造「假事件」（pseudo-event）的方式，來爭取媒體的版面和時段。這種做法雖常遭致批評，卻是公關市場上被運用最廣的一種「溝通」模式。

## 二、公共資訊模式

這種模式雖然仍屬於單向的溝通方式，但溝通的目的是在客觀的傳遞訊息、告知公眾，而非控制或說服公眾的行為，所以本質上偏向對等的立場。例如將組織的人事變化、投資計畫、營利情況等真實或正確的訊息，以符合新聞價值的角度撰寫新聞稿，提供給媒體和大眾。它與新聞代理模式最大的不同，在於正確客觀的訊息發布，而非虛擬或誇大的訊息製造。

## 三、雙向不對等模式

為了讓公眾接納組織或採取組織所希望的行動，組織深入瞭解公眾的意見或態度，以作為擬定說服策略的依據。值得注意的是，組織採取雙向的溝通方式，也就是大量採用科學性的意見調查或效果評

估技術的目的，是想要提高宣傳效果，並無順應民意、改變自己的意思。換言之，組織想要以科學方法操控公眾，所以是一種不對等的溝通模式。這種模式常見於新觀念或新產品的宣導，可以因為瞭解公眾的態度或需求，而設計出更有效的訴求或訊息。

## 四、雙向對等模式

運用科學方法深入瞭解公眾和公眾之所欲，並以此作為溝通決策的參考依據，以增進雙方的瞭解和合作為目的。為了長遠的發展，或消弭與公眾的衝突，組織願意改變立場或作為，使雙方達到利益的平衡（moving equilibrium）。這種模式最適合於談判、折衝與協商，因為它能促進組織與公眾的相互瞭解和合作，以達成共識、化解衝突的雙贏局面。

「Grunig認為公關不應該是說服，因為說服是以操弄（manipulate）閱聽人某些看法的認識態度為主，來達成有利於溝通者的公關目標。這種『操弄』行為的道德性問題本身就值得商榷」；而且「Grunig相信建立在互惠基礎的對等性溝通，其效果勝過不對等或單向的溝通方式」（孫秀蕙，1997：p70）。因此Grunig認為雙向對等的溝通模式，是公共關係最理想的溝通模式、也是「組織最應該引用的優越模式（excellent model）」（吳宜蓁，1998：p122）。問題是，雙向對等模式真是最理想的溝通模式嗎？若是，公關實務上應用的比例如何？這些問題，我們將在公關基本原則一章中詳述。

# 第 6 章
# 公關的WHATS原則

組織在開展公共關係活動時,是否有一些準則可供依循?或者說是否有一些基本要求呢?許多學者專家提出所謂的公關基本原則,雖然大同小異但也各有側重點的不同。在歸納基本原則之前,我們先來看看各家的說法為何?白巍(1998)指出:「所謂公關原則,就是在公關活動中處理關係、進行傳播活動所依循的根本法則和價值標準取向,它深刻制約著公關行為活動的出發點、目的、方法等,是使公關行為活動更具自覺意識的理性依據」(p27)。

著名的公關顧問Page, A. W.曾提出六項公關管理的原則(Wilcox等,2000:p55),分述如下:

## 一、誠實(tell the truth)

「讓公眾知道發生了什麼事,並提供一個有關組織特質、理想和運作實務的正確圖像(picture)」。掩蓋事實可能引來更大的災難,因為一個謊言可能需要其他更多的謊言來掩飾,而這些謊言一旦被發現,對組織的形象和可信度而言得不償失。

## 二、用行動證明(prove it with action)

「公眾對組織的認知,90%來自於組織做了些什麼,只有10%來自於組織說了些什麼」。所以「做」比「說」重要。更何況公眾的眼睛是雪亮的,「說一套、做一套」絕對難逃公眾的背離和唾棄。

## 三、聆聽受眾的心聲 (listen to the customer)

「為了讓組織運作的更好,組織應該要瞭解公眾的需求和想法;並要讓最高決策者和員工知道公眾對組織的產品、政策和運作的反應」,並適時加以調整,以符合公眾對組織的期望。

## 四、策劃未來(manage for tomorrow)

預防勝於治療,凡事先做好萬全的準備,必能減少問題的衝擊。

所以「預測公眾反應，並減少、消除會製造困難的作為」，是組織獲得公眾善意所不能忽略的工作。

## 五、引導組織全員視公關為組織生存發展的基礎（conduct public relations as if whole company depends on it）

「企業公關是一種管理職能，沒有考慮對公眾產生影響的策略，不應該被執行」。由於員工的言行舉止，在在都會影響公眾對企業的觀感，因此企業應該讓全體員工明瞭公關的目標、策略，並身體力行，以期公眾不會因為員工的無法配合，而對組織產生沒有掌控能力、或言行不一致的誤解。

## 六、面對危機應該保持冷靜、耐心、和善（remain calm , patient, good-humored）

冷靜才不會不知所措；耐心傾聽受害者或關鍵公眾心聲，才能獲知外界真正的期待和想法，從而針對外界需求提出相應的解決方案；和善則代表組織有誠意解決問題，並傳達組織的善意和同情心。

陳金美、陳金龍（1993）所編著的《現代公共關係實務》指出：「公共關係實務工作的原則，是根據公共關係的基本性質的要求，圍繞公共關係工作的核心來制訂的。公共關係實務工作有五大原則」（p309-15）：

## 一、公開事實真相的原則

要求公關人員在實務工作中不能隱瞞事實，「不管是好是壞都應該讓公眾知道……不採用故弄玄虛、無中生有或胡亂吹噓、捧高自己的宣傳伎倆」。

## 二、全員PR的原則

由於「組織的形象是組織中所有人員的集體表現」，所以「一個

組織要想樹立良好的形象和信譽，必須通過組織中所有的員工齊心協力，同心同德地開展公共關係工作」。

### 三、公共關係動力本自上層的原則

「公共關係要得到真正的動力和效果，必須取得組織或企業的領導人或決策者的支持」。

### 四、「聚沙成塔」原則

要建立組織的良好形象，絕不是單靠一次的公關活動就能達到效果。組織必須通過各種持續的公關活動、累積公關成果，並持之以恆，才能在公眾心目中累積印象，進而獲得認同與支持。

### 五、公共關係公眾區別對待的原則

強調公關工作有很強的針對性，面對不同公眾的不同需求，組織應該採取不同的溝通方式和內容，才能「有的放矢」，進而取得成效。

另外，裴春秀（2001）從公關意識、如何取得公關成效的角度出發，他認為：「儘管各類組織的業務範圍、管理對象各不相同，但都必須按照公共關係的基本原則辦事，才能有效地完成公關工作任務」。他指出下列五項公關基本原則（p12-6）：

### 一、真實守信原則

研究公眾、掌握事實，並如實的反映事實；只報喜不報憂，反而可能導致更大的問題，對組織的形象造成更大的負擔。

### 二、平等互利原則

組織應以公眾利益為出發點，努力謀求組織與公眾的共同發展和雙贏局面。此一原則類似Grunig所強調的對等原則。

### 三、雙向溝通原則

公關工作要求「不僅要有訊息的蒐集、傳播；還要有訊息和工作成果的反饋」。這些訊息是公關人員設計溝通訊息的主要參考依據。

### 四、全員公關原則

「要求組織全體員工都要樹立公共關係觀念，加強整體的公關配合與協調，形成濃厚的組織公關氛圍」。

### 五、開拓創新原則

強調公關活動如果具有與眾不同的新意，就「能最大限度地表現出組織的創新活力和對公眾的吸引力」。

居延安（2001）則從公關的實際操作面角度切入，為了讓組織能夠很好地開展公關工作，他提出公共關係的四項基本原則（p148）。筆者從實務經驗著眼，認為居延安的這四項原則非常貼切，很能概括出如何做好公共關係的關鍵要素。茲簡述如後：

### 一、以事實為基礎

包括全面、客觀地掌握事實，以及實事求是地傳播訊息。前者重視環境情報的蒐集和分析，後者則強調誠實揭露組織所知道或掌握的訊息。

### 二、以社會效益為依據

主張公共關係必須追求組織與公眾雙贏、並重視公共利益，才能「協助本組織完成自身既定任務的同時，又創造一個和諧的社會環境」。也就是強調組織必須為公眾利益服務的社會責任。

### 三、以滿足公眾需求為出發點

組織應該針對不同受眾的不同需求給予滿足，才能夠獲得公眾的

讚賞、進而與公眾相互瞭解、相互適應、最後才能達成與公眾建立良好關係，獲得公眾對組織支持的公關目標。

### 四、以不斷創新為靈魂

為了提高公關效率、吸引受眾注意進而參與公關活動、公關訊息獲得媒體報導，從而發揮公關應有的效能，組織應該致力於創新，包括觀念、方法和內容的創新。

綜觀以上四位學者專家的論述，雖然用詞不同，但內涵上其實有許多重疊、相似之處。以下我們將綜合四位的看法，並佐以筆者的公關實務經驗，提出從事公共關係的「WHATS」五項基本原則（姚惠忠，2003：p244-56），分別是：

一、全員公關（Whole company public relations）

二、誠實為上策（Honesty as best policy）

三、言行一致（Action concurrent with words）

四、雙向傳播（Two-way communication）

五、對等溝通（Symmetrical communication）

我們以這五項基本原則的英文字母字頭，縮寫為「WHATS」原則，以下我們將針對這五項原則做詳細說明。

## 第一節　全員公關

公共關係是公關人員的責任？如果公關只是公關部門或人員的責任和工作，其他部門和人員的言行舉止、對外溝通的方式和內容，是否和組織設定的公關目標和策略無關？這樣的「分工」會不會讓外界產生組織形象和訊息不一致的感覺？這些問題衍生出何謂「全員公關」？為什麼要全員公關？如何做全員公關等課題。

何謂全員公關？所謂全員公關是指「通過對組織全體員工進行

公關教育和培訓，要求組織全體員工都要樹立公共關係觀念，加強整體的公關配合與協調，形成濃厚的組織公關氛圍。換句話說，就是組織全體成員人人都是公關人員，都有義務從事公關工作」（裴春秀，2001：p15）。

　　為什麼要全員公關？對公眾而言，組織員工的態度、言行、工作表現，在在都會影響受眾對組織的觀感。因為「組織的形象是組織中所有人員的集體表現，是組織中每個人員各自形象的總和。如果組織有一個人不注意自己的形象，或者不注意維護組織的形象，就很有可能損壞整個組織的形象」（陳金美、陳金龍，1993：p311）。所以維護組織形象是每位員工的責任。

　　實務上我們經常看到，組織的公關部門和人員，為組織的形象做了許多的策劃和努力，可是其他部門的人員卻沒有配合的意識或行動，導致公關只是組織內少數人的專屬工作。這不僅無法發揮公關預期的功效，更有可能因為其他部門人員的疏忽或不配合，而導致公關工作的失敗或窒礙難行。因此，公共關係有賴組織全體人員的共同努力，並在組織所設定的公關目標和策略指導之下，以一致化的態度和行動，展現組織的善意、傳遞組織良好形象的訊息。換言之，全員公關的落實，對公關工作的實施具有加乘效果。尤其是組織高層領導人和第一線服務人員，前者經常在大眾媒體上出現、後者與消費者公眾做面對面的直接接觸，他們的表現和態度當然影響組織的形象。如果他們具有公關意識，而且瞭解組織的公關策略，並適時表現或配合組織的公關要求，定能讓組織的公關工作獲得更好的效果和受眾的信任。

　　如何做好全員公關呢？至少有三方面的要求：

## 一、建立全員公關意識和責任感

　　要讓全體員工瞭解每個人的言行舉止都關係到組織的形象、人人都有為組織做公關的責任，並讓他們擁有基本的公關概念，以期他們

的表現成為組織形象的助力而非阻力，這就有賴於平時的公關教育和培訓。所以公關部門「為了使組織的全體職工齊心協力地擔負起公共關係工作，應該抽出一定的人力去從事普及（公關）教育工作，在組織內部造成一種全員熱心公共關係工作的氣氛」（陳金美、陳金龍，1993：p312）。須注意的是，單靠培訓公關概念是不夠的，因為只有當全體人員都充滿責任感的時候，需要各部門配合的公關計畫才能付諸實現。

## 二、全員瞭解組織的公關目標、策略和配合內容

全員有了公關意識和責任感之後，還應該將組織的公關目標、策略和基本方案，告知組織全體人員，讓他們在各自部門工作時，能夠自覺地配合組織公關目標的實現。更進一步，公關部門還應該提出各部門工作與公關工作的關係和配合要求，以及各部門負擔的任務和使命。以期全體人員都能成為組織公關工作或活動的有力支持者。因為「公共關係的專門知識與技能是公共關係人員的責任，但如何將公共關係的理念在日常業務中表達出來則是全體員工的責任」（張在山，1994：p78）。

## 三、全員公關從高層做起

成功的公關除了靠公關人員的努力、全體員工的積極配合外，更需要來自領導階層的支持和以身作則。「如果讓員工看到他們的上司並沒有切實履行自己所倡導的信念，將會重挫全體員工的工作士氣」（吳幸玲、施淑芳，2004：p23）。陳金美、陳金龍（1993）也認為：「現代組織的決策者都必須同時身兼兩個角色，一個是演好企業經營者的角色，在競爭中立於不敗之地，一個是扮好公關角色，樹立企業的良好形象。決策者是否勝任公關角色已成為衡量一個組織成功與否的重要指標」（p312）。組織高層重視公關、並具備良好的公共形象和公關素質，對內可以發揮協調、整合各部門配合公關任務的功能，

並起到一種帶頭作用、有助於全員公關的落實；對外則因為組織高層發布的訊息或承諾，比較容易獲得公眾的信任，因此會給組織帶來更多的合作機會，並為組織贏得更多公眾的理解與支持。值得提醒組織高層的是，對公關的重視絕不能只是嘴巴講講而已，除了個人的重視與配合外，對於公關部門人力和預算的支持，應該以實際的行動展現對公關工作的支持。

　　因此，為了組織形象不因為員工的不注意而受損，並期待公關目標能夠更有效率的達成，組織應該動員所有人員建立「全員公關」的概念，並加以落實。因為「只有組織全體員工都成為『公共關係人員』，公共關係工作才能成功」（陳金美、陳金龍，1993：p312）。

## 第二節　誠實為上策

　　美國公共關係協會（Public Relations Society America，簡稱PRSA）所制定的公關職業標準中提到：「我們保證以真實、正確、公平，以及負責的態度服務群眾」（張在山，1994：p107）。由於公關的主要內容是溝通和訊息的傳播，因此所謂真實、正確、公平、負責的態度，應該包括不以虛假、錯誤、偏頗、不負責任的訊息進行傳播。美國公共關係協會會員守則第七條，也明文規定：「本會會員不可故意散布虛假或誤導的資訊，並應儘量防止這種虛假或誤導資訊的發生」（張在山，1994：p108）。此一守則就是Page提出的誠實（tell the truth）原則；也是居延安所提出的「以事實為基礎」原則的一部分──「實事求是的傳播訊息」。意謂組織從事公關活動時應該如實地傳遞訊息，不應該有隱瞞、造假或誇張不實的情事產生。

## 報喜不報憂，不見得是好事

裴春秀（2001）指出：「在產品推介活動中，既向顧客報告該產品的功能、優點和對顧客帶來的好處，也要提醒顧客留意該產品的某些缺陷，為顧客提供防止該缺陷影響消費的建議。這樣，就比較容易贏得顧客的信任和認同而樹立起良好的形象。如果只報『喜』不報『憂』，反而可能導致更大的問題」（p13）。這也就是兩面宣傳說的功能和優點。

組織如實傳播有利於組織本身的訊息，大概沒有什麼問題，因為利人或利己。比較有爭議的問題是：如果訊息本身不利於組織，組織是否也應該實事求是的傳播此訊息呢？居延安（2001）認為：「即使某一訊息的傳播會對有關方面利益有所損害，那也必須實事求是地予以傳播」（p152）。

Haywood則從較務實的角度，建議公關人員保持說實話的作風。但他指出：「即使是最擁護公開與透明原則的公關顧問，在建議企業陳述事實的同時，也不時會提醒業者有所保留。換言之，他們的事實只是部分的事實」。這樣的現象難免讓人無所適從，因此Haywood主張「要以務實的態度面對……對企業最有利的方式是在適當的時候陳述事實，不說事實以外的東西以及陳述全部的事實，如果真有保密的必要，經理人應該解釋為什麼」（胡祖慶譯，1996：p303-4）。

「誠實為上策」是大家朗朗上口的原則，問題是當組織面對不利訊息、或若干缺失時，真能勇敢面對、並如實的對外界或公眾宣布這些訊息嗎？Haywood主張「拿處理好消息的精神來處理壞消息」（胡祖慶譯，1996：p306）。以大陸非典型肺炎SARS病毒的傳染為例，如果一開始不隱匿疫情，如實的公布病例數字，並提醒民眾注意個人衛生習慣。衛生單位這樣的做法，雖然有損顏面，但因為訊息公開反而會讓民眾有所警惕，民眾知道如何防範病毒、如何保護自己的情況下，疫情應該不至於蔓延擴大。所幸有關單位後來採取實事求是的作法，

讓病例數字透明化、並採取一連串積極有效的防制措施，終於控制住疫情、並取得了不錯的「抗擊非典」成績。

## 公眾想要知道事實真相

公共關係更忌諱的是，組織為了爭取公眾的好感或產品的銷路，竟不惜以虛假偽造的訊息欺瞞公眾（例如許多保健品廠商為了提高銷售量，產品標示不實的成分或誇大治療的效果），甚至製造假事件來吸引公眾的注意或同情（例如某商家為了吸引人潮，對外宣傳舉辦特價優惠或超值贈品的促銷活動，可是當消費者滿懷希望前來「享受優惠」時，卻發現優惠或贈品是限量發行，而且早已經被搶購一空）。這樣的做法或許能夠得逞於一時，但終究有水落石出的時候。當公眾察覺組織的欺騙行為時，不僅組織的形象毀於一旦，再也無法取信於公眾；更可能因為詐欺行為而吃上官司。這如同是搬石頭砸自己腳的行徑，公關人員千萬不可以身試法，或昧於客戶的要求，而做出這種損人損己的愚昧行為。

公眾有知的權利和慾望。公關人員應充分掌握公眾這種知曉心理需求，供給公眾想要知道的訊息。問題是，什麼樣的訊息是公眾想要知曉的？以空難事件為例，出事原因、傷亡數字、傷亡名單、航班機型、航空公司過去的飛航紀錄等，可能都是媒體和公眾想要瞭解的訊息，航空公司應盡快掌握這些訊息，並提供給社會大眾。如果航空公司無法盡速提供這些訊息，很可能會讓公眾產生：「組織好像無法掌握情況、組織似乎沒有能力處理危機」的印象和認知。從而使組織的形象受損，並由於公眾對組織產生信任危機，導致組織在後續的溝通中，陷於不利的位置。更值得注意的是，災難意外事故發生時，組織除了應該盡速、如實提供相關訊息外，更應該告知公眾一些避難、防護自身安全的行動準則或須知。這樣的資訊訊息提供，充分展現組織關心公眾，站在公眾立場設想的誠意和體貼，將有助於公眾對組織產

生認同和信任。

　　總之，「誠實」原則強調組織不應該說謊、不應該欺瞞的揭露公眾想要知道的訊息。但是誠實並不意味「知無不言或言無不盡」，當真有難言之隱或基於某些原因無法說明情境時，組織應該說明理由，並承諾一經證實或得知進一步訊息之時，立即對外交代或說明。相對的，組織也不應該一味的以業務機密為由，不願對外透露任何有關訊息。組織應以開放、誠實的作風贏得公眾的信任和諒解，從而建立組織可信賴、易接近、好交往的形象。

## 第三節　言行一致

　　Haywood指出：「企業要贏得大眾的信心不能只靠嘴巴，更重要的是它表現在外的行為」（胡祖慶譯，1996：p38）；他更進一步認為：「光是話說的好聽不能掩飾公司所犯下的錯誤，企業的言與行同等重要，決定顧客好惡的除了溝通技巧以外，當然還包括它的產品與服務，公司對待顧客的態度也會影響顧客的觀感」（p47）。J. Farrow也曾說：「公共關係的領域當中，行動遠比言語來的重要，因此企業必須注重整體形象的包裝，凸顯對人和工作環境的關係」（胡祖慶譯，1996：p271）。

　　組織的言行都重要，表現在外的行為甚至比講什麼還受人關注。因此只靠「說」而不「做」、或者是「說一套、做一套」的方式，都難以獲得公眾的接納與認同。換句話說，組織不僅要「說」更要「做」；而且言行必須保持一致，才容易取信於公眾，進而建立一個良好的組織形象。組織要說些什麼？如何說？我們在第五章曾大致介紹過，至於組織能夠做些什麼？以及怎麼做的重要原則為何？以下是我們的進一步說明。

## 組織的任何行為都是一種訊息

　　組織的任何作為看在公眾眼裡，都代表一種訊息。組織發出的訊息必須前後連貫、並保持一致性，才不會讓公眾的認知混淆、無所適從。有時組織成員不經意的動作，剛好與組織所強調的服務理念矛盾，這時候看在公眾眼裡，肯定會對組織「說」的訊息產生疑問，從而對組織留下一個不好的印象、甚至是更壞的評價，因為公眾會有一種受氣和受騙的不平。因此，組織應該特別留意組織人員的行為、動作，是否違背組織宣示的承諾或理念。

　　以某航空公司為例，該公司一向標榜「以客為尊」的企業理念，平時各服務人員的態度倒也沒有什麼問題，可是在某一次空難事件期間，一位罹難者家屬向該公司服務人員詢問罹難者屍體的打撈進度，公司人員竟然要這位罹難者家屬「自己去看電視報導」。如果您經過媒體披露知道這樣的行為，不知道您對這家公司有何觀感？就算您不是罹難者家屬，您對這家公司的形象又有何評價？您還相信它所強調的「以客為尊」形象或理念嗎？這就是言行不一致的問題或後遺症，所以從事公共關係必須強調言行一致的重要性。

　　既然組織的作為也是一種訊息，組織也可以運用或採取一些行動，來幫助組織凸顯特色、加強想要傳播的理念。以大陸招商銀行訴求的企業形象「因您而變」為例，招商銀行推出許多創新的服務措施，包括一卡通的各種方便性、第一線人員的主動服務等等，在在都讓客戶感受到親切、貼心、方便。對受眾而言，這些行動不僅贏得廣大客戶的認同，這些行動更提供了「因您而變」訊息的可信度，讓客戶更加信賴招商銀行「因您而變」的形象。

　　值得關注的是，許多組織想要透過公益活動的贊助來加強其本身的社會形象，於是他們花大筆的經費贊助公益活動，但在產品、服務和對待顧客的態度上卻沒有相應的改善或革新，這樣的作法根本是捨本逐末。我們要強調的是，參與公益活動沒錯，但必須與組織的形象

產生聯繫，並在產品和服務上做相應的配合，如此才能夠讓受眾接收或感受到一致的訊息，從而發揮組織贊助公益活動的形象功效。

就像我們在電視連續劇中經常看到，有一種「滿口仁義道德，卻壞事做盡」的人，這種人到最後都不免身敗名裂、或露出狐狸尾巴，而受到應有報應的下場。或許組織不會做什麼壞事，但如果組織只注重宣傳（說的好聽），完全不注意本身行為對受眾的影響，其結局很可能跟電視劇中的那些人一樣，能不慎乎？所以我們把「言行一致」列為公共關係的基本原則，希望組織從事公關工作時，一定要重視組織所做所為對受眾可能產生的影響，並確實遵守言行一致的要求。

## 第四節　雙向傳播

「全面、客觀地掌握有關事實（在這裡看作與訊息同一個概念），對公共關係活動開展具有決定性的作用。在這裡，全面掌握事實含有兩層意思」（居延安，2001：p150）：即相關事實的廣度與深度。「所謂客觀地掌握事實，那就是指公共關係工作人員在調查、瞭解有關事實時，應不帶偏見，而且必須杜絕主觀隨意性，力求事實的公正與真實」（居延安，2001：p151）。

裴春秀（2001）也提到：「開展任何公關活動，都要以研究公眾，掌握充分的、明確的、相應的事實做基礎……對每一訊息，都要完成傳播－反饋兩個環節的過程。如果任何一個環節中斷，或者是任何一項訊息的溝通過程不完整，就會造成整個訊息鏈的中斷而導致不良後果的產生」（裴春秀，2001：p13、15）。所謂的雙向溝通，就是組織除了對受眾傳遞訊息之外，還要從受眾身上瞭解他們的真實想法或需求，這種訊息反饋才能夠讓組織「對症下藥」，設計出受眾關切或喜愛的訊息。

## 「消費者請注意」vs.「請注意消費者」

為什麼要從受眾那裡蒐集訊息呢？D. E. Schultz認為：「4P（產品、價格、通路、促銷）已成明日黃花，新的行銷世界已經轉向4C（消費者的需要與欲求、滿足消費者需要與欲求的成本、購買的方便性、溝通）了。……過去製造商的座右銘是由顧客自行負責―『消費者請注意』。現在，它已經被『請注意消費者』所取代」（吳怡國等譯，2002：p3）。換言之，生產者導向已經被消費者導向所取代，行銷市場如此，公共關係也必須從受眾的需求出發，因為「公共關係要使對象―人（受眾）在訊息傳播中產生合作行為，那就必須把滿足人的需求作為一個基本準則」（居延安，2001：p159）。

公關從業人員在缺乏時間和資源的情況下，經常會以不完整、不深入或不正確的訊息，作為擬定公關計畫的基礎或來源。這樣的情況無異於「瞎子摸象」，就算公關計畫做的再完美、再有創意，對於溝通工作可能無濟於事！因為我們沒有「對症下藥」，就算有再好的藥，也無法治癒病症。更不可思議的是，有些公關策劃人員竟然不做任何訊息的蒐集或調查，完全以個人的主觀好惡，來推論受眾的想法或感受，而據以作為公關策劃的依據。這種「想當然爾、差不多、好像就是這樣」的心理，是導致公關失敗的最主要因素。因此全面、客觀地蒐集正確的訊息、分析這些訊息，進而找出真正的問題或需求，然後才能夠「對症下藥」，成功地完成公關的任務或目標。

以某生產男性內褲的企業為例，為了促銷其產品，該企業針對男性大作訴求，媒體選擇也一律以男性接觸的媒體為主，舉凡男性喜歡的活動、頻道、節目、時段、版面都是這家企業選擇的目標，各種活動和廣告的創意也都還不錯。問題是，花了大筆的廣告、促銷費用，卻不見銷售成績有什麼起色！為什麼？經過市場調查才發現，65%左右的男性，他們的內褲是由太太或媽媽買的。雖然展現的創意不錯，但由於缺乏「情報」，導致訴求的對象錯誤，因此所有的溝通無效，當

然銷售成績無法提升。

　　再以某地居民抗爭火葬場的設置為例，當地政府以主觀的想法，判斷居民是因為噪音的干擾、並想從抗爭中爭取若干補助金而抗爭。因此，政府有關單位以加裝隔音牆措施、提供居民水電費補助，做為溝通的籌碼。結果是居民的抗爭更加激烈，最後火葬場無疾而終。為什麼？經事後調查瞭解才發現，居民抗爭的真正原因是：怕地價或房價因為火葬場的設置而大幅貶值。由於政府單位沒有深入瞭解真正原因，所提解決方案根本不是居民所關切的需求，因此溝通當然失敗。如果政府相關單位在規劃或溝通之前，能夠先行瞭解居民的意見和需求，再依據這些需求思考解決方案，相信溝通的效果必然會有所不同。

　　如何蒐集訊息或掌握事實呢？公關人員可以從許多不同管道蒐集到相關訊息，一般將蒐集訊息的研究方法，分為「正式」與「非正式」兩種。正式方法以隨機抽樣來驗證研究成果的代表性，如常見的社會科學調查法（電訪、面訪、郵訪等）；非正式方法則是，在可以忍受調查標的不具統計代表性的缺點下，以較低廉成本取得對問題進一步瞭解的方法，如組織內部資料的蒐整分析、報章雜誌的內容分析、網路資訊網的資料索引、以及焦點團體座談（focus groups）（姚惠忠，2001：p74）。這些蒐集訊息或掌握事實的方法，我們將在第九章做進一步的詳細說明。

## 「雙向」觀念首重受眾需求之探討

　　從公眾那裡要蒐集哪些主要訊息呢？居延安（2001）特別將「以滿足公眾需求為出發點」作為基本原則，筆者則把這部分列在雙向傳播的範圍內。公眾究竟有哪些需求呢？居延安（2001）從人們知曉心理需求、獨立自主的人格需求和不斷轉移、昇華的精神需求等層次，舉例說明組織應如何針對不同受眾的不同需求給予滿足，才能夠獲得

受眾的讚賞、進而與受眾真正達到相互瞭解、相互適應的目標。

知曉層次的需求，我們已經在前面的章節介紹過，恕不贅述。至於獨立自主的人格需求，講的是如何「以客為尊」，讓受眾產生被尊重、受呵護的感覺。這樣的需求滿足，許多組織都奉為圭臬，但真正能做到位的卻為數不多。公共關係既然要與各類公眾建立並維持良好的關係，組織在貼心服務受眾的設計上應該多加用心，並真正加以落實，才能夠讓公眾對組織產生心悅誠服的認同和支持。筆者認為公關人員可以用「角色扮演」的方法，將心比心的站在受眾的立場想一想，如果我們自己是受眾，我們希望組織怎樣對待、提供哪些服務？但這樣的技巧，還必須經過目標受眾的測試，證實確為受眾的需求之後，方可付諸實施，以免落入「己所欲，施於人」的主觀邏輯陷阱。在「顧客關係管理」和「關係行銷」概念方興未艾之際，更顯現這方面需求滿足的重要性。

## 受眾的需求會不斷改變和昇華

不斷轉移、昇華的精神需求則因人而異，組織必須針對目標受眾，探詢出他們真正的想法和需求，才能夠爭取受眾成為組織的忠實支持者。以高級會所或俱樂部招收會員為例，我們要爭取的潛在受眾可能入會的原因為何？是身份地位的象徵？是結識商場人脈的管道？還是休閒娛樂的享受？不同的潛在受眾可能有不同的入會動機，什麼是他們共同的需求？這些需求組織能否提供？俱樂部如果可以提供，就可以針對目標受眾的精神需求，設計出具有說服力的訊息並與其溝通，因為針對受眾的需求設計訊息，只要訊息被目標受眾接收到，自然比較能夠獲得受眾的青睞，從而採取加入的支持行動。

接下來的問題是，公眾的需求會不會改變？能不能改變？隨著時代的進步，公眾的需要和欲求當然會改變，公關人員必須「與時俱進」地掌握公眾需求的變化，進而提供相應的滿足。至於公眾的需求

能不能引導或改變？白巍（1998）特別提到：「組織對公眾的需求，不應是簡單的順應、滿足或拒絕。還應該採取積極態度，引導乃至改變、創造公眾的需求……通過積極改變公眾需求、需求的層次、需求的內涵和觀念，組織能更有效地與公眾建立所期望的關係狀態」（p42）。這牽涉到需求的昇華和觀念教育的問題，以大陸經濟改革開放為例，當經濟發展到某一程度、物質需求已經無虞匱乏的階段，新鮮的休閒型態和精神文明的重視等需求，是可以透過引導而加以創造的。

總之，針對公眾需要和欲求的訊息或訴求，溝通才不會無的放矢、溝通才能產生預期的效果。由於受眾需求必須經過調查或探訪才能知悉，不能單憑公關人員的主觀隨意性妄自確定，因此「以滿足公眾需求為出發點」原則，也是「雙向傳播」的核心概念。另外，對受眾的需求提供服務或滿足，是站在受眾立場思考問題的體現，更能顯示出組織「對等」對待受眾的誠意，可說是在某種程度上「對等溝通」模式的實現。所以說「雙向對等」溝通仍是值得公關從業人員追求的一種理想溝通模式。以下我們將進入對等溝通的探討。

## 第五節　對等溝通

居延安（2001）認為公關的第二條基本原則，應該以社會效益為依據。「所謂社會效益，既包括了社會組織的自身利益，也包括了社會公眾的利益，它是這二者根本利益的總和」（p154）。居延安分別從組織形象、組織行為和可能對公眾產生的問題等面向，指出公共關係必須追求主體與公眾雙贏、並重視公共利益，才能「協助本組織完成自身既定任務的同時，又創造一個和諧的社會環境」（p159）。他強調，即使與組織行為無關，但卻與社會公眾利益息息相關的問題，組織也應該重視，並加以協助解決。例如許多企業熱衷於公益活動，

既創造了一定的社會效益，更從中獲得了良好的社會形象。黃懿慧（1999a）則指出：「將『社會責任』、『公共利益』與『對等溝通』等理念，導入公關運作的範疇中，對於增強公共關係的專業性與道德規範，確有其不可忽視的貢獻」（p23）。

白巍（1998）則認為：「相互尊重，是相互和諧、均衡、合宜關係形成的基石，是積極的、健康的公關應具備的基本態度」（p28）。裴春秀（2001）的平等互利原則也提到：「平等互利原則，指組織應以公眾利益為出發點，通過雙方利益的協調與平衡，讓組織與公眾的利益要求都得到滿足，謀求組織與公眾的共同發展……平等互利原則的核心是雙方利益的均衡。即使雙方的需求都得到滿足。因此，需要找出雙方需求的共同點來達成共識」（p13-4）。

組織與公眾雙方的需求若能找到共同點，例如組織為了營造良好的形象或運作環境，所以從事有益於公眾的活動；或者因為組織的行為造成環境的破壞，而必須擔負起修復、補償的責任。這些情況下，組織採取平等互利的做法對待公眾，殆無疑意。問題是，當組織進行溝通過程中，並非組織的行為所引起，但公眾卻希望或傾向組織退讓或改變立場時，組織真的願意順從公眾意願、調整自己的立場或作為嗎？

公關大師「Grunig認為『對等性溝通模式』是優越公關的必要條件，因為它的『效果』比其他的模式更好」（孫秀蕙，1997：p75）。所謂「對等」概念，就是主張組織為了長遠的發展，或消弭與公眾的衝突，在必要時候應該改變立場或作為，使雙方達到利益上的妥協或平衡。「對等式的世界觀不視公關的目的為說服或操縱他人，相反的，它視公關的目的為『衝突管理與增進瞭解』」（黃懿慧，1999a：p15）。這種模式最適合於談判、折衝與協商，因為它能促進組織與公眾的相互瞭解和合作，以達成共識、化解衝突的雙贏局面，因此Grunig認為這種雙向對等的溝通模式，是公共關係最理想的溝通模式。

這樣的理念，在公關理論和實務上有許多爭議。有人認為這樣的

主張太過理想化、唱高調、不切實際；也有人認為這樣做，完全失去組織生存或發展的立場。因此對等溝通的模式，極少見於實際的公關案例。孫秀蕙（1997）指出：「有學者質疑，如果在溝通的過程中，參與溝通的雙方本來就處於不平等地位，那麼要求溝通的一方減損籌碼來遷就另一方（弱勢者）的權益，原因是『對等性溝通更加有效』——在利益尚未得到之前就要強勢溝通者先行退讓，以便獲得更遠期的利益——是否真的可以說服強勢溝通者？」（p75-6）。由於牽涉到組織利益的捨棄或立場的退卻，不僅組織高層很難接受，就連公關人員也不見得贊同這樣的做法。

孫秀蕙（1997）進一步指出：「Grunig理論的弱點，在於它所提出的『對等性』概念，一直無法在概念的邏輯推理性與實證研究方面說服公關界其『優越性』。判斷公關策略的優劣與否，除了看他是否能善用有限資源，具備創意，更重要的是它在時空的限制之下，是否仍然『可行』，符合業者的成本效益」（p79-80）。

J. Grunig經過理論和實務界的質疑，不斷完善其「對等溝通是卓越公關」的最佳模式理論，在Heath所主編的 "Handbook of Public Relations" 一書中，J. Grunig（2001c）特別提到他「從未把雙向對等溝通模式視為純粹的合作賽局（games of pure cooperation）」，因為這種賽局的一方總是想嘗試去順應或遷就（accommodate）另一方的利益；而對等溝通模式強調的是：在滿足組織本身利益的同時，努力去幫助公眾也滿足他們的利益。換言之，Murphy的純粹合作賽局，無法反應「對等溝通」的真正精神，因為這種只站在對方立場著想的模式，太過理想與不實際；相反的，在追求己利之際，抱持著雙贏的概念也維護對方的利益，才是對等溝通模式的真正精神所在，所以Grunig（2001c）強調：「Murphy的混合動機模式（mixed-motive model），才能正確闡釋對等溝通的概念」（p12）。

Grunig（2001a）認為組織在危機來襲前，和可能受組織決策和行為影響的公眾，建立良好的長期關係，能夠增強組織抵抗

議題和風險的能力。而當危機發生時，組織的傳播原則包括負責（accountability）、揭露（disclosure）和對等溝通（symmetrical communication）原則（p18）。他強調組織必須視公眾的利益，至少與組織的利益同等重要，以創造組織有誠意解決問題的氛圍。

　　不管爭論的結果為何，筆者認為，將對等溝通模式視為一種理想模式並無不可。公關人員應該牢記對等的理念，因為對等的目的是要獲得受眾的瞭解與接納，唯有讓受眾接納組織，組織才能夠營造出最有利的運作環境，也才能夠順利完成公關目標。換言之，對等溝通可視為是一種手段或過程。因此裴春秀（2001）提到：「有時候，組織放棄一部分利益，是為了獲取更大的利益；放棄短期利益，可以得到長期的回報。因此，在處理與公眾的利益關係的時候，不要太過於斤斤計較，而要考慮長遠利益的需要」（p14）。這裡所謂的「更大的利益、長期的回報、長遠利益」，應該指的就是有利於組織運作的環境，因為環境有利於組織運作，所以組織能夠永續經營，進而獲得更大或長遠的利益。

　　經濟學中的完全競爭市場，雖極少見於實際的社會，但卻無損於其作為最有效率的市場結構。既然視「對等溝通」為一種理想模式，可能在某些情境、某些因素限制（如客戶或組織高層堅守原有立場）下，我們無法以對等模式進行溝通，但站在公關實務的角度，筆者建議公關人員，應該把對等溝通當作公關事業的一種職志。利用各種機會，向客戶或組織高層宣揚對等理念，以期對等溝通的理念能夠逐漸生根於公共關係實務領域。只要對等溝通理念深植人心，面對各種公眾都能以對等溝通心態和觀點出發，則互利和公利的結果，自然水到渠成。因此筆者用「以對等溝通為職志」取代「以社會效益為依據」，作為公共關係的另一基本原則。

# 第 7 章
# 公關人員需要的特質與技能

公關人員需要具備什麼樣的個人特質和條件，才足以勝任如此龐雜、多樣化的工作內容呢？Wilcox等人（2000）認為每一個公關人員的任務不同，有的人經常接觸客戶和公眾；有的人卻老是在書桌前，從事規劃、寫作和研究的工作。因此對公關人員定義單一的人格特質是沒有意義的。但下列五項基本個人特質，卻在所有成功的從業人身上都能明顯看到，這些特質包括：

一、運用語言（說）或文字（寫）表達的能力。

二、分析的技巧，能夠清楚地確認和定義問題。

三、創造的能力，針對問題能夠提出新穎、有效的解決方案。

四、具有一種說服的本能。

五、精鍊且引人注目的提案能力。

　　Bill Cantor則強調「求知慾」和「堅持」這兩項個人特質的重要性。他指出：「由於公共關係並非一門確切的科學，公關人員為了解決一個問題，經常必須嘗試許多方法……而問題能夠被解決，經常是因為公關人員的堅持和一些新情報的獲得」。另外，一些負責雇用幕僚人員的資深公關主管則強調：「正常性格且擁有公關工作所需要之技能的人，比那些外向、交際型的人（brash"gladhand"type）更適任大部分的公關工作」（Wilcox等，2000：p85-6）。那麼公關人員需要哪些核心能力才適任呢？

## 表達、研究、規劃和解決問題的能力

　　Wilcox等人（2000）進一步指出，將公關視為事業的人，不管他從事公關工作的哪一領域，都應該發展四種基本的核心能力：

### 一、寫作技巧（writing skill）

　　將訊息精準且清楚地表達在紙上的能力，是必要的。因為錯字連篇或草率、不通暢的文句，很容易讓訊息接收者產生錯誤與不信任的

感覺，從而無法完成訊息傳遞的目標。

## 二、研究能力（research ability）

許多公關規劃的失敗，都是因為無法正確掌握受眾的需求和認知。為了避免這樣的錯誤，公關人員必須堅持並有能力從事各種資訊蒐集、以及透過調查的設計和執行來指引研究的工作。對研究工作而言，網際網路和電腦資料庫的熟練使用是相當重要。

## 三、規劃技術（planning expertise）

公關方案牽涉到許多溝通工具和活動，必須被謹慎的規劃和協調，因此公關人員必須具備細節導向（detail-oriented）、且具有方向感的規劃技術，才能保證公關計畫順利的推動和進行。

## 四、解決問題的能力（problem-solving ability）

公關人員的角色，已經從早期的訊息傳遞者，轉移到問題解決方案的諮詢顧問，公關的價值在於有創意的為組織或客戶解決問題。因此，公關人員的使命是，想出創新點子和新穎方法來解決複雜的問題；或者是讓公關方案顯得獨特且值得記憶，因此公關人員需要有解決問題的能力。

邱偉光、韓虹（1998）則認為：「公共關係人員應該具備以下工作能力」（p225-6）：

## 一、組織管理能力

「公共關係人員要經常組織各種類型的公共關係活動，因此，必須具備較強的組織管理能力，它主要表現在落實和實施公共關係計畫、方案過程中所需的組織與指揮控制能力」。也就是執行方案的落實能力。

101

## 二、蒐集、處理訊息的能力

訊息傳播是公關的主要內容，為了制定符合受眾需求的訊息，公關人員必須具備蒐集、處理訊息的能力，「為社會組織進行科學決策提供依據」。

## 三、社交、宣傳能力

「為了廣結善緣，爭取公眾理解、支持」，公關人員應具備「進行交往、聯絡公眾」的社交能力，以及「能說會寫」的宣傳表達能力。

## 四、應變、創新能力

「應變能力能夠使組織在遇到發展障礙時，保持冷靜清醒的頭腦，設法越過障礙繼續前進……只有不斷創新，運用新穎的方法、奇特的方式，才能不斷滿足公眾求新、求異、求變的心理需求」。

## 五、論辯、談判能力

「當組織與公眾發生誤解和爭端時，為了協調關係、平息爭端，繼續得到公眾的合作支持」，公關人員「要具有誠實熱情、和藹可親的態度和能言善辯的口才」，以期「消除誤解，獲得談判的成功」。

## 第一節　適合從事公關行業的個人特質

孫秀蕙、黎明珍（2004）指出：「生性喜好交友和嘗試新的事務，是讓公關人的夢想起飛的條件……再者，公關人必須挑戰自我極限……具有冒險犯難和藝高人膽大的特質」（p11）。

筆者從多年的用人經驗中也發現，不同的工作性質，需要不同的個人特質。例如業務開發需要比較開朗、樂觀、善解人意、具有說服

本能和服務意識等特質；企劃人員需要廣泛的知識、富想像力、掌握趨勢的敏銳觀察力；活動執行人員則需要細心、耐煩、主動、積極、講求效率等特質。畢竟全方位的人才難尋、亦難培養。綜合以上幾位學者專家的看法，佐以筆者的經驗觀察，我們整理出五項比較適合從事公關行業的基本個人特質，供有志進入公關行業者做個參考：

## 一、旺盛的企圖心

有企圖心才有方向和目標、才能冒險犯難、挑戰自我極限。旺盛企圖心是邁向成功的動力，也才能讓公關行業呈現出欣欣向榮的生氣和活力。

## 二、強烈的學習慾望

公關所需要的學識既廣又博，經驗的累積絕非三言兩語就能道盡，所以謙虛、不斷求知的態度，是成為優秀公關人員不可或缺的要素。有強烈學習慾望的公關人，才會勇於嘗試新的事務。孫秀蕙、黎明珍（2004）提到：「嘗試新的事務，對懷抱夢想的公關人來說，就是挑戰傳統的思考模式」（p10）。

## 三、說服的本能

公關既然是一門溝通的學問，不管對客戶還是各類公眾，在在都需要具有說服力的點子和演出，才能獲得客戶的青睞、並順利與公眾進行溝通。因此具有說服本能的從業人員，必能創造更多的機會。

## 四、堅持的毅力

在公關行業中遭遇挫折是家常便飯，想成就一番公關事業更非易事。身處公關行業中，如果沒有堅持的毅力，很容易因為挫折或困難而萌生退意。

## 五、耐操、肯吃苦

　　或許很多人認為，公關行業輕鬆而且收入頗為豐厚。其實公關工作是勞心又勞力的一種職業，趕工的時候根本沒有上班下班時間、更沒有假日可言。沒辦法吃苦耐勞的人士，奉勸您還是另謀高就。

## 第二節　公關人員應該具備的技能

　　至於公關人員應該具備哪些基本能力，才能勝任愉快呢？孫秀蕙、黎明珍（2004）認為：「對公關人員來說，所謂培養『專業能力』，大約可分為幾方面：拓展視野、領導潮流。熟悉產業、全面掌握。吸收經驗、創新企劃。人文素養、社會關懷」（p246-7）。筆者則相當贊同Wilcox等人所提出之基本核心能力的看法，但這只是作為一個公關人員應該具備的基礎技能。筆者認為除了基礎技能之外，如果公關人員想要成功、或是在公關行業中更上一層樓的話，應該還需要具備一些進階性的技能。以下是筆者認為的基礎技能和進階技能：

## 一、基礎技能

1. 表達能力：包括「說」和「寫」，尤其是寫作技巧。
2. 研究能力：主要是訊息的蒐集、分析、以及簡單市場調查之執行（如焦點座談和碎石子調查）和數據的解讀。至於具有統計意義的量化調查，目前多委託專業公司執行。
3. 企劃能力：公關公司爭取客戶主要靠企劃提案，企劃案的構思和撰寫成為公關人員最頻繁的工作，因此沒有企劃能力的人很難在公關公司生存。
4. 解決問題的能力：公關就是為客戶解決與各種公眾之間關係問題的工作。因此，公關人員必須培養解決問題的意識，並具有提出各種解決方案的能力。

5. 公關學識和經驗：經驗靠累積、學識靠進修。對公關基礎或新進人員而言，應該多看、多聽、多思考；多涉獵公關、行銷、廣告、傳播方面的書籍資料；多參考借鏡別人的經驗；另外，對於自己曾犯過的失敗或錯誤經驗，更應該記取教訓，不可重蹈覆轍。

## 二、進階技能

1. 分析、判斷能力：界定、釐清問題之所在，是提出解決方案的先決條件，這需要站在更高視野俯瞰全局。如果不能確認問題，縱有再多解決方案也無濟於事。因此分析和判斷是公關資深或高層人員必備的能力。

2. 創新能力：公共關係「以不斷創新為靈魂」，想要進步或更上一層樓，思考模式、表現方式的不斷創新是必然的要求。

3. 方向感和掌控能力：方向感係指解決問題的策略思路、敏感度；掌控能力則指組織、管理的條理性。想要獨力指揮、管理公關計畫，方向感和掌控能力必不可少。

4. 應變能力：活動執行期間難免發生事故、或意想不到的干擾或障礙，處變局需要有冷靜、臨危不亂的定力和應變要領。尤其在爭取客戶過程中，隨時都應該要有接受挑戰、或需求突然改變的心理準備和應對能力。

5. 業務開發能力：空有一身好武藝，沒有戰場讓其揮灑，對公關人員猶如英雄無用武之地。想要成為成功的公關專業人士，除了上述基礎和進階技能之外，還應該擁有開發市場的人脈和能力，才能保證公關事業的永續不斷。

由上述的觀念可以發現，工作經驗與公關技能是息息相關的。有意投入公關行業者，除了應該在公關學識上多加充實外，可以多注意其他產業或組織在公關實務上的案例，學習人家的長處、並記取別人

的經驗教訓。另外，公關人員也應該注意並培養若干必須具備的個人特質，例如，企圖心、學習慾望和毅力。至於有志更上一層樓的公關從業人員，最重要的是業務開發能力和方向感的掌控，因為有開拓市場的能力，才有舞臺或戰場可以揮灑；能夠掌握方向，才能有正確的策略，也才有機會完成公關目標。

操作篇

# 第 8 章

# 公關企劃

在競爭激烈的時代裡，組織的所有作為和活動都圍繞著「重建（Restructure）」和「再造（Re-engineering）」兩個詞彙在思考。所謂組織重建思考，意謂解除組織現況的不利面；而組織再造思考，係指實現未來的完善面。日本學者高橋誠稱其為「2RE思考的時代」（陳南君譯，2000：p18）。事實上，公關的任務也圍繞著這兩個概念在思考，因為公共關係在為組織與各種公眾建立良好關係，並解決各種問題與糾紛。前者即在追求組織的完善面；後者則在為組織解除現存的不利因素，以期為組織創建一個最有利的運作環境。

重建也好、再造也罷，公關作為應該是有計畫或系統性的工程。換言之，公關實務的操作應該從「企劃」這個階段開始。問題是：何謂「企劃」？高橋誠認為：「以創造或解決工作的問題為目標，擬定方針、蒐集資訊、建立構想，然後將其具體化達到實現目的的計畫」（陳南君譯，2000：p25）。在這個定義中，除了目標之外，「企劃」由三個非常重要的環節組成：「蒐集資訊、擬定方針和建立構想」。

## 第一節　企劃三環節：情報、策略、創意

公共關係之企劃亦然，我們可援上述格式試著為「公關企劃」下一個定義：「以創造組織最有利運作環境為目標，蒐集各相關情報、擬定策略方向、並使用創意構想作為表現形式，然後將其付諸執行，以期達到實現目標的計畫」。從這個定義我們可以發現，公關企劃的三個工作環節：「情報、策略、創意」。而且，這三個工作環節皆圍繞著目標，他們的關係如圖8-1所示：

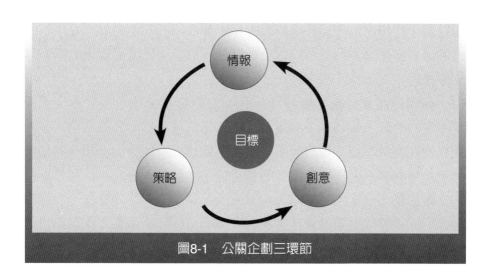

圖8-1　公關企劃三環節

　　為什麼情報、策略、創意都圍繞著目標呢？情報範圍漫無邊際，以目標為核心搜尋相關情報，才有一定的線索可以依循，而不會浪費太多時間、精力於無關的訊息。策略是達成目標的方向或綱領，創意則是在策略指導下的表現形式或內容，所以策略和創意都必須圍繞著目標，才能夠保證企劃不會偏離組織想要到達的目的地。

## 沒有調查就沒有發言權

　　要創造組織最有利的運作環境，首先應該瞭解、熟悉組織所處的環境，包括市場的情況、受眾的需求和競爭者的現況。對市場訊息的充分掌握，有助於組織進行情境分析，進而作為策略擬定的參考依據。換言之，正確的「策略」有賴於充分的「情報」。策略確定之後，經過「創意」的包裝，才能產生有效的溝通效果，進而為組織創造最有利的運作環境。因為，沒有資訊或資訊不夠，勢將導致策略錯誤，錯誤的策略即使創意再絕妙，一切都是枉然！

　　對情報的充分掌握和瞭解，除了可以瞄準目標對象、及其最常接觸的媒體或場所，避免無效率的將資源浪費在無用的宣傳管道和對象上；還可以瞭解目標受眾對於組織相關問題的基本認知，為組織在受

111

眾腦海中找出定位、以及最能吸引和影響受眾的訊息方向；並以科學性的調查結果，取信於組織的管理階層，以便公關活動計畫的順利通過與推動。

　　信義房屋是一家房屋仲介公司，它的主要業務是接受售屋者或求屋者的委託，代為買賣房屋。如果您是信義房屋的公關企劃人員，您與潛在客戶（也就是有房屋要出售、或想要買屋的人）如何溝通？您認為這些客戶會選擇什麼樣的仲介公司？他們考慮的條件和重點何在？是價格？安全性？還是服務態度或品質？如果您這麼想，您純粹是以您的經驗或主觀隨意性在作判斷，而這些判斷是相當不可靠或危險的。依據這些主觀經驗式的情報，所擬定的溝通策略就容易產生偏誤，而且很可能跟其他仲介公司的訴求完全沒有區隔。因為根據調查，售屋或求屋者買賣房屋時，他們對仲介公司的要求，最關切的不是信譽或服務態度等因素，而是仲介公司的「成交速度」！

　　經由調查得知，售屋者出售房屋最關切的問題是房屋的成交速度，信義房屋隨即擬定：「告訴潛在客戶，信義房屋是成交速度最快的仲介公司」的溝通策略。要如何展現信義房屋的「快」呢？又如何取信於客戶呢？這屬於創意表現和尋找支撐點的範圍。

## 策略是方向、創意是表現形式

　　有了正確的溝通方向之後，就是創意包裝的問題了。信義房屋在這個策略指導下，推出一個三十秒的電視廣告片，片子從一對學童放學過馬路的對話開始，小男孩羞怯的以自己要搬家為由，要求和小女孩牽手，小女孩尚未反應的同時，在一旁協助學童過馬路的導護媽媽答腔：「賣房子沒有那麼快啦！」告訴這一對小學童不用急著離情依依。鏡頭一轉，同樣的場景只剩下小女孩垂頭喪氣、獨自一人過馬路，導護媽媽問起，小女孩生氣的說：「都是你啦，說什麼賣房子沒那麼快，哇……你騙人」。導護媽媽半信半疑的自問是哪一家仲介公司這麼有效率？在一旁等待過馬路的機車騎士，突然連珠炮式的引述

「蓋洛普」、「天下雜誌」等權威調查或統計數字，證明信義房屋確實是成交速度最快的仲介公司。

此廣告一推出，佳評如潮、廣泛受到消費者的關注和喜愛。根據調查，消費者對信義房屋的整體形象，達到有史以來最高的水準；而且消費者普遍感覺信義房屋是「成交速度最快的仲介公司」；尤其信義房屋接受委託的案件量，比廣告推出前，呈現出大幅度的成長。這樣的表現，隨即引來競爭者的模仿。但由於信義房屋搶先切入「成交速度快」的定位或訴求主題，因此這些模仿根本動搖不了信義房屋在消費者心目中的領導地位。

綜觀信義房屋從調查消費者的關切、擬定溝通策略、到運用電視廣告作為溝通工具的案例，我們得到三點啟示：

第一、從事公關企劃，首重調查研究

由於情報充分，所以切入點恰到好處。也就是策略正確，導致信義房屋的溝通方案達到預期的效果。反之，如果信義房屋沒有經過調查研究，而以公關人員的主觀經驗來推論、決定策略，不管是強調安全或是服務品質，都將偏離目標客戶的需求和想法。

第二、策略訴求單一化，公關訊息一致化

既然成交速度是目標客戶最關切的問題，溝通的訴求就應該簡單、而且集中在他們所關切的資訊上。因此整個廣告劇情只在傳達一個概念，那就是「信義房屋是成交速度快的仲介公司」。至於安全性、價格、服務態度或品質……等其他利益，則不是溝通的重點和內容，如果要把上述利益通通陳述、包含在溝通的訊息中，目標受眾很難記住你要傳達的重點和特色，結果是「太多重點或資訊就等於沒有重點或資訊」。

第三、具有趣味性的創意要和訴求主題緊緊相連

許多公關或廣告企劃人員，經常為了表現有趣的創意，而忽略了訴求的主題。趣味性的運用，只是為了要使訴求的訊息能夠以更明白、易懂的方式傳遞給目標受眾，因此不能夠喧賓奪主，導致受眾只

113

記得趣味性而忽略了訴求的主題。信義房屋在廣告中所表現的趣味性，緊緊扣住「成交速度」這個主題，最後並安排機車騎士，以連珠炮念稿的詼諧方式，導出支撐信義房屋是成交速度快之仲介公司的證據，不僅深具說服力，其貼近生活化的有趣劇情，更達到絕佳的溝通效果（姚惠忠，2001：p74-5）。

## RU-21與RU486的故事

依照前述三項啟示，我們嘗試為一項新產品RU-21做個行銷公關企劃：RU-21乃取自天然草本提煉之現代化保健品，喝酒前服用RU-21，可以迅速分解酒精，達到解酒、養身之功效。瞭解RU-21的產品特性後，緊接著應該調查研究市面上競爭產品及潛在消費者的需求。調查發現市面上的替代產品不勝枚舉，而且幾乎都訴求「有解酒功效」和「不傷身體」等特性；消費者對這些產品訴求的功效，除了親身體驗之外，多持半信半疑的態度；至於消費者的消費習慣，他們通常希望在喝酒的場合能夠買得到，也就是強調購買的方便性。在大環境的資料方面，我們也發現市面上有一種產品的名稱和RU-21相近，而且其知名度相當高，那就是墮胎藥RU-486。

綜合以上資訊，如何擬定RU-21的公關策略？相對於競爭產品，RU-21首重如何取信於潛在消費者，讓他們相信RU-21確實有強力解酒功效、而且完全不傷身體。如果無法取信於公眾，RU-21投放再多的廣告也無濟於事，因為此時的RU-21和其他競爭產品並無任何差異。在這樣的策略指導下，我們建議RU-21應該先鎖定媒體記者為公關對象，邀請記者親身體驗、現場吹氣試驗的方式，讓記者們親身見證RU-21的功效。有了記者的親身見證經驗，往後有關RU-21的相關訊息比較有機會被正面報導，進而讓廣大的消費者因有公正第三者（媒體）的傳播，而相信RU-21的功效。另外關於銷售管道，為了滿足消費者所希望的方便性，應該以各地的大小餐廳和小吃店為主、以便利商店和西藥房為

輔，且必須注意其普及性。

至於趣味性創意與訴求主題的連結，我們建議搭RU-486的便車，在網路上廣泛流傳一個故事：「據美國情報資料顯示，前蘇聯KGB有兩位相當優秀的情報員，屬害程度與英國的007不相上下，其編號分別是RU-21和RU-486。他們雖然優秀但卻各有缺點：RU-21喜歡喝酒而且不勝酒力、經常因為喝醉而誤了大事！RU-486的缺點是受孕率奇高，經常因為懷孕而無法出任務！KGB為解決這兩位優秀情報員的問題，特別要求蘇聯最先進的醫藥研究單位，針對這兩個問題研發藥物，而且要求研發的藥物先求不傷身體、再求療效！集蘇聯全國醫藥研究單位之力量，終於研發出最先進的解酒藥和墮胎藥。從此，這兩位情報員再也沒有以往的困擾，並屢屢為KGB創下奇功。因為是專為這兩位情報員所研發之藥物，故取名為RU-21與RU-486」。

這個故事當然是個笑話，但這個笑話不僅緊搭知名度相當高之RU-486的便車，而且與訴求主題「強力的解酒功效」緊緊相連，讀者看過這則笑話後，必然對RU-21這個名稱有相當深刻的印象，而且知道它是解酒的保健品或藥物，從而可以快速建立起RU-21的品牌知名度。

## 第二節　公關2PM策略與企劃流程

企劃就是「根據組織形象的現狀和目標要求，分析現有條件，設計最佳行動方案的過程」（夏年喜，1997：p178）。這個過程也就是情報、策略、創意的展現和延伸。以下我們將就公關企劃的流程做詳細說明。

從事公關企劃首先要有目標。目標可能是現有問題的解決、或者是希望更上層樓的理想境界。譬如改善組織形象、提高市場佔有率、和社區建立良好關係。這些目標在尚未深入瞭解情報、不確知問題的本質，而且無法量化的情況下，我們稱之為「較廣泛的公關目標」。

在這個目標的要求下，公關人員著手進行相關情報的蒐集工作。情報主要包括三個面向的訊息：需求面、競爭面和組織所處的大環境面向。例如，公眾對組織表現的瞭解和滿意程度、公眾的需求是否已經被提供、競爭者的傳播策略和表現形式、公眾對組織履行社會責任的要求、政府部門對組織發展限制的可能性等等，這些訊息的蒐集與分析，有助於組織對整個「情境的瞭解」。對情境加以分析，主要希望從中找出組織相對於競爭者的優劣勢、以及來自環境因素的機會和威脅，即所謂的「SWOT」（strength、weakness、opportunity、threat）分析。也就是希望從分析中，釐清組織存在的機會點和問題點，以上這些工作都屬於「情報」的範疇。

## 公關的2PM策略

搞清楚問題的本質，也瞭解組織擁有的機會和優勢後，就可以進一步將組織的公關目標明確化。這個明確的目標必須是可以實現、有時間觀念（例如在三個月內）、而且還要能夠量化，以便日後做效果評估時有所依據。Wilson（2001）把前述那個較廣泛的目標稱之為「goals」;而把這個特定、可測度、可達成且有時間觀念的目標稱為「objectives」（p218）。為了達成這個目標，組織應該遵循什麼樣的方向？或是應該採取什麼樣的行動規則呢？

汪睿祥、姚惠忠（2009）定義公關策略為「組織為因應不同情境需求，針對不同公關目標，由公關人員構思、整合資源並執行，以期達成目標的行動構想」。此定義下，公關目標有「關係」與「形象」兩類，公關情境可分為「平時」與「危機」兩類，公關策略依「目標」與「情境」二個向度，可分為關係培育，關係修護、形象建立、形象修護等四大範疇（category）。

以組織平時塑造形象為目標的公關企劃而言，至少有四個面向的問題，需要有明確方向作為方案或行動的依據：包括目標受眾的確

定、組織的定位、溝通訊息的設計、以及溝通工具或管道的選擇。相對於行銷的4P或4C策略組合，筆者將這四項基本的公關策略，簡稱為2PM（target publics、positioning、message、media）策略，也可將2PM稱之為公關實務操作組合。

　　所謂公關策略，意指達成公關目標的方向或綱領。當組織的公關目標是要和其策略性公眾建立良好的長期關係時，組織必須思考要用什麼立場和這些公眾進行溝通，才能達成目標。在這樣的考慮下，姚惠忠、王怡雯、張靖嫻（2005）指出：2PM的第二個P應該改成組織溝通立場（position）的選擇。因此，Grunig所提出的對等或不對等溝通模式，亦屬於公關策略選擇的範圍。換言之，強調溝通功能的公關企劃，除了要先確定溝通對象（publics）之外，尚須考慮組織的溝通立場（position）、溝通內容（message）和溝通媒介（media）的選擇。

　　必須提醒讀者的是，「言」和「行」都代表組織訊息的透露，因此組織所採取的行動也可能是組織的訊息策略。至於公關媒介，能夠傳達組織訊息的工具和載體，都是公關媒介的範圍。基本上這涉及三個層次的選擇：(1)工具的選擇，公關的工具或表現形式至少包括新聞、廣告、事件（活動）、人際傳播和其他工具（網路、演講、提報、DM、戶外看板、海報、小冊、通訊和年度報告等）；(2)載體的選擇，載體則主要是電視、廣播、網路、報紙和雜誌等媒體的選擇；(3)時段或版面的選擇，選定工具與載體後，接下來要考慮的是哪一個頻道或平面載體、以及時段、節目或版面的選擇。

　　以上三個層次的媒介選擇，應該考慮什麼因素來做取捨呢？基本上，我們通常依循以下三個原則：(1)從溝通目標來選擇工具或形式，例如溝通目標是建立可信度時，新聞比較理想；希望快速建立知名度時，廣告較合適；希望與目標受眾直接接觸時，事件是不錯的選擇；想要改變若干受眾的態度時，人際傳播值得考慮。(2)從訊息內容來考慮載體，例如想凸顯洗衣精的強力洗白效果，電視比較理想；對某IT產品的深入介紹，報紙是不錯的選擇；時尚產品想要凸顯其高品質，

雜誌可能比報紙合適；希望與受眾互動或強調速度，則可考慮網路。
(3)從受眾的媒體接觸習慣來選擇時段與版面，以學童為目標受眾，應
選擇傍晚時段的卡通節目；以白領為目標對象，則可選擇天下或遠見
等財經性雜誌；以家庭婦女或老年人為目標受眾，則比較適合晚間八
點檔的連續劇；如果目標受眾是球迷，則體育賽事轉播時段和報紙的
運動版面應該是首選。整個2PM的邏輯概念，可以用圖8-2加以展示。

　　策略的擬定讓組織確定以哪一類公眾作為目標對象，在這些受
眾腦海中找到一個適當的位置，確定溝通的核心訊息和主要工具或管
道。接下來要考慮的是公關行動的計畫內容，包括表現的形式、活動
細節內容和媒體的安排（版面、欄目、時段），這些表現形式、設計
和安排即屬於「創意」的範疇。這些創意相當於策略的「包裝」，它
強調訊息表現的新意和創造性，希望能夠在訊息量爆炸的激烈競爭
下，突出組織想要傳遞的核心訊息，發揮吸引受眾注意的功能。一個
完整的企劃案，會把這些行動和媒體安排，製成公關計畫或活動的
「時間流程表」，公關人員即可依據時間流程的安排，「按表操課」
依序推動公關計畫。

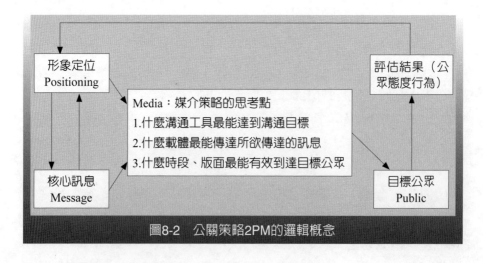

圖8-2　公關策略2PM的邏輯概念

公關計畫完成後，通常會針對目標受眾做測試，以確保計畫的有效性。經測試並修正後的企劃案，經過客戶或公司長官的審核、討論、修正，如獲同意即可付諸實施。實施過程是否順利？是否產生計畫外的一些問題或困擾？受眾和媒體的反應如何？組織和目標受眾的關係是否改善或強化？這些效果的評估和分析，可以作為下一回合企劃的重要參考，也就是將這些訊息納入新的情報，企劃重回情報蒐集分析階段，組織藉以檢視原定的目標、策略、創意是否有誤或不當？使公關企劃呈現出週而復始的循環過程，整個企劃流程如圖所示。

　　瞭解公關企劃流程之後，應該如何呈現公關企劃案呢？這包含兩個問題：一、公關計畫書究竟應該包含哪些項目或大綱？二、如何讓企劃案更吸引人？我們先探討讓企劃案吸引人的秘訣，再談計畫書應該包含的項目或內容。

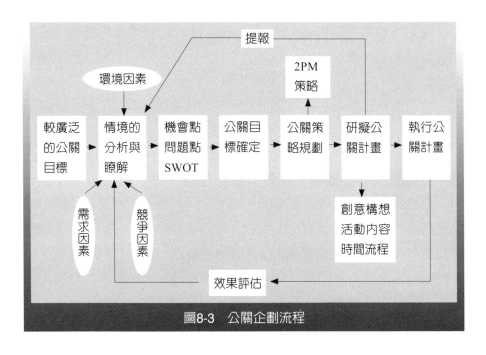

圖8-3　公關企劃流程

## 第三節　讓企劃案吸引人的秘訣

　　日本創造學會理事高橋誠指出：「企劃案最大的使命就是說服對方」（陳南君譯，2000：p194）。對公關人員而言，企劃案是用來說服客戶或公司長官的工具。因此，「重要的是要將企劃的目的確實地傳達給對方，並且打動對方」（陳南君譯，2000：p196）。換句話說，企劃案除了要讓客戶或公司長官能清楚的理解之外，還需要能引起對方的興趣或關注，也就是要讓我們的企劃案具有吸引力。

　　如何讓企劃案能吸引客戶或公司長官呢？高橋誠提出了「讓企劃案吸引人的（五個）秘訣」（陳南君譯，2000：p198-200）：

### 一、標題是企劃案的靈魂

　　企劃案的標題具有吸引人目光的作用，好的標題能讓客戶或公司長官有耳目一新的感覺，進而產生想要一窺究竟的衝動。更重要的是，貼切而且有創意的標題，能夠讓人對企劃者產生一種專業的信服，進而使企劃案更加具有說服力。所以高橋誠認為：「只要決定出適切的標題，就已經有了略勝一籌的氣勢」。

### 二、簡潔的文字比層層修飾更能銘記在心

　　企劃案必須讓人能清楚理解和明瞭，所以不必玩弄文字遊戲。如何用精簡、有力的文字表達出重點，才是真正的目的。所以高橋誠提醒我們：「企劃案的文章並非以文辭優美取勝，它的原則是精簡勝於文辭的層層修飾……如果以寫小說的繁複技巧來寫企劃案，反倒會因為思考文章本身辭句而忽略了想要讓人理解的觀點，模糊了真正的目的」。

### 三、強調點以關鍵字來表示

　　企劃案中的重要發現或特殊的創意構想，都是體現企劃案價值的重點，為了突出這部分的價值，或以這些發現或創意來爭取客戶或公司長官對企劃案的支持，我們可以將重要的觀點用「關鍵字清楚顯示」。這些關鍵字具有副標題的提醒作用，因此在實務上，我們經常用黑體字或框線加以強化，以期企劃案在客戶或公司長官腦中留下深刻的印象。

### 四、視覺化使人印象更加深刻

　　高橋誠指出：「圖表、插畫、照片等比起文章更容易讓人吸收。要讓企劃案吸引人，各式各樣的視覺訴求是絕對不可缺少的」。所以企劃案的呈現形式，我們非常反對使用word編輯的文版。在實務上即使沒有專業的美工設計，我們至少要求使用powerpoint軟體來編輯我們的企劃案，並加上與企劃內容相稱的圖表與照片，以增加企劃案的說服力和可看性。

### 五、配合使用視訊媒體

　　這個秘訣主要是建立企劃的一種觀念，那就是如何在客戶和公司長官面前呈現我們的企劃案，以期讓人留下深刻印象。高橋誠提到：「配合使用幻燈機、錄放影機等視訊媒體……利用電腦完成的企劃案，當然可以用液晶投影機來投射電腦畫面」。這樣的做法，是將企劃的展現納入企劃的整體規劃之中，這個部分我們將在T篇中「其他工具」一章的提案（presentation）部分做進一步的說明。

　　除了以上五個企劃案的秘訣之外，為了讓客戶或公司長官更加深入瞭解企劃的內容，並充分展現企劃的邏輯性、和企劃者的專業度，我們通常會在企劃案中，以流程圖形式說明企劃的架構或邏輯過程，以提高企劃的說服力。企劃架構的說明，不僅讓客戶或公司長官瞭解整個企劃的程序，能讓他們在最短時間內，理解企劃案的整體架構與

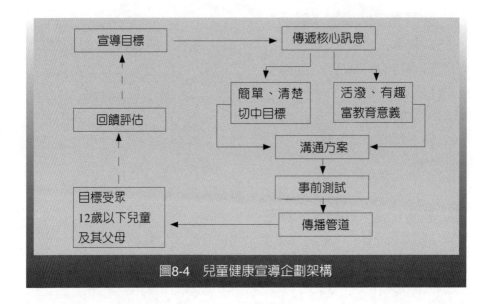

圖8-4 兒童健康宣導企劃架構

思路;同時展現出解決方案的根據或邏輯,具有引導、釋疑的功能。就筆者多年的企劃經驗來看,企劃架構對企劃案而言,具有畫龍點睛的功效,是公關企劃內容不可或缺的一個重要項目,更是吸引人、提高企劃案說服力的一項重要「秘訣」。

以某個兒童福利單位要針對兒童健康作宣導為例,整個企劃的步驟、邏輯和主要內容若能以流程圖方式表達(如圖8-4),會讓整個企劃的架構、策略方向顯得非常清晰、明瞭,不僅使整個企劃內容一目瞭然,更能加強企劃案的說服力。

## 公關計畫書的內容大綱

公關計畫書應該包含哪些項目或內容呢?Wilcox等人(2000)認為公關計畫書至少應該包括八項基本元素(p145):

1. 情境(situation)
2. 目標(objectives)

3. 受眾（audience）

4. 策略（strategy）

5. 戰術（tactics）

6. 時間表（calendar/timetable）

7. 預算（budget）

8. 評估（evaluation）

　　筆者認為公關企劃因人、因事、因時而有很大的差異性，呈現計畫書的形式也沒有一定的規格或要求。計畫書最重要的目的，在清楚呈現企劃特色、吸引公司長官或客戶的注意，進而爭取他們的認同和支持。所以筆者不主張計畫書必須包含哪些項目？只要是能夠獲得客戶或公司長官認可或欣賞的計畫書，就是好的計畫書。但為了服務讀者的可能需求，僅將筆者平時所做的計畫書大綱，提供給讀者參考：

1. 企劃目標或宗旨（屬於較廣泛的目標goals）

2. 情境分析

3. 機會點與問題點

4. 策略建議

5. 創意構想

6. 活動內容

7. 時間流程表

8. 經費預算

9. 預期成效（相當於明確的目標objectives）

10.效果評估方式

# 第 9 章
# 情報與研究

有位推銷員在某個未開化的島上，看到島上人都是光腳走路，
就放棄了把鞋子賣到這裡來的念頭。之後，另外來了一個推銷
員，他大叫著：『喔！這裡有無限的需求啊！』……只有『光腳走
路』是確認的情報，其他都是以他們的自我主觀去補足而下決策的。
在這裡，就是情報的不足，而需要更多情報」（蔡亦竹譯，2001：
p23-4）。更多情報的蒐集和獲得則有賴「研究」。

　　一聽到研究，許多公關人員的腦袋裡就浮現複雜的數據、冗長的
分析、問卷抽樣等非常瑣碎複雜的東西，彷彿調查研究是最令人頭痛
的燙手山芋。然而，不管您願不願意，研究卻是所有人類解決問題的
第一步，當然也是從事公共關係溝通規劃的第一步。我們曾經指出：
「沒有調查就沒有發言權」。因為，我們要解決現實世界的問題，首
先就要知道現實世界到底發生了甚麼事。對周遭訊息的充分掌握，有
助於組織進行情境分析，進而作為策略擬定的參考依據，有了策略以
後，再根據策略發展出創意，也就是我們所提出的「情報—策略—創
意」三階段的公關規劃程序。

## 第一節　何謂研究

　　Wilcox等人（2000）說過：「用簡單的話來說，研究是一種傾聽
的形式」（p121），為什麼呢？因為當我們傾聽周遭的各種問題，經
過分析後，也就同時找出了解決方法。美國學者Broom和Dozier如此
定義「研究」：「研究是為了描述與理解的目的，而進行的一種經控
制、客觀的、具有系統的資訊採集過程」（Wicox等，2000：p121）。
研究的過程通常分為三個階段，首先是確認出真正的問題，其次是根
據問題形成假設，最後是設計出研究方法來驗證此一假設。

## 一、確認問題

在公關實務上，我們有很多關心的問題，例如：「為何我們的組織形象不好」？「為何公眾無法認同我們的政策說法」？以及「為何無法把我們的訊息完整傳達出去」等等。正如我們從事任何事情，首先都要問：「現在甚麼是問題」？我們才能接著去解決問題，研究首先就是要問：「問題是甚麼」？有人說：「問對問題，事情就解決了一半」。沒錯，問對問題、確認問題，是所有研究的開始。Cutlip等人（2000）提出了一份比較精準的「問題描述」，教我們怎樣來問問題。這是一個5W1H的問句，形容了問題發生的人、事、時、地、故及如何等六個層面（p346）：

1. 我們所關切的現象或問題的來源是甚麼？（what）
2. 問題在那裡或在那裡產生？（where）
3. 甚麼時候問題會發生？（when）
4. 影響的對象是誰？（who）
5. 為何這個現象對組織及其公眾會是個問題？（why）
6. 這些人如何被影響？（how）

## 二、形成假設

面對一個公關或宣傳上的問題時，我們可以用一張紙，把以上的人、事、時、地、故及如何等問句的答案整理出來，以確保我們可以完完整整地確定到底問題是甚麼。要想界定一項有關公共關係或行銷上的問題，需要豐富的經驗，甚至還需要想像力。比方某餐飲企業面臨到上門的顧客突然減少，餐廳經理根據他的經驗，可能必須進行一些「假設」，包括：競爭者是否推出拉走我們客人的促銷手段？本店服務態度是否逐漸低落？客人是否發現餐廳不夠衛生？雖然這些因素都有可能，但要確認出真正的影響因素，還是需要有相關的情報才能

127

確定真正的原因是什麼。

## 三、設計研究方法

　　當我們做出了若干假設之後，接下來就是要設計研究方法，來進一步證明「假設」究竟是否為真？確定假設之後我們才能據此尋找解決之道，這些步驟，就是研究的過程。Aaker等人與行銷大師Kotler均指出，一般研究有三種類型，即探索性、描述性、因果性三種：

1. 探索性研究（exploratory research）：可說是所有研究中最基礎的研究類型。所謂「探索」，就是要找出問題，找出「有哪些方法」來解決，並進一步來確定問題且建立假設。例如，有一家客運公司，他們發現了乘客搭乘率驟降的問題，他們想要知道原因，所以會進行探索性研究。他們先檢視所有可能會影響乘客搭乘率的因素，例如天氣、服務品質、交通事故率、其他競爭者等等。然後他們可能採取一項一項刪減的方式，例如在檢視是否最近天氣有異常的氣象紀錄後，便可以立即拋卻與天氣有關的因素，如此類推，直到找出真正原因。然而這樣的探索性研究，也可能得出與本來迥異的結論，例如我們本來沒有考慮到車票價格，但這方面的因素可以從對消費者的訪談研究中得出端倪。

2. 描述性研究（descriptive research）：目的在於「描述實際的狀況」（方世榮譯，1997：p127），以及「提供某些市場環境的一個正確簡要的概念」（陳光榮譯，1999：p53）。大部分的市場調查或民意調查都是屬於這一類研究。在描述性研究中，我們會先建立假設，然後利用研究來驗證這個假設是否正確。比方說，我們會假設：汽車的顏色與外型設計，對於購車者是否重要？針對這樣的假設，我們可以針對消費者進行一項「汽車顏色及外型是否影響購車決策」的描述性調查。重點是，到底

多少比例的消費者回答「會」，而他們的背景、收入、年齡等又是怎樣的型態？這樣的結論有助於我們找出「目標族群」。例如是「居住於都會區、單身女性、大約二十五到三十五歲，收入每月為五萬到十萬元」之類的答案。明確的目標族群，可以讓我們發展出，針對這些都會區單身高收入女性的廣告或公關訴求，進而推廣我們這款「講究外型設計與顏色」的車種。

3. 因果性研究（causal research）：這類研究主要是在驗證具有因果關係的變數。例如某企業想知道，當他們打出「每日超低價策略」時，是否會導致每天的利潤也都降低10％？因為研究人員必須證明因果關係，所以研究的問題與相關的假設，就必須規定的非常明確，例如百分比、絕對數量等。

　　上述三類型的研究，都各有特色，彼此也都有互補的作用。例如我們會先運用「探索性研究」找出可能因素；然後利用「描述性研究」來驗證到底哪一個因素才是真正具有影響力的因素；最後運用「因果性研究」來確認此一因素到底具有多大的影響力？

### 公關研究的內容

　　公關調查研究與一般的行銷調查研究，在運用的範圍上有不同的重點，Wilcox等人（2000）認為，一般公關專業人員運用各種調查研究來達到以下十種目標（p121-4）：

### 一、達到管理階層所要求的可信度

　　經營主管要的是事實，不是直覺或臆測，所以公關研究人員參與組織決策過程，可以把研究所發現的事實和組織的目標連結起來，以研究結果來說服組織管理階層。

## 二、定義受眾與區隔公眾

有關人口統計變數、生活型態與消費模式等資訊，可以幫助我們將適當的訊息，準確地傳達給組織所設定的目標受眾。

## 三、制訂策略

在制訂任何策略前，將有關的情報、工具與技術加以整合協調，協助組織解釋相關的資訊，並進行決策分析，作為制訂策略的基礎，這種作法稱之為「行銷決策支援系統」。最常用的決策支援系統有差異檢定、多變量分析、迴歸分析等統計工具，這些數量化分析工具，通常都由統計的專業人員進行。然而，許多組織卻在花費鉅額的調查研究經費之後，卻形成錯誤的策略，最主要的原因在於問錯了問題，形成錯誤的假設，導致整個調查研究的方向錯誤，所得出來的結果自然無法產生正確的策略。例如可口可樂在1985年推出新可口可樂之前，曾經進行大規模的消費者口味測試，消費者測試的反應讓可口可樂信心十足推出了新可樂，但卻在市場失敗了。原因在於決策高層認為「口味」是消費者選擇可樂的最重要的因素，忽略了「品牌忠誠度」才是消費者選擇可口可樂的最重要因素。

## 四、測試訊息

我們常常用調查來確定哪些訊息，對於目標受眾最有顯著的吸引力或影響效果。例如透過焦點團體訪談，我們發現對通車族而言，上下班的交通考量，最重要的因素是省時和省錢，而不是空氣品質或環保的問題。又如我們在做廣告時，進行「文案測試」，也是在掌握受眾對於訊息的理解力、記憶度是否能符合我們所設定的目標。

## 五、協助管理階層瞭解事實

最高管理階層所掌握的現況往往與事實脫節。透過對目標公眾的調查，我們可以將目標公眾的期望與真實需求傳達給最高階層。

## 六、避免危機

　　我們也可以利用「環境偵測」的技術，蒐集各種資訊，並予以歸納解讀，以掌握可能引發危機的徵兆或訊號，幫助組織預防和準備危機。

## 七、監視競爭者

　　持續追蹤競爭者動向，例如詢問消費者有關競爭者產品的意見、監看競爭組織的網頁，檢查網路聊天室社群、閱讀產業報告等。這些研究工作有助組織知己知彼，從而擬定適當的因應策略和做法。

## 八、影響民意

　　從不同來源的初級、次級資料的蒐集和分析，組織可以得到一些事實與數據，這些資訊也可以作為改變公眾意見的工具。例如用上網普及的事實和數據，告訴消費者，網路消費已經成為一種風氣和習慣。

## 九、製造宣傳

　　民意調查數字可以讓組織拿來作為宣傳的資料，例如教育單位用民意傾向支持「使用者付費」概念的數字，來說明高學費政策的合理性；又如執政當局，用民眾擔憂兩岸衝突和贊成提昇國防力量的數字，來凸顯軍購案的必要性。

## 十、衡量成果

　　任何公關方案最重要的，就是要能達到預定的目標。溝通方案的訊息究竟接觸了多少受眾？有多少受眾接受了組織所發布的訊息？有多少受眾對組織產生正面的態度，甚至發生行為上的改變？這些「事後評估」的調查或研究，可以用來衡量公關方案究竟發揮了多少效果。

　　不管公關研究的內容具體為何，我們可以確定的是，各種研究技術及方法都具有相同的邏輯，也都能作為組織判斷現況、制訂策略的重要依據。因為有研究資料做基礎的策略，比沒有研究資料所制定的策略，要來的可靠和踏實。

## 第二節　調查研究方法

　　情報的獲得有賴於研究工作的進行，整個研究過程基本上就是運用已知的資訊來求取未知的情報，以作為研擬策略的依據及方向。一般來說我們把資訊分為次級及初級資料兩種，以下簡略介紹。

### 次級資料的蒐集

　　次級資料是從現成的資料中蒐整出我們所要運用的情報，所以取得成本較低，而且也比較方便，次級資料幾乎是進行所有進一步研究前必先蒐集的資料。次級資料又稱為二手資料，其來源一般包括：

### 一、內部資料

　　來自組織內部的各種紀錄，例如會計帳目、人事報表、法規、行銷資訊系統、組織本身的檔案、顧客回饋內容、顧客資料庫等等。

### 二、外部資料

　　從外部蒐整的資料，包括從政府機構、圖書館、同業公會、學術研究機構、商業調查機構、金融機構、報刊雜誌、過去民調資料、網際網路……等查詢而得的資料，此類資料的來源因為網際網路的高度普及而呈現高度成長，例如中國時報和聯合報的電子資料庫，裡面就蒐整了近半世紀的新聞報導內容，讓消費者得以購買利用。

次級資料的蒐整，大多用於瞭解某議題已經發生過所產生的效應。但必須強調的是，次級資料屬於靜態、歷史的資訊，使用上有其限制性，但對於理解大眾的觀點與想法，仍具有「前車之鑑」的意義。一般而言，這些技術或方法，通常是公關人員在做策劃時才運用的方法；往往我們在平時看到不錯的資訊時，並沒有立即將其收錄的習慣，以致到了有策劃需求的時候，雖然想起一份非常不錯的資料，卻想不起來、或必須花費倍數的時間和精力才能找到。因此，公關人員平時就應該養成隨時蒐集資料的良好習慣，以免「需要用時方恨少」，並定期將這些隨手蒐集來的資料妥善分類，以備不時之需。

　　在公關實務上，次級資料的蒐集是做任何公關企劃的開始，也是最起碼的要求。「蒐集二手資料前，你必須先寫下你的訊息需求有哪些，這樣你才會清楚瞭解應該找哪些資料」（吳幸玲、施淑芳，2004：p40）。理想上，做完次級資料的蒐集後，應該進一步針對目標受眾作調查，也就是蒐集初級資料。但是，蒐集初級資料涉及許多技術、人力、方法甚至儀器，因此成本較高。所以許多廣告、公關從業人員在進行一些較為簡單的溝通方案時，大多因為成本問題，只能進行較詳盡的次級資料蒐整分析。想要提醒公關人員的是：從事任何公關策劃，都應該進行初級資料的調查或蒐整。即使沒有時間和成本進行初級資料的蒐集，也不應該以自己的主觀隨意性作為策略擬定的依據，至少應該做好次級資料的蒐集和分析，才能保證擬定的策略不會距離事實太遠。

## 初級資料的蒐集

　　一般來說，初級資料才是影響整個研究結論最重要的資料來源。所謂的「初級資料」，是指運用正式的市場調查步驟，藉由問卷之形式，從受訪者那裡直接取得的資訊，具有實證上的參考價值。蒐集初級資料的研究方法，就途徑（approach）而言，大體上包括觀察研究

法、調查研究法與實驗研究法三類：

## 一、觀察研究法

觀察研究法適合探索性研究，透過對有關人物的行動及環境的密切觀察，以進行初級資料的蒐整。舉例來說，某百貨公司派人假扮顧客到各個專櫃去觀察服務的狀況、某銀行透過觀察競爭銀行的地點、顧客、鄰近狀況來評估設立新分行的地點。美國著名的行銷調查公司AC Nielson在選定的家庭內裝設收視率記錄器（people meters），以長期記錄這些家庭的收視習慣。

在許多大型企業裡，為了突破現有市場的瓶頸，常常會採取具有創意的觀察研究法。例如日本豐田汽車當年打入美國市場時，曾派遣人員住進目標消費者的社區，仔細觀察這些目標消費者對汽車的需求與運用情形。他們發現美國人對傳統美製汽車的抱怨，包括空間太浪費、耗油等訊息。當底特律的汽車製造商仍然沉湎於汽車王國的自負時，豐田汽車就根據這些貼近消費者所得到的訊息，製造出一舉擊潰美國汽車的Corolla車款。美國的Foote Cone & Belding研究公司在1989年設計出代號為Laskerville的調查方法，也頗類似上述的直接觀察方式，研究小組在伊利諾（Illinois）州的小城鎮裡面，進行廣泛的打聽、閱讀當地報紙、甚至參加葬禮的方式，滲透當地居民的日常生活，以瞭解許多在大都會裡面無法接觸到的消費群（陳光榮譯，1999：p53）。

## 二、調查研究法

調查研究法最適合用來蒐集描述性資訊，也是得知消費者與公眾對產品或事件的認知、偏好、滿意度、可能採取之行動等有效資訊的方法。調查研究法可運用於蒐集兩類資訊，一是定性（qualitative）資訊，一是定量（quantitative）資訊。追求定性資訊的目的，在於找出受眾心中在想些甚麼；而定量資訊則是著重於受眾對某一議題的感受程

度、比例、以及整體認知之輪廓的驗證。

## 三、實驗研究法

　　Kotler指出：「實驗研究法最適合用來蒐集因果性的資訊」（方世榮譯，1997：p134）。實驗研究法的邏輯在於「選擇配對的受試群體，控制無關因素，給予不同的處理，同時檢查群體反應的差異」（方世榮譯，1997：p134）。此類方法是採取「對照組」的作法，進而從受訪群體的反應來找出能解釋因果關係的因素。例如要找出某新產品的目標應針對哪一類族群，是成人？還是小孩？最簡單的方法可以選擇將少量產品放置於成人常去的百貨公司及小孩常去的兒童玩具店，在其他因素都類似的情況下，看看到底在哪裡賣出的新產品多，就可以知道新產品對成人的吸引力大還是小孩的吸引力大。當然，更精細的實驗也可以將其他變數或地點列入設計。

## 幾種重要的調查研究方法

　　調查研究法是蒐集初級資料時使用最頻繁、最廣泛的方法，許多定量與定性的調查，都是透過問卷、電訪、人員面談等方式對某些議題進行探測。以下我們將介紹人員深訪、電話訪問、郵寄問卷、焦點團體訪談（focus group discussion）等四種常用的調查研究法進行說明。

## 一、人員深訪

　　針對受眾進行面對面訪談接觸，是最直接的方法，但是這種方法大多用於取得定性（qualitative）的結論。人員深訪法係針對個人進行深入的訪談，希望藉由訪員與受訪者一對一的面談，深入瞭解組織想要訪查的各種主題。訓練良好的訪員通常可以讓受訪者的注意力集中較長的時間。

這種針對個別消費者進行訪談的作法,最主要是探索一些未知或不確定的因素。以某即溶咖啡曾經做過的測試為例,訪問者邀請多位婦女,請她們針對即溶咖啡講出內心想法。出乎訪查小組的意料之外,這些婦女之所以對這款即溶咖啡不青睞,原因不是出在口味、包裝、品牌甚至便利性等產品本身的因素。訪查小組發現,不少婦女認為,即溶咖啡對她們而言,似乎是一種「懶惰、邋遢」的象徵。她們認為,只有不愛做家事的婦女才會去沖泡這種即溶咖啡,而不是採用傳統的咖啡烹煮法為家人烹調一杯香噴噴的咖啡。而這樣出乎意料的結論,也影響了日後這款即溶咖啡的廣告訴求(方世榮譯,1996:p183)。

## 二、電話訪問法

由於電話的普及,電話訪問成為量化調查的主要方式。先進的民意調查機構採用電腦輔助電話訪談(computer assisted telephone interviewing, CATI)系統進行訪問。訪員利用事先設計好的問卷,透過電腦隨機撥號,對受訪者進行一連串的訪問。美國蓋洛普等先進專業的民調機構,目前都採取這種作法進行蒐集公眾意見的民意調查(poll),以利在最短期間內蒐集到大眾對某一議題的偏好比例、贊同與否等量化資訊。

民意調查雖然方便迅速,但卻有其盲點,有時候受訪者為了保護本身隱私,或避免他們認知中可能導致不必要的麻煩,而產生「說謊」的行為。舉例而言,在某些國家裡進行針對當權者或執政者的滿意度調查,由於受訪者恐懼如實作答可能會導致不必要的麻煩,因此常常讓整個調查作業的結果與事實產生極大的落差。

## 三、郵寄問卷法

郵寄問卷法顧名思義就是設計問卷以郵寄方式送發受訪者,並請

他們回覆。此種方法大多運用在接觸某一類具有高度同質性的公眾。

例如上千人的大企業、某縣市新聞媒體從業人員。一般而言，郵寄問卷法的缺點就是回覆率低，一千封發出的問卷，可能只有幾十封能回收，而這也極可能影響整個結論的準確性與真實性，而淪為只有參考價值而已。

日本市場調查專家後藤秀夫，提出了幾項提高回收率的作法，茲引述提供讀者參考：

1. 寄發通知函：寄發問卷之前的三天到一週內，先寄發預告性質的信函或明信片，告知受訪者即將收到問卷，提醒他們注意不要把問卷跟一般廣告信函弄混丟棄。
2. 完整的問卷寄發：問題不要太多，排版要精美，並附上酬謝禮品及回郵信封。
3. 寄發提示函：在問卷寄發後的兩到三天，寄發明信片，提醒調查對象應該收到問卷並能開始填寫了。
4. 進行事後督促：在寄發問卷後十天到兩週左右，以電話或明信片等方式催促（李聰政譯，2000：p92）。

另外，由於網際網路的普及，許多入口網站都會為達成行銷或公關的目的而進行線上調查，甚至運用科技過濾同一人同時回答兩份以上問卷的情況，或者規範同一個IP只能回答一份問卷。然而由於樣本的精確度仍待考驗，所以這種調查法基本上仍然無法達到準確的程度，僅能作為公關企劃的輔助參考資訊。

## 四、焦點團體訪談

最具代表性、且受到廣泛採用的一種集體訪談法，稱之為焦點團體訪談（focus group interviews），又稱為團體深度訪談（group depth interviews）或深度研究小組（focus-group discussion）。Sharon Vaughn等學者指出：「焦點團體的主要假定：是以一種可能的氣氛，助長各

種意見的提出，並且能針對爭論的問題，獲得完全且更具啟發性的理解。……焦點團體最好在執行探索性研究時使用。一項研究中，焦點團體訪談常是第一個步驟，接著的研究設計，在於使研究發現能精確化以及進一步的獲得解釋」（王文科、王智弘譯，1999：p5-7）。焦點團體訪談主要功能在於找出受訪者針對主題所發表的廣泛意見、認知、感覺、態度、想法或偏好類型等因素，以作為量化調查問卷設計的參考依據。

除了知道受訪者簡單的態度之外，我們還要更進一步瞭解消費者對產品的想法與感覺如何？因此，我們必須以開闊的心胸來面對消費者的觀點及態度。Aaker指出，「焦點團體訪談不是一種容易採用的技術，執行不良或分析不恰當的深度研究小組，會產生誤導的結果」。他也指出，焦點團體訪談「成功的主要因素為：規劃議程、招募參與者、有效的控制、結果的分析與解讀」（陳光榮譯，1999：p149）。

### 1. 議程規劃

規劃焦點團體訪談有兩個重要步驟：一是把研究目的轉化成為討論主題的檢查表，以確保會議所要找出的結論能符合研究的目的；另一個則是主持者引入主題的順序。在實務經驗裡，最好的方式是從一般性的討論著手，逐漸進入明確的主題，這樣的方式較為符合人性及一般思考方式。

### 2. 招募參與者

甚麼樣的成員會讓小組進行的更有效率？需要接觸並過濾的人數大致上應該是多少？一般而言，被甄選參加焦點團體訪談的受訪者可能是：(1)我們希望調查的性別/年齡/社會層級(2)他們是某項產品的購買者(3)他們是來自特定的行業或職業。需要接觸並過濾的人數比實際參與討論的人數比例至少5：1；但10：1應該是比較保險的比例，例如要募集到10位成員，則最少需接觸到50位潛在成員，而最保險能夠確保有10人以上出席座談的接觸人數則是100位。一般的焦點訪談傾向採取「小組制」，成員約控制在8-12人之間。但有行銷研究專家指出，

「8-12人的小組雖然是慣例，但更小的小組可能更具生產力，比較符合經濟效益」（陳光榮譯，1999：p151）。Vaughn等學者則認為：「這團體是由6至12人組成的小團體，而且具有同質性」（王文科、王智弘譯，1999：p6）。

根據經驗，通常招募人員會在焦點團體會議前的一星期前進行甄選小組成員的工作。提供誘因，較能吸引或說服潛在的受訪者，並排除潛在受訪者的疑慮。例如他們可能會認為這是不正當的會議或強迫推銷商品的試銷會，因此必須據實清楚告知會議的用意，確實排除他們的疑慮，才能有效的招募到成員。小組成員必須符合市場調查的目標和目的，通常最好不要把不同社會階層及生命週期階段（主要指年齡）不同的人士聚集在同一個小組內，因為他們的意見、經驗都會不同。另外，市場調查界對於招募多次參與過這類座談小組的人士也有爭議，認為這類「有經驗的」成員，會受到以前的經驗所影響，而不具有代表性（陳光榮譯，1999：p151）。

為了讓甄選出來的小組成員都能如期準時出席，在獲得他們同意參加的允諾後，應寄出書面邀請，之後再以電話提醒，或甚至親自拜訪潛在受訪者或答應出席者（如親自致送邀請函），都可以加強該員前來的承諾。為了讓會議能如期且有效地進行，必須抱持出席率低落的最壞打算。例如目標是招募到8位成員參加會議，則必須事先安排10位承諾參加的人，以免到時候人數短缺，影響會議的效果。因為，總是會有人臨時有事不能前來，甚至有人因為不好意思拒絕，答應之後仍然不願出席的情況發生。

另外，會議時間和地點的選擇也很重要。會議舉行的時間，應該考量到參與人員出席率最高的時間；會議的地點則應該考量到易找、距離、停車、大小、氣氛等因素。在現場應該準備會議可能運用的設備與道具，如錄音、錄影、展示品或廣告視聽材料。先進的市調業者會在會議室設置秘密的錄影錄音設備，錄下會議的進行過程，以作為分析訪談資料時的參考依據。

139

3. 有效控制：主持者的角色

Aaker等學者指出：「有效的主持者能鼓勵所有參與討論者討論他們的感覺、焦慮與挫折感，以及他們在相關主題的議題上之信念」（陳光榮譯，1999：p151）。具體來說，主持者的任務包括(1)促成討論(2)主持會議(3)分析並解釋結論。在以參與討論者為中心的焦點團體訪談裡，主持人扮演的角色應該保持絕對中立，以便能讓參與討論者有充分的發表意見空間。例如「介紹焦點團體主題（時）……不要過度影響或扭曲參與者」、適度反覆「強調答案沒有對錯，也沒有理想的反應，以及每個人的參與均受到重視」（王文科、王智弘譯，1999：p84-5）。然而，這並不意味主持人應該只是一部問問題的機器，相反的，主持者掌握讓意見討論不致偏離主題、營造討論氣氛，確保所有成員的發言機會均等且不受壓制，都是一位稱職的主持者應有的責任。

Aaker等人對於主持者的技巧有如下建議（陳光榮譯，1999：p151）：

(1)仔細聆聽，展現對出席成員的歡迎，快速建立團體融洽氣氛。

(2)保持彈性，以讓小組感覺最舒適的方式進行訪談議程並觀察之。

(3)維持討論的流暢性，查覺出一個主題被耗盡或整體氣氛變得具有威脅性時，能適時引入新主題。

(4)具有控制小組影響力的能力，避免出現一位主控的個人或次團體壓制整個小組的貢獻。

Vaughn等人更列出主持者最重要的特徵以及相關的技巧包括（王文科、王智弘譯，1999：p93）：

(1)知道主題，但不會表現無所不知，而對參與者構成威脅。

(2)展現未能真正瞭解參與者的知覺與態度，俾能引發出較精密的、深度的反應。

(3)掌握團體且確定領導者可以親近與展現友善。

(4)引導而非指導。

(5)功能是（作）為一個助長者，而非表現者。

(6)具有良好的記憶力。

(7)主動而願意傾聽。

(8)感應參與者的意見，且不會遵循先入為主的觀念或拘泥於主持者的指引。

(9)對每個成員陳述的感受與問題，保持反應性的關切。

(10)不會孤立團體中的任何一個成員。

(11)把害羞的或少參與的成員帶起來，且不允許成員擔任支配角色。

(12)全面投入訪談並鼓勵他人成為感興趣的、積極的參與者。

(13)具備強度的寫作技巧，俾將關鍵性見解記錄下來，並寫出摘要、報告和解釋。

　　除了以上的任務或技巧之外，Aaker等專家也提出一些跟團體打心理戰的主持技術，例如連鎖反應技術（chain reaction technique）、魔鬼代言人技術（devil's advocate）及假終止（false termination）等。連鎖反應技術是指，由主持人鼓勵每位成員對前一個人的建議提出意見，以達到累積效果。當祭出魔鬼代言人技術時，主持者表達出極端的觀點，這樣通常會讓小組產生熱烈的反應。在假終止技術裡，主持人假裝總結一個焦點團體的訪談結果，感謝所有參與討論的成員，並詢問是否還有任何意見，這些「最後的意見」通常會產生新的討論，並往往能獲得最有用的資料（陳光榮譯，1999：p152）。正因為最後的意見可能相當有價值，因此主持人在結束會議時，不要急著關掉錄音機。這個時候，往往有人不敢或不方便在會上表達的意見，會在此時向主持人傾訴，如果太早關掉錄音機，很可能漏掉這些重要的意見和資訊。

4. 結果的分析與解讀

「在焦點團體之後，立即總結關鍵觀念是有用的」，Vaughn等人特別引用Krueger的說法，考量以下途徑來總結關鍵觀念（王文科、王智弘譯，1999：p108-9）：

(1)發現大的觀念：來自多種資料來源，包括肢體語言、參與者的語辭、與反應連結的情緒層級、評述的密集性，以及來自數個（不必全體）參與者對特別問題表示的一致集合觀點……焦點團體訪談是質的研究，最好視之為產生觀念，而不是作為量的資料的替代性來源。

(2)考慮用字的選擇和意義：當解釋發現時，要考慮的是參與者選擇來探討的問題、使用什麼字，以及參與者意圖的意義。如果意義不清楚，訪談者可深入探測，以取得進一步資訊。

(3)考慮脈絡：呈現的是參與者的評述受到他人所說之內容或焦點團體進行之情境影響的反應程度如何？若參與者們個別接受訪談，會發生相同的反應嗎？

(4)考慮反應的一致性：在整個訪談過程中，參與者的反應呈現一致性的程度如何？參與者改變他們的立場嗎？在什麼條件之下改變？在數個參與者改變立場之前，發生了某種刺激嗎？

這些大的觀念為發展主要發現，提供了初步的架構。研究者可利用各種不同的分析方法，確定論題（themes），進而作出結論。有關分析的方法涉及到比較專業的論述，有興趣的讀者可參考Vaughn等人所著的 "Focus Group Interviews In Education and Psychology"（王文科、王智弘譯，1999）一書中第七章的相關介紹。

## 第三節 抽樣（Sampling）：樣本的選擇

抽樣的邏輯係建築在統計學上，亦即調查總消費人口中的一小部

分人，再依照統計原理做母體的推估，進而做出整體的結論。好比我們只要抽一湯匙的水來分析，就可知道整鍋水裡面的鹽巴濃度到底是多少。然而與鹽水不同的是，科學調查的抽樣方法及架構極為嚴謹，這是因為人類社會的複雜度所致。Hague & Jackson認為，我們之所以要用樣本來進行研究，有三個原因（孫拓譯，2000：p98-9）：

一、降低成本：取少數樣本的成本，當然比較低廉。

二、節省時間：對少數樣本進行研究，也會比較節省時間。

三、確保工作具有高品質：只針對少數挑選出來的樣本進行研究調查，可以讓參與的研究人員有更多時間做好研究的品質。

　　在進入抽樣方法的介紹之前，有幾個重要且基本的名詞需要先做簡短的說明，以利後續內容的理解：

一、母體（population）：母體即是我們挑選樣本時的來源群體，是市場調查中所欲探討之所有基本單位的組合。例如「全國20-25歲男性」、「全市的公教人員」、「全縣的新增選民」等。

二、基本單位（unit）：「基本單位」意指組成母體的每一份子。例如上述母體的「基本單位」分別為「一位20-25歲的男性」、「一位設籍在本市的公務人員』以及「一位設籍本縣、第一次有投票權的選民」。

三、樣本（sample）：「樣本」是指運用某特定的抽樣方式，從母體所抽取基本單位的集合；所抽樣本之各項特質需符合母體結構之特質。如果母體＝樣本，則為普查（census）。

四、抽樣架構（sampling frame）：「抽樣架構」係指可具體用於抽樣之基本單位的集合。如電話簿、公司名冊等，必須是最新、最完整、正確之資料。

五、抽樣方式：從母體中抽取樣本的方法，基本上分為隨機與非隨機兩種。

## 抽樣的方式

　　許多市調專家都認為,「抽樣方式」的採用,關係到整個結論的準確度與真實度,所以「抽樣方式」是整個調查中最重要、也最根源的基石。市場調查界已經發展出相當嚴謹的技術,可以精確掌握整個調查作業的結果。基本上,所有市調專家都同意,「抽樣」或「樣本的選擇」是量化調查中最重要的步驟。以下簡述之:

### 一、隨機抽樣 (random sampling)

　　Seitel指出:「隨機抽樣有兩種重要的特性-同等與獨立的選擇,所謂『同等』是指選擇的機會無分輕重多寡,所謂『獨立』是指選擇的因素不會互相彼此影響」(鍾榮凱編譯,1998:p131-2)。正如Hague & Jackson所指出:「隨機並不是代表隨便,它有一定的選擇方法,採用這套方法,可使母體中的每一個基本單位被抽中的可能性,均有相同的機率」(孫拓譯,2000:p103)。隨機抽樣的方法基本上有四種:

1. 簡單隨機抽樣 (simple random sampling):即從母體中直接隨機抽取樣本,不作有目的的選擇,但是務求每個樣本被抽到的機率相等。如果不藉助適當技術,隨機性仍然頗難做到,最常見的方法是採用將樣本編碼,另外寫於卡片或紙上,加以混合後,隨意抽出。另外一種方法是利用亂數表 (table of random numbers) 進行抽樣。

2. 系統隨機抽樣 (systematic random sampling):這種抽樣法是將基本單位編號後,將母體數除以樣本數、得到間隔數;再於每個間距內隨機抽取一個樣本。例如我們想在一份擁有1萬人的名單中,挑出1000個樣本,最簡單的系統隨機抽樣法,就是每10人挑1人,假如我們挑第1個,接下來就要挑第11個,然後以此

類推，挑第21、31……個（陳光榮譯，1999：p36）。但是要注意，如果母體排序有規律，系統隨機抽樣容易造成較大的誤差。例如軍隊中有相當規律的排序，經由系統方式抽樣很可能抽到的樣本皆是班長或副班長。

3. 分層隨機抽樣（stratified random sampling）：這種抽樣法是將母體內所有的基本單位，依照不同的屬性、特質，劃分為若干互相排斥的層或分類，再由每一層或分類中依照簡單隨機抽樣理論，運用比例或非比例配置法抽取所需樣本。假設一位研究人員，要對一個擁有600位消費者的汽車進行滿意度調查，其中400名是品牌忠實愛好者，200名是尋求變化者，我們可以將這400名與200名的群體各視為一組，然後採用10%比例，在400名那一組抽出40個基本單位，在200名那組抽出20個基本單位，樣本數共60個基本單位（陳光榮譯，1999：p304）。值得注意的是，當我們在不同分層採取非比例配置法抽取樣本時，應該給予不同的分層一個適當的權數，以符合母體的特徵。援上例，若在400和200分層中各抽取30個基本單位，雖然是非比例，但可將400分層的意見乘以2/3，而將200分層的意見乘以1/3。

4. 集群隨機抽樣（cluster random sampling）：這種抽樣法是將母體的各基本單位，按一定的標準分成許多群或集體，再按隨機原則抽取數個集群的所有基本單位作為樣本。例如學童之抽樣，先以學童就讀的班級為集體單位，再隨機抽取班級，一旦選定了班級，則全班的學童都是我們的樣本。

## 二、非隨機抽樣

非隨機抽樣是用來抽取一些比較難以掌握的樣本，例如當我們需要醫生的樣本時，事實上，我們不可能在整個社會中運用隨機抽樣的方式來抽取「醫生」的樣本，因為醫生畢竟是社會上的一種職業的人口而已。為何我們要捨隨機抽樣而就非隨機抽樣呢？Hague & Jackson

145

認為有四個原因（孫拓譯，2000：p105-6）：

1. 樣本散布區域太廣。
2. 難於掌控的樣本。
3. 樣本必須有關鍵性受訪者。
4. 缺乏樣本架構的樣本。

常用的非隨機抽樣也有四種方法：

1. 便利抽樣（convenience sampling）：這種抽樣法的特色是方便、而又節省成本。採用便利抽樣時，僅考慮到接觸樣本的便利性，至於母體結構、樣本之差異就不列入考慮。例如為瞭解消費者對某產品的滿意程度，研究人員到商場或人群聚集的地方，進行所謂的碎石子調查或攔截性調查。這種抽樣方法特別適用於母體分布完全均勻的情況。

2. 判斷抽樣（judgment sampling）：這種抽樣法是事先依照研究者的主觀認知，先過濾掉一些比較不具有代表性的樣本，而僅對具有高強度的樣本進行抽樣。在樣本非常小的情形下，判斷抽樣通常會比隨機抽樣來得更可靠。例如想瞭解IT產業對經濟景氣的看法，研究人員可能先排除資本額在一定金額以下的廠商，而在一定金額以上的廠商中進行抽樣，以確保這些意見能夠代表IT產業。

3. 配額抽樣（quota sampling）：將母體依基本單位的某些特性、標準劃分成若干層級，再依比例分配各層級的樣本配額，然後由調查人員在限額內任意抽取樣本。例如我們想要瞭解臺中市民選擇感冒藥的考慮因素，這時候可以先從各行政區瞭解各區市民數佔全市市民的比例，依此比例算出各區應該抽取的樣本數，再於各區任意挑選藥房，請這些藥房將問卷發給購買感冒

藥的民眾，探詢他們購買的動機和考慮因素。Hague & Jackson 就指出：「在進行消費者調查、產業市場調查時，限額抽樣法是最常使用的方式」（孫拓譯，2000：p108）。

4. 滾雪球抽樣（snowball sampling）：當對母體的瞭解不夠時，可藉由原始受訪者處，逐次取得樣本資訊（請第一位受訪者推薦其他受訪者），以擴大樣本範圍和提升樣本精確度。例如我們想要知道托福考試拿到600分以上的人對使用電子語言翻譯機的看法，我們可以先找一位考過托福600分以上的學生，先問他對電子翻譯機的看法，然後請他推薦其它他所認識、托福成績超過600分的人接受訪問。

### 樣本數的決定

樣本的大小，也就是樣本的數量。一項調查到底需要多少樣本才算足夠？理論上或理想上，研究人員是考慮抽樣誤差來決定樣本數的。問題是：何謂抽樣誤差（sampling error）呢？所謂抽樣誤差「是指母體值與樣本值的差異」。「因為抽樣結果的樣本平均可能比母（體）平均或大或小」，所以抽樣誤差「應該是有正有負」（蔡亦竹譯，2001：p99）。

樣本大小與抽樣所產生的誤差是息息相關的，簡單的說，樣本數越多，當然結果準確性就越高，抽樣誤差也就越小。因此，研究人員能允許多大的抽樣誤差，也就決定了樣本數應該有多大。這裡有一個簡單的公式，在95%信賴水準下，抽樣誤差＝0.98/$\sqrt{n}$（n為樣本數，0.98為母體標準差，查表可知）。例如：n＝1067 時，0.98/$\sqrt{n}$＝3%，意謂有95% 的機會，抽樣誤差會被控制在正負3%之內。換言之，在95%的信賴水準下，如果研究人員希望將抽樣誤差控制在正負3%之內，樣本數就必須達到1067個以上。

除了用抽樣誤差的控制來決定樣本數之外，公關或行銷實務上，

實際決定樣本數大小的因素還包括：

## 一、成本

研究人員經常因為成本的限制而無法選取足夠的樣本數，此時只好遷就成本的考量，容忍較大的抽樣誤差，用比較小的樣本數作為分析的基礎。

## 二、時間

研究人員有時也會因為時間的壓力，而無法做到理想的樣本數。例如三天內必須向客戶提出企劃案，由於時間緊迫，公關人員無法於短時間內，做足所能容忍之抽樣誤差所需的樣本數，只好退而求其次，以較少的樣本數進行研究。

## 三、是否針對不同族群作區隔或切割的分析

如果研究人員希望針對不同族群作區隔分析，例如想比較不同縣市的受眾之看法和需求有何不同時，為了避免個別縣市的樣本數太小而失去參考價值，則所需的樣本數就要更多。

## 四、調查對象對問題的分歧程度

例如大部分受訪者對問題的看法大體上相同，即使樣本數很小，其結果也會令人滿意。反之，若受訪者對問題之看法的分歧愈大，則所需樣本數也越多。

以上有關抽樣方式和樣本數大小的介紹，主要目的在於讓公關或企劃人員瞭解最基本的調查概念。公關或企劃實務上，這些調查和抽樣工作大都委託專業市場調查機構執行，公關或企劃人員，不必擔心調查技術太過於專業而無法勝任的問題，只要公關人員具備調查相關基本知識，能夠知道調查過程是否有問題，並能判斷不同抽樣方法和樣本數大小所代表的意義即可。值得再次強調的是，公關人員切莫

以自己主觀的意見隨意推測受眾的看法，應該重視對環境或受眾的研究，以客觀的情報做為判斷或企劃的依據。

# 第10章
## 創　意

**就**公共關係的角度而言，訊息傳播首重吸引人們的注意。例如針對目標消費群關心的事進行闡釋連結，建構產品與人類的某種興趣之間引人遐想的關係，抑或透過趣味十足的文字或圖片表達，凡此都著眼於突破訊息干擾，取得人們的注意力。美國策略專家Thomas H. Davenport曾寫了一本名為《注意力經濟：理解新的商業貨幣》（The Attention Economy: Understanding the New Currency of Business），這本書主要是強調注意力的「稀少性」。Davenport指出：「注意力就是把精神活動，投注在特定資訊項目上；這些特定項目進入到我們的意識中，引起我們對特定事項的注意，然後我們便決定是否採取行動」（陳琇玲譯，2002：p45）。

我們之所以重視創意，是因為「創意吸引人們的注意」。人類對一件事情的認知，第一個階段是「注意」，也就是說，當人們「注意到」一件事情時，才會開始對它產生興趣、引發慾望、進而形成行動。

其次，創意就是「新的應用方法」，也就是「創新」（innovation），可以讓組織實際的運作起革命性的變化，並帶來實際的利益。舉保險業為例，三十多年前，保險業販賣的只是「身後的利益」，例如某一個人死了，他的指定受益人可以獲得多少賠償，而被保險者反而是唯一沒有得到利益的人。加拿大保德信保險公司的一位主管「有一天靈機一動：何不讓被保險人在身故之前，就能享受到人壽保險的利益？這導致了『生者受益』觀念的產生：任何被保險人只要罹患了重大的絕症，就可以立刻領到保險金額的75%」（江麗美譯，1998：p47），這是一個新的市場，當然也帶來了新的利潤來源。

最後，我們要指出：創意是一種「思考方式」，一種思考的習慣，也是一種可以經由訓練而獲得的「個人才能」（Green, 2001: p5）。這種才能就跟練習操作機器或培養某些習慣一樣，是一種技能。當我們培養了這樣的技能之後，我們就能更善用這樣的創意思考技巧，創造工作上的契機。

## 第一節　創意的來源

　　我們常常認為，「某人比較有創意」，而「某人一點創意都沒有」，這種說法好像是說「創意是一種天分」，似乎是在暗示：有人有「創意基因」，有人卻沒有。然而，創意真是一種天賦嗎？美國J. W. Thompson廣告公司的著名廣告人James Webb Young就直接否定了「創意天賦論」。他指出：「創意像是在南海上驟然出現的魔島一般……是長期沈潛在意識下的思考所醞釀的結果……創意發想的過程就與福特在裝配線上生產汽車一樣，也就是說：創意發想的過程中，心智是循著一種可學習、可控制的操作技巧運作，這些技巧經過熟練的操作後，就跟你使用其他任何工具一樣」（李淑娟譯，1998：p13-4）。專研「創造力」的心理學家Mihalyi Csiksentmihalyi，在深入研究數十位創造性人物的特質以及成長環境等背景後，他指出：「就有創意的使用心能而言，也許人與人之間最根本的差別，在於他們究竟還有多少注意力來處理新穎事物」（杜明城譯，1999：p414）。

　　從這兩位代表人物的說法，我們可以推論「創意可經由訓練」而得。事實上，許多人已經歸納了許多訓練、培養創意的基本方法，包括發明「水平思考法」的Edward De Bono、臺灣有名的趨勢分析家詹宏志等等。至於他們設計了哪些創意方法，我們在這裡不予贅述，但我們仍要強調「創意可以培養」，一般而言，創意的來源有：

一、資訊（A. Green，2001；江麗美譯，1998）

二、經驗（李淑娟譯，1998；江麗美譯，1998）

三、生活態度（杜明城譯，1999；張敏譯，1995）

四、動機（江麗美譯，1998）

五、開放的心態（李明譯，1999；張敏譯，1995）

## 一、資訊

創意是內在心智活動的成果，除了觀點與態度的內在改變之外，「資訊」可能是培養創意時最重要的外在刺激。英國公關學者Green（2001）把「蒐集相關資訊」當成是一個產生創意的階段，是「攸關創意活動成敗的關鍵」。Green（2001）認為，大量蒐集與創意目標相關的資訊，是創意發想的重要工作，而「大部分傑出的創意公關人，每天都會閱讀四本以上的雜誌」（p37）。人員在過濾、吸收這些資訊的過程中，很可能「觸類旁通」，產生一些靈感或點子。一般而言，資訊量越多，想出創意的機會也越高。

## 二、經驗

基本上，創意不會脫離個人的經驗而產生，因此幾乎所有的創意限制，都來自於創意人員在經驗上的不足。Young提到：「廣告中的任何點子，主要都是來自於產品與消費者的特殊知識與日常生活中一般知識的重新組合」（李淑娟譯，1998：p23）。因此，許多創意思考者都鼓勵創意人從事開拓個人經驗的活動，以增加醞釀創意的經驗素材。例如發明腦力激盪法的A. Osborn就曾說：「旅行為充實吾人想像力的一種經驗」（詹宏志，1998：p184）。De Bono更指出：「經驗性創意基本上是一種風險比較低的創意，它以過去的成功為踏板，同時重複著過去成功的經驗」（江麗美譯，1998：p86）。

渣打銀行曾經為其發行的SMART信用卡製作過一個廣告，這支廣告先是用動畫呈現出一隻烏鴉，想要喝罐子裡的水，烏鴉把一顆顆的石頭銜到瓶子裡，讓瓶子裡的水上升。想不到來了一隻更聰明的鸚鵡，它抓起一根吸管，輕易地把瓶子裡面的水喝光光，用以表現SMART卡的確是夠smart，這支廣告就是運用了大家小時候讀過烏鴉喝水故事的「共同經驗」，才能收到這麼好的效果。而這一創意應該也是源自於創意人員的經驗發想而來的。

## 三、生活態度

　　一般人常認為：有創意的人都過著瘋狂的生活，他們可能通宵熬夜，追求靈感；或者頹廢自負，不按照一般正常時間作息。然而，Csiksentmihalyi卻指出：「保持創造力的唯一方式，要因利乘便規劃你的時間、空間的活動，反對陳腐的生活。意思就是要理出日程表來保護你的時間，免於分心；安排你的環境，以提高注意力；削減吸納心能的無意義雜務；省下能源以投入你真正在乎的事體。儘量讓日常生活保持流暢的巔峰狀態，那個人創造力就遠為容易了」（杜明城譯，1999：p429-30）。日本設計研究家菊池織部也指出：「如果你想成為真正的創意者，還是應該以規律的生活為出發點。墮落的生活絕對無法造就偉大的作品」（張敏譯，1995：p24）。換言之，規律的生活，並不會壓抑創意，相反地會因為規律而保持活力與想像力，更可能培養一個人的創意能源。

## 四、動機

　　「動機」也是創意產生的重要來源之一，也就是諺語所謂的「需要為發明之母」。在現實生活中，很多創意都是用來解決問題的，因此，問題的壓力越大，追求創意的動機也就越強，動機強了以後，創意也就有可能源源不絕了。

## 五、開放的心態

　　O'keefe指出：「心態是指看待事情的一種固定方式」（李明譯，1999：p246），有人的心態是劃地自限，有人是開放不受拘束，這兩種人哪一種會更有創意呢？相信多數讀者都會認為，心態開放積極的人會比較有創意，因為偏見或定見經常會限制創意的產生。Csiksentmihalyi認為，培養好奇心可以提升創意，他建議我們試著每天為某件事感到驚訝，用兒童般的好奇來觀看這個世界（杜明城譯，1999：p416）。

155

## 第二節　創意性思考

　　公關人員常常需要用創意來設計研究方法、規劃策略、包裝訊息、選擇媒體，在這幾項工作環節中，「創意」都是少不了的。以下整理六位學者專家所介紹的幾種創意思考方式，目的在提供公關人運用不同的方法來找尋創意。創意思考的方式大概可分為以下幾種：

一、問得聰明（Green, 2001）

二、敢於跳脫（李明譯，1999；詹宏志，1998）

三、重新組合（李淑娟譯，1998；詹宏志，1998；江麗美譯，1998）

四、類推（蕭富元譯，1998）

五、創造性模仿（詹宏志，1998）

### 一、問得聰明（ask smart）

　　1. 你問對問題了嗎？

　　這是一個足以和阿波羅十三號登陸月球失敗之經典案例，相提並論的行銷個案：1995年，可口可樂公司有鑒於百事可樂在市場上形成的巨大威脅，在危機心態的推波助瀾下，他們的高層著實為這個大問題傷了好一陣子腦筋。幾經商討後，他們決定：「研發比傳統可口可樂更好喝的新可樂」。結果，他們「成功」了：在幾次大規模的口味測試中，大多數消費者在盲目（受試者不知道他們喝的是什麼飲料）測試中，都認為：新可口可樂比傳統配方更好喝。可口可樂高層為此興奮不已，他們決定大張旗鼓，推出「新可口可樂」。接下來發生的事情，就是行銷史上的笑柄，「新可口可樂」在不到幾個月內從各地的銷售架上被卸了下來，不到半年，這場鬧劇結束了。為什麼更好喝的新可口可樂會失敗呢？

　　這場新可口可樂的失敗，其實導源於鍾情傳統可口可樂的忠實消費者的抗議，這群從小愛喝傳統可樂，甚至蒐集有傳統可樂標誌的各

種產品的可樂狂們,他們抵制新可樂,把風波越演越烈,最後大家都不喝新可樂了。失敗的根源就在於當初問錯了問題,我們幾乎可以想像可口可樂高層當初是怎麼問問題的:「怎樣讓我們的可樂比百事可樂更好喝?」就這一問,開啟了行銷史上的經典失敗案例,也花了可口可樂公司幾億美元。

2. 設身處地思考受眾

公關創意思考有其特點,大體上而言,公關上的問題都跟「受眾」有關,例如「我們如何讓某人的形象在電視上看起來很具有同情心」?「這篇新聞稿如何表達人性趣味」?「公眾會喜歡怎樣的說詞」?在很多公關問題上,大部分的問題與解答都來自於公關人員所瞭解的公眾,也就是說:「越瞭解你的公眾,你越能掌握公關問題的核心」。

哈佛大學商學院的Dorothy Leonard與Jeffery Rayport兩位教授曾在「哈佛商業評論」上為文提倡「設身處地法」,主要是告訴企業:「觀察消費者使用產品的方法,並且從中找出創新之道」。例如,美國的Cheerios餅乾公司行銷人員對消費者進行實際觀察,他們發現有些家庭不只在早餐時吃他們的產品,有些父母喜歡把餅乾裝在袋子裡,然後讓小朋友一點一點當零食吃(巫宗融譯,2001:p36-7)。當一位品牌經理看到鄰居將他所賣的食用油噴灑於割草機底部時,他問鄰居這有何效果?鄰居回答:這種油不但能防止草屑黏在除草機底部,而且不會傷害草皮。這句話讓這位品牌經理腦海中浮現出一個全新的市場,不是另一個食用油市場,而是「除草機專用油的市場」。

Lexmark印表機公司為了推銷新的印表機,派遣業務員先到各公司行號去拜訪後發現,商用印表機市場已經被許多大廠所佔據,有一位業務員到醫院去,發現醫師抱怨印表機印出來的心電圖表太模糊,而這位業務員想到,公司剛推出的印表機就是強調「印色精確」,於是他向醫院介紹公司印表機,Lexmark公司將焦點放置在「醫療院所的印表設備市場」,因而開啟了Lexmark的生機。「新市場在哪裡」?下

次當你問這問題的時候，也許走出戶外，去親眼看看使用者的使用習慣，也許會得到新的啟發。

3.你問得聰明嗎？

(1)重新定義問題

將問題重新定義，會帶來認知上的改變。換句話說，我們因為問問題的角度變了，因此找尋答案的方向也就不一樣了。好比一位公關人員，正在思考如何辦一場客戶會認為成功的造勢活動，他發現這樣問，根本無法具體地描繪出規劃的方向，因此他改變了問題的問法，他問自己：「我要怎樣才能辦出一場登上新聞頭版的活動」？因為客戶之所以辦這場活動，就是要更多人知道，這一問，把整個問題集中到「如何創造足以上新聞頭版的新聞焦點」，他知道他要努力的方向，當然也就能專心去思考了。

Peter Drucker曾在一篇探討創新的文章中指出：「非洲人沒穿鞋和非洲人不穿鞋，是對同一狀況截然不同的兩種描述，認知上的改變，經常能開創出許多創新的機會」（巫宗融譯，2001：p157-8）。如果你是Drucker，當你問一位從事窗簾業的老闆：「你現在從事的事業是甚麼」？可想而知，得到的答案八成會是「賣窗簾」。然而，曾經有一位管理學者就這麼回答窗簾店的老闆：「不，你做的是調節光線的生意」。就這麼一句話，改變了窗簾店老闆原有的思緒，讓他從此開始改變公司的營運範圍，將賣窗簾的事業擴展到專業窗簾設計規劃的領域。

(2)只問一個核心問題

管理學大師Peter Drucker在為企業客戶提供建議時，往往先問一個最具本質性的問題：「你最想做的是甚麼」？這個問題看似廢話，但卻道出了核心，也就是「組織最想投入的事業是甚麼」？全錄（Xerox）公司內部的管理高階曾經問：「我們到底幹的是哪一行？」在經過對這個問題的詳細探討之後，他們確立了「辦公室自動化行業」的目標，公司也由原本的影印機擴展到更寬、更遠的範圍（詹宏

志，1998：p52）。

## 二、跳脫（escape）

　　英國公關學者Andy Green曾經提到一個他少年時代參選校園學生會幹部的故事，顯示他對「選擇媒體管道」有很另類的看法。當時許多參選者都把文宣貼在校園的各個角落，包括佈告欄、學校宿舍大樓門口等等地方，Green看到校園內這麼多文宣，他想到：「如果我自己的文宣貼在這些文宣旁，不就等於白貼」？他非找到讓人不得不看他文宣的地方來貼！最後，他找到了這樣的地方—廁所的門後面（Green, 2001: p104）！這就是跳脫。

　　企業競爭程度越形激烈的挑戰，也刺激企業衍生出「跳脫」競爭、另闢蹊徑的新概念。由於大眾的注意力有限，與其跟人競爭，何不另類出擊？「美體小舖」的定位就是這樣的例子，當所有化妝品牌紛紛走向感性、情緒、優雅等感性定位時，「美體小舖」強調天然與實用性，標示不同功能的天然保養品被包裝成一罐罐褪盡鉛華、還我自然的個性產品，這就是跳脫了「化妝品」的競爭行列，轉而開創出另一個市場的實例。又如SWATCH手錶不跟日本精工或勞力士競爭，它把手錶變成時髦飾品，開拓了一個「時髦的飾品市場」。把品牌脫離競爭的潮流放到公關企劃上，也能獲得許多不一樣的效果。

　　先介紹一個很有名的動腦問題：圖10-1是九個點，你如何能用一筆畫完四條線，這四條線正好穿連下圖的九個點，且每點只能被穿越一次？（Green, 2001: p33；林志懋譯，1998：p65）

　　如果你原本並不知道答案，可能會開始動起筆來畫，問題是不論你怎麼畫，總會超出四條線，不過你可以盡情的想，不用怕！有沒有注意到，不論你怎麼畫，你所有的注意力似乎都侷限在九個點所形成的正方形內，這很奇怪，難道你不敢把直線畫到「你自己虛構的框框內」之外嗎？

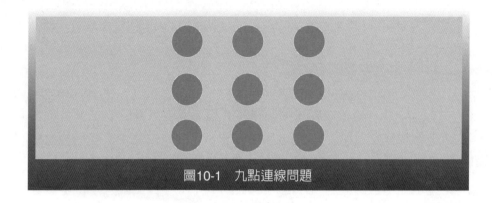

圖10-1　九點連線問題

　　從這個題目的思考過程,可以很清楚地看出:我們心裡有很多「框框」,其中大部分都是我們自己所假設出來的,一般人稱之為「盲點」、「先入為主」。如果你迫不及待想破除這個「框框」,你可以翻到本章最後,因為正確答案就在本章文末。

　　歷史上很多重要的發明,都是從跳脫這個框框的想像力開始的,例如發明飛行器的萊特兄弟。萊特兄弟之前的飛行研究者,一直都想找出『穩定的』飛行工具—不論空氣怎麼動,飛行器都能穩定飛翔。於是他們一直在飛機的架構上,企圖找出最穩定的機械架構,結果呢?他們都失敗了。萊特兄弟決定另闢蹊徑,這個思考點的轉折很簡單—他們決定造出「適應不穩定的機器」,結果他們創造出「扭動或彎曲機翼的方式改變上揚的力量,促成控制裝置的發明」(江麗美譯,1998:p61)。

　　水平思考法創始人De Bono認為這類框框就是一種「危險的假設」。這類假設「會避開我們的注意力」(蕭富元譯,1998:p83),也就是我們常常會高估某些假設的正確性,例如當我們進行一項公關或廣告活動時,我們認為A臺的觀眾多,所以忽略B臺,殊不知B臺的觀眾雖少,但卻更有可能發展成我們的行動公眾,對我們的活動更有助益。這種「看的人比較多」的假設,大部分不能解決我們的問題,因為我們在意的是「哪些人會被我們打動」,而不是「看得人比較

多」。

　　腦力激盪法的發明者Alex Osborn發展過一個「Osborn核對表」，提供運用腦力激盪的成員就核對表上的項目進行討論，這是一種能幫助我們跳脫原本定見的檢查表（賴明珠譯，1992：p103）。我們可以對一個點子提出下列的質問，反問我們自己：

1. 有無其他用途？
2. 能否借用其他創意？
3. 如果改變形狀、顏色、運動呢？
4. 變大呢？
5. 變小呢？
6. 替換的話呢？
7. 對調呢？
8. 顛倒呢？
9. 結合起來呢？

　　這一連串的問句，就是在暗示我們，是否可以跳脫原本的思考侷限，進入一個我們都沒有想過的新天地。美國白宮常常舉辦戶外記者會，甚至各國政府也都在學，這個點子的起源點，就是新聞秘書問：「為什麼我們一定要在室內開記者會呢」？對啊，誰規定記者會一定要在室內召開呢？桃園縣政府想在端午節辦龍舟賽，但是這地方缺水，怎麼辦呢？於是他們想出了「陸上行舟」的點子，在龍舟下方裝了輪子，找一條鄉路，就這麼辦起陸上行舟的龍舟賽。「對啊，為什麼一定要在水上才能賽龍舟呢」？在想創意的過程中，你是否也預設了一些框框？跳脫吧！跳脫之後絕對會有意想不到的收穫！不信的話，試看看。

### 三、重新組合

創意就是「舊元素、新組合」（李淑娟譯，1998：p23）。創意就是「將不同的元素結合起來，形成一個新的事物」（Green, 2001: p8）。這是我們最常用的廣告創意技術，將看似沒有關係的兩種元素重新組合，就能產生新的經驗，這類創意技術的表現，在生活中屢見不鮮。

想想孩童時代玩的樂高玩具，這是一種訓練兒童培養創意思考的玩具，它能訓練兒童「重新組合」的能力。例如同樣的積木，有人靠想像力拼成了汽車，有人拼出了大樓，有人則做成了機器人。將不同的想像，透過重新組裝，就是新的創意。周星馳的電影「少林足球」的腳本創意，就是將「少林武功」跟「足球」放在一起，組合成一部「用少林武功來踢足球」的劇情，這就是一種「舊元素的新組合」。SONY公司在1980年代推出的「隨身聽」（walkman），創造了電子產品的銷售奇蹟，其原理就是「走路」加上「音響」，這兩者若分開來看，都是再平常不過的元素，但是組合在一起，就成了暢銷多年的科技產品（詹宏志，1998：p38）。

### 四、類推

許多廣告中運用的創意是來自類推。類推的意義，就是把現在情境下的問題，轉換到另一個情境下去探討，而兩個情境的邏輯是類似的，能讓人一聽就明白，也就是我們在日常生活中常常用到的「譬如」、「打比方」的技巧。De Bono指出，使用類推法來表達創意，「最重要的是它必須生動活潑」（蕭富元譯，1998：p155），而且我們打的比喻最好是人盡皆知的事情或情境，才容易被理解，進而產生共鳴。

有個常常聽到的例子：當我們在探討到底是就業訓練還是補助金對於失業者的幫助較大時，我們通常會把就業訓練比喻成「給釣竿」，而把失業補助金比喻成「給魚吃」，這是我們把就業輔導問題

用一句諺語「給他們魚吃，不如給他們釣竿」來作類推，我們用簡單的諺語來類比「就業輔導」這麼一件複雜的事情，受眾就更能體會其中意義。又如美國飲料純品康納（Tropicana）柳橙汁，最令人印象深刻的廣告，就是在柳橙插上吸管來喝，將純品康納柳橙汁類比成「從樹上摘下來的柳橙」，讓消費者產生「純品康納＝從樹上摘下來的柳橙」的類推印象，能讓消費者更清楚瞭解和記住這個飲料品牌的特點—新鮮。

## 五、創造性模仿

　　Drucker指出，創造性模仿是指「將原始創新產品或服務變得更完美，並將之適當定位」（詹宏志，1998：p150），也就是「改良」（renovation）。日本人就是最善於「創造性模仿」的民族，但他們的目標是創造，而不是仿冒。他們利用已經有的東西，為這件東西找出改良、補足的空間，基本上雖是一種模仿的手法，但卻具有創造性。例如日本晶工社改良由瑞士發展出來的石英數字表，很快佔據了瑞士廠商原有的優勢。

　　當Apple公司發展出個人電腦的時候，IBM公司認為這是錯誤的策略。但當個人化電腦成功之後，IBM公司立刻著手設計一種新機器，創造出個人電腦的新標準，不久後更推出十六位元的個人電腦，搶去Apple電腦的領導地位，IBM就是採用「創造性模仿」策略。因此，詹宏志（1998）認為，創意者應常常問：「這個創意究竟是甚麼意思？……這個意思有沒有別的方式來表現而又可以做得更好？」（p152）。

### 創意，永遠有更好的空間

　　創意永遠有改進的空間，永遠有更臻完美的境界。當我們好不容易完成創意的發想工作，緊接著下來要「以炯炯目光檢查作品，經歷

自我批判的過程」。著名的廣告人黃文博（1998）建議：「檢查創意時儘量理性，不要怕檢查出問題，不要怕面對修改的麻煩，不要捨不得推翻有問題的想法，不要擔心尷尬……最重要的是，不要忽視檢查的步驟」（p177）。他並提出檢查創意的八個檢查點：

## 一、合乎策略嗎？

策略是指導創意的方向，任何創意都必須滿足策略的需要，一個十分精采的創意如果不符合策略的要求，根本無法完成目標。因此「最好的選擇是立刻修正……檢查創意時先看合乎策略與否，也有避免浪費時間的意思，要是不合，連第一關都有問題，後頭七關也就不必再查，速速回頭修正」（黃文博，1998：p177-8）。

## 二、「跳」得出來嗎？

所謂「跳」得出來，指的是事件或訊息能否在極短的時間之內，抓住人們的注意力。如果訊息本身或展現方式沒有這個功能，很難進一步達到讓公眾瞭解或接受的目標。因此，黃文博（1998）強調：「創意能否跳出來極為重要，在傳播的戰場，跳不出來的創意如同向敵人丟出一顆啞巴炸彈，不會爆炸，白費力氣」（p178）。

## 三、目標對象看得懂嗎？

創意是作給受眾看的，不論點子多好，只要目標受眾看不懂、或有任何誤解，都會讓創意所肩負的使命付諸流水。所以黃文博主張創意人員應該「奉行一個簡單的規則：Think simple, execute smartly」（p179-80）。

## 四、看了會喜歡嗎？

奧格威曾經指出，影響消費者的廣告，多半是能改變消費者偏好度的廣告。如果消費者喜歡這創意，將有助於消費者採取購買或支持

的行動。但黃文博也特別提到，消費者如果不喜歡這個創意，並「不代表這個想法不可行。只要確定消費者看了不會反感，即使他們也不會喜歡，倒也無所謂。當然，能被他們愛上最好，創意人員要能做出被人愛的廣告，走在街上都會聽見路人傳頌該創意，那種飄飄欲仙的感覺，非筆墨能夠形容」（p180）。

## 五、有記憶點嗎？

創意還有一個任務，那就是要讓受眾能夠記住訊息的內容。太複雜或沒有記憶點的創意，消費者常常會忘記，也就失去了創意所應該具備的功能。黃文博（1998）提醒大家：「記憶點應該要透過刻意的安排，否則有可能出現無效的記憶點或負面記憶點」（p180）。

## 六、能做得更精采嗎？

沒有創意是無懈可擊的，創意永遠都有改進的空間。優秀的廣告作品，通常是一修再修的成果；優秀的公關策劃，也是經過內部一再的討論與爭辯。因此黃文博（1998）建議：「再給自己最後一個機會，試試能否把它修得更好……設法百尺竿頭，更進一步」（p181）。

## 七、可以完整執行嗎？

創意必須兼顧可行性，因為創意是要執行的。天馬行空或無法完整執行的創意，只是一種夢想、不切實際。「關於執行有兩個問題。第一個是想法執行出來後會失真多少？第二個是有多少錢和時間可供執行？……沒有必要挑戰執行經費不足和時間急迫的現實，你戰勝它們的機率太小，與其……不如事先修正想法，走自己走得下去的路，總比硬是勉強爬過另一條路好」（黃文博，1998：p181-2）。

### 八、有別人的影子嗎？

創意如果讓人聯想到抄襲、類同前人手法、或使用相同素材，就算是純屬巧合雷同，也難度悠悠眾口。更何況，抄襲之作可能看在受眾眼中已經不再新鮮，若是，則傳播或溝通的效果可能會大打折扣，因而不得不慎。

## 第三節 創意的程序

有關產生創意的過程，Young在他的著作「創意妙招」裡面，已經提出了一套流程，這套流程到今天仍然適用。首先是蒐集資訊、然後消化資訊、接著腦海裡不斷地思考，經過一段時間後就不去想它，把這個任務交給「潛意識」，一直到點子出生。其實在我們的生活經驗裡面，也常常發現，我們的腦子就是以這樣的程序進行構思。

Green（2001）將Young的說法再深入闡釋，提出了一套名為「五個I」的創意程序，這套創意程序包括以下五個步驟（p30-54）：

### 一、Information（資訊）

創意的第一步，就是問對問題，然後蒐集並閱讀、分析相關資料，這部份我們在前面已經介紹過，茲不贅述。

### 二、Incubation（醞釀）

接著進入「醞釀期」階段，我們把問題交給潛意識，讓潛意識去處理、消化我們吸收的資訊。

### 三、Illumination（啟發）

在此一過程中，我們的腦子不斷受到外來資訊或意外事件的衝擊，漸漸地，這些外來衝擊跟原本存在腦海中的那個需要解決的問題

產生化學碰撞作用，形成了創意的構想。可以形容此一階段最有名的例子，當屬阿基米德發現如何測量皇冠上黃金重量的那一刻前。阿基米德經過了幾天思考後，他跑到澡堂去泡澡，突然間，他的身體把浴缸的水都擠了出來，他望著這些被濺潑出來的水，突然腦海裡面閃過一個念頭，他大喊「Eureka!」（我發現了），原本在他腦海裡那個困難的問題，跟「浴缸水外濺」這個意外產生了碰撞，因而讓他想到了解開「皇冠之謎」的辦法。

## 四、Integration（整合）

人腦具有很奇妙的功能，在思考一個點子的過程中，我們的腦子會不斷湧現出其他的想法、概念，甚至產生其他新點子，也就是一直進行著淬練的過程，以至於重新創造出一些新的事物。好比一位作家，當他寫完自己的一篇小說後，他可能會再修改一遍，在修改的過程中，腦海裡又出現了新點子，於是，這篇小說就變得跟原來的面貌不一樣。

拿寫新聞稿的經驗來說吧，當你在蒐集資訊的階段，腦海裡很可能已經在醞釀一些構思，甚至沒有多久，你已經知道該怎麼寫了。但是當你動筆後，你會發現腦海裡又多泛出一些想法，例如「我可以用一句成語來總結一段」，或者是「這個標題不強，不如換成這個標題……」之類的新想法。這時候你的腦海就是已經在重新整合了，你原本的構思不知不覺地加上很多經驗、過去的構想、看過的故事等等，形成了一篇新的稿子。

## 五、Illustration（推銷點子）

幾乎所有的廣告人或公關人都會說這麼一句話：「我最好的點子都在垃圾桶裡」。為什麼會這樣？因為你的點子沒有被成功推銷出去。對公關或廣告的專業人士來說，辛辛苦苦想出來的構想，卻被客戶打回票，那是多麼挫折的一件事啊！問題是，到底應該如何推銷你

的點子，讓你的想法可以付諸實行呢？你可以試試Green（2001）的這五個建議：

1. 為你的點子找背書人：當你獨力想出一個好點子時，常會感到非常自豪，甚至巴不得所有人都知道這點子是你的結晶。然而，以創意為專業的廣告或公關人應該記住：不論點子多好，總是要被人接受才算真正的點子。如何才能被人接受呢？最好的辦法之一就是「讓你的客戶認為，這點子也有他的功勞」。簡單來說，就是找人背書，只要客戶認為這點子有他的貢獻，甚至是他的，這個點子就更容易被接受了。

2. 把握時機：點子提出的時機到底對不對？如果不對，很容易胎死腹中，例如這個宣傳計畫的預算還沒有著落，就算點子再好，也是「欠東風」。

3. 將點子轉換成別人懂的語言：原創人對於自己的點子不但自豪，甚至都能想像這個點子付諸實行後的情況。然而，對頭一回聽到這點子的人來說，他們不但無法想像真實的狀況，甚至連聽也可能聽不懂。因此，必須將你的點子轉換成很平易近人的話，讓別人能聽懂，甚至被你帶進到那個情境裡面。

4. 點子要符合品牌價值：有效的點子不能無視於組織或品牌的價值或定位，創意之所以會被拒絕，其中一個很重要的原因，就是無法符合組織對於本身定位或者品牌價值的要求。例如你為某個保守的組織提了一個「美女泳裝募款」的活動點子，該組織的人可能會這樣反應：「這點子好像不太適合我們」。

5. 從受眾的觀點來檢視：在提報創意的時候，提報的人可能會完全從自己的觀點出發，而忽略了受眾的真實感受或經驗。舉一個實際的案例，我們曾經針對兒童拍攝一部呼籲兒童「飯後刷牙」的廣告片，在經過構思之後，我們採用這樣的訊息：「牙齒如果髒髒的，朋友會討厭你」。然而，審查腳本的心理學者

提醒我們：「對於大部分牙齒並不完美的兒童來說，可能會因
為這部廣告片裡的訊息而感到挫折或打擊」。我們並不曾深入
瞭解兒童的心理，忽略兒童的心靈比大人脆弱。所以，一定要
試著從受眾的觀點與經驗來提報你的點子，這樣的觀點比較能
夠讓客戶或高層接受。

## 第四節　創意的公關

　　Al Ries強調公關需要創意，「公關必須是原創的，意思是說，
公關必須把產品或服務定位成創新的、不一樣的東西，一如『紐約時
報』所言，是『適合報導的新聞』」（李芳齡譯，2003：p318-9）。因
此，公關人員應該「把創意延伸到公關工作領域」，嘗試用創意來打
造更卓越的工作表現。問題是，公關實務已經漸漸走向整合的階段，
各種媒體的誕生、各種輔助創意的科技一日千里，人類的注意力已經
漸漸稀少，公關人員如何用創意來讓自己的工作加分呢？

　　Green（2001）提出六個努力的方向，建議公關人員能夠在這幾個
面向上突破自己，做出有創意的公關工作（p184-7）：

### 一、創造更多的人際接觸

　　公關最基本的任務，是與不同類型公眾溝通，進而與其建立正
面的關係。所以對公關人來說，「與外界接觸」就成了一項必要的工
作。跟自己專業背景、生活形態與喜好不同的人在一起，也是一種開
發創意的方式。從這種接觸中，我們可以學習到不同的常識、認知到
不同的觀點、知道不同的事情，甚至激盪出從未想過的創意，這是一
種拓展生活經驗的方式，生活經驗越廣泛，自然就會產生出更多的創
意。所以許多創意人都鼓勵公關人員除了多讀、多聽之外，更要多接
觸不同領域的人。也就是要伸出「接收天線」，去廣泛吸取別人的經

驗和學識，豐富資訊量，進而厚植創意發想的基礎。

## 二、運用現成的技巧

　　科技不斷在進步，不同的思考輔助創意技巧又推陳出新，公關人應該善於把握這些現成的科技及技巧，來應付工作上的需要。例如水平思考法的創始人De Bono曾經提出的「六頂思考帽」創意法（江麗美譯，1998：p127-40），協助從事創意的人多方檢視本身的創意。「六頂思考帽」代表六個不同的思考觀點，以六個問題來進行創意思考。

　　一開始是「白帽時間」，在這段時間裡，只能把注意力放在資訊上面，檢視我們目前手邊有多少資訊？還缺哪些資訊？那些資訊要如何獲得……等問題。等到把有關資訊的問題都釐清以後，再進入「紅帽時間」，在這段時間中，只能集中討論或思考有關感覺、本能、直覺與情緒上的感性經驗，思考或討論諸如：「我不喜歡這個構想，因為……我的直覺是……」等看法。然後依序是「黑帽」，這是一種「警示」的想法，是一種批判性思考，黑帽會指出為何哪些事情不能做，在這段時間內，我們集中考慮「限制」，例如：「……規定不允許」、「我們一這樣做，就會拉低效果」等等限制性的思考方向。

　　「黃帽」則是符合邏輯的正面觀點，尋找的是「可行性」及「做事方法」，例如「也許我們可以把工廠搬得比較接近顧客」、「也許我們可以洽商某電臺進行現場轉播」。「綠帽」是為產生新的想法、或尋找各種可能性與作各種假設，綠帽會要求你有些創舉，例如「有沒有其他的辦法」？「我們可以用另一種方式來做嗎」？「有沒有其他解釋」？「藍帽」則是用來控制整個思考過程、用來考量大家的思考狀況，可以用來「建議思考的下一個步驟」，或者「要求使用其他思考帽」、「提出要求、結論或摘要與最後決定」，例如「可以把你的想法再簡要說一次嗎」？「我想我們應該先看看事情的優先順序」或「我建議我們用綠帽思考法再思考一次」。De Bono設計這套方法，猶如「思考的泰勒式作業方法」，亦即每一次從一個思考點關照，然

後將六種思考觀點連貫起來，以確保創意的構想符合各種要求。

　　另一種廣被採用的創意思考技術，是「腦力激盪法」（brain storming）。這套方法是邀集眾人對創意主題，發表各種天馬行空的構想，透過互相激盪、互相影響，可以想出許多點子。腦力激盪法的進行原則是：非正式的形式進行、成員可以自由地想像、先求點子的量再求質、不批評他人的構想、點子越瘋狂越好、建議越多越好、所有成員的觀點都應列入記錄、所有成員的地位都平等，沒有官大學問大的規矩（Green, 2001: p78）。

## 三、創造傳奇

　　Green（2001）認為，公關人似乎還沒有充分做好一件重要的事情，那就是「為組織或客戶創造傳奇」。「傳奇」可能是一項非常能夠說明服務良好的事蹟，可能是一個人，可能是一段故事，最重要的是，公關人員可以透過包裝組織內的「傳奇」，用最能引人入勝的故事，來為組織與公眾建立起溝通的橋樑。

　　事實上，大部分成功的企業，都擁有堪稱「傳奇」的卓越表現。例如美國克萊斯勒公司的前任總裁Lee Iacocca的「反敗為勝」事蹟，至今仍是大部分人對於克萊斯勒的印象。組織的「傳奇」，是一項足可與其他組織造成強大差異的特點，公關人員應該有「為組織塑造傳奇」的企圖。

## 四、創造隱喻

　　在資訊爆炸的時代，有創意的公關人應該創造「隱喻」、利用「隱喻」。所謂的「隱喻」，是一種比喻或象徵，能在受眾心裡產生巨大的印象。例如美國在911事件後，布希總統將北韓、伊拉克與利比亞三國稱為「邪惡軸心」，讓世人對這幾個國家產生更負面的觀感。又如新竹市長候選人任富勇，在1985年的市長選舉中，曾以「新竹要拇指、不要食指」，來隱喻當時的新竹市長施性忠作秀不做事的個人

風格，對新竹市的發展毫無助益，因此施性忠不是適當的市長人選。

## 五、創造傳統

英國的觀光產業得助於古老的傳統甚多，例如白金漢宮前的警衛交替儀式。然而，不管這些古老的傳統歷經多少歲月，最初開始的時候總是一項新的嘗試。因此，創造新的傳統，也是公關人員可以思考創意的方向（Green, 2001: p186）。許多旅遊點的文化產業策略，就是將傳統重新包裝再出擊，這種改良傳統的作法，也值得公關人員嘗試和借鏡。

近來大陸各地旅遊市場競爭激烈，為了吸引遊客的蒞臨，各地政府及民間組織的公關部門莫不絞盡腦汁，開發各種奇景及人為活動，最特別的策略就是將原有的觀光資源重新包裝，進行再造傳統的活動。例如陝西省舉辦的「金庸華山論劍大型文化活動」，邀請武俠小說家金庸登上華山，並在山路沿途立碑紀念。還有杭州西湖博覽會評選「西湖十佳人」活動，民眾票選出西施、白娘子、祝英台、李清照、李慧娘、王朝雲、蘇小小、方百花和花魁女等古典著名美人，甚至革命先烈「秋瑾」也在其中，後來因為秋瑾是革命先烈，與「佳人」的意義不能相提並論，所以被刪除，引發了許多媒體的報導。

## 六、創造語言

公關人最重要的工作之一，可能就是創造「語言」了，不論是廣告上的標題、一項活動的主題句子、或者是演講稿裡面的一段話，甚至新聞稿的標題，都是公關語言的範圍。陳腐的語句，無法動人心弦，只有鏗鏘有力、用最簡單且或為人熟知的典故，才能讓人一看之下就抓住你所要表達的重點。

請看看以下這些語言：「黑貓白貓，會抓耗子就是好貓」、「好東西與好朋友分享」、「學琴的孩子不會變壞」、「不在乎天長地久、只在乎曾經擁有」、「心動，不如馬上行動」。這些都是家喻戶

曉的名句,堪稱是具有人心穿透力的「強效語言」。此外,利用雙關語來表達廣告的新涵義,也能創造出流行用語,例如臺灣廣告用語中常用的「金多謝」,最早是某百貨公司以現金贈獎來招徠消費人潮的口號。因為「金多謝」的臺語發音,與「真多謝」一樣,百貨公司即採用此一諧音來表達「現金贈獎」與「感謝光臨」的雙重意義(詹宏志,1998:p66)。

　　總之,「創意就是令人意想不到的點子」、「創意就是新奇」、「創意,就是與眾不同」!對公關人員來說,創意是一種觀念、是一種技巧,也是一種策略。公關工作從情報蒐集、策略規劃到實際執行,在在都需要創意。創意可以經由不斷地自我訓練或自我培養,累積經驗而精進。好的策略,需要創意來妝點。我們願與讀者共勉,讓我們一起努力,為公關創造更多的新意。

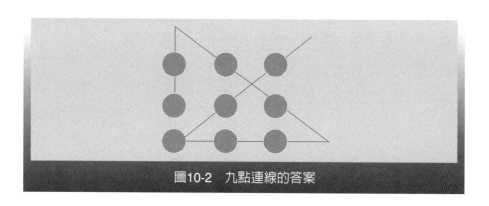

圖10-2　九點連線的答案

# 第 11 章
# 新聞宣傳

「溝通」是公共關係中最重要的一環，公關專家Philip Lesly等人指出：「溝通對於公關這門學問的興起有很大的貢獻，也是公關中最突出的層面」（石芳瑜等譯，2000：p363）。因此，有關溝通上的實務性技巧，是大部分公關人員在工作上最需要具備的知識。一般所運用的公關溝通形式包括了新聞宣傳、廣告、事件（活動）、人際傳播等方式。利用新聞形式傳遞訊息，通常是公共關係首要的溝通方式。大多數人認為，跟新聞界打交道、運用新聞媒體，將訊息傳達給目標公眾，是公關工作最突出的作業特性，甚至就是公關的全部。Lesly將此一作為界定為「新聞宣傳」。

根據Lesly的解釋，「新聞宣傳」（publicity）是指「透過特定媒體散布精心規劃的訊息，在沒有特別付錢給媒體的情況下，替某個組織或個人帶來利益」（石芳瑜等譯，2000：p364）。舉例來說，一個大型企業的公關人員，將一項企業高層人士變動的訊息發布給新聞界；政府新聞單位請新聞媒體前往採訪政府首長；某藝文組織把活動訊息傳給新聞媒體，這些消息都會化成我們在報紙、電視、廣播甚至雜誌上的報導，這就是我們常說的「新聞」，也就是news。

## 大眾媒體與新聞

新聞宣傳所透過的「特定媒體」，其實就是大眾傳播媒體。大眾媒體是現代社會傳播訊息最重要、且具有特殊地位的社會體系之一。這些大眾傳播媒體包括電視、廣播、報紙、雜誌和網路。大眾傳播基本上是一種過程：媒體把聲音、影像、文字傳播給各類公眾，這些公眾在接收之後，他們以自己的方式儲存、忽略或遺忘這些訊息。大眾傳播對於社會的超然性與公正性，讓大眾傳播所搭載的訊息，能廣泛被社會大眾所認同，這也就是公共關係之所以重視新聞宣傳的原因。事實上，Lesly認為：「報紙、雜誌、廣播裡所描述的每一件事，幾乎都是對某人或某件事的宣傳」（石芳瑜等譯，2000：p364）。而這些

大眾媒體所報導的每一件事，就是我們通稱的「新聞」。

　　大眾媒體在整個社會扮演的是一個很獨特的角色，傳播學者Kurt Lewin在1947年的一本論文中，首度以「守門」（gate keeping）概念來說明大眾新聞媒體的功能。而O. White則在1950年提出「守門員」（gatekeeper）為大眾新聞媒體工作人員的角色定位（李茂政，1987：p177-8）。所謂媒體工作人員，包括採訪記者、編輯甚至老闆，他們向社會其他大眾傳達某些個體或組織想要傳達給大眾的訊息。然而，他們並非僅是如實傳達，他們會經過過濾、篩選、整理，以確保所傳達的訊息，是大眾最感興趣、最有影響性、以及最需要知道的訊息。他們就像足球隊的守門員一樣，守住社會訊息流通的大門。

　　新聞為何會影響社會大眾？換句話說，我們對於電視或報紙廣告的接受度，跟對新聞的接受度有何不同？美國社會行為科學家B. Berelson在1945年曾經做過一項有關「人們為何要看報」的研究。Berelson認為，人們閱報的動機在於：他們想要瞭解關於公眾事物的消息與解釋、也會想從報紙上尋找日常生活的指導、還有他們也是為了消遣、為了社會聲望、為了作「替代式」的社會接觸、而且「閱讀本身就是件好事情」、另外他們也為了維護本身的安全感而閱讀報紙（李茂政，1987：p164）。因此，大眾傳播媒體不但是一種訊息的傳達工具，大眾接收媒體所報導的訊息，更成為人們尋求更多參與社會、保護自身利益的一項社會性行為。

## 第一節　什麼是「新聞」？

　　一項訊息之所以會被媒體記者、編輯採用，可能基於某種原因，這就是「新聞價值」。從事公關工作的人員有必要知道，「守門員」如何判定「新聞價值」？也就是媒體編輯或記者們評斷某項訊息是否應該刊登或播放的標準何在？瞭解新聞價值，公關人員便能夠根據這

177

些標準來設計事件或撰寫新聞稿，以期有利於組織的訊息達到被刊登或播出的目的。

訊息必須具備以下的標準之一，才可能成為記者眼中的「新聞」。換言之，新聞價值的標準包括：

## 一、時效性

「『時效』是任何新聞最基本、也極複雜的一個元素。時效性也已成為決定一個新聞是否值得報導的關鍵考量……『時效性』高的新聞，應同時具備：

(一)新鮮度（recency）—最新揭露的資訊，

(二)即時性（immediacy）—新聞處理過程耗時最少，

(三)時事性（currency）—與讀者目前所關切的事務相關」（姜雪影譯，1994：p20-1）。因此，新聞並非只是最近所發生的事情，確切而言，應該是事件的各種新發展階段。換言之，新聞的重點不在於事件何時「發生」、而是在於事件何時被「得知」或「更新」。例如二次大戰雖然已經距離今天有半個世紀以上，但是有關戰時的許多機密，都是遲至最近十幾年、甚至最近幾年才一一解密公布，每次公布卻都能成為新聞。

為了符合新聞界對於「時效性」的要求，公關人員必須重視訊息的「即時性」。即時性指的是處理新聞訊息的效率，由於媒體有截稿時間壓力，所以訊息的傳播，通常會受到截稿時間的影響，對於具有公關需求的組織來說，應該改善新聞發布與傳達之速度，以利媒體的作業並儘量使訊息能及時被刊登或播出。

## 二、意外及超乎常理

Roshco指出：「不循常軌的人或事，往往與一般人的預期背道而馳，而能獲得特別的注意……『意外』先天就具有『強制性的吸引力』」，因此極易受人注意。強制力愈強的事件，『能見度』就愈高，

新聞價值就愈強」（姜雪影譯，1994：p30-1）。的確，當所有事情各自都形成一種常態時，「意外」就立即會抓住大家的注意力。最常見的例子就是「交通事故」、「空難」等災難新聞。

　　超乎一般常理判斷的事情，就是新聞。例如「飛碟」、「靈異現象」，都因為令人感到不可思議，而抓住了人們的注意力。美國報人John Bogart在1880年曾為新聞下了一個著名的定義，他說：「狗咬人不是新聞，人咬狗才是新聞」（李茂政，1987：p162；彭玲嫻譯，2001：p9）。這個定義點出了「匪夷所思」、「超乎常理」是新聞的重要元素。

　　「物以稀為貴」，越新奇的事物、越少發生的事情，其新聞價值越高。Mathis就指出：「一條新聞的價值在於它在多大程度上與常規事件不同……要想充分利用媒體的聚光燈，你就必須做到獨樹一幟，與眾不同」（吳友富、王英譯，2004：p28-42）。例如某加油站設置了一座五星級的廁所，讓顧客在加油的時候，可以去享受一下五星級公廁所帶來的舒適感。這就是一則具有特殊性的「新聞」，加油站設置五星級的廁所？您會不會也想去看個究竟呢？

## 三、接近性

　　「一條新聞受到讀者注意的程度，與其距離讀者的遠近成正比……很多人都對發生在自己身邊的事，特別感興趣」（李茂政，1987：p166-7）。因此，訊息與受眾在空間或心理上的距離越接近越好，因為閱聽人關切的是他們熟知的人物、地方與事件（需求）。換言之，媒體會重視地區公眾所關心的新聞及角度，因為這類新聞才能與其閱聽眾產生連結。所以，著名的報人James Bennett二世就曾告訴「紐約前鋒報」巴黎分社的記者說：「（巴黎）羅浮街上發現一條死狗，比中國一場大水災還更能引起（巴黎）讀者興趣」（李茂政，1987：p167）。

### 四、具感官刺激性

媒體激烈競爭，連帶影響媒體在選擇新聞時的方向與口味。例如電視新聞報導受到收視率的影響，報紙受到發行量與閱讀率的影響，導致新聞偏向追求公眾所更想知道的事情，而不是應該知道的事情。為了搶收視率、發行量，新聞在報導上越來越偏向遷就大眾的口味。聳動的新聞如謀殺、亂倫、外遇、搶劫、緋聞等容易造成視聽刺激的新聞佔據重大版面，相對也使大眾對於更應該知道的公共政策問題的版面減少。「聳動化、娛樂性高」的新聞比例也越來越高，新聞娛樂化的結果，讓許多原本想要透過新聞版面進行宣傳的組織，必須調整其造勢上的思考，例如以更為聳動、製造話題的造勢手法來爭取媒體的青睞。

### 五、重要性（影響性）

對國計民生影響鉅大的事件，或者執掌權力的政治人物，由於對閱聽大眾的生存或發展具有一定程度的影響，因此會成為新聞。例如財政部長對於金融市場調節的新措施，自然會引起金融界、產業界與相關公眾的高度關切；又如1997年前後，任何有關香港回歸的消息，自然會是香港居民關切的重點。大眾媒體本來存在的目的，就是希望傳達與大眾利益有關的事情，由於政府及政治人物扮演社會利益分配的角色，所以與政府首長、國家政策有關的事情，都稱得上是新聞。其他諸如科技變革、文化發展、環境變遷、生態平衡等訊息，也都可能成為新聞。

### 六、顯著性

所謂「名字製造新聞」，「名人」就是新聞，特別是大眾感興趣的公眾人物，他的一舉一動，都能成為媒體捕捉的焦點。「因為民眾對他們的一舉一動深感興趣」（姜雪影譯，1994：p24）。此外，某項領域的專家、學者所發表的意見或看法，比較容易獲得公眾的信任，

所以顯著性越高代表「可看或可聽性」越高，從而使相關訊息出現在新聞媒體的機會大為提高。

## 七、衝突性

具有衝突性的消息，是新聞界最喜歡報導的新聞素材。衝突情境往往是記者深入挖掘或剖析事件背後因素或內幕的好題材。然而值得注意的是，新聞記者在處理具有衝突性的新聞時，多半會採取「平衡報導」的原則，也就是讓衝突雙方的說法都能呈現。McQuail（1992）定義所謂的「平衡」是指「新聞媒體以相同的篇幅與時間投注於不同立場、利益、觀點」（臧國仁，1999：p86）。例如一項抗爭行動的報導，記者會同時反映出抗議的一方與被抗議的一方的立場與說法。

## 八、人性或趣味性

新聞是人的故事，是透過人來看世界的觀點。英國每日快訊（Daily Express）編輯Arthur Christansen曾經告誡旗下的記者：「永遠永遠永遠都要透過人來寫新聞」（彭玲嫻譯，2001：p14）。新聞公關專家Bartram也指出：「新聞中一定存有人的角度，只要找到了人的角度，幾乎所有新聞稿的震撼力都會增強」（彭玲嫻譯，2001：p14）。Mathis也強調：「任何好的新聞作品最吸引人的地方就是情感的抒發……感人的語言和生動的畫面能夠贏得額外的讚美」（吳友富、王英譯，2004：p50）。

新聞界對於充滿人性或趣味性的故事、題材，通常有很高的興趣。例如能夠賺人熱淚、令人心生感動、或具有幽默性的新聞，常能引起閱聽人的關注、興趣、或滿足閱聽人使用媒體的休閒娛樂性需求，有關人性或趣味性的題材包括了金錢、英雄崇拜、生活興趣、懸疑、男女情愛，科技進步等（李茂政，1987：p169）。例如「大染坊」劇中主角討飯出身，因為智慧、勇氣和奮鬥精神，最後成為一代企業鉅子的故事；又如「俄國囚犯用歌聲換取自由」的趣聞，都是極

具人性或趣味性的新聞。

## 第二節　新聞稿的撰寫

新聞稿是一篇「以傳布資訊為目的簡單文件」（Wilcox等，2000：p471），新聞稿的發送對象是大眾媒體的新聞記者或編輯，新聞稿若經這些守門人採納，會刊登在大眾媒體上，就成了我們每天閱讀或收視的「新聞」。撰寫新聞稿是公關人員最基本也最重要的工作。公關人員在撰寫新聞稿時，最重要的目標是「達成公關目標」，例如呈現組織正面形象的報導，讓目標族群能夠接收到這些訊息，進而對組織產生正面或良好的印象。一般來說，撰寫新聞稿，必須以下列三點為目標（彭玲嫻，2001：p11）：

一、稿件必須符合新聞價值，而被新聞記者或編輯採用刊登。

二、能提供有關組織的有效訊息。

三、協助媒體記者對組織形成好的觀感或印象，從而讓公眾對組織形成好的認知與評價。

新聞稿不是作文，而是新聞事實的陳述。一篇新聞稿最基本的任務，必須讓人看得懂、知道事件的來龍去脈，所以必須能完整說明人、事、時、地、故等5個「W」。當然，這五個W的比重絕對不會一樣，有的您必須詳細寫，因為那是您的重點，有的可以一筆帶過，因為那是不太重要的資訊。從新聞傳播學的角度看，一篇能同時包含五個「W」的新聞稿，才算是及格的新聞稿。但是從公共關係的角度出發，只要新聞稿能被採用、而且能夠傳達有利組織的訊息，從而達成公關目標的新聞稿，都是合格而且好的新聞稿。

## 新聞稿的組成要素

「所謂新聞，就是會讓人一目瞭然的文字」（彭玲嫻譯，2001：p89）。一言道出新聞稿的精義。新聞稿的寫作，不但要強調文句的簡潔、順暢以及易讀易懂，更重要的，是整篇新聞稿的布局，也就是「新聞寫作的形式」。一般的新聞寫作方式都是採用「倒金字塔」式的布局，把事件的高潮安排在文章的開頭或首段，也就是最重要的部分先說，次要的部分放在二、三段等，使其重要程度形成一個倒立的塔型，越上方的份量越重，越下方的份量越輕。

這種寫作法主要是根據「新聞媒體」的生產及消費特性所致。因為媒體記者每天要過濾的新聞稿可能高達數百篇，在截稿時間的壓力下，記者不太可能詳細閱讀每一篇新聞稿，如果稿件一開頭不能讓記者認為很重要，這篇新聞稿難逃被丟進垃圾桶的命運；而且編輯在版面處理時，往往會因為版面不夠而必須刪掉一小部分稿件或內容，這時候編輯通常會從稿件的最後進行刪除，如果重點置於最後，這篇新聞稿很可能無法完成其應有的公關任務。另外，在分秒必爭的「速食文化」社會裡，很多讀者看報的時間並不長，在這麼多的報導中，要立即找出有興趣的故事，除了標題吸引人之外，整篇報導的第一段可能是他們瀏覽的重點。因此，如果重點訊息放在後頭，這些讀者很可能只接收到前頭的次要訊息，「無意間」漏掉組織想要傳遞給讀者的最重要訊息。所以新聞稿通常採用「倒金字塔」式的寫法。

新聞稿是一篇說明事實、來龍去脈的新聞報導，通常由四個要素所組成：標題、導言、軀幹和其他資訊，分別說明如下：

## 一、標題

標題就是新聞稿的主題，告訴人家「這篇新聞稿是關於甚麼事」，是有關某新產品上市的造勢活動？還是五百名勞工上街抗議某企業不當裁員？或者是國內整體失業率又升了一個百分點？標題要簡

潔、有力，公關人員可多參考報紙上的新聞標題。建議最好先寫完導
言及軀幹以後再下標題。原則上，新聞標題是越短越好，最好能簡
要、明確地表達出新聞主題。以下舉幾個新聞標題為例，供讀者體會
一下新聞標題的感覺：

1. 商用列印市場競爭惠普以賽車加強客戶關係（摘自臺灣中央社）
2. 萬里長城名列最瀕危遺址（摘自臺灣聯合新聞網）
3. 八成獨居長者憂心SARS重臨（摘自香港雅虎新聞網）

以上簡單的標題，都能讓人一眼就看出內容要說的事情。下標
題就應該這樣！其實，報紙或媒體上的標題其實都是媒體的新聞編輯
所下的，公關人員在新聞稿下標題，主要是要讓記者或編輯能馬上抓
住這篇稿子想要說的事實重點，讓他們可以快速決定這件事情值不值
得報導。所以好的標題，應該具備吸引記者想要一窺新聞稿究竟的功
能，這樣才能增加新聞稿被採用、刊登的機會。

## 二、導言或摘要

所謂「導言」，指的是新聞稿的第一段，是整篇新聞的濃縮重
點。原則上，整個新聞稿的重點都應該在這一段強力表現，新聞稿寫
得好不好、有沒有吸引人的地方，都是看這一段導言。以下我們來看
看三篇新聞報導的導言：

1. 商用列印市場競爭愈來愈激烈，行銷手法不斷翻新。惠普科技
   （HP）為了加強與客戶的互動，日前邀集客戶工程師人員組成
   的HP MIS CLUB，今天舉行第一次活動，並以賽車的方式將商用
   印表機導入話題。（摘自臺灣中央社，2003年4月16日，記者康
   世人）

2. 總部設在紐約的世界古遺跡基金會，公布全球一百處最瀕危遺址

名單，大陸的萬里長城名列其中。大陸為保護長城，今年八月已先由北京市實施全國第一個長城保護法，至於國家級的法律正在起草中，目前進入第三稿階段。（摘自臺灣聯合新聞網2003年9月30日，大陸新聞中心）

3. 一項調查指出，超過七成獨居長者擔心SARS在冬季重臨，八成受訪者希望可注射預防流感疫苗。（摘自香港雅虎新聞網，2003年9月30日）

　　在第一篇導言裡，整個重點就是「惠普科技邀客戶工程師舉辦賽車活動」，這是整篇新聞的核心。這是一篇企業的公關新聞，重點不在「何時舉辦這項活動」，這是公關人員的判斷，因為這場比賽最主要不是要邀請人來參加，而是要告訴大眾「惠普重視與客戶的關係」。第二篇新聞，重點是「世界古遺蹟基金會公布調查，長城名列全球一百大瀕臨危機的古遺跡」。顯然這是本地記者摘錄該基金會的調查報告，然後從中挑出「長城瀕臨危機」這件大事。如果您是該基金會一位公關人員，想要向中文世界發布這個消息，很可能也會寫出類似的導言內容。第三篇的新聞重點是「一項針對老年人對SARS反應的調查」。這是一項調查公布，把香港老人擔心SARS捲土重來的心情，清楚表達出來。既簡單、清晰又充分表達意思，是相當典型的導言範例。

　　談到這裡，讀者可能產生一個問題：那就是「如何決定新聞的重點」？這是一個涉及到策略運用的問題，謹提供以下原則供讀者參考：

　　1. 既然是重點，就一定要有取捨

　　既然是「重點」，當然會面臨「取捨」問題，我們不可能把所有新聞訊息都濃縮到一段導言裡去，因為這樣一來，導言可能會變得「臃腫不堪」，反而凸顯不出真正的重點。我們可以衡量一下「5W（人、事、時、地、故）這五個因素中，哪一個因素比其他重要」？

例如一篇「酬賓瘋狂大折扣」的新聞稿,事件本身以及「何時」、「何處」是記者和閱聽眾最感興趣的部分,我們就應該把「事」、「時」、「地」這些訊息排入導言,至於其他如「誰」、「為什麼」等訊息,則可以列到第二或第三段加以說明。

2. 導言應考量到不同媒體的需求

美國新聞公關專家Peter Bartram指出:「所謂新聞重點,就是從接稿編輯的角度來看,最有趣、最重要且最不尋常的事……有時候,對某家報紙來說十分有趣的新聞,到了另一家報社就會被直接丟進字紙簍裡」(彭玲嫻譯,2001:p98)。這是一個很重要的觀察,因為不論您想要凸顯的重點是甚麼,最後總是由記者或編輯,根據自己報社的偏好來找出重點。既然如此,身為公關人員,務必注意不同媒體偏愛或重視的不同重點,才能對準各媒體的「味」,進而提高新聞稿被採用的機會。

例如您要發的一篇新聞稿重點是:「某地區男性服飾大型連鎖店將於某月某日開幕」,您可能認為「何時開幕」最重要,因為您希望越多人知道這個訊息越好。但是發給一般地區報紙或強調生活品味的雜誌,凸顯的重點就應該不同。一般地區報紙對於區內開了這麼一家大型連鎖店,可能會有報導的興趣,所以「何時開幕」是重點;但是對一個重視男士服飾品味的刊物來說,他們可能根本不在意「又多了一家連鎖店」,他們在意的是「這家連鎖店有何特色?能為男士提供什麼樣的消費利益」?因此,新聞重點應該要考慮到不同媒體的需要和興趣。

## 三、軀幹

「軀幹」是更具體敘述新聞事實的內文,也就是「故事內容」。其功能有二:一是「解釋」,就是把導言提到的事實解釋得更清楚;另一功能是「補充」,也就是補充導言所沒有提到的次要事實或細節,俾能使這篇新聞稿更周全。以下我們來看看新聞稿的「軀幹」是

怎麼寫的：

今天也身著賽車服下場與其他參賽人員較勁的惠普影像列印暨消
費通路事業群副總裁黃士修表示，在商用列印市場上，當競爭者
還停留在價格競爭時，惠普率先以產品優勢及服務提供消費者不
同的選擇。

黃士修強調，惠普已經在產品價值的總體持有成本、投資報酬率
等取得市場認同後，應更直接瞭解使用者的需求，進一步讓使用
者瞭解惠普產品對工作所產生的幫助，及產品帶來的價值，希望
直接與使用者溝通，因此才推出業界首創的第一個MIS CLUB，增
進雙方的合作關係。

（摘自臺灣中央社，2003年4月16日，記者康世人）

## 四、其他資訊

　　新聞稿並不是單單在A4的紙上寫下一篇東西而已。事實上，新聞
稿是公關人員與記者之間的一份說明文件，必須能讓記者確認發布這
份新聞稿的機構、聯絡人、時間等資訊。所以新聞稿除了標題、導言
與軀幹之外，還應該包括以下的其他訊息：

1. 發稿組織：發稿組織的正式名稱、地址、電話、傳真、E-mail等
   資訊，通常位於左上方。這些資訊可以讓記者馬上知道新聞稿
   是誰發的。
2. 日期：通常位於新聞稿的右上方。
3. 聯絡人：務必附上新聞聯絡人的姓名、聯絡方式（如電話、手
   機、傳真）。以利媒體記者想要知道如何進一步確認或提出任
   何問題時，可以隨時聯絡到新聞聯絡人員。
4. 發布請求：所謂「禮多人不怪」，通常在新聞稿下方打上「懇
   請採納」、「敬請指教」等拜託記者的簡短用語，以表達新聞

187

聯繫人員對記者的尊重和敬意。

5. 頁碼：新聞稿通常以不超過一頁A4紙張為原則，如果必要增頁，則務必打上頁碼，並於首頁末尾註明「續下頁」的字樣，以免記者漏掉。

撰寫新聞稿的要訣

### 一、精簡扼要、通俗易懂

Mathis強調：「如果做不到言簡意賅，與眾不同和豐富情感也就失去了影響力」（吳友富、王英譯，2004：p66）。須知，新聞稿不是作文而是資訊，對於資訊，我們精簡扼要的表達，才能讓人知道整件事。除非您的新聞具有相當的內幕性或爆炸性，可以深深吸引人閱讀，否則，一篇一千字以上的新聞稿被全文照登的機會微乎其微。

我們固然不能低估一般聽眾的教育程度，但有一個原則必須把握，那就是我們的新聞稿不是專門寫給高級知識份子看的，我們必須為一般教育程度的讀者著想。這意味著公關人員必須儘量避免賣弄文字，避免使用高深的專門術語或艱深字句，而應朝向通俗化的筆法來撰寫新聞稿。最近的趨勢顯示，在臺灣的新聞報導中，有越來越多的新聞採用閩南語的詞句來表達意思，這雖然並不一定正確，但是卻呈現出新聞重視通俗易懂的特性。例如在SARS肆虐期間，很多報導用「趴趴走」這個閩南語詞句，來形容遭到居家隔離的人不守規則，擅自外出的動作，因為意思簡單又傳神，大家一聽就能意會。

### 二、句子與段落要短

Bartram指出：「短句子比長句子容易瞭解，這點很明顯，不過並不意味所有的句子長度都應相同」（彭玲嫻譯，2001：p118）。而新聞稿的段落，就是「要讓讀者有喘息的機會……如果讀者一開始就發現他不時會有喘息的機會，讀起來會比一開始看到的是一場馬拉松賽

的閱讀要容易些」（彭玲嫻譯，2001：p119）。所以新聞稿的句子越短越好，每一段落越短越好，整篇新聞稿也是越短越好、只要能說明意涵、充分表達想要傳達的訊息即可。

## 三、避免自吹自擂

即使瞭解新聞稿的寫作方法與格式，但是公關人員還是有可能犯下一些不必要的錯誤或缺點。例如自我宣傳的味道太濃厚，類似「獨一無二的」、「高人一等的」、「具有突破性的」、「具有關鍵性的」、「最受歡迎的」等等帶有自誇意味的詞句，很容易讓媒體記者或編輯覺得「吹牛」，也會讓記者或編輯很難弄清事實為何（彭玲嫻譯，2001：p120）。

## 四、準備必要的補充資料

新聞稿不單只是單純的文字稿，還應該準備相關的照片、數字、圖表或樣品當作補充資料。這些輔助資料可以增加訊息的說服力，因為一張圖片或表格，勝過千言萬語。如果圖片或表格被記者引述採用的話，將會增加報導的可看度與說服力。

## 五、寫完後的檢查與測試

寫完新聞稿後，不要急著馬上發，應該根據以下的建議進行重點檢查：

1. 主題掌握：主題與重點都寫清楚了嗎？有沒有漏掉5W的哪一個元素？
2. 目標掌握：新聞稿是否能達到公關目標？例如推廣一項新產品，是否寫出了新產品的名稱、購買地點、產品特點等重要資訊？
3. 吸引力：標題和新聞重點對記者有吸引力嗎？

4. 是否明確：事情交代得清楚嗎？是否有含糊不清或沒有說清楚
的地方？

5. 錯誤：有無錯別字、漏字或誤用典故成語？數據引用是否正
確？

6. 刪減：讀起來通順流暢嗎？夠不夠簡潔有力？有沒有不必要的
重複？段落會不會雜亂？句子會不會太長？

　　新聞稿做完必要的自我檢查後，如果時間允許，我們建議找熟悉
的記者朋友做測試。畢竟他們有專業的職業觀點，請他們從專業「守
門人」的角度，來審視這篇新聞稿是否符合媒體的基本要求。如果有
時間增加這一層測試和把關，對新聞稿被採用的機率，絕對只有好處
沒有壞處。

## 六、創意包裝您的新聞稿

　　新聞稿可以不僅是一張紙，更高明的公關專家可能採取某些包裝
方式，以便讓其新聞稿鶴立雞群，不會被淹沒在其他新聞稿堆之中。
曾經擔任過迪士尼公司行銷經理的Eric Schulz，為了讓記者對他的新
聞稿印象深刻，曾經把新聞稿和新聞資料放在印有小熊維尼圖案的餅
乾桶裡。由於這個精心的設計，又與迪士尼的形象相當符合，使得新
聞稿的效果非常突出。因此，他在其著作《行銷遊戲》一書中宣稱：
「媒體愛死了這個創意」（邱恩綺譯，2000：p260）。有機會的話，
讀者不妨也動動腦，想幾個有創意的方式來包裝一下您的新聞稿！不
僅可以增加新聞稿被採用的機會，又能博得記者們的好感，何樂而不
為呢？

## 新聞稿的其他形式

### 一、電子新聞稿

　　電視是當前最有影響力、涵蓋面最廣泛的媒體之一。美國哥倫比亞公司對電視新聞下了一個註腳：「富視覺性的事略，加上紮實的消息」（李茂政，1987：p120）。電視新聞與其他媒體的新聞，最大的不同之處在於表現方式。例如廣播是用「聽」的，報紙是用「看」的，而電視新聞是「看」加上「聽」，所以電視新聞除了基本新聞寫作原則之外，還要注意視覺與文字的配合程度。

　　對一則新聞或消息而言，絕大部分的電視新聞報導都不會超過一分半鐘，就算是調查性的報導，在時間上也很少超過五分鐘的長度。由於時間和畫面的限制，電視新聞對訊息內容的精簡程度要求更為嚴格；更重要的是，電視新聞要的是「畫面」。因此，成功的電子新聞稿應包含新聞價值的賣點，以及具有視覺衝擊力的畫面。例如某客運公司司機因為薪資問題進行罷工抗議，司機們拖著飯碗向老闆要飯吃。他們之所以用「飯碗」這個「道具」，除了想要凸顯薪資不合理的主題之外，就是要製造吸引電視媒體注意的畫面。試想如果您是電視新聞記者，會不會爭搶這個鏡頭呢？

　　要抓住媒體攝影記者與大眾的目光，對於即將呈現在大眾傳媒上的新聞鏡頭，應該要精心設計。Salzman提出幾個設計精彩鏡頭的重點（陳皓譯，1999：p60），包括：

1. 注意背景：畫面主題要單純，周圍要避免不必要的雜物。選一個與主題相關的背景。
2. 室外比室內討好。
3. 確定標語布條字體夠大，即使遠一點也看得見。
4. 別讓您不希望、會混淆主題重點的東西出現在周圍。
5. 考慮把訴求別在衣服上，以免攝影鏡頭照不到您的標語牌或布

條。

公關人員如果有機會自製錄影帶提供給媒體（尤其是地區性媒體特別有這方面的需求）當作新聞稿，一般而言，電子新聞稿應該包括兩個部分：

1. 文字稿（故事腳本）：稿頭（類似平面的導言，但較短且較為口語化）、左邊為拍攝場景之描述與約略長度、右邊則為建議之新聞旁白。並應註明新聞總長度；附加組織名，公關聯絡人與聯絡方式。
2. 兩軌聲音頻道的錄影帶（最好是beta-cam）：一軌為拍攝過程的自然收音，另一軌則為公關人員所製作的旁白，以方便電視臺重新編輯配音。

## 二、雜誌新聞稿

透過雜誌刊登專稿，一直是公關人員偏好使用的主要宣傳手法，一篇具有專業說服力的雜誌稿，甚至能讓一個公司起死回生。公關專家Benjamin Sonnenberg以一篇登在讀者文摘上的文章，為美國湯廚公司旗下的胡椒脊農場（Peridge Farm）打開了江山。而Kent牌香菸更是靠在讀者文摘上的一篇文章起家（吳玟琪、蘇玉清譯，1997：p19-21）。

雜誌是提供深入報導的絕佳媒體，讓公關人員得以設計規劃更具有策略性的訊息。然而雜誌的缺點是：接觸受眾比報紙和電視小得多，若無事先規劃，便無法成功。雜誌的特點包含專業性與深入性，所以公關人員在準備給雜誌稿件時，應注重其深度，是否能符合該雜誌的需求。此外，雜誌的文稿寫法與報紙不同，常常必須以更深刻的角度切入。有關撰寫雜誌文稿，公關人員除可以自己著手寫稿外，也可以邀請常常為該雜誌寫稿的自由作家、或某領域的專家來捉刀，以增加稿子被採用的機率。提供給雜誌的文稿，最好附上較為詳盡的背

景資料或照片，而且應該考量雜誌一貫的文風來下筆。

## 三、廣播新聞稿

針對廣播電臺所撰寫的新聞稿，在寫作原則上跟一般給報社的新聞稿大同小異。但由於廣播是以口語播出，許多聽眾可能正在移動或從事其他工作，注意力並不是十分集中，所以，針對廣播電臺的新聞稿，除了用字遣詞應該更加精簡之外，也要特別注意口語化的問題。近年來，很多公關公司已經開始自製新聞錄音帶，提供廣播電臺採用新聞稿的便利性，以增加新聞稿被採用的機會。值得一提的是，創意可能是廣播新聞稿能夠脫穎而出的重要觸媒，例如擅用聲音、音樂的特殊性、口語的雙關涵義，都是吸引廣播記者的元素。

## 四、讀者投書

讀者投書的影響力與被重視的程度，不容忽視。主要是因為讀者投書代表公眾對於某議題或某事件的一般性看法。公關人員運用讀者投書這個專欄來發布訊息，可以視為另一種形式的新聞稿。一般而言，讀者投書會被刊登的機率可能大於新聞報導（據報社資深人員表示：讀者投稿在熱門報紙被刊登的比例大約是10：1）。運用讀者投書來發布訊息，應該注意的事項包括：

1. 必須是目前的熱門議題：輿論版每天都有，站在報社的立場，討論的議題旨在凸顯最新的民意走向。因此，過時或不受大眾重視的話題，編輯們不會有興趣。
2. 特殊觀點或角色觀點：熱門議題當然會有很多人討論或發表意見，如果一個議題已經被人談了，那您必須換一個角度來談。最受青睞的應該是與眾不同的觀點、或者是專業的意見。因此必要的時候，可以選擇此議題領域內之學者、專家的立場或角色來發表看法。

193

3. 報社立場的考慮：報社有其鮮明的政治、社會立場或偏好，想要提高投稿被刊登出來的機率，應該選擇立場與您的觀點較一致的報社。在臺灣，如果您的觀點偏向泛藍，可能在聯合報被刊登的機會較大；反之，如果您的觀點較偏向泛綠，則比較容易在自由時報登出。另外，有些報社偏好採用專業人士或社團負責人的投書，有些報社則會忠實刊登小市民的心聲，公關人員最好搞清楚之後再付諸行動。

4. 報社的相關規定：例如報社對字數的要求，對投書人真實身份和聯絡方式、投稿途徑等規定。更重要的是：切忌一稿數投，報社最不喜歡這樣的作法。

## 第三節　記者會

　　記者會的好處，是可以用比較正式的方式把消息發送出去，而且可以利用記者會的時間，跟現場記者進行雙向溝通。問題是，越來越多的記者會乏人問津，因為太多人想利用記者會將訊息傳遞給大眾，記者會太多的結果，往往讓記者只能篩選少數重要的記者會參加。再者，一個組織舉辦一場記者會的挑戰也不少，諸如：時間的成本、現場主持人以及發言人是否能夠精確傳達出訊息，以及是否有足夠的情報與判斷力，因應現場記者的發問等等。

　　想舉辦一場記者會之前，必須先問問自己，「這個訊息，一定得透過記者會的方式，才能傳遞出去嗎？」如果舉辦記者會，只是想要發布一項用新聞稿就能傳達的訊息，或者沒有重要人士出席及特殊的賣點，甚至無法用人情拜託願意支持你的記者出席，那這場記者會注定將以「門可羅雀」的局面收場。而且訊息傳遞的效果也將大打折扣。所以公關人員應該知道：記者會只是製造新聞的一種方式，並不是全部。除非您有把握記者會的主題是記者們感興趣的、所提供的訊

息一定會造成轟動，否則應該考慮其他方式，不要因為隨意舉辦記者會，造成組織本身資源和記者時間的浪費。

## 記者會前的準備工作

籌備一場記者會所應考量到的因素，大體上跟其他事件活動類似。首先，必須確認此一記者會本身有何吸引記者之處，亦即「賣點」；此外，運用圖表、道具、出席人員造型等方式讓記者會現場表現更生動，也具有加分的效果。假設組織確有舉辦記者會的必要，在記者會召開之前，應該做好哪些準備工作？才能確保記者會的效果呢？以下是我們的建議：

### 一、地點的選擇

記者會的地點，基本上要考慮記者的方便性，並能為記者提供必要的工作設備。例如傳真機、電腦傳輸專線、電視臺與廣播電臺的收音設備、攝影機拍攝的輔助燈光和專區設置、交通和停車的方便性等等。此外，記者會的舉辦地點也可以突破傳統的思維，或營造新意、或增進主持人和記者的親和感。例如某國營事業選擇新潮的藝術工廠，作為新產品發表記者會的地點；美國總統在白宮戶外的草坪上舉辦年度記者會。

### 二、慎選主持人與發言人

主持人和發言人，是記者會成敗最重要的關鍵，他們除了要向記者傳達重要的訊息之外，還要因應記者臨時提出的問題，所以人選必須熟悉主題和公關目標，並對若干突發狀況有掌握和解決的能力。此外，會場氣氛的維持也相當重要，尤其是他們的言行舉止都代表組織，不當的言行、動作或回應，都可能導致外界對組織形象的質疑或破壞。因此，主持人或發言人應該接受面對媒體的專業訓練，並做好

充分的準備，才能提高記者會成功的機率。

### 三、Q&A的研擬和模擬

　　一般記者會都會安排讓記者發問的時間。因此，在作業上必須為主持人或發言人擬定問答要點，也就是所謂的Q&A供他們參考。例如記者最關切的問題是什麼？該如何回答？若被問到難以或無法回答的問題時，如何處置？面部表情、手勢、肢體語言如何搭配等等。如果時間允許，最好要求發言人和主持人進行記者問答的模擬演練，以增加回答者對主題的熟悉度和自信心。請切記：越充分的準備，是記者會越成功的保證。

### 四、宣傳輔助資訊

　　為了讓記者更瞭解事實，一般記者會都會準備新聞資料袋（media kits）。所謂新聞資料袋，是為記者準備的公關宣傳文件與相關資料之組合。裡面裝有新聞稿、相關深入性的資料、組織的介紹等可供記者寫稿時的參考資料。一般的新聞資料袋包括事實或背景資料、關於主管的介紹、組織對事件立場的文件、組織刊物、新聞稿、贈品或樣品、新聞照片等。「而在科技日新月異的時代，新聞資料袋的形式也漸漸「數位化」，例如用光碟或電腦磁片的格式儲存新聞資料袋的資料」（Diggs-Brown & Glou, 2004: p58）。

### 五、時間選擇

　　一般來說，記者會召開的時間最好選擇在上午而不是下午，因為記者到了下午的截稿壓力會更大，而較沒有時間出席記者會。此外，記者會選擇的時間也可能具有策略性，例如美國白宮習慣把發布壞消息或較易引發爭議的記者會，安排在星期五下午舉行，經過了禮拜六、日的假期沉澱之後，衝擊力就會減少許多。

### 六、現場布置

關於記者會的現場布置，至少必須考慮到以下幾點：

1. 記者接待區：當記者抵達現場時，您需要為記者準備一個接待桌，並請專人接待記者，請記者簽名，並領取相關新聞資料。可能的話也可準備茶水，甚至有的組織為了討好記者，還會準備餐點。
2. 燈光及擴音設備：確定燈光與擴音設備都已準備妥善、且能運作正常。
3. 主題背景：記者會講臺設計應凸顯跟本次主題有關的背景圖以及組織的標誌圖案，以利記者照相或錄影時能將此一主題與組織圖案納入鏡頭內。
4. 攝影機位置區：現場應騰出記者擺置攝影機的空間，讓記者架設攝影器材。

## 記者會時應注意事項

有了充分的準備，接下來就是記者會舉辦期間的應對和接待。記者會的目的在於爭取記者對組織或主題的支持和報導。因此，主持人或發言人應該始終保持禮貌、冷靜、以及溫和的態度。尤其不要隨便打斷記者的發言或發問，更不要採取任何動作、手勢、表情、或言語阻止他們，因為這對記者是很無禮的舉動，且會引起記者的反感甚至抗議。另外，接待人員和主持人、發言人的角色搭配，在職務上也應該明確分工，一來讓記者能獲得最好的招呼和接待；二來也讓主持人和發言人能和記者建立初步的關係，並有時間做好最充分的準備。

Q&A準備的再充分，記者會上還是可能遇到難以回答的問題。對於不願發表評論的事情、或者是機密性的訊息，千萬不要用「無可奉告」或「No comment」等字眼回答記者。因為這些字眼會讓記者感

覺，組織沒有誠意或故意規避問題。記者都具有強烈的好奇心，您越不想讓他們知道，他們越會質疑或追問，因此最好的回應，應該是向記者解釋不便發言的原因。只要理由正當，記者是不會強人所難的。另外，「迴避」問題並不見得是一種高明的做法，當您萬不得已必須迴避部分問題時，一定要處理好迴避的技術性問題。請切記：所謂的「迴避」，並不是強硬的拒絕，而是要用技巧性的言語，在不知不覺中轉移話題，切忌引起記者們的不滿或反感。

　　有些記者會可能會面臨現場鬧場的狀況，例如召開一場要在某社區附近建立具有污染可能性設備的記者會，這對持反對態度的人來說，可能是一個絕佳的抗議場所。在記者會上的鬧場動作，如果是與主題無關者，那只是一個插曲；如果跟主題有關，毫無疑問會成為現場記者報導的重點之一。對公關人員來說，最大的挑戰是如何在眾目睽睽之下維護組織的立場。處理這類鬧場抗議事件的原則是：避免引發正面衝突，同時展現耐心與修養。如果現場失控，必須向記者致歉，然後要求鬧事者冷靜或離場，必要時報警處理。如果鬧事者是假借記者發問，可以回答他，但如果問題太過於離譜，可以請他表明是哪家媒體的記者。

　　公然咆哮、口出不雅之言等過度激烈的動作，是處理所有公關現場的大忌，不論對記者或故意鬧事者都是如此，即使您維護了本身的立場，但卻有可能賠上形象的代價。較具爭議性主題的記者會，事先都應沙盤推演，確定可能發生的狀況以及採取的因應行動。有些組織在面臨危機時，可能必須召開說明危機的記者會，公關人員如果預估記者會可能會脫序，應儘量避免召開。若不得不召開記者會，一定要安排一位能夠處理具有敵意問題的最高負責人，冷靜、溫和、有風度的將記者會主持到結束。另外，安排一支輪流使用的麥克風，一次一人發言，避免組織淹沒在記者密集的火力攻勢下（Bland, 1998: p90）。

　　除了以上的原則之外，Salzman根據經驗提出舉辦記者會時的一些其他建議（陳皓譯，1999：p137-8）：

1. 如果現場出席人數較少，為了不要讓畫面或鏡頭顯得太冷清，可以安排自己人坐到記者座位上補足。

2. 對於較早到達的攝影記者，要確定現場是不是有您不希望他們拍攝到的鏡頭，應該提早預防，做出準備。

3. 如果記者會人數不足，可以延後五分鐘開始。但如果電視攝影記者到達時，應立刻開始，因為電視記者的作業有調度中心指揮，我們無法充分掌握他們要開始運作的時間。

4. 記者會不宜超過半小時，如果有些記者有進一步的要求，則不妨留待會後接受他們的訪問。

## 記者會後的工作

記者會結束之後，公關人員應該盡快整理出記者會的新聞稿，發送給前來參加記者會的記者，以及沒能來參加記者會的記者。或許您有疑問：發新聞稿給沒來參加記者會的記者，可以增加訊息被報導的機會，但為何還要發給已經參加記者會的記者呢？這麼做有兩個作用：一、新聞稿等於是為記者擬好了初稿，方便記者在這個基礎上完成報導，可以增加本記者會內容被刊登的機會。二、新聞稿內容必然隱含記者會公關目標的重要訊息，一經記者採用，可以確保有利於組織觀點的訊息傳遞。另外，公關人員在發出新聞稿後，還應該追蹤各媒體記者是否收到？以提高記者會主題或內容被報導的機會。

記者會有沒有達成預定的目標，端視各媒體的報導情形。所以公關人員必須在記者會後，廣泛蒐集各媒體對本事件的報導角度和情況，並作分析，檢查是否達到記者會的目的或公關目標。除了報導情況之外，公關部門也應該總結此次記者會，在組織、布置或進行中的得失；如果可能，可以私下對部分記者探尋他們對這次記者會的看法和意見，以作為下次記者會的參考或借鏡。

## 第四節　接受採訪

　　通常媒體希望採訪的人，大多是組織中高層的領導或幹部，或者是組織的發言人。記者找上門，是希望您能夠站在自己的專業領域發表意見，或者希望能從您這裡得到有用的新聞。記者採訪通常可分為專訪跟臨時採訪，專訪就是記者跟您預先約好時間，就某個主題進行訪問；而臨時採訪則是記者無預警的上前採訪您。接受這兩種採訪都必須要有一些經驗與技巧，而且面對不同媒體應該有不同的作法。例如接受電視專訪跟接受報紙專訪，所需要的技巧會有些差異，但原則上仍是大同小異。

### 一、接受電視或廣播訪問的事前準備

　　當您接到電視或廣播的工作人員來電，打算請您上節目接受訪問時，您可能會為這樣難得的機會而雀躍不已，但也可能不知道該怎麼讓自己受訪當天能夠表現得體。Salzman提出以下的建議（陳皓譯，1999：p118-22）：

1. 搞清楚採訪方式：您要上的節目到底是現場播出？還是錄影節目？
2. 穿較保守的衣服：為了讓您在電視上看起來得體大方，穿著應該保守而合宜，過分誇張的飾物或衣著，會讓您看起來很沒有權威感，也讓觀眾對您說的話大打折扣。
3. 避免戴有邊的帽子，因為會在臉上產生陰影。
4. 上身不宜傾斜，尤其是在鎂光燈的照射之下，強光若在您臉上產生陰影，會讓您看起來像個壞人。
5. 平時若無化妝，就無須刻意上妝。您可以接受電視臺工作人員的建議上點妝，但是應避免讓自己看起來像個大花臉或小丑。

6. 帶一份您的書面資料以備現場作特寫鏡頭。

7. 在訪談開始前，先說幾分鐘的話，為聲帶暖身。

8. 訪談時，說話速度不要太快，每句話長度保持在5～12秒間。

9. 回答問題要簡潔，儘快切入重點。

10.針對訪者問題，您可以「從寬解讀」，甚至按照您想回答的面
　　向回答。

　　此外，Bland（1998）指出，在節目開始之前，您可以先問一下主
持人或現場的其他工作人員幾個問題，讓您可以掌握後來的狀況。例
如（p82）：

1. 他們對此一主題瞭解多少？

2. 這場訪問要多久時間？

3. 這場訪談預計播出的時間有多長？

4. 他們打算怎麼發問？

## 二、加強電子媒體專訪效果

　　電視是娛樂事業，有強烈的娛樂取向，不論是上評論性節目，或
者是軟性的綜藝談話節目，媒體工作人員都希望做出來的節目具有娛
樂性，讓觀眾更能接受。因此，受訪者也必須有這樣的認知。身為受
訪者的您，可以注意以下幾點，以確保您在電視訪問上的效果（石芳
瑜等譯，2000：p477-8）：

1. 不要只是平鋪直敘，盡可能生動明快：受訪者要體認到電視的
　　表現手法講究簡潔明快，平鋪直敘的表達方式只會讓觀眾失去
　　耐性。盡可能加點油、添點醋，不要太平淡無聊，同時也要有
　　長話短說的能耐。

2. 別低估觀眾：電視節目觀眾的程度雖然可能不如研究所學生，

201

但絕非無知，不要自作聰明，故意把層次拉很低。

3. 引述事實：多發表有研究根據的論點，可以讓您更具權威性。

4. 瞭解節目主持人習性：預先收看節目，看看即將訪問您的主持人到底有些甚麼主持技巧與偏好？例如他（她）會藉引言幫助受訪者進入主題？還是喜歡在觀眾面前賣弄？他到底喜歡長篇大論？還是會把時間留給受訪者？

5. 預先準備幾句切題簡要的文句，以清楚表達觀點：這樣您才可以確保自己的發言不會被剪輯播出，或是斷章取義；對於突發性的問題，也要言之有物，因為主持人或許會留較多時間，讓受訪者盡情發揮。

6. 搭配肢體語言：如果您在電視上看起來只是嘴巴在動，畫面會有點呆板無聊，不妨多加些手勢，但宜適可而止，免得畫面看起來像是張牙舞爪，對觀眾造成壓迫感。

7. 避免用專業術語：儘量用比喻或例子來表達您的論點，避免用屬於專家才能瞭解的艱澀術語。

8. 回答簡要：儘量讓您的回答濃縮在廿秒至三十秒內，這樣可以讓觀眾很快抓住您的重點，也可以避免您的言論在事後被剪掉而遭到扭曲。

## 三、遠距離訪問

有時候，電視或廣播節目的主持人會透過視訊或電話對您進行訪問，您可能位於家中或車上，而不在攝影棚或錄音間內。由於沒有現場的壓迫感與面對主持人的真實感，您可能會分心。因此Bland（1998）建議，在接受遠距離訪問時，應該趕緊習慣這樣的方式，同時最好能記住：您只是透過麥克風或擴音器跟一個您看不到的人在說話，就跟您平常在打電話時沒兩樣。所以，就跟您想像攝影棚是您最喜歡的酒吧一樣，您可以想像您正在跟某人講電話（p87）。

在某些特殊的情況下，您可能會遇到不知道怎樣回答、或難以正

面回答的問題。例如：「請問貴公司打算賠償這些受災戶嗎」？或者是「您認為貴公司這樣的處理方式合理嗎」？在這些情況下，也許您的組織還沒有這方面的明確決策，此時，您可能需要一點回答上的技巧。有一種「避重就輕」的技巧，就是跳過您不想回答的問題，而直接回答您可以回答的問題。如果您想避重就輕，您必須先讓人感覺到您已經回答了問題，然後轉移到另一個答案，例如：

問：您將會賠償因為這次爆炸而造成的居民財產損失嗎？
答：我們會注意賠償的要求，但當務之急是找出發生爆炸的原因。尤其我們的紀錄一向很良好，上週安全主管單位才來仔細檢查過我們的工廠，他們說這是這個產業中安全做得最好的一個工廠（Bland, 1998: p 85）。

## 四、平面專訪

　　準備平面媒體專訪的原則，跟接受電視及廣播的專訪大體上一樣，但有一點要注意，因為平面媒體的專訪會先從你這裡取得訊息，然後再回去把你的訊息加工，變得更能吸引讀者。所以，您應該更注意控制訊息，讓平面訪談呈現的報導能夠儘量忠於原意。通常平面訪談花的時間比廣播或電視要長，有時候往往要花上一兩個小時，但這也讓您有更多時間，可以把問題解釋的更深入，確保訪問者不會誤解您的意思。一般讀者也只能記得或注意兩個或三個主要論點。所以最少要把你的主要論點再重複一次：佐以實例、豐富的想像或引述名人的話（Bland, 1998: p88）。

# 第 12 章
# 事　件

「事件」（event）是公共關係發展過程中，最具影響力的一種溝通工具，也是公關最顯著、最為人所熟知的溝通工具之一。在公共關係首度成為一種職業，並確立成為一門學科的歷史發展中，「事件」的運用居功厥偉，優秀的公關人員透過事件，讓組織登上新聞媒體的版面或時段，將原本帶有促銷性質的行銷訊息，迂迴轉化成為媒體樂意報導、並與大眾利益有某種關聯的新聞。

早期公關從業人員所做的，不外乎就是循著一個簡單的公式：為「產品創造事件，事件製造新聞」。他們不但為客戶和組織運作新聞關係，也為商品、人物、政策創造話題，製造讓媒體感興趣的事件。例如舉辦一場展覽、策劃一場抗議遊行、一場選拔會、示範活動，甚至抽獎活動、造勢晚會等等，並讓這個事件的訊息登上新聞版面，利用大眾傳播媒體對趣味性故事、和公共利益結合之議題所抱持的興趣，藉著傳播媒體將訊息傳達給社會大眾，由於大眾對於傳播媒體的信任，而達成公關人員的目的。「事件」在公共關係上的重要性，不言而喻。

## 第一節　事件的意義與類型

美國學者Dainel J. Boorstin（1992）在其著作《形象：美國的假事件指南》（The Image: A Guide to Pseudo-Events in America）中，首度將公關工具稱為「假事件」（pseudo-events），他並舉出「假事件」的幾項特質（p11-12）：

1. 假事件並不是自然或突然發生的，而是經過某些人精心策劃而來的。舉例來說，假事件指的並不是地震或車禍，而是像一場面談之類的活動。

2. 製造假事件是為了能夠立即上新聞。因此，是為了方便媒體報

導而產生的。假事件講求的是「具不具有新聞價值」，而非「是不是真實」。

3. 假事件的意圖常是曖昧不明的，新聞工作人員未必弄得清楚。假事件如果沒有這層曖昧不明，就會顯得無趣。

4. 假事件就像是一種「自我實現的預言」（fulfilling-prophecy），公關人員可以透過事件的設計，達到我們想要的公關目標。例如當我們為一家旅館搞一場拉抬知名度的造勢活動，新聞報導的時候，就會好像它真是一家蠻有名氣的旅館一樣。

　　Boorstin採用「假事件」這個名詞，不免帶有強烈價值判斷的觀點。持平而論，用「假事件」來指「為達公關目標而進行的若干設計」，對公關行業而言並不公平；而且「假」字很容易讓人們對此一強而有力的公關工具產生誤解和偏見。因此我們有必要為「事件」下一個操作型定義：「事件」指的是「經由公關人員根據目標，精心策劃並執行的一種訊息傳遞活動，除了吸引目標受眾參與以達到雙向溝通的目的之外，也希望活動具有新聞價值、透過新聞媒體的報導，擴大訊息的告知和引導功能」。

　　換言之，事件除了要能吸引目標受眾參與、直接和受眾面對面溝通之外，更期待利用：與公共利益的連結、社會議題的關聯性、爭議性或事件本身的稀少性、趣味性等具有新聞價值的特點或內涵，吸引大眾媒體報導，進而能將有利於組織形象的訊息，傳遞給更大量的目標受眾。從上述的定義，我們可以歸納出「事件」的內涵或特徵包括：

1. 事件是一種溝通工具：事件跟廣告一樣，都是公共關係的溝通工具，用以擔負公關主體和目標公眾之間溝通的任務。

2. 事件是被創造的：事件是公關主體所主動策劃、設計的一種溝通活動，係根據一般溝通方案的規劃程序進行規劃，並加以執

行。

3. 事件可直接和目標受眾進行更密切的面對面溝通：不論有沒有媒體報導的事件，目標都是在和目標受眾溝通。事件跟目標受眾的關係要比廣告更緊密，因為目標受眾可以在事件發生時參與，以更貼近主體的方式瞭解主體所想要傳達給他們的訊息，並進一步傳達給其他目標受眾，造成二次傳播或再傳播的效果。

4. 事件可透過新聞焦點的設計成為媒體報導的題材，進而和目標受眾進行更具說服力的溝通：事件之所以能達成溝通上的目的，最主要是因為大眾媒體的報導，這樣才更具有改變目標受眾的力量。因此，規劃事件時必須著眼於事件本身或內容是否符合新聞價值的要求。

## 事件的類型

就事件本身要達到的目標來說，事件可以分成行銷性、形象性、公眾訴求性、危機因應性、凝聚性等五種類型，分別說明如下：

### 一、行銷性事件

行銷性事件的目的是希望透過事件來行銷某個產品、服務、觀念或組織，主要強調消費者需求的提供或滿足。公關主體在規劃這類事件時，最重要的考量在於是否能夠直接促進受眾產生消費慾望。舉凡促銷、經銷商公關、通路推廣、價格調整、文化行銷、各領域具有行銷目的之事件，都屬於行銷性事件。這類事件出現的頻率很高而且數量很大，且已經發展出許多技巧和創意，這些技巧並被廣泛運用到其他類的事件中。茲舉例如下：

1. 頒獎活動：頒獎活動通常是以趣味性或創意，吸引媒體報導

為主的活動，例如美國專事護唇用品生產的Blistex公司舉辦的「年度美唇獎」，每年選擇十二位名人的嘴唇作為「最美麗的唇」得主，此一議題兼具新聞性（名人）及企業品牌特點（護唇），所以該公司連續舉辦，媒體也年年報導。

2. 選拔賽：選拔賽藉由消費者參與的比賽而獲得媒體青睞。例如聯合利華（Unilever）公司的多芬乳霜洗髮系列，在2002年曾於香港舉辦「女主角就是妳」的使用者選拔，讓消費者寫下使用該產品而讓頭髮柔順以後，所發生的難忘故事，並藉此選拔優勝者出任該產品廣告的女主角，吸引大批香港女性消費者的注意。

3. 展覽活動：將商品或服務的特色和內容，藉由定點或活動展示的方式，吸引消費者參觀；並利用展覽的特色作為新聞焦點，擴大宣傳力度。定點展覽的方式對於吸引消費者有其限制，所以有組織採取「巡迴」展示，例如將展覽內容放在貨櫃車裡，開到社區或其他城市展示。

4. 節慶日活動：節慶日是消費者逛街、出遊的熱門時間，配合節慶日主題而舉行的公關活動，是商家促銷的大好時機，如果活動內容生動或特殊，經常能夠獲得媒體的青睞而加以報導。然而此類活動，卻也面臨許多搭同樣節慶活動便車之造勢活動的競爭，所以一定要更有創意或更有新聞媒體上的掌握能力，才能爭取到比較顯著的版面。

5. 會議：包括論壇、研討會、討論會、視訊會議等形式。會議主題和出席人物是媒體關注的焦點，如果主題重要或獨特，經常能夠獲得媒體報導的機會；另外，能夠邀請到不太容易出現的名人或貴賓，也能引起媒體報導和採訪的興趣。

6. 公益服務：企業針對環保、社區意識、婦幼弱勢等符合公眾價值的議題做出允諾、付諸行動，都可能成為報導的題材，並在公眾心目中營造不錯的感覺。例如可能造成污染的企業，發起

員工到海灘或社區清理垃圾的活動，以「捍衛環境」的實際行動，讓消費者能夠對該企業「絕不製造污染」的承諾產生信心。

7. 造勢會、簽唱會、演唱會、嘉年華會：為了達到跟消費者直接接觸、溝通的目標，組織經常舉辦一些具有趣味、可吸引人潮的聚會，例如唱片業的歌手簽唱會、數位產業的商品發表會以及電影的首映會等。如今電影界也將首映會視為「市場試金石」，不但邀請重要人物蒞臨觀賞，也請片中主要演員出席，以製造上片的聲勢和新聞報導的強度。

8. 實地參訪：邀請主跑路線的記者參訪組織，讓記者的經驗成為報導的題材，只要參訪的行程或可報導的題材，對記者具有吸引力，就可能獲得不錯的報導機會。屏東縣政府為了拓展觀光人氣，特別以縣內的特產「黑鮪魚」為主題，規劃了融合美食、文化、觀光等多元面向的「黑鮪魚文化觀光季」。原本，屏東的黑鮪魚幾乎都外銷日本，民眾很少人知道黑鮪魚為何物，再加上活動經費有限，縣政府無法投入太多預算製作宣傳廣告。屏東縣政府靈機一動，除了到臺北開記者會外，還邀請記者前往屏東大吃黑鮪魚，接著再招待旅遊業的董事長、總經理實地玩一趟，結果報章上黑鮪魚美食、關於屏東的旅遊報導一篇篇出爐，紮紮實實打響了「屏東黑鮪魚文化觀光季」的名號，為屏東縣在三個月內創造新臺幣10到15億元的商機（陳靜雲，2002：p54-7）。

9. 紀念品或贈品：紀念品或贈品對許多消費者具有相當的吸引力，但是隨著社會的進步，消費者對免費紀念品或贈品的要求越來越高，想要用贈品吸引人潮可能需要花點心思。更值得注意的是，如果因為控管不當，導致紀念品或贈品數量不足，也會引發消費者的抱怨。近年來最轟動的贈品促銷活動，就是1999年起麥當勞所發動的Hello Kitty贈品系列，麥當勞取得日本

Hello Kitty品牌的授權，設計各種不同款式的Kitty貓布娃娃，配合情人節等節慶讓消費者在消費時加價獲贈，造成許多消費者漏夜排隊搶購，不僅製造了話題熱潮，更帶動了積極的買氣。

10.愛用者俱樂部：許多優勢品牌會發展「愛用者俱樂部」之類的組織，並提供愛用者優惠折扣及其他優惠措施。由於網路的發達，使得愛用者俱樂部的成立更加迅速且方便。愛用者俱樂部的成功，對於商品是一種非常重要的力量，許多現代行銷專家均認為，「口耳相傳」的行銷模式最具威力，例如臺灣的唱片業即鼓勵歌迷自行組織不同的歌迷俱樂部，事實也證明，他們也成為歌手的銷售先鋒。又如殼牌（Shell）石油公司透過經銷商在香港組成「馬路之友」俱樂部，針對汽車駕駛者提供免費服務、廣播節目、大規模的家庭嘉年華會等服務，來凝聚消費者對品牌的向心。

11.問卷調查：消費問卷不但是一種研究調查的工具，也是一種和消費者溝通的橋樑，透過問卷直接取得消費者對組織或產品的意見、看法、滿意度；有時組織還把這些意見用來作為說明組織或產品廣受歡迎的證據；問卷結果中有些重要焦點或發現，還可以作為新聞焦點，凸顯組織對消費者的用心、或關切某些消費者權益。如果組織能夠針對消費者的回饋意見進行改善，更能獲得消費大眾的肯定和認同。

12.消費者服務：許多企業會提供免付費電話供消費者申訴、洽詢，並搭配網站提供各種產品相關的服務。近來高科技業者越來越重視對消費者的服務，因為高科技產品需要的知識和疑難雜症相對較多，因此消費者服務不但成為一種公關工具，也成為許多高科技產業打造品牌優勢的利器。

13.試用品提供：保養品企業最喜歡採取試用包策略，讓消費者「先試用再購買」，試用包對於消費者而言，提供了比廣告更有說服力的效果。例如聯合利華旗下的多芬（Dove）香皂，曾

211

展開大規模的郵寄試用包活動，讓更多潛在消費者直接試用，並根據消費者使用試用包的感覺拍攝廣告片、包裝成新聞話題登上媒體版面。

14.抽獎活動：許多中小型企業因為廣告預算不足，所以多採用贊助抽獎的方式進行產品推廣，例如和地方電臺合作，提供產品作為電臺節目的獎品，只要聽眾打電話在節目中回答問題，就能獲得獎品；又如贊助電視競賽型節目獎品，透過參賽者獲獎的鏡頭秀出產品訊息。規模較大或具有特色的贈獎活動，還有機會成為媒體報導的題材。

15.授權贊助：美國好萊塢的電影發行公司最擅長採用授權贊助方式，即把上映電影內的人物版權授權給其他企業。最典型的例子是與某廠商合作，授權某企業搭便車，將影片中重要的道具模型作為促銷品，以提高企業的銷售，例如肯德基與電影『星際大戰』合作，到炸雞店用餐可得到星際大戰的一個造型禮物。

16.公益贊助：許多大型企業都有長年贊助公益活動的計畫，例如美國菸草公司Philip Morris長期贊助各種藝文表演，彌補不能在電視上廣告曝光的遺憾，也直接提升消費者的好感度。許多企業也透過贊助運動比賽的方式為自己的品牌打廣告，例如Nike、Miller 啤酒、可口可樂、中華電信、味丹等，然而企業贊助的重點，還是在於贊助的活動本身，是否能夠凸顯本身企業的定位，而不是只有曝光度上的考量。例如勞力士（ROLEX）曾在英國溫布敦球場設置了一個中央時鐘，此舉花費不多，但所收到的品牌效益卻堪稱立竿見影。

17.贊助道具：企業提供商品出現在電影、電視情節中作為「道具」，是一項已經有卅年歷史的公關作法，至今仍然頗具影響力，例如美國的賀喜（Hershey）糖果公司提供其品牌麗詩（Reese's Pieces）巧克力在電影「外星人」（ET）中出現，結

果造成麗詩銷售量大增；又如SONY、可口可樂等廠家的霓虹燈看板經常出現在電影或電視片中，也是另外一種「不知不覺」的「廣告」形式。這些做法稱之為「置入性行銷」。

18. 官方或權威背書：權威組織與官方的背書，常常被視為一項強勢的公關造勢助力，例如Extra口香糖主打「美國牙醫協會認可」。許多營利性藝文團體也經常使用這種模式，例如先邀請一些藝文專家在媒體上發表評論，再用這些評論或重要人物的推薦詞來吸引觀眾。

19. 降價行動：在品質和價格差異不大的產業中，宣布降價是一種有效的事件，因為受眾不論向誰買，都是一樣的品質和價格，提高品質的行動比較難以讓人相信，因為「品質」優劣比較難以確定，但只要有人降價，就會造成騷動。例如全國加油站通路系統曾經於2002年發動了一次策略性的「加油降價」事件，在原本品質和價格差異不大的加油站產業中，造成了一股風潮，更讓一個只有在中部地區經營的加油站連鎖系統，登上了新聞頭條，甚至引發其他加油站系統的跟進。

20. 年度盛事：年度盛事主要是指因應地方特色所舉辦的活動，近年來由於知識經濟逐漸受到重視，在臺灣與大陸均崛起所謂的「文化創意慶典活動」，來彰顯地方文化特色。例如臺灣宜蘭縣的「國際兒童童玩節」，以「遊戲、戲水童玩展覽館、國際藝術表演團體」四大主題，每年吸引近百萬的人潮前往宜蘭參與活動，為宜蘭縣打造了觀光大縣的金字招牌；臺中縣的「媽祖節」，以臺灣最普遍的宗教信仰，媽祖出巡為主題，結合各種宗教慶典文化特色作號召，每年吸引數十萬人的朝聖和參與；臺南縣的「白河蓮花節」，是結合當地蓮花盛開的季節，加上文化觀點所組合成的系列性節慶活動，吸引了大批外地人前往觀光，這些年度盛事為地方造就的經濟效益都頗為驚人。

## 二、形象性事件

形象性事件是指組織向目標受眾表達本身形象、並意圖塑造、維護受眾對組織態度或觀感的事件。例如政治人物召開記者會公布其識別標誌。組織在規劃這類事件時，最重要的考量是：組織本身在受眾心目中的形象觀感是甚麼？因此，應該從受眾原本對組織的形象認知出發，來進行改變、轉換、捍衛、或維繫等工作。形象性事件通常從議題、競爭者、代言人或某些現象的改革點切入，具體的做法包括：

1. 提出能支援形象的具體議題：操作公共議題，是一種塑造形象最有力的事件，要改變目標受眾對組織的認知，除了宣示性的作法之外，組織可用議題來彰顯其努力的目標。在政治上，這樣的作法更是屢見不鮮，一個想要製造「關懷兒童」形象的組織或個人，必須要能向目標公眾提出他關懷兒童的面向、以及實際採取的行動。請注意：當組織因為要建立形象而提出議題的時候，最重要的是大眾對於這樣的形象是否能接受，以及議題是否有助於彰顯這樣的形象。

2. 對比競爭者的造勢活動：形象之建立，除了本身宣示及提出訴求外，也可以從競爭者的角度來思考，例如發動跟競爭者對立的事件或活動，可彰顯議題、進而確立自己有別於對手的形象。美國前總統克林頓是位大力反菸的總統，他於1996年競選連任時，為了凸顯本身的禁菸形象，他採取了攻擊共和黨對手的杜爾的造勢策略，克林頓陣營創造了一個名為「菸頭人」的造型道具，每當杜爾出現在公共場合時，幾位穿著「菸頭人」的克林頓幕僚，就跟在杜爾屁股後面跑，以此暗示杜爾跟菸草商人之間的關係非比尋常，藉以強烈傳達克林頓本身的反菸形象和主張（陳皓譯，1999：p22）。

3. 提出代言人或象徵：組織可以運用代言人或象徵物的事件來宣示形象，例如「代言人甄選」活動，或是「公布象徵物」等方

式，都能在這類事件中，傳達出組織想要塑造之形象的訊息。值得注意的是，代言人的特色或言行舉止，是否和組織想建立的形象相符？如果不相符、或代言人的言行舉止有問題，都可能給組織帶來不必要的傷害。

4. 改變名稱：改變名稱讓很多組織感到畏懼，嚴格說起來，我們不應該只將其視為一種事件。因為組織改變名稱，其實涉及到很多重要的層面，例如組織變革、財務重整，以及受眾可能的認知混亂。但是歷史上仍不乏因為形象改造，而發動改變名稱事件的組織，例如SONY在臺灣，原本稱之為「新力公司」，但是「新力公司」後來遭遇所有權變動，變成了臺資企業，再也沒有日本SONY公司的股份，日本SONY則毅然將其中文名稱統一改為「索尼」，以有別於「新力」所代表的本土企業。

5. 人事異動：組織人事的異動，牽涉到更複雜的內部權力結構，但是就組織形象而言，進行人事改組、高層人士變動等手段，常常被用來向關鍵公眾做一交代，以掃除形象障礙的方式來穩固形象。例如政府為了維繫其革新的形象，將大眾認為「不符合改革要求」的高級官員撤換掉；抑或經營階層為了讓股東們相信其仍具有能力經營的形象，辭掉某位被股東認為沒有能力的經營幹部。

6. 組織改革：從組織內部的架構進行改造，也是樹立形象的一種事件手段，此一作法跟上述的人事異動一樣，都是為了讓目標受眾體認到「組織真正做了甚麼改變？」然而並不是很多組織，都願意用這樣的事件來建立形象，因為改革涉及的層面也很廣，例如某候選人在競選時標榜「關懷婦女」的形象，該候選人當選行政公職之後，即刻成立「婦女事務部」來凸顯其重視婦女的形象。

## 三、公眾訴求性事件

公眾訴求性事件的範圍很廣，例如環保抗爭、議題性記者會。通常組織為了因應本身存在的情勢，而向社會提出某一觀點、主張或利益的事件，通常在凸顯組織所受到的不平等待遇，所以組織要透過造勢的方式呈現組織本身的立場。例如社區居民對工廠排放廢氣、污染空氣品質，發動居民圍場抗議事件；又如消費者權益保護組織，接獲消費者申訴，而對產品生產廠家發動拒買行動，都是屬於此一類事件。公眾訴求性事件，主要是向社會或某單位提出某一觀點、主張或利益的事件。表現的形式包括遊行、靜坐、連署、行動劇和不同壓力團體的串聯或集結，為了增強訴求的正當性，有時也會利用民意調查作為抗爭的後盾，以下是我們的說明：

1. 示威遊行或抗議：集結同一訴求的人針對某一單位或主題提出抗議，是爭取輿論注意及重視的方法之一。此類事件經常出現在具有爭議性的議題，例如環保、消費者權益、全球化、甚至公共政策。此類事件有時候以理性方式進行，例如靜坐抗議；有時候以感性方式進行，例如環島苦行，都能產生不錯的媒體成效。特別值得注意的是，聚眾示威經常因為群眾情緒難以掌握，最後形成失控局面，不僅讓議題的焦點模糊，甚至因為社會大眾的反感心理，而造成活動的負面效果。

2. 連署行動：另一類擴大訴求的方法是進行連署，連署活動不必要求參與者全力加入，只要求他們表達對爭議問題的看法並簽署後，就視他們也持有同一訴求。組織可藉由這些連署，向有關單位陳情或要求改善某些作為。也有利用連署來表彰組織的善行或義舉，例如古代的萬民傘即是。

3. 安排行動劇：行動劇是訴求性事件常使用的一種方式，通常事件設計者安排演員戴上面具，在公開場合表演一段事先排練好的短劇，短劇的內容主要藉由諷刺以凸顯本身的訴求。行動劇

的類型相當多樣且富於創意，經常獲得媒體，尤其是電視媒體的報導。例如美國印第安那州公共電力委員會大幅調高電費，引起民眾不滿，抗議人士決定讓大眾明白，委員會的決定等於是用人民的血汗錢充實電廠的荷包，於是，一位裝扮成聖誕老公公的抗議人士，出現在電力公司七月份舉行的一場公聽會上，全場當時不知所措，媒體稍後的報導是這樣說的：「電力委員會當了聖誕老人，他藉調高基本電費嘉惠自己的電力公司」（陳皓譯，1999：p24）。

4. 建構組織性團體：訴求團體也經常使用串聯、集結、建構組織網絡等方式，將許多同意某一訴求的個人或團體組織起來，以收「團結力量大」的效果。這樣的訴求網絡被建立起來後，就形成了行動公眾，對於推動訴求更具推波助瀾之效。

5. 民意調查：民意調查數字除了可以用來瞭解情境和現況之外，還能夠表達社會大眾或某一族群的共同心聲，對某些企業或政策形成壓力。以民意調查凸顯訴求本身的合理性，是一種訴求事件的方式，例如兒福團體公布其所執行的「全國兒童父母對兒童福利政策的滿意度」調查，如果調查數字能夠顯示：兒童父母普遍不滿意兒福政策的表現，兒福團體就能運用這份民調，提高兒福團體向政府爭取兒童福利的正當性和動能。

## 四、危機因應事件

組織面臨危機必須做出反應，重點在凸顯組織因應危機的處理態度和方法。事實上，因應危機而創造出來的事件，本身有很多意圖：例如澄清立場、維護形象或恢復營運等意圖。我們之所以將此類事件刻意獨立出來，是要說明危機因應事件的重要性，基本上大眾看的是「組織因應危機的策略和作法，是否符合大眾的期望和公共利益」，因此組織在設計或規劃此類事件時，應該盡力展現最能夠符合大眾期望或公共利益的訊息。組織因應危機而醞釀產生的事件，可能是記者

217

會、按鈴申告、懸賞；也可能是改善行動或誠意致歉，例如回收有問
題的產品。重點都在於展現組織有能力解決危機和負責、關懷受眾的
形象。最能夠符合大眾期望和公共利益的危機因應作法包括：

1. 危機說明記者會：透過記者會主動向社會大眾說明：危機的時
   間、地點、發生原因、引發的損害程度和人員傷亡的數字、以
   及組織目前的因應作法，都是在傳達組織有效掌控危機的訊
   息，這些都是大眾在危機發生時急於想知道的訊息，尤其是和
   危機有關的利害關係人（例如受害者家屬、政府主管部門、組
   織監督者等等）。除了危機基本資訊之外，組織也應該告知社
   會大眾，一些保護自我、避免被危機波及或傷害的訊息，藉以
   呈現組織關懷社會大眾的誠意，和避免危機擴大的負責態度。
   記者會上也可能是組織嚴辭否認危機存在、或誠意道歉的場
   合。如果危機確實是因為組織的疏失所造成，組織應該在記者
   會上，向社會大眾或受到傷害的相關人士表達誠摯的歉意、並
   提出若干補救措施，以展現組織勇於負責、誠實以對的形象；
   對於惡意挑戰或謠言中傷等類型危機，組織則會在記者會中嚴
   正否認、並提出證據澄清，以捍衛組織得來不易的正面形象。
2. 抨擊原告：面對惡意挑戰或謠言中傷的危機，除了嚴辭否認之
   外，為了避免危機進一步蔓延或擴大，組織可能採取強制的回
   應手段：按鈴申告或抨擊原告等方式，對付那些宣稱危機存在
   的個人與團體。這種方式由於衝突性高、而且具有爭議性，是
   新聞媒體相當歡迎的題材，因此經常能夠登上新聞版面。
3. 懸賞：當危機的罪魁禍首不明之際，組織為了澄清責任歸屬、
   並避免危機進一步擴大，可能運用懸賞方式來抵制謠言或挑
   戰。此一懸賞事件的效果不一而足，但卻能向社會大眾宣示組
   織有遏止危機擴大的決心，例如某企業遭受競爭者中傷其產品
   可能含有不當的劣質成分，為了挽回消費者的信心，該企業祭

出懸賞手段，只要有人能夠拿出該公司商品內含有劣質成分的證據、或揪出造謠生事者，就懸賞一百萬元。

4. **轉移焦點**：當危機發生時，組織若無法正面因應，可能採取「轉移焦點」的方式，讓大眾將目標轉移，以避免組織一直居於劣勢。事實上，轉移焦點也是常用的事件策略之一，例如微軟公司在被控違反反托拉斯法精神後，旋即展開一連串的關懷教育方案，企圖將大眾對微軟的觀感，由法律層面轉移到微軟對教育公益的熱心。

5. **回收產品**：因為商品瑕疵而導致的危機發生時，組織為了避免更多消費者受到傷害，會採取回收產品的策略，這是一種「改善行動」，用來證明組織對顧客的關心、及對道德標準的堅持。最有名的案例是嬌生公司在1982年的Tynenol止痛藥，危及消費者生命的危機事件中，斷然回收市面上所有的Tynenol止痛藥，有效挽回大眾對該公司的信心。此一案例成功收場後，大眾對於廠商在處理可能擴大危機的商品時，都會期待廠商拿出更負責的態度；同時也確立了組織即使損失龐大，也要挽回公司商品信譽的危機管理信條。

## 五、凝聚性事件

事件經常被運用來增強組織內部的凝聚力，凝聚性事件最主要在激發、凝聚目標受眾的向心力，所以其重點在於理解目標受眾的期望，並透過主動的表達關懷和友善，讓受眾對組織產生目標上的認同、心理上的依賴。凝聚性事件大多運用於內部公關，重點在於如何讓內部與組織產生共同的目標感與向心力，常用的方式為：

1. **餐會、聚會**：員工餐會是最常被用來經營員工關係的活動之一，例如年終尾牙餐會，其實就是在群聚一堂的情況下，表達組織對辛苦的員工或成員的感謝，並讓他們瞭解公司的成果及

未來的發展,讓他們產生期許,因而增強對公司的向心力。例如某高科技業者在2002年的年終餐會中,邀請張惠妹、伍佰等知名歌手參與內部年終尾牙餐會的表演,由於這些大明星只對公司員工表演,不禁讓媒體及外界對該公司的獲利充滿好奇,而該公司員工在此一氣勢下也感受到公司的光明遠景。

2. 獎勵:獎賞懲罰方案也是屬於一種凝聚性事件,這裡所謂的獎罰並非績效考核等慣常性的組織制度,而是組織擬定的特殊獎勵方案,用來傳達組織特有的訊息。例如日本松下企業推動一項獎勵方案,鼓勵員工提出產品與市場發展的新構想,若經採用則有優厚的獎金,刺激員工參與公司核心競爭力的創新。美國3 M等追求創新的企業也都有類似的獎勵做法。這種做法不僅能凝聚員工的向心力,也因為作法前衛而成為媒體和教科書的一再引述,從而為這些組織做了不少的形象「廣告」。

3. 會議:會議強調面對面的溝通,也是凝聚內部向心力的事件,有人說:「會議是公共關係活動的窗口」(張百章、何偉祥,2000:p162),可見會議對於公共關係之重要性。用會議形式來凝聚向心力,還不僅止於員工這個對象,例如五菱汽車集團為了向全國的經銷商致意,並且鼓勵他們衝刺業績、建立彼此深度合作的默契,舉辦一年一度的訂貨會。為了爭取新聞報導並強化企業形象,大陸五菱汽車擬定了「保障商家利益、真誠面向客戶」的活動主題。除了舉辦「用『新』論壇」,凸顯五菱汽車面臨新局的革新作風外,會中還邀請駐華商務參贊與外國經銷商與會,讓經銷商們都能感受到,五菱汽車邁向國際化的發展實力和雄心,增加他們銷售五菱汽車的動能。

## 第二節 事件的設計原則

公關人員在設計事件或活動時，應該體認事件的訊息溝通目的：事件是用來傳遞某些與組織有關的訊息，所以希望目標受眾能夠關注甚至親身參與；爭取媒體報導則是擴大宣傳效益的最有效途徑；而且單一的事件或活動，很難在受眾心目中留下深刻印象。因此設計事件或活動有下列幾點原則提供參考：

### 一、講求訊息內容的一致性

當組織想要透過溝通工具，傳達某些訊息給目標受眾時，必須注意：一次只能傳達一個核心訊息，而且最好能夠持之以恆，事件也不例外。訊息講求單一化、一致性的原因，在於受眾的記憶、注意力有限，過於複雜或過多的訊息，無法讓人印象深刻。所以，不論你要辦一個事件還是多個事件組合的系列性事件，都要注意訊息的單一性和一致性原則。

很多企業都想透過公益活動來建立或維護形象，於是環境保護的活動他贊助、關懷弱勢團體的活動他參與、提倡書香社會又有他的身影、今天捐血、明天捐骨髓、後天扶貧，一年下來參與或贊助的公益項目可能多達十幾個。這種多多益善的想法和作法，可能在目標受眾心目中建立起深刻印象嗎？很難！所以為了能夠樹立一個清晰、容易辨識、而且容易被記住的公益形象，組織應該選擇一個最適合的公益方向，並且持續的在這個領域作奉獻，讓人想起某一公益形象就想到這個企業，這樣才能真正達到建立企業公益形象的目的。

### 二、設計持續性的系列活動

事件是被創造出來、要和目標受眾進行溝通的方案，重點在於溝通。一般來說，單一事件對於傳達訊息的效果是有限的，因為即使

有大眾媒體代為宣傳，其可信度可能較高，但並不是所有目標群眾都能在同一天透過媒體知道這個事件。換言之，受眾接受訊息的腳步是不一樣的，例如辦一個公關活動，只出現了一天的新聞，那當天沒看到報紙、電視的人，就不會知道這個公關活動所要傳達的訊息，甚至即使他們看了報紙和電視等大眾媒體，也不一定會看到這個活動的報導。因此，具有影響力、更具效果的事件，應該是系列性的：也就是在同一個訊息主題之下，用不同呈現方式的多個單一事件所組合的溝通方案，這樣可以把目標受眾遺落訊息的可能性降到相對最低，也最能發揮效果。

以臺中縣舉辦全國文藝季糕餅文化節為例，1997年，臺中縣決定以豐原市的傳統糕餅產業作為文藝季的主題，希望能展現傳統糕餅的新文化，並吸引民眾對糕餅這個傳統古典的飲食文化有更深一層的認識，因此籌劃了一系列的文化創意活動：

1. 豐原糕餅發展史靜態展、器具展：主要是發展過程的歷史老照片，和傳統製作糕餅老器具的展覽。
2. 貨櫃車巡迴靜態展：為了方便更多民眾參觀糕餅文化的內涵，主辦單位特別將貨櫃車改裝成簡單的展場，並開到各大遊樂區門口，希望到遊樂區休閒的遊客，也能順便參觀糕餅文化。
3. 糕餅列車：主辦單位包下一節火車廂，布置成高雅且極富古典氣氛的茶館，讓列車旅客能夠到這裡品茶吃糕餅，順便看看吊掛在車廂四週的糕餅老照片。
4. 花車遊行：以糕餅為主題，號召各糕餅業者發揮各自創意，將其產品點綴成各式各樣的花車進行遊行活動，吸引媒體和民眾的關注。
5. 糕餅DIY（Do It for Yourself）：大家都吃過糕餅，可能也都看過師傅製作糕餅，但可能都沒有親自做過糕餅。為了讓民眾能有親自做糕餅的樂趣和經驗，主辦單位特別請來師傅、搬來烤

箱、準備材料，現場教導民眾自己做糕餅，而且現做現吃，民
眾大呼過癮，媒體更是大篇幅報導此一極具創意、又有意義的
活動。

6. 糕餅文化講座：從糕餅的由來到飲食文化的發展、從宗廟的祭
祀用品到文人雅士的休閒茶點，聘請知名專家學者，以講座形
式介紹糕餅文化的源遠流長和博大精深。

7. 糕餅文化之旅：將鄰近寺廟、古宅、豐原當地的糕餅街串成一
日遊路線，首先邀請記者實地參訪，經過媒體報導之後再開放
民眾報名免費參觀，讓民眾感受一下先民將糕餅作為祭祀用
品、文人雅士作為吟詩作對的點心，這些糕餅文化的內涵，再
到如今繁榮、現代化的糕餅工廠和糕餅街，品嘗一下最新的糕
餅技術和口味。

8. 超大糕餅破紀錄展：為了更進一步擴大宣傳，主辦單位聯繫各
糕餅業者，舉辦特大糕餅比賽，各業者為了凸顯其產品特色，
都卯足了勁做出各具特色的超大型糕餅，不僅讓民眾大飽眼福
和口福，更因為奇特性而獲得各媒體的爭相報導。

9. 環保創意包裝比賽：「過度包裝」在當時是消費者保護團體關
注的焦點，主辦單位利用這個熱門議題，舉辦環保創意包裝設
計比賽，希望利用公益訴求，提醒業者要注意包裝的環保和消
費權益等問題，同時獲得環保和消費者保護人士的肯定和參
與。

10.原香之夜：邀請臺中縣籍的影歌星回鄉演出，在這個演唱會
上，除了現場影歌星的表演之外，還穿插糕餅文化的有獎徵
答，和糕餅由來故事的話劇表演，寓教（糕餅文化的常識）於
樂（表演、徵答和話劇）。取名「原香」係指：豐「原」糕餅
之「香」和「鄉」的涵義。

從以上的活動內容，我們不難發現，「糕餅」經由巧妙的創意

包裝，設計成系列活動，接連呈現在受眾面前。經過媒體連續性的報導，民眾自然而然對「糕餅文化節」產生深刻印象，甚至引發民眾想要深入瞭解的動機。透過這次盛大的文化活動，不僅讓全臺民眾對於臺中縣糕餅留下深刻印象，同時活動期間，更吸引許多外地遊客前往臺中縣觀光，也為臺中縣帶來龐大的經濟商機。

## 三、新聞焦點的整存零付

就新聞媒體的觀點來說，不同的角度就能形成不同的報導故事，即使你只想傳達訊息，還是有不少不同角度的新聞故事可以提供給記者，單一事件只舉辦一次，所以記者不會報導第二次，而系列性事件因為是分布在一段期間舉辦，所以媒體自然有理由多次報導。但是，不能每次都給記者同樣的新聞內容故事，這樣會造成重複，記者也沒理由把差不多的事情再報導一次。所以系列性事件必須要事先整體規劃，找出不同的新聞價值和焦點，再有系統的分批提供給媒體。這樣記者即使報導的都是相同的主題，但是角度、觀點與趣味性都不一樣，今天報導的是人、明天報導的是物，那麼記者就有理由來寫更多報導，你上新聞的機會也就多了。筆者把這樣的概念稱之為「新聞焦點的整存零付」。

以京味文化之旅的活動為例，中華中道學會為了拉近兩岸民間的文化交流，2001年特別邀請北京民間藝術家協會，組織民間藝術家到臺灣展演，由於展演的內容都是北京民間的藝術、文化，因此以「京味文化之旅」的名義在臺灣展開為期十幾天的展演活動。中道學會決定以三種形式呈現出北京文化的風貌：一是民間藝術家現場的工藝表演和作品展示；二是體現北京風情的照片展，三是介紹北京文化、歷史的圖書展。

中華中道學會的公關部門，為藝術家們的到來設計了一連串的新聞宣傳計畫。由於每場展演的內容都大同小異，如何才能夠不斷獲得媒體的報導呢？由於這個展演團的大師雲集，不急著把所有藝術家

224

一次介紹給媒體，中道學會採取「整存零付」策略，根據不同技藝類型作為每場展演的重點，並將此重點作為發稿主題。第一份新聞稿是預告、歡迎客人到來以及展演團內的一項絕技—泥塑，並以「十五分鐘捏出一位美國總統」的標題，來彰顯此一展演團泥塑大師的功夫了得；第二份新聞稿則主要在介紹另一項技藝：撕字，以「中華第一撕」為號召，凸顯撕字大師空手且不打草稿，就能撕出和毛筆字一模一樣的效果；之後接續是內畫、微雕、剪紙、貓畫、麵塑、及風箏製作等藝術門類的介紹。公關單位運用不同重點或角度的新聞稿，達到了連續、不斷宣傳的效果。

## 四、讓參與者變成宣傳員

參與事件或活動的公眾，可能都是你的最佳宣傳員，只要活動的設計新穎、有特點或令人印象深刻，他們就會一傳十、十傳百。所以設計事件或活動時，應該先瞭解組織最希望透過此事件或活動，傳遞什麼訊息出去？在受眾參與活動時，想辦法讓受眾記住這些訊息，訊息的設計應該把握易懂、易記、易傳的原則，讓受眾願意或情不自禁地宣傳這些訊息。此外，也應該特別重視參與者對活動的感覺，例如聲光效果、現場接待、節目安排、現場氣氛的營造等等。不要忘記，記者可能會請這些親身參與的人，發表他們對活動的看法或意見，他們說好，透過電視新聞或報紙的傳播，會有更多人接收到有利組織的訊息；再加上這些義務宣傳員的口耳相傳，就更能擴大事件或活動的宣傳效益。

## 五、結合時事或利用節慶日

事件想登上新聞版面，需要巧思。從媒體的觀點看，社會大眾關切的事情、或是對社會而言具有相當重要性的議題，都是媒體不能或不願錯過的題材。因此除了創意之外，公關人員在設計事件或活動時，可以搭時事或節慶日的便車。例如SARS期間，某空氣清淨機廠

家，捐贈一批空氣清淨機給醫院和醫護人員；又如大陸神舟五號載人飛船成功升空並安全返回地面後，許多企業趕上這股太空熱、楊利偉熱，舉辦許多公關活動，這些活動以蒙牛牛奶所舉辦的，讓消費者在銷售現場和神舟五號、太空人合照的活動最令人印象深刻，不僅獲得媒體的熱情回應，更在銷售成績或企業形象上大有斬獲。

至於如何搭節慶日的便車呢？2002年的雙十煙火在臺中縣舉辦，為了擴大這個活動的吸引力，臺中縣政府提早在七夕情人節就拉開系列活動的序幕。在農曆7月7日這一天，很多人以「送花」來表達愛意，臺中縣政府卻別出心裁舉辦「情人節種花活動」，邀請縣內夫妻或情侶一同來種花，夫妻和情侶們一起種出雙十圖案的花圃，藉此畫面向社會預告10月10日的煙火，即將在臺中縣舉辦的訊息。這就是典型搭節慶日便車的例子。

## 六、廣告新聞化

有一種比較特殊的事件，是由另一種溝通工具所引發的爭議性報導，那就是廣告。很多時候，廣告內容或主題也能成為一種媒體會報導的事件。例如大眾銀行曾經聘請藝人曹啟泰，為其現金卡拍攝代言廣告，曹啟泰在廣告裡面的臺詞是「借錢，是一種高尚的行為」，此一廣告主張因為不符合一般中國人的固有觀念，因而引發社會的各種評論，吸引新聞媒體加以報導。廣告新聞化的另一層涵義，係從新聞報導比較有公信或說服力的角度出發，許多組織尤其是企業，向媒體購買版面，並將版面設計成新聞報導的樣式，讓讀者不知不覺中以為是在看「新聞」，而不是在看「廣告」，從而降低讀者對廣告的排斥感和心理防禦。這兩種方式都是事件或活動設計人員，可以參考運用的技巧或原則。

## 第三節　事件的規劃程序和重點

　　一個完整的事件規劃程序，基本上和其他公關或溝通方案的規劃原理是一樣的，為了讓讀者對事件或活動的規劃步驟有個清晰的概念，我們提出以下事件或活動規劃流程的建議，提供您作為參考：

### 一、經營理念的瞭解

　　當組織想運用事件和目標受眾進行溝通時，必須先確認本身的經營理念為何，亦即組織必須對其經營方向做一個通盤的檢討與探索。公關專家Harris指出，高效率的公關計畫必須對企業（組織）整體有充分的瞭解。他認為「公司使命」（mission statement）是瞭解企業產業類型、客戶性質、營運範圍的最佳文件，透過「公司使命」，我們能認識組織的經營理念。他舉嬌生公司的企業使命為例說明：「我們相信我們最重要的責任是針對醫生、護士、病人、天下的母親們，以及所有使用我們的產品與服務的顧客負責」（吳玟琪、蘇玉清譯，1997：p94）。

　　根據嬌生公司此一公司使命，我們得知，嬌生公司為了公司的發展，其所有設計的對外溝通方案，都必須針對使命中所規範之「醫生、護士、病人、母親、使用本公司產品之客戶」，其企業理念則強調「對顧客負責」。然而，企業或非營利組織的「使命」，並非一定完整或具有可利用性，許多組織的「使命」並不明確，甚至定義含糊，參考價值不高，也不能成為一項具有策略指導性的有效文件。為了彌補這一不足，所以我們提供了以下幾個問題，供公關人員思考，其實這幾項問題，都是在釐清一個公司或組織經營方向上的問題：

　　1.組織主體的目標公眾是誰？（顧客或對象是誰？）
　　2.產品（或組織主要的提供物）是甚麼？

227

3. 產品對目標公眾的利益點何在？

4. 是否具有發展事件的資源？資源何在？

5. 有甚麼是組織還沒發現的潛在優勢？如何找出來？

此一思考階段係對組織本身、和其所處的外部環境作一個通盤的考慮，重點在於確立、釐清組織的發展方向，這部分可透過訪談和次級資料的蒐集、分析，建立一份完整的經營理念報告，點出組織可能的發展向。例如1995年，臺灣的臺南白河鎮公所為提振地方的經濟，期盼外地遊客能到白河鎮來賞蓮，原本規模並不大，只是想找幾部遊覽車載人來鎮上賞蓮花吃大餐。然而，負責的公關公司針對該鎮蓮花產業文化根源以及歷史發展的資料蒐集，並採用田野調查的方式，描繪出蓮花季的文化內涵及美學（洪儷容，2003：p30），確立「白河蓮花季」成為一個觀光系列活動的規模。此一案例讓我們瞭解，很多情況下，組織（白河鎮公所）對於本身所擁有的發展資源（白河蓮花）並非完全能夠掌握，所以當其要進行溝通時，可能無法產生吸引人的內容，而公關人員則運用研究方法，來發掘組織所不知道的資源，作為活動目標和溝通訊息的參考依據。

## 二、活動目標

瞭解組織的概況和發展方向後，應該思考組織想要透過事件或活動，達成什麼樣的目的？例如透過活動「奠定白河蓮花季的知名度」或「提振觀光，吸引十萬人次的觀光潮」。這個目標應該明確、並且能夠量化，才能夠在事後評估，以確定事件或活動的成效如何。

## 三、擬定策略

有了目標，緊接著應該擬定達成目標的方向。例如溝通的目標對象是誰？組織或活動本身的定位為何？溝通的核心訊息是什麼？有哪些媒體可以順利將這些訊息，傳遞給目標公眾進而影響他們？

## 四、創意構想與活動設計

擬定策略後，最重要的是進一步規劃細節，第一個細節是活動或事件對目標受眾有沒有吸引力？也就是吸引受眾關注或參與的誘因為何？活動形式夠新穎嗎？請來的名人有號召力嗎？還是採用贈品、或給予其他具有利益的方式？根據活動的形式和需求，選擇適當的場地，才能有效為活動效果加分。如人潮聚集、容易到達等，都是一般活動設計的重要考量因素。此外，要吸引受眾參與活動，必須要考量到受眾參與上的便利性，如給予交通支援、安排較佳位置、茶水與點心款待等等；總之，降低受眾為參與此活動所要付出的代價，可以有效吸引到更多的受眾參與。

## 五、新聞焦點設計與安排

第二個細節是事件或活動對媒體有沒有吸引力？善用媒體力量、透過媒體的報導，可更擴大傳遞組織希望傳達的訊息。問題是，事件或活動本身有哪些重點具有新聞價值？有哪些畫面的視覺衝擊力足以吸引電視媒體？為了確保核心訊息能夠精確傳達出去，除了要找出若干具有價值的新聞點外，最好能夠擬定媒體計畫，例如規定發稿時間、發稿主題、確認記者名單等等。一般而言，媒體作業的重心在於確保事件焦點能成為媒體報導，媒體關係也會是確保此一目標的重要關鍵，跟媒體做好媒體公關，可以增加媒體對活動正面報導的機會。若是活動能與當下時事、熱門議題相結合，更能增加活動成功的機會，同時也更能吸引媒體的關注。

## 六、確立主題

主題就是透過此次事件或活動所要傳達的核心訊息。活動主題至少應該要具有兩個功能：第一、活動主題要能夠凸顯活動特色、組織的優勢或對社會的貢獻，例如紅十字會一百週年的慶祝活動，若以「百年紅會，博愛萬歲」為活動主題，就是一個頗能彰顯紅十字會的

努力宗旨，以及一百年來對中國人民的奉獻；第二、活動主題要能吸引目標受眾的關注或參與的興趣，以「愛心商店」為例，這個活動主要想吸引開店的商家參與，以愛心為名、又沒有人使用過，也吸引了許多店家踴躍參與。

## 七、安排時間流程

當所有構想都已經成型，接下來應該將所有工作內容編製成時間流程，這個階段最重要的是有關操作可行性的細節考量，本階段應考量以下幾個重要問題：

1. 設定工作時間表：將所有工作項目列表，並排入日程表，以便工作人員能夠「按表操課」，如期按計畫推動各項工作。在日程表的格式上，最常用是甘特圖（Gantt chart）、日曆表兩種。甘特圖顯示每一項工作的起始與完成期間，特別適用於分組較多的公關方案，每個組別所負責的工作均有明確的工作期限，可供隨時掌握進度。而日曆表則是以一般日曆為準，規定每日必須執行或完成的工作。

2. 規劃應變方案：在活動前，應為任何可能發生的突發情形預設應變方案，例如：雨天替代方案、停電應變方案、遭遇抗爭應變方案等，以確保在任何情形下能夠順利進行活動。

3. 為人員投保：有受眾參與的活動或事件，必須為參加的成員保險，以防意外發生造成遺憾。投保的目的在於，降低主辦單位因為不可預測的意外，而所需付出的代價。例如：臺北市政府數年前，舉辦拔河比賽因為繩子斷裂，造成民眾當場斷臂的憾事，這個活動因為沒有投保意外險而引發社會爭議，最後導致主辦單位主管辭職以示負責。

4. 事先演練：任何活動不論透過任何縝密的思考，仍有掛一漏萬的可能，因此透過事先排練，可以瞭解計畫的每一環節是否有

考慮不週到的地方，也可以提早發現可能疏忽的問題，並檢討改善之。事前的演練，將使組織更有機會辦好一場活動。

5. 進行經費控管：應充分掌握每一件工作的開銷項目，相關開銷必須先行估價，並確認每項工作都能在預算內執行完畢。例如場地設備的租借、代言人費用、宣傳費用、工作人員車馬費、工作費、餐費、營業稅賦等，基本上預算經費表應該越詳實、越精確越好。如此，組織才能在預算之內完成活動，避免超支的危機。整個企劃流程如圖12-1所示。

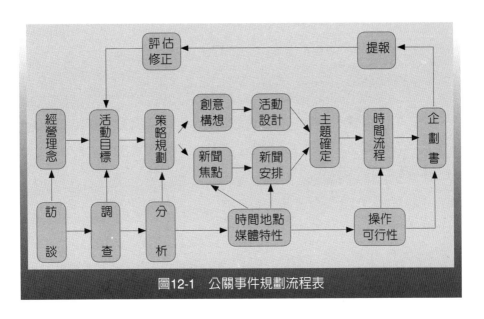

圖12-1 公關事件規劃流程表

# 第 13 章
# 廣　告

我們把廣告視為公關的一種溝通工具、展現溝通訊息的一種形式。美國行銷學會對「廣告」做了如下的定義：「廣告是由可明示的廣告主付費，以非個人親身的方式，對其商品、服務或觀念所做的傳播與推廣，以期達成銷售目的」（呂冠瑩，2002：p4）。從公關角度出發，筆者認為：「廣告是組織為了和不同公眾建立正面關係時，透過付費的傳播媒體，在明示廣告主的情況下，針對目標公眾進行資訊傳播的一種溝通工具」。所以其角色或任務就是在傳達有利於組織的訊息。如何發揮廣告特有的功能，以完成組織的公關目標呢？本章將從廣告如何產生效果談起，再依序介紹廣告在公關方案中的角色與功能、廣告的規劃和製作、廣告的表現方式和測試。

## 第一節　消費者利益與廣告的原則

　　新聞為何有效？因為人們會相信「態度中立」的媒體所報導的內容。但是廣告為何會有效呢？這是因為廣告對目標公眾指出了「利益」，並具有提醒的作用。人們之所以會去看廣告、廣告之所以會產生效果，是因為廣告提供了解決他們問題、需求的某種承諾或方法。因此，廣告必須要能「將心比心」，從目標公眾的觀點出發，關切他們的實質利益、問題、品味、價值等因素。如果您不瞭解您的目標受眾、不能從他們最切身的心理層面去表現廣告，是無法吸引目標受眾來讀這份廣告的，更遑論其效果了。

　　有效的廣告應該怎麼界定呢？是能吸引人注意的廣告嗎？還是能夠讓人們採取行動的廣告？事實上，廣告界的人常常說：「廣告本身不能達成交易」。也就是說，當人們在自己客廳看到電視上的商品廣告時，廣告廠商並不會因為這樣就獲利，消費者還得從椅子上站起身來，到附近的便利商店去買廣告上的這件商品，廠商才會獲利。因

此，廣告之所以有效，就是能夠促使消費者行動，照著廣告上的指示

去採取行動，廣告廠商才會獲利。換言之，有效的廣告應該是能讓受眾採取行動的廣告。

廣告創意固然能吸引觀眾的注意，但創意是為了讓目標受眾更瞭解廣告中的消費者利益，並非「為創意而創意」。創意只是廣告的附加價值，絕不是廣告的全部。Al Ries甚至認為「廣告不需要創意……它的角色與功能不是在消費者心中植入新的印象與認知，而是要配合已經透過公關植入人們心中的品牌印象與認知，尤其是要強化這些印象與認知」（李芳齡譯，2003：p318）。極富創意的廣告可能獲得廣告獎項，但卻不一定有效果。

廣告就是「用獨特的主張來吸引目標公眾」，美國廣告人Reeves是首先提出這種概念的人，他稱之為「獨特利益主張」或「獨特銷售主張」（unique sales point, USP），「廣告」就是要讓消費者相信：因為公司能提供別家沒有的利益給消費者，能滿足消費者的需求或幫助他們解決問題，所以他們會採取廣告所指示的方法來行動。一般而言，有效的利益點，應該包含以下特質：

1. 從消費者觀點來考慮的利益或價值：先搞清楚你的「市場」或「目標消費者」，從他們的角度來提供他們能接受的利益。利益點和產品、服務本身的最大特點或優點不同，例如一部堅固的汽車，不是向消費者傳達「堅固」的品質，而是傳達「安全」的利益，因為消費者能享受到的利益是「安全」。這就是Volvo本身的獨特銷售點，多年來也成為Volvo 這個品牌的定位。

2. 有別於競爭者：看看競爭者所提出的利益點，不要重複跟隨你的競爭者，如果產品不具有別於其他競爭者的實質利益點，就設法找出一個新的利益點，即使是心理利益點都可以。重點是，對目標消費者來說，您能提供一項別人不能提供的獨特價值。

3. 一則廣告應只呈現一個利益點：傳達太多的利益點，公眾反而

可能會遺忘。會失敗的利益點，通常是誇大而受眾不相信的利益點。利益點務必要合乎事實、合乎常理，過分誇大，只會導致受眾的抗拒。

## 廣告的原則

英國廣告人 David Bernstein認為，一則好廣告至少必須具備以下四個條件，那就是（羅文坤、鄭英傑，1994：p177-82）：

1.可見度：好的廣告必須能引發目標公眾的注意。為了達到這樣的目標，必須多運用想像力，但是必須從目標公眾的經驗出發，不要過份玩弄目標公眾可能無法體會的創意。

2.識別：要與訊息主題相關，要讓目標公眾能夠馬上瞭解，廣告和想要傳達的訊息之間的關連性，不要讓目標公眾去猜這則廣告「到底要說些什麼」？或讓公眾可能有產生誤解的機會。最能夠讓公眾瞭解廣告訊息與廣告表現之間相關性的方法，就是用他們最能瞭解的形式，例如善用日常生活情境，或者讓他們能夠馬上理解的知識。Ogilvy曾經提過一個他做過的「失敗作品」，他在一個清潔劑廣告中，用了一張裸女坐在引擎蓋上面的圖片，這張圖片不但與產品利益點無關，而且「沒有任何理由讓一位性感的女人橫臥在汽車的引擎蓋上」（洪良浩、官如玉譯，1987：p25）。

3.承諾：廣告就是承諾，也就是提供目標公眾某項利益。任何廣告都必須對消費者做一項真實的承諾，否則就是浮濫的自誇而已。例如海倫仙度絲洗髮精向消費者保證能有效去除頭皮屑，就是一項具體的承諾。

4.簡單：廣告訊息一定要簡單，要表達一個強而有力的銷售概念，不要讓讀者對你的廣告訊息感到厭煩或產生混亂，因為公眾的

大腦裝不下、也記不住太多、太複雜的資訊。

## 第二節　廣告在公關方案中的角色和功能

　　各種公關溝通工具，各有不同的功能。在一項公關方案中，訊息經由不同的溝通工具，會因為不同的功能和目的而產生不同效果。「廣告」是一種說服意圖非常強烈的溝通工具，但廣告的說服效果，可能不及新聞報導來得全面且深入，因為廣告由廣告主具名且付費刊登，代表廣告主的利益，所以人們對廣告中的訊息，先天上就是有排斥或不信任的傾向。一般來說，在一項公關方案中，廣告常被運用來進行以下的目的：

1. 提醒：我們用廣告來「提醒」目標公眾一些資訊，例如耶誕節前夕，有許多廣告在提醒我們「耶誕節到了」；還有一些善意的提醒廣告，例如衛生所的廣告：「請帶小朋友去打流感疫苗」，很多廣告都是提醒一些我們可能會忘記的事情，並藉此呼籲我們採取行動。

2. 告知：我們用廣告來「告知」一些資訊，這些資訊對目標公眾來說可能是陌生的，因為是陌生的，所以我們運用廣告來告訴他們。例如一則廣告「本品牌產品從本周起一律打七折」，這個訊息對於目標公眾來說是新鮮的，所以有必要讓他們知道。不過，美國行銷學者Richard Semenik（2002）認為：「只帶有資訊的廣告（information-only Ads.）其實並不存在，所有廣告都企圖用某種方式進行說服」（p281）。

3. 說服：廣告就是要進行說服，不過，廣告說服效果並不是很大，廣告若要提高說服力，不但要考慮到訊息的內容、結構、表現，還要考慮到媒體的應用、訊息的曝光程度、閱聽人的程度

等等。有些訊息策略可以強化廣告說服力，例如「加入真實的
資訊」來增加訊息內容的可信度或合理性。

4.倡議：我們用廣告來「倡議」（advocate）或主張某項議題。例
如公益廣告就是公共關係中一種重要的廣告形式，非營利組織
常以廣告呼籲人們戒菸、做好資源分類。此外，這類廣告也是
一種策略運用，組織並不直接向群眾訴求利益點，而是拐個彎
來倡議群眾關心的議題，藉此贏得他們的好感。例如企業會發
動公益廣告，呼籲關懷兒童、身心障礙人士等弱勢團體，或者
是主張一項議題，以贏得社會對該企業的好感。

## 兩種主要的公關廣告類型

公關廣告不推銷產品，並不意味不推銷其他無形的東西，公關廣
告推銷組織形象、組織的立場等等。組織可以透過公關廣告向目標公
眾換取「信任」、「認同」、以及對組織的「擁護」。公關廣告所運
用的廣告邏輯，跟一般商品廣告的邏輯大體上一樣，只是訊息的目的
和內容不同。公關廣告的目的在建立或維護組織的形象；公關廣告內
容的切入點，除了告知（例如告知公關活動舉辦訊息的廣告）廣告之
外，一般來說，還有下列兩種主要類型：

### 一、倡議廣告

倡議廣告是組織用以向社會大眾強調一個觀點、澄清一種立場、
或解釋一種狀況的廣告。這種廣告的大量運用，始於1960年代能源危
機時，美國的石油公司為抵制政府限制油價，所以透過購買媒體刊登
廣告的方式，向社會大眾表達石油公司反對政府限制油價的立場，並
希望贏得社會的支持。然而，這些廣告大多失敗了，失敗的原因不是
因為廣告這項溝通工具的效率不彰，而是因為這些廣告所呈現的都是
企業本身的立場，跟大眾幾乎沒有關係。因此，組織運用廣告表達一

項立場或議題時，必須注意目標公眾的利益與興趣，才能奏效。

　　北京在2001年7月13日申奧成功之後，大連市政府立即運用廣告，以「看在北京，玩在大連」的主張，號召民眾到大連旅遊觀光。SARS期間，臺灣安泰人壽總裁在電視廣告上，一再強調「拱手不握手，才是好朋友」的概念。這些主張或觀點，或者新穎而引發公眾的興趣、或者和公眾的健康或安全息息相關，所以都獲致相當不錯的廣告效果，從而也為組織建立了良好的形象。

　　組織也會運用廣告來進行危機處理、或化解社會的阻力，美國Weherhaeuser紙業公司就曾經面對一個難題：環保團體強烈攻擊造紙業者，指他們為了牟取利益，不顧一切濫伐森林，造成自然生態的破壞。環保團體的指控，自然也影響到一般民眾的看法，造成企業的信譽受到質疑。所以，該公司決定用廣告來直接回應，他們在廣告中強調：公司雖然跟其他造紙業者一樣，必須砍樹來造紙，但是他們並不是不顧生態保育的公司，他們堅決支持生態保護的社會價值。他們做了這麼一部電視廣告：「當我們砍了一棵樹的同時，馬上又種了十棵樹」，以此扭轉大眾對於該公司的印象，並能接受該公司的立場，結果平息了攻擊的聲浪（洪良浩、官如玉譯，1987：p122）。

## 二、公益廣告

　　建立或維護組織形象的廣告，除了可以從觀點或主張的倡議著手之外，也可以從目標公眾認定的價值、或符合公共利益的議題切入。因為這些議題或價值是公眾期望組織的作為，組織凸顯或力行這些議題或價值，就能夠在公眾心目中建立所謂的正當性。具有正當性的組織，自然容易獲得公眾的認同和肯定，從而達成樹立良好形象的公關目標，這就是許多企業熱衷於公益活動的原因。

　　公益活動經常需要廣告來告知或宣傳，公益廣告在於彰顯組織對目標公眾關心之議題的關切、或身體力行，以爭取目標公眾對組織產生好感，進而在這些公眾心目中建立正面、良好的形象。例如某組

239

織透過廣告表達對於保護兒童人身安全的關切，影響父母們對該組織
的認同與好感。1998年，臺灣治安因為白曉燕綁架撕票案件，而引發
社會對於學童人身安全的重視。臺中市愛心媽媽聯誼會為了彰顯其對
於「學童人身安全」的關懷與重視，以「愛心商店」為主題的公益廣
告，號召一般民間商家投入「愛心商店」行列，協助警方共築保護學
童安全的治安防護網。由於訴求符合當時社會大眾的共同期望，而且
幾乎所有大眾家中都有學童，這些作為更有益社會大眾，因此獲得大
眾和商家們熱烈的迴響，短短幾個星期就招募了數百商家加入愛心商
店的行列。

## 第三節　如何做廣告

　　廣告人黃文博（1998）指出，如果把廣告作業過程做簡單的整
理，大概可以分為三個階段：策略階段、概念階段、點子階段。策略
提供廣告人員發想時的正確方向，概念在於找出能夠與目標受眾有效
溝通的切入點，而點子是用來詮釋概念並且可達成策略設定要求的視
覺化、文字化表現（p169）。

### 一、策略階段（對哪些人說？說甚麼？）

　　廣告不是無的放矢，不是為了做廣告而做廣告，首先我們必須透
過情報研究，來決定「對哪些人說」？然後設定訊息（廣告訴求）。
廣告訊息就是「說些什麼」？我們以巴西Araldite強力膠公司拍攝廣告
片的發想過程為例，在這個階段，該公司想透過全國電視，向消費者
傳達「Araldite強力膠具有超強的黏性」這個訊息。

### 二、概念階段（怎麼來說？）

　　廣告是一種重視推銷、說服的溝通工具，然而因為是付費的，所

以受眾心理抗拒大，而且也比較不信任。因此，廣告特別強調運用讓受眾感興趣的方式來對他們訴求，也就是找出能夠和目標受眾有效溝通的切入點，目的在使目標公眾更能接受我們的訊息。這是一套創意性的思考，一般廣告學上稱之為「廣告概念」。在系列性的廣告中，我們更能體會到「廣告概念」的重要性。因為系列性廣告的訊息主題只有一個，可是卻要用不同的素材或手法來表現這個訊息，所以我們必須用廣告概念來統一系列性廣告的表現。援上例，「Araldite強力膠具有超強的黏性」這個資訊，要怎麼來說呢？廣告人員在經過數次討論之後，他們認為，能表現出「超強黏力」的廣告概念很多，但是最後他們選擇了這樣一個概念：「藉由將看起來最不可能、最不相容的兩個物體黏在一起，以戲劇化的手法來表現Araldite的黏力超強」。

### 三、點子階段（怎麼具體表現出來？）

廣告的點子或構想，也就是廣告表現的素材或手法，應該是源自於上述的廣告概念，許多廣告公司運用腦力激盪來找出創意點子。常常有人把廣告表現與概念混淆，認為是同一件事。事實上，是「先有廣告概念，再依據概念發展表現手法或素材」，把點子或構想製成標題、文案、腳本，成為平面廣告或電視廣告，並由不同的媒體傳播出去。再援上例，什麼樣的素材最能夠表現不相容呢？根據這個概念，他們開始集中構思所有能夠符合這個創意概念的想法。結果，他們做出了這樣的廣告：一瓶百事可樂與一瓶可口可樂黏在一起，唯一能把這兩個死對頭品牌黏在一起的，就是Araldite強力膠。

### 不同媒體的廣告製作

有一個最重要的事實是：廣告必須配合媒體，才能把訊息傳達出去。通常廣告能夠運用的媒體大體上分為平面廣告、電視廣告、廣播廣告，當然還包括了戶外媒體、網路以及新興的手機短信等等。運用

不同廣告媒體，當然會影響創意的表現方式。本節並不深入討論各種媒體的廣告製作，而重點選擇文字傳播（平面廣告）與動態影像傳播（電視廣告），兩類廣告媒體加以敘述。

## 平面廣告

平面廣告是人類文明中最古老的廣告方式之一，在這裡我們主要探討報紙、雜誌、張貼海報、文宣傳單等印刷媒體。平面廣告主要是以抓取人類視覺為主，如果第一眼沒有抓住閱讀者的目光，幾乎可以說是無效的廣告。一般來說，平面廣告有三個組成部分，即「標題、構圖與文案」，其吸引受眾的順序，「要不就是標題、要不就是構圖、或是兩者的協同」（黃文博譯，1998：p22）。

### 一、標題：點出主張

Ogilvy曾經指出：「讀者閱讀標題的概率是文案的五倍，除非你的標題具有推銷力，否則你會浪費90%的錢」（洪良浩、官如玉譯，1987：p71）。有人也指出：「50%到75%的廣告效果來自標題的力量」（黃文博譯，1998：p20）。總之，不能引起目標受眾注意的標題，很難成為有效的廣告。廣告界舉辦所謂的「金句獎」比賽，主要在找出讓消費者最能朗朗上口、最令人印象深刻的標題，原因就在於，消費者如果記得一個廣告，八成是因為標題下得好。不論是一個品牌訴求詞句，例如麥斯威爾的「好東西與好朋友分享」，還是一個單一廣告的文案標題，例如針對都會仕女為目標的女性服飾殿堂─中興百貨的廣告：「女人一季買兩件新衣是道德的」。標題詞句的力量，在很大程度上主宰了消費者的動機。一般來說，好的標題應該具有震撼力，長度並不是決定標題好壞的因素，雖然Ogilvy曾指出「10個字的標題比短標題更能推銷更多的商品」，但在資訊爆炸的今日，短標題反而更可能馬上被受眾理解和接受。

好的標題是可以辨認出來的，以下列出一些好標題的特性，謹供讀者參考，作為下標題時的依據：

1. 具有鎖定目標公眾的功能：好標題必須是針對目標公眾寫的，能馬上鎖定目標公眾的注意。
2. 只傳達一個訊息：標題所要傳達的訊息只能有一個，才能讓受眾記住。
3. 直接傳達產品利益及訴求：儘管這個論點在今日廣告界仍有爭議，但是這仍是比較保險的作法。Ogilvy曾建議「在標題上加入產品的品牌名稱」（洪良浩、官如玉譯，1987：p73），但是這種作法如今已經不常見到。最主要的原因是，現代閱聽大眾對於廣告的信任度，已經跟過去不太一樣，如果在標題上加入廣告品牌，固然能馬上在不想閱讀廣告內文的人腦海中印入品牌印象，但卻可能讓他們一開始就更排斥這則廣告的資訊。所以有人指出相反的說法：「把商品名或公司名放入標題，會降低該則廣告內文的閱讀率」（黃文博譯，1998：p155）。

## 二、內文：提高受眾信任度

內文傳達出廣告的利益點以及支持理由、擔負說服或打動目標公眾的任務。內文應被視為是一個人寫給另一個人看的文字，要讓讀者強烈認為：「這是專為我所寫的」。內文應注重與目標公眾之間有效的溝通，例如用字遣詞，應儘量符合目標公眾的理解範圍。對於一個文案撰寫者來說，引用任何能提高信任度的方法，應該是寫作內文最好的策略。提高信任度的文案寫作方法包括：

1. 提供資訊：在廣告內文中「提供資訊」，會是一項比較好的內文寫作方法。Ogilvy認為：「帶有資訊的廣告比缺乏資訊的廣告，會有多出22%的人記住它」（洪良浩、官如玉譯，1987：

p71）。

2. 運用明確的說法要比一般性的說法更有用（洪良浩、官如玉譯，1987：p71）：例如當你要說「到某某百貨公司消費，可以為你省更多」這種一般性的說法可能無法打動人，還不如說「到某某百貨公司消費，可以為你省10%」。

3. 用平常會用到的語言：文案是用來跟讀者溝通的，所以讀者能不能看得懂，念起來是不是順暢，就非常重要。同理，廣告應該避免艱深的文字或用語，才能與受眾進行有效的溝通。

4. 直接不迂迴：廣告從概念、標題、構圖到文案，都應該能夠直接讓目標公眾聯想到你要給他們的利益承諾，而不是讓目標公眾轉個彎去猜。因為目標公眾並非廣告人員，而且一般人對廣告的興趣不大，好比這個廣告：「就像貝多芬的命運交響曲帶給你震撼，我們的產品也是」，讀者可能會以為你是在賣貝多芬的音樂帶。

5. 避免自吹自擂：廣告本來就會讓目標公眾產生抗拒與戒備，一旦目標公眾知道這是廣告，他們的信賴度不免又要打些折扣，更何況是使用一些誇大、自吹自擂的詞句。例如「全世界最好喝的啤酒」、「我們的服務是全球最頂尖的」，這樣的廣告語看在受眾眼裏，他們的反應可能是：「真的嗎」？廣告都是希望讀者能夠採取某些行動（例如馬上來電、立即到各大藥局購買、請信任組織在污染防制上的努力），或者避免採取甚麼行動（例如戒菸）。因此，撰文者宜用比較強而有力的字眼，催促或懇求目標公眾能按照廣告上的指引採取行動。例如「心動不如馬上行動」這句話，就是一種行動催促。

6. 注意細節：例如注意錯別字和標點符號的正確使用，不但能表現出這則廣告的謹慎度，也能避免讀者誤解。

## 三、圖片（或圖案）：抓住注意力

在平面廣告中，圖片最能吸引人們對廣告的注意，有人認為：「一張好照片勝過150個字的文案」。許多廣告人都會採用漫畫、照片、圖片、圖表等可以增強目標公眾注意力的視覺元素，而且廣告閱讀率會比較高。廣告人Julian Koenig曾說：「如何成為一個好的撰文人員呢？我認為要先使自己成為一個優秀的設計人員就對了」（黃文博譯，1998：p87）。在圖片、圖案或漫畫的應用上，最少應該秉持下列原則：

### 1. 明確而能想像

圖片能提高廣告的閱讀率，但是仍要針對您的廣告訴求與創意來安排圖片。有效的圖片應該是和這個產品或服務有直接關連性，甚至最好能夠直接點出廣告訊息。廣告中採用的圖片不是拿來點綴的，能做到「不言而喻」當然最好，這樣更能讓目標受眾馬上理解你想做的承諾，而不必去猜測你所想要表達的是什麼。例如一個賣給家庭主婦的食物廣告，你想傳達的是「這個好吃」，廣告上的照片若能運用已經煮好的菜餚，會比用還沒煮過的生材料還能吸引目標受眾（洪良浩、官如玉譯。1987：p82）。

### 2. 注意受眾對圖片的先天認知

原則上，當我們採用照片或資料型圖表的時候，我們更能表達出一個事實、一種能夠達到的承諾；而當我們採用漫畫或設計製作出來的美術圖片時，則著重在於表達一種我們自己的觀點或期許。如果你想用漫畫來凸顯一個事實，效果會打折扣。因為，漫畫無法讓人相信那是事實，你想凸顯事實的努力就會失敗。目標受眾會在什麼時候對你的圖片表現產生不信任感呢？那就是當你意圖用造假的合成照片來表達「這，就是事實」的時候。這就好比在一張清純型的少女明星照片上動手腳，把她的頭跟別人的下半身裸體結合在一起，當你企圖讓人相信「這就是她裸體的樣子」時，無論多麼真實，總會引發人們的

疑慮，因為這違反了人們對原本事物的認知，引發了人們的「不信任感」。

**電視廣告**

電視最主要有以下特性：(1)擁有最多的受眾、每天的接觸時間最長；(2)不需要平面媒體所必備的識字能力；(3)電視把視覺和聽覺結合在一起，擁有強烈的目擊感、現場感和衝擊力；(4)電視廣泛滲透到社會各階層（郭慶光，1999，p227）。然而電視也有其弱點：電視聲光影像稍縱即逝，不具保存性，因此其反覆性差，只能透過提高其投放頻率作為補救，且製作週期長，難度也高（成本更高）等。

事實上，電視廣告和平面廣告的表現形式並沒有什麼不同。只是，電視廣告的運用會顯得更為活潑、生動，相對地也提高了廣告人員的挑戰性。電視廣告製作與平面文案最大的不同之處，在於電視不但是用看的，而且還兼具聽的功能，這為電視廣告的製作投下了更複雜的變數。製作電視廣告必須把握兩大重點：(1)在開頭的五秒就要抓住受眾的注意力；(2)在廣告中安排一個有助於觀眾回憶的記憶點（黃文博，1999，P89）。

一般來說，一部電視廣告，是「影像」、「音樂」、「字幕」、「旁白（對白）」四種元素所連貫呈現出來的成果。一部好的電視廣告，是每一個元素彼此完美互動與搭配的結果。在電視廣告的規劃階段，最主要是考量「腳本」。由於製作電視廣告成本高昂，因此在進行實地拍攝製作之前，廣告人員必須透過腳本將整體概念以書面方式，與攝影及製作人員進行溝通。因此腳本內容越詳細、縝密，拍攝出來的影片越接近廣告人員的期望。

## 一、腳本

美國電視製作人White認為，腳本分為以下幾種（邱順應譯，

1999：p379）：

1. 概念腳本（concept board）：是敘述創意架構及創意表現點子的腳本，又稱為點子腳本（idea board）。
2. 文字腳本（script）：以文字敘述（場景、動作、對白、音效）表現廣告片整體製作概念的腳本。
3. 故事腳本（story board）：把文字腳本的視覺部分繪製成圖，也稱企劃腳本。
4. 分鏡腳本（shooting board）：從製作公司導演的拍攝角度出發，以利於正式拍攝時參照拍攝的腳本，又稱為製作腳本。

## 二、影像

「影像」讓電視廣告大大有別於平面廣告或廣播廣告，也是電視廣告能發揮更大傳播效果的優勢。在廣告拍攝的方法上大致可分為實景拍攝型、電腦創作型、素材剪輯型（王詩文編，2001：p209-11）：

1. 實景拍攝型：由製作人員根據腳本內容，搭設拍攝場景或尋找一處地點，調度演員進行廣告拍攝工作，再經過後製剪接、配音而形成廣告片。例如，國民健康局為了向家長倡導幼兒聽力的重要性，於是以一所聽障學校做為場景，找了代言人和聽障學生一同拍攝非常溫馨的廣告片。
2. 電腦創作型：顧名思義，就是透過電腦科技的運用，將廣告概念具體實現，成為廣告片內容。例如三維動畫、以及時下流行的Flash動畫，都屬於電腦創作的範疇。當然，也有些廣告片是先有真人拍攝，在後製階段再加入些許電腦創作素材，讓整個廣告片顯得更精彩、活潑。
3. 素材剪輯型：素材剪輯型廣告，是製作人員根據手邊現有的音像素材進行剪輯工作，而形成一部完整的廣告片。例如，國慶

日或某個紀念日，電視上都會出現紀念片形式的廣告片，便屬於素材剪輯型。

### 三、聲音

一支電視廣告少了聲音，恐怕就像是一道菜少了佐料，令人食之無味。精彩的廣告背景音樂或歌曲，對廣告效果而言，有良好的加乘效果，加深受眾對廣告資訊的印象。由於音樂無國界，既可以帶動情緒、又能營造氣氛，相當能夠引起人們的好感與共鳴（蕭富峰，1991：p253）。如果是一支倡導親情之樂的公益廣告，就需要一段優美、令人感動的音樂來幫你營造出溫馨的氣氛；如果是一支警告人們吸菸帶來嚴重後果的廣告，加一段令人緊張的配樂，可以讓廣告效果更具張力。

另外，我們也可以考慮把音樂當「書籤」來用（邱順應譯，1999：p173）。也就是說在廣告片開頭加點音樂當作開場，廣告結尾再重複一次。廣告片頭在於馬上引起受眾注意；廣告結尾則是要讓受眾有意猶未盡、提醒記憶廣告內容的「回馬槍」功能，而音樂在這兩個部分，都能達成這兩個重要目標。

## 第四節　廣告的表現方式

廣告人已經發展出許多創意表現的類型，可以供我們參考。以下根據一般廣告業界的經驗，提供各類廣告的表現方式。必須強調的是，廣告的表現手法可以非常具有創意，並不只局限於以下所提的方式或手法。一般廣告表達方式包括：

### 一、提供購買理由

「提供購買理由」是提供利益點的一種方式，是一種改變目標

公眾偏好、促進行動的方法。例如克寧奶粉，打出「讓孩子像大樹一樣長得又高又壯」的訴求，企圖以「讓孩子喝克寧」的好理由：會變得又高又壯，來打動主要消費群──父母。值得注意的是，這個「理由」不能太過離譜，否則就會顯出這是個沒有用的理由，而且是在侮辱讀者的智商。例如：用漱口水能撮合婚姻、抽一支香煙能享受到生命最珍貴的時刻（羅文坤、鄭英傑，1994：p203）。必須讓目標公眾與銷售的產品產生連結，才能激發受眾的注意與興趣。例如中興百貨打出「女人一季買兩件新衣是道德的」的廣告，「符合道德」就是一種購買理由。

## 二、幽默趣味

「幽默」是最能影響目標公眾偏好度的表現方式之一，幽默的場景與對話，可以在日常中發現，也可以「無中生有」，凸顯出不可能、不合常理的情況。例如英國家庭計畫中心曾經針對男士，推出過一幅倡導避孕重要性的經典廣告，畫面上是一個懷孕的男人，正無奈地摸著他隆起的肚皮，標題寫著：「如果會懷孕的是你，你會不會更小心一點？」（Would you be more careful if it was you that got pregnant?）

## 三、感性手法

感性是另一種有效改變受眾態度的手法，尤其當品牌之間的利益差異已經縮到最小，「買哪種都無所謂了」。這時，感性表現的廣告特別能夠發揮效果。因為人類各種情緒與情境之間的組合是無窮的，你永遠都可以找出跟別人不同的心理區隔來：你可以從父子之情來表達產品、可以從「認真就是美麗」的人生哲學來表達產品，感性具有無限的創意，而且總能讓人們接受。近來有很多商品廣告都採取這樣的模式，尤其是訴求心理層面的感性手法。例如中華汽車打出的「這世界上最重要的車就是爸爸的肩膀」、「第一部把幸福列為必要配備

的汽車」，都是基於直擊目標公眾內心深處的心理點出發而構想的傑出廣告。

## 四、說故事

用故事來做廣告表現，是很多廣告專業人士推崇的方式，許多傑出的廣告都是用故事方法來推銷廣告訊息。這些故事可以是真實的，也可以是虛構的。1968年，美國維吉尼亞州的英屬威廉士堡，花費數百萬元整建四棟百年建築物，準備招徠外地的觀光客前來旅遊，當時負責宣傳的人遇到一個問題，他們無法使用照片，因為房子都在整修中，之後他們決定將廣告表現加入戲劇化的元素，將曾經擁有過這幾棟房子的主人，一位名叫Peyton Randolph的美國開國先烈，做為廣告的表現主題。他們聘請畫家畫了建築物的插圖，以及這位開國英雄的素描圖。廣告上寫著：「這是Peyton Randolph的宅院，200年前，他是最富有影響力的人物之一。今天，他卻是最為人遺忘的人物之一。他是第一屆北美十三州國會的議長、維吉尼亞州下議院發言人、北美十三州司法部長。事實上，Peyton Randolph在獨立戰爭前的數年間，幾乎主導了維吉尼亞州的每一個立法機構。1775年，國民自衛隊尊稱他為國父。他未幾便去逝，後來由他的朋友喬治華盛頓獲此尊稱。但他身後留下一棟美麗的兩層樓房，有大理石壁爐與厚重的胡桃木門，今日，這棟房子是威廉士堡最著名的早期房舍之一……請來這看看早期一位領導人物居住和工作的四周環境，您將永遠記得他」（林幼卿譯，1997：p118）。

## 五、雙關語

雙關語（同音字）的運用，是文字廣告在表現上的一項特徵，能塑造幽默感。例如科尼卡底片的品牌廣告訴求：「它（指相機）傻瓜，你（指受眾）聰明」，以及一篇汽車廣告採用了這樣的標題：

「你的愛車是否經得起烤焰？」

## 六、類推聯想

　　讓讀者產生聯想的廣告手法，廣告界運用不少。最重要是運用想像力，製造出類推的情境，並能讓受眾引發共鳴。例如英國地下鐵公司為了凸顯搭乘計程車必須忍受塞車之苦，曾經推出一則平面廣告，畫面中滿滿一群匍匐前進的蝸牛，這些蝸牛頭上都頂著一個黃色招牌：「計程車」。運用「蝸牛」來比喻「計程車」，對於大都會的居民來說，是頗能引發共鳴的一種表現方式（羅文坤、鄭英傑，1994：p206）。1996年，Volvo汽車公司推出的一幅平面品牌廣告，用這樣的表現手法來傳達「安全」的品牌定位：完全白底的畫面上，只有一枚彎曲成Volvo汽車輪廓的安全別針，右下角則是Volvo的品牌名稱。整幅平面廣告精煉簡潔，讓讀者注意力完全落在那枚車型的安全別針上，這個創意就是運用「安全別針」的「安全」意涵，讓讀者類推聯想出Volvo的「安全」定位（徐小娟，2002：p201）。

## 七、3B

　　在廣告界有所謂的3B表現方式，即美女（beauty）、嬰兒（baby）和動物（beast），運用這三種畫面來做廣告，能更有效激發受眾的注意。此外，「性」也是一種常用的廣告表現方式，例如服飾廣告出現的男女親密動作，或是男女之間極具挑逗的性言詞與畫面。隨著社會的進步與開放，也大量出現在各種商品的廣告中，至於何時適合使用「性」來表達廣告呢？Ogilvy對此一問題曾經指出他的看法：「問題不在性，而在於和產品本身有無關連」（洪良浩、官如玉譯，1987：p25）。

## 八、名人代言

　　運用名人來做廣告，成功機率高，但相對風險也大，好處是可以利用名人的話題性吸引大眾的注意力，甚至引起模仿。最有名的例子是美國職業籃球運動員Michael Jordan為Nike擔任廣告代言人，為Nike

打造出強烈的品牌形象。有些廣告人甚至啟用原本就有形象爭議的代言人來製造話題。然而，運用名人代言的方法，也有其缺陷，例如用一位跟產品毫無關連特質的名人來做廣告，目標公眾很容易記住名人，但卻忘了商品。運用名人也有其風險，例如當你所採用的名人發生了不利於本身形象的醜聞之後，連帶商品形象也會受到影響。

## 九、權威說法

權威說法與名人代言有點不同。名人代言的廣告並不可靠，但專家證言的廣告則能取信於人。「專家說法」能讓目標公眾更相信廣告中所訴求的商品利益，所以能夠更有效。例如藥品廣告邀請一位醫生或醫學專家推薦，會比由藝人代言，來得更具說服力。

## 十、警戒、提醒或輕微恐嚇

「恐懼訴求」是一種訊息策略，告訴人們如果不行動會有怎樣的結果，以及行動以後的光明遠景，就是一般所謂的「恐懼訴求」。這當中還包含「威嚇、恐嚇」的成分在，例如某家礦泉水公司曾打出如此訴求：「這就是我們喝的水嗎」？就是藉由警示目標公眾自來水所可能造成的健康問題，來強調「喝礦泉水更乾淨、更健康、更安全」。

## 十一、新知新訊

在廣告中加入受眾所不知道的真實資訊，是提高閱讀率的常見方法。例如紐西蘭奇異果進入臺灣市場時，打出：「維他命C是蘋果的17倍，纖維含量是葡萄柚的2.6倍，鈣質是香蕉的4倍」，強調紐西蘭奇異果的營養成分，向不太熟悉這類外來水果的目標公眾推銷吃奇異果的好處。

## 十二、證言式

證言廣告的真實性，是廣告是否有效的重要因素。致力於日常消費用品品牌管理的寶僑（P & G）公司，常常使用試用者證言的廣告，他們透過這樣的廣告表現來訴求「寶僑產品的真實高品質」。美國甲骨文（Oracle）公司則一度採取「成功企業客戶證言」的方式，甲骨文是一家從事資料庫的全球性公司，主要業務在提供企業客戶發展電子商務及企業資源規劃（ERP），該公司的Customer Reference計畫，即為使用其產品的企業客戶提供上廣告的機會，他們讓客戶成為甲骨文公司的廣告代言人，並且把客戶運用Oracle公司成功的經驗刊登報導於Oracle雜誌等公司專業雜誌內，甚至提供客戶製作公司錄影帶。用消費者證言的方式，常見於平面與電視廣告中，在電視廣告中，有兩種拍攝方法，一種就是用隱藏式攝影機，擷取消費者的自然反應；另一種就是公開使用攝影機，正式拍攝對消費者的訪問。然而，由於這種手法被大量運用，導致可信度漸漸下降，觀眾可能會認為證言廣告中的消費者只不過是演員而已（邱順應譯，1999：p46-7）。

## 十三、對比法

顧名思義，就是拿本身的特色和競爭者做比較，以凸顯自己的長處或競爭對手的缺點，頗具有攻擊競爭對手的意味。然而，比較式廣告容易引起競爭者的反彈，形成相互攻擊的局面，最後讓受眾產生混淆、甚至反感心理，形成兩敗俱傷的局面。

## 十四、提出解決問題之道

BBDO廣告公司提出一項製作有效廣告的方法，他們透過跟消費者的訪談，瞭解到消費者的問題，然後從中挑出特別重要且經常會遇到的問題，然後在廣告中提出「解決消費者問題的方法」。要注意的是，這個解決方法應該是獨特的，而且別的產品也無法提供（羅文坤、鄭英傑，1994：p203）。這種表現方式和前述的對比法，經常搭

配「示範法」來強化廣告訊息。示範是透過使用產品的過程，或者進行產品實驗的方式，讓目標公眾瞭解產品優點及其令人驚訝的特性。

## 十五、意識形態

　　意識型態廣告，是一種新的廣告手法，大多採用一般人不易理解的方式呈現廣告內容。例如，沒有人能理解「貓在鋼琴上昏倒了」與口香糖之間的關聯性。意識型態式廣告最主要是希望以意象表達個人內心的感受、情感的宣洩、以及潛意識的想法，而不去凸顯廣告商品的特性。然而，這類的廣告能夠很快引起受眾注意、產生好奇，甚至產生行動。通常這類廣告比較受到年輕族群的喜好。

## 專屬電視廣告的表現方式

　　由於電視廣告的聲光特殊性，所以長期以來，電視廣告界發展出屬於動態影像的專有表達方式，這些表現方式不一定只是強調資訊面。當然，上述平面廣告中的表現方式也可以應用於此，White提出以下電視廣告才能用得上的表現方式（邱順應譯，1999：p41-67）：

1. 播報員推薦：聘用一位演員在電視裡，以面對觀眾的特寫鏡頭來講話，成敗關鍵在於「選擇好的演員」。這樣的表現方式非常經濟省錢，拍攝時只要簡單一面牆或背景布幕即可。
2. 生活片段：生活片段式廣告，在許多電視廣告中大量被應用，這是將日常生活中的故事或小插曲，做為影片的內容。劇情通常都是主角先遇到問題，最後因為廣告商品而獲得圓滿解決。
3. 動畫：這是專屬電視廣告的表現方式，動畫（animation）寬廣的影像，為電視畫面製造了讓觀眾驚訝的視覺效果。隨著電腦科技的發達，動畫的表現形式更從迪士尼式的卡通動畫，演變成為立體的電腦動畫。

4. 音樂取勝：在眾多的表現方式中，有些電視廣告會以音樂來建立特色，以音樂作為整部廣告影片的主宰力量，搭配聲光的結合，吸引觀眾的注意力。若是系列的廣告能運用同一旋律的音樂，就會在觀眾腦海裏產生深刻印象。

5. 文案優先：文字可以代替實景攝影或動畫等手法營造出來視覺畫面，成為廣告片的主角。例如在某些廣告中，我們看到影像中出現字體美妙的旁白字幕，或是完全沒有旁白，只有字幕在螢幕上緩緩出現。這種表現手法的好處是較為經濟，但是如果設計的不好，可能會讓觀眾覺得索然無味。

6. 圖像優先：有些電視廣告的創意來自藝術指導或攝影導演，他們善於運用視覺營造電視廣告所要傳達的訊息。例如剪接出各種畫面，讓廣告上的視覺呈現變化交錯、目不暇給的效果。

## 第五節　廣告測試與效果評估

　　我們怎麼知道一則廣告刊播之後效果好不好？下一次該怎麼修正我們的廣告策略？這些問題都能透過科學化的測試來得到解答。既然廣告是大眾傳播，那麼我們就得重視受眾對於廣告的反應，而廣告測試的價值，便在於能夠讓廣告確保精確度、有效性。當我們寫好廣告文案，製作整個廣告草稿後，我們必須進行事前的測試，透過對少量目標受眾的訪談調查，找出應該修改的方向及創意的效果，以證明我們所撰寫的廣告稿是否真能如預期那樣，達到我們設定的目標。因為有時候廣告費用非常龐大，如果貿然推出，而此一廣告又無法讓目標受眾注意、瞭解，甚至產生不必要的誤解，則不但浪費廣告預算，更可能引起不必要的爭議。

　　基本上，只要廣告還沒正式透過媒體播放出去，任何時點我們都能進行事前測試，但一般都在以下兩個時點進行事前測試：

## 一、廣告構想完成後，僅出草稿的階段

　　基本上不論是平面或電視廣告都能在此一時點做事前測試，尤其是電視廣告，製作經費較高，我們不太可能拍攝電視廣告之後，再拿來給目標受眾做測試。因此許多廣告公司在完成分鏡圖之後，就馬上找來幾位目標受眾，讓他們看分鏡圖，並請他們說出對這支廣告的看法。在此一時點做事前測試，有利於我們能以更節省成本的方式，精確掌握可能的缺失，作為改善的方向。此一階段的事前測試，最主要在找出我們的廣告構想和表現形式，是否能夠符合我們的廣告目標及策略上的要求。

## 二、廣告製作完成後，還沒有透過媒體推出去之前

　　當平面廣告稿或電視廣告帶製作完成時，直接讓少量的目標受眾收看，透過他們的意見回饋，可以讓我們再做一次確認，並做最終的修正。事前測試有時候是一件複雜的問題，牽涉到廣告主和廣告公司之間的議價問題，有些廣告主會認為：「進行事前測試，豈不是又要多花我一筆錢」？其實這就好像買保險一樣，花測試的一筆小錢，是為了讓後面要投資的大筆廣告刊播費用能花得更有效果。但是這樣的觀念仍然不是一般人普遍能接受的。進行事前測試，其實是一件合理的事情。進行事前測試，必須要有一個事前測試的管理執行計畫，內容包括到底要測試甚麼？要做幾次？找誰來測試？測試時的一些變數控制，這些都是在確保我們能進行一個正確而有效的測試工作，因為事前測試就是要找出廣告的毛病，當然應該確保這個測試的執行計畫是正確的，這樣才能得出對我們有幫助的結果。

### 廣告事前測試的要領

　　到底廣告測試要如何進行？有無統一的標準？一個好的廣告測試系統到底應該怎樣設計呢？事實上，美國廣告界早在1982就已經發展

出完整的測試要領，即是PACT（定位廣告事前測試要領，Positioning Advertising Copy Testing），這份世界統一的事前測試要領中，明確規範了一個好的廣告測試系統應該遵守的九條原則，能夠遵守此九條原則者，就是一個好的事前測試系統（羅文坤、鄭英傑，1994：p323-4）：

1. 事前測試系統必須設定跟廣告目標有關的衡量標準。
2. 在進行測試之前，必須協議將如何運用廣告測試的成果。
3. 提供多元的衡量指標。
4. 必須以人類對傳播的反應模式為基礎，亦即考慮廣告必須使人願意接收、使人瞭解並且記憶、能使人形成印象。
5. 測試時，廣告的刺激暴露度必須超過一次。
6. 因為使用越接近完成品的測試效果越高，所以測試不同的廣告時，應該有相等的製作程度。
7. 妥善控制並且避免傳達文案的媒體材料或方式所造成的偏差。
8. 明確界定測試的樣本。
9. 解釋文案的信度（reliability）與效度（validity）。

### 要測試些甚麼？

　　就測試的內容來說，一個廣告測試最主要是在向目標受眾樣本，探詢幾個傳播效果面向的問題，到底選擇那一種面向的問題，可以根據我們自己的設定，事實上，廣告測試並不是只做一次、兩次就好，廣告公司通常會做好幾次測試，測試的面向包括：

### 一、接收度

　　廣告進入目標受眾注意力範圍之內，是廣告要面臨的第一個挑戰，如果廣告無法引起消費者的「注意」，那就足以宣告：這是一個 257

失敗的廣告。因此，接收度的問題包括：

1. 消費者看到了甚麼？或聽到了甚麼？
2. 消費者是否有注意到這個廣告？
3. 消費者是否有記住這個廣告？

## 二、瞭解度

消費者是否「瞭解」這則廣告在說些甚麼？必須讓消費者瞭解這則廣告到底在說些甚麼，才有可能讓他對這廣告所推銷的內容產生興趣，細部問題包括：

1. 消費者瞭解這則廣告的訊息嗎？
2. 消費者得到了甚麼訊息？
3. 這些訊息能讓消費者辨識出我們的組織或品牌嗎？
4. 廣告訊息是不是讓人覺得混淆或者根本搞不清楚？

## 三、反應

最後是反應的評估，也就是這個廣告是否對消費者產生影響？大體上來說，消費者看過這廣告後，應該有認知上的變化，例如：

1. 消費者是否認同這個廣告的基本主張？
2. 廣告是不是影響了消費者對組織或品牌的態度？
3. 看完廣告之後，消費者是否覺得這個組織有任何不同？消費者對於廣告中要求的直接行動訴求，是否有反應？（羅文坤、鄭英傑，1994：p324）。

將以上三面向的各問題，化成一個針對樣本的問卷，就是一份測試問卷。

# 廣告效果評估

　　廣告效果基本上可以從四個層面來看：(1)透過媒體，廣告訊息是否到達受眾眼前？(2)受眾是否理解廣告訊息在傳達什麼？(3)受眾能否接受、相信廣告所傳達的訊息？(4)受眾在接受廣告訊息之後，採取了什麼樣的行動？以下我們介紹二種重要的廣告效果調查方式：

## 一、媒體到達率調查

　　媒體到達率，是衡量媒體廣告效果的重要指標，我們主要可以從收視率或收聽率來瞭解（平面媒體的雜誌、報紙的調查則是透過發行量來把握）。透過到達率的調查，我們可以瞭解原本預估的視聽率是否和實際的視聽者數目有所落差，以作為下一次媒體計畫的修正參考依據。通常在進行廣告刊播之後，我們可以委託專業的市調公司進行調查，而主要的調查方式如下：

1. 日記調查法：由受測者將每天所看的電視節目，詳細記錄在調查問卷上。假設這是為期一週的調查，那麼我們就必須準備一本七頁的調查問卷，印上各電視臺每天播映的電視節目名稱，讓受測者記錄每天的收視情形。當調查時間結束，再由市調公司收回問卷。
2. 收視調查器：專業市調公司 AC Nielsen 開發出一種叫做個人收視率紀錄器（people meter）的電子裝置儀器，安裝在收視戶的電視上，可如實記錄收視戶家中電視頻道的轉換情形及電視是否開啟。
3. 電話調查法：在廣告刊播時段，以電話方式調查民眾正在觀看或收聽什麼節目。例如廣告刊播時間是在晚間七點到八點，那麼調查人員從七點開始，撥打電腦亂數挑選出來的電話號碼，詢問對方正在收看（聽）哪個頻道、節目，直到八點結束。

## 二、DAGMAR調查

DAGMAR（Defining Advertising Goals for Measured Advertising）理論深受廣告主、廣告代理商、媒體從業人員的青睞（呂冠瑩，2002，p363）。它的主要原理在於「預先確立出明確的廣告目標，然後根據該目標來檢測廣告效果是否如期達成」。DAGMAR把廣告目標設定為：認知、理解、態度、行為等階段，由於事先已預設了明確的廣告目標，因此，我們可以透過「目標—達成的比對」，透過兩者之間的落差客觀檢測廣告效果。根據該理論的原理，在廣告刊播之前，就必須針對受眾進行「基準點」的調查，以作為比較依據；或者，也可以只針對沒看過廣告和看過廣告之受眾的態度進行調查。

# 第 14 章
# 網際網路

網路是一種革命性的傳播工具，網路「在人們生活中的地位發生了翻天覆地的變化……成為溝通、聯絡的重要工具以及訊息的重要來源」（陳剛，2002：p2-3）。有人每天上網收發「伊媚兒（e-mail）」、看各式各樣的訊息，還有人足不出戶，但三餐飲食、日用品都能靠網路打發購買，網路早已深深走進人們的生活。「網路」不僅是一種蓬勃發展的傳播媒介，更提供了一個新平台、建構另一個世界—相對於現實世界的虛擬世界。來自許多不同社會階層的人士夾雜其間、互取所需、暢所欲言。網路技術造就了空前未有的資訊傳播自由，打破了時間的限制與空間的隔閡，資訊發布和傳輸沒有嚴格的檢查和核實系統，操作的方式（如個人網站、論壇、聊天室、新聞組、電子報等）也越來越簡便、越來越多樣化。只要在電腦面前敲幾個字、點擊幾下，就是目不暇給的資訊內容。

相信大家也聽過「網路行銷」這個字眼。作為一種全新的行銷手段和工具，它已經廣為大家所用。對於眾多傳統企業而言，網路是一種方便易得、廉價高效的推廣工具。現在，「我們也來為我們的企業（產品）架個網站吧」，幾乎是每個行銷人員最常掛在嘴邊的一件事。在如今的數位化時代中，沒有人可以忽略正在崛起的網路行銷。無遠弗屆的網路改變了企業的運作方式、與顧客打交道的方法，也改變了與生產夥伴以及競爭者的互動關係。

## 第一節　網路傳播的特徵與網路公關

網路的魅力在於，它可以改變過去我們習以為常的溝通方式。郭慶光（1999）指出：「網路傳播的雙向性使每個人既是受傳者也是傳播者，它將改變傳統大眾傳播過程受到傳播者支配的局面，使傳播過程變得更平等」（p155）。網路的特質是什麼？首先是具有互動性和參與感，有別於傳統媒體的單向傳播，透過網路讓顧客有更多表達

意見、及加入社群的機會；其次是網路提供即時且豐富的資訊；還有網頁的個人化趨勢，提供符合顧客興趣的個人化服務。由此可見，網路資訊傳播相較於傳統的傳播模式，它所呈現的是全新的面貌。不但行銷人員可以鎖定目標、創意人員可以針對不同的策略提供對應的創意，對媒體企劃人員而言，還可視其需要進行雙向或單向、即時或非即時、文字或多媒體、一對一或一對多的溝通。網路傳播最主要有以下特徵：

## 一、讓網路族擁有一個夠隱密的活動「空間」

在同一個時間裡、同一個地區裡，可能存在著好幾個人一起瀏覽同一個網站，但他們彼此見不到，更不曉得彼此的身份。所以有的人在現實生活中，可能是內向羞澀的小男孩，但是在網路世界裡卻是個談笑風生、處處受歡迎的瀟灑哥。

## 二、超越時空

網路世界是一個沒有晝夜、國界的世界。不必搭飛機，透過網路我們一樣可以看見，遠在米蘭的時尚服飾品牌總部發表的最新一季的春裝；就算101大樓或SOGO百貨關門了，網路商店照樣做生意。

## 三、個人化

在網路世界裡，每個使用者都擁有極高的自主性，選擇、搜索自己想要的資訊；對於不想看到的網頁內容、資訊，對不起，一個「點擊」就沒了。你也別妄想利用低成本的電子郵件來個「天女散花」，因為，有人看了一封來路不明的信，可是看都不看就刪了，說不定還有黑客認為你侵犯了他的隱私，反過來給你點顏色瞧瞧。一句話，「不是我想要的，一律敬謝不敏」。過去公關人員的傳統思維，利用廣告、事件、新聞報導進行「彈幕式」的訊息披露作法，在網路是行不通的，在網路時代裡，只有量身訂作、「狙擊式」的溝通才有效。

263

公共關係學原理與實務

### 四、即時性

在網路不發達的時代，企業要進行消費者意見調查，必須透過市調公司、或派人訪談，耗費龐大的人力、物力、時間，才能得出調查結果。但是透過網路，消費者於任何時間、地點，可以在企業網頁裡或利用電子郵件表達他們的意見，讓企業隨時能夠掌握消費者的動態。在過去，我們寄了申訴信，可能還得等個幾個禮拜，才會收到一封道歉函；如今，我們的不滿透過電子郵件寄到企業去，也許下一刻他們就有專人會回覆你抱怨或意見。

### 五、資訊共享

基本上，絕大多數的網站，要瀏覽他們的內容是不必付費的。也就是說，網站內容是暴露在所有人面前，只要透過搜尋引擎，幾乎就能找到我們想要的資訊。不過，這也形成網路使用者一種奇特的觀念—「網路資訊是免費的」。所以，從受眾的角度來看，網站要吸引人，關鍵在於網站內容。對網路使用者來說「我是老大，我來決定我要不要進入你的網站」。網站內容具吸引力才有人願意瀏覽，因為組織的網站不是消費者唯一的選擇。

### 六、低成本

誠如剛才所言，上網幾乎是不必成本的（除了電費、網路費）。我們買報紙要花錢，看線上新聞免費；寫信給遠方的朋友，要郵資，寫電子郵件免費；開一家公司恐怕得一筆資金，包括場租、裝潢，但在網路開店只要一臺電腦、一部電話就能搞定。

### 七、多媒體整合的聲光效果

有人把上網當成一種休閒娛樂，更有人說上網是一種享受。隨著網路技術的發展、網路傳輸品質、速度的提升，網路使用者可以享受絕佳的聲光效果。例如，有的網路廣告可以做到如同「電視廣告」的

264

水準，有的網站一點擊進去盡是聲色俱佳的動畫。

## 什麼是網路公關

因為網路的公開、不具排他性，你是赤裸裸地暴露在受眾面前。因此，通過網路所從事的一切活動，包含架設網站、發送電子郵件、主持電子論壇、參與線上社群，只要是為了經營組織的形象、或為組織創造最有利的運作環境，我們都可以稱為「網路公關」。網路公關（PR on line）又叫線上公關或e公關，它利用網際網路的高科技表達手段營造企業形象，為現代公共關係提供了新的思維方式、策劃思路和傳播媒介。網際網路的普及宣告了傳播方式的革命，這正是e公關的生長點（公關世界，2003）。

筆者認為，「網路公關」不僅凸顯了強烈的工具性，也要求公關人員建立新的工作態度和模式，並提醒我們必須與更多的「利害關係人」打交道。因為訊息數字化，所以公關人員過去那種曠日廢時坐在辦公室裡開會、策劃公關方案的時代已經過去。在臺北發生的事，透過網路，在一刻鐘之後將見聞於全世界。因此，若不能在第一時間做出回應，必將被淘汰。此外，我們所面對的世界不僅僅是我們生活的真實世界，還有一個以網路為主的「虛擬世界」。組織面對的公眾，不僅僅是記者、政府官員、相關領域的專家權威、消費者等，還有我們的競爭者、存有敵意者，甚至是我們過去未曾想過、並且毫無關係者，所有的「網民」都是我們必須經營、維持良好關係的對象。

## 網路成為公關工具的理由

為什麼我們需要網路做為公關溝通工具呢？被譽為好萊塢最聰明、最受尊敬的公關大師Michael Levine歸納了九點理由（吳幸玲譯，2002：P60）：

一、網路速度快。

二、消費者在這裡接觸到你、和你的競爭對手的方式都一樣，縱使對方是世界最大的公司也不例外。

三、使用網路的成本低廉。

四、在網際網路的世界中，創意比預算更有價值。

五、網際網路遍及全球。

六、沒有人可以編修、過濾你要傳達的訊息，你可以完完整整傳達你的原意。

七、網路允許你與素未謀面的人聯繫。

八、你可以在你的客廳、也可以在企業總部的會議室裡架設網站，展開宣傳活動，沒有人會感覺到其間的差異。

九、進出網路的潛在客戶在未來十年仍將持續成長。

網路的速度和觸角，改變了傳播的景觀，同樣改變了公關的實務，將公關人員帶往一個新的境地。美國數字公關專家Middleberg從數字化發展的觀點，來定義公關人員所面臨的世界，是如此變化快速：「我們生活的時代，改變只在滑鼠的一按之間，因此公司常常必須在幾個小時內就對突然而來的挑戰做出應變，不管是在真實的世界、或是偶爾會匿名的網路世界」（袁世珮　邱天欣　譯，2001：p31）。「網路」就是公關人員為了適應「數字化時代」，而必須採用、前所未有的溝通工具。

網路公關主要涉及兩個工作重點：一是對組織資訊的主動傳播，透過跨越時空隔閡的資訊渠道，與受眾達成互動而建立起直接關係，隨時隨地與受眾保持良好、順暢的溝通，這也是網路公關的本質；二是對網路輿論的分析和監控，網路的發達性，使得網路成為公關人員進行情報蒐集、輿論監控的絕佳工具，對於議題和危機管理有很大的幫助。因此，我們可以這麼形容，網路公關將是組織逐漸倚重而且是具關鍵性的溝通模式。

Grunig認為雙向對等的溝通模式，是公共關係最理想的溝通模式、也是「組織最應該引用的優越模式（excellent model）」。那麼網路的

存在，確實有可能幫助公關人員達到雙向對等溝通的理想境地。透過網路，公關主、客體雙方能夠不斷進行溝通、對話。因為溝通雙方保持一種動態的互動關係、嘗試著相互瞭解。網路確實是絕佳的公關工具，它拉近了公關主、客體之間的距離，並協助組織和受眾建立動態且持續的關係。然而要達到這樣的目標，別忘了要將對話迴路加入網頁之中，並作妥善的規劃（Kent & Taylor, 1998）。

　　因此，我們可以這麼說，網路相較於傳統媒體最大的優點在於：互動性與反饋機制的設置，例如電子郵件、網路論壇都有這樣的功能。與傳統媒體相較，雖然廣播也有即時性、電視也能產生多媒體的效果，甚至還能藉由電話線產生某種程度的互動。但卻沒有一種媒體能同時具有各項功能並且發揮多樣化、多元化的、甚至更切合個人需求的媒體。透過網路，公關主客體之間原本互動（動態）的關係顯得更為明顯，主體的傳播訊息和客體的反饋訊息不停流動，使雙方關係達到最理想的狀態。

## 第二節　網路公關工具

　　要進行網路公關，不只是架設網站等著受眾瀏覽，還有其他溝通工具和管道可供我們使用，例如電子郵件、電子論壇、線上社群、線上聊天等等。以下將針對目前最常見的網路工具和管道作簡單的介紹：

### 網　站

　　Matt Haig指出「網站等於是組織在網路世界的門面、招牌、接待室、甚至是交誼廳，為了讓網站發揮作用，就必須與相關讀者建立起良好關係，並營造良好的信譽。為了達到此目的，網站必須從對方的

267

角度出發，貼近對方的需求，才能得到他們的信任」（李璞良　譯，2001：p47）。因此，網站的內容規劃設計、美工編排等，都必須從受眾的角度進行考量，放他們想看的資訊、申請一個他們最容易記住的「網址」、網頁下載時間要短等等。網站內容應該包含哪些資訊呢？

一、我們是誰？（組織名稱、地址以及聯絡方式等基本資料）

二、我們是幹什麼的？（組織業務、產品及服務）

三、我們的最新動態？（動態新聞）

四、我們的好朋友或我們的相關者（其他相關網站的連結）

五、我們有什麼？（搜尋引擎）

六、如果網站有線上商務服務，那一定少不了電子型錄和下單功能。

## 網站的設計

瞭解網站的內容應該包含哪些項目後，接著是網站的設計問題，以下是網站設計時，需要注意的事項：

### 一、申請一個專屬的網址

網站就像個房子得有個地址，不然網海茫茫人家是找不著的。因此網站設計完成之後，在掛上網之前，你必須去申請一個網址（URL）。一般來說，網址可以分成主要三個部分：網站名稱、網站屬性、最後是國際網址（TLD），以www.sina.com.cn為例，sina是新浪網的網名；com則表示新浪網是公司企業，如果是一般非營利組織通常都會用org、政府單位則用gov、教育機構是edu、個人網站則是idv；cn係指該網站是在中國註冊，同理，臺灣網站就是tw、香港則為hk，但美國網站是沒有TLD的。

網址好不好記，會直接影響到網站的瀏覽人數。一般而言，好記的網址就稱得上是好的網址。例如www.yahoo.com、www.sina.com.cn，都算是不錯的網址。但是有人為了省下註冊網址的費用，選擇使用免

費網域，也就是把自己的網站掛在別人的網站下，例如：http://www.geocities.com/tokyo/pagoda/7222，又臭又長，誰記得住呢？而且使用非專屬網址會令人產生不信任感。就好比說，一家公司沒有自己的辦公室，而是四處租借辦公室，這樣的公司會有很多人感興趣前來一窺究竟、甚至跟你做生意嗎？

## 二、到搜尋引擎登錄

網海茫茫，搜尋引擎是幫助網友找到網站的利器，所以千萬別忘了在網站掛上網之後，記得到幾個重要的搜尋引擎登錄。例如Google、雅虎奇摩、新浪等。一般而言，搜尋引擎都會要求你提出：和你的網站內容相關的關鍵字和敘述，因為關鍵字是讓網友能找到你的「路引」，所以關鍵字的設計非常重要，關鍵字的設定可以遵循以下幾個原則：

1. 關鍵字內容宜涵蓋競爭對手的名字，這樣一來當讀者在尋找這些競爭對手時，也會找到你。
2. 關鍵字要涵蓋組織的名稱。
3. 組織所提供的產品或服務名稱，以及符合產品或服務特色的相關字眼。

## 三、交換連結

連結可以讓組織接觸到目標受眾的機會達到最大，和其他網站進行連結交換有以下好處：

1. 增加你的網站流量。
2. 加強你和下上游廠商、相關業者的關係。
3. 增加你的網站互動性。

有人認為連結應該多多益善，但事實上，在進行交換連結的時候，不應該是來者不拒的。Matt Haig說「流量的多寡並不是最重要的，最重要的應該是這些流量是否與你的利益相關」（李璞良　譯，2001：p114）。而且，和其他網站進行連結，可能會影響組織的網站形象。例如一個學校網站，如果在不知情的狀況下和色情網站連結，這會讓家長和學生作何感想？

## 四、盡量縮短網頁下載的時間

如果開啟你的網站首頁，需要十秒鐘的話，那麼，許多人都將會「過門不入」。因為，大多數網友都期待網頁能在最短的時間就全部秀出來。千萬不要認為現在「寬頻」已經很普及了，就把自己的首頁搞得花枝招展，又是動畫、又是圖片的，這樣做會讓你的網頁，需要一段頗長的時間才能完整出現。切記網站首頁務必要簡潔乾淨，讓人一目瞭然，同時還要能夠減少受訪者等待的時間。

## 五、增加網站的吸引力

架設網站就是希望能夠吸引更多人和自己接觸。根據調查，網路使用者上網瀏覽網站最主要是因為以下原因：得到資訊、進行互動、得到金錢或實物的報償、娛樂消遣。例如NITTO輪胎（www.nittotire.com），為了促銷一款具有絕佳直線加速性能的新輪胎，該公司網站特別開闢了一個線上遊戲專區，讓網友大玩線上改裝車直線加速競賽，網友之間不僅可以相互競技，同時還可以將競賽記錄保存在該網站上。這款線上遊戲吸引了數萬民眾註冊參加，為NITTO輪胎省下不少的宣傳費用。除了推銷自己生產的輪胎之外，NITTO還在網站上教導民眾一些基本的輪胎常識，這些服務基本上對於NITTO輪胎來說，並沒有太大的關連性，但是卻可以增加網友對NITTO網站的瀏覽次數。

另外要讓網站更具吸引力，網站的內容未必都要放置一些組織簡介之類的嚴肅文字，不妨可以放些和組織沒有直接關連性，但卻是目

標受眾感興趣的資訊。例如波蜜公司（久津實業），以生產果菜汁聞名，該公司為了塑造「臺灣蔬果專家」的品牌形象，特別架設了一個「蔬果專家網」（www.bolife.com.tw），網站內容介紹各種蔬果的資訊，包括產地、生產期、食用方法、食療效果等等，以及一些臺灣休閒農場的旅遊資訊，唯一具有商業色彩的內容，就只是右上角一個小小的產品廣告而已。對於網友而言，這是一個相當具有實用價值的網站，在無形之中，波蜜就培養了不少忠實消費者。這個網站從1999年成立以來，在沒有任何宣傳的情況下，已經有九萬多人瀏覽該網站，而一些重要以健康保健主題的網站也主動與「蔬果專家網」交換連結。可見「網站內容有吸引力」的重要性，如此，才能讓更多人上網瀏覽，也才能夠滿足組織設置網站的目的。

## 六、定期更新網站內容

　　筆者認為，經營網站的難處並非在於網站內容的規劃和架設，而是在於網站成立之後的維護和內容更新工作。網站內容的維護必須投入大量的時間和人力，幾乎需要成立一個專責部門來負責該項工作。如果組織沒有足夠的時間和人力可以投入這項工作，試想網友今天瀏覽了你的網站，發現跟上禮拜、甚至上個月的內容一模一樣，恐怕幾次之後，他就不想再來登門拜訪了。

## 七、不妨設置一個留言版

　　「留言版」是網站和訪客之間最基本、簡單的互動方式。設置留言版的功能在於，希望受眾在瀏覽網站之後可以留下他的意見（反饋），這對於我們在蒐集情報的過程而言，是非常重要的。同時，我們也可以把這些好的、鼓勵的留言，視為另一種「第三者背書」，這些肯定和背書還可以運用在其他的媒體上；至於負面、批評的留言，我們可以在第一時間內進行處理，減緩受眾的不滿情緒並讓負面訊息不至於擴散。

## 電子郵件

在這個時代，沒寫過信是正常的，但不曾使用電子郵件，恐怕已經落伍了。透過電子郵件，企業老總可以跟所有員工暢談心事、溝通企業理念；透過電子郵件，企業可以將電子報寄發到每個受眾手裡，介紹最新產品或服務；透過電子郵件，我們也可以進行大規模的受眾意見調查。很顯然地，電子郵件是進行數位公關時不可或缺、也是最重要的溝通工具。

Matt Haig整理了電子郵件的優點如下（李璞良譯，2001：p125）：

1. 成本：它可以讓你以市內電話（或低廉的上網費）的收費標準，向全世界寄發訊息。
2. 速度：從臺北到北京也不過短短幾秒時間。
3. 時效性：它是不眠不休的溝通工具，可以二十四小時全年無休。
4. 方便性：不管在什麼地方或什麼時候，它都可以讓你隨心所欲地傳遞訊息，想寄出多少就寄出多少，想寄到哪裡就寄到哪裡。
5. 資源：只要你有電腦、有電力你就可以寄發電子郵件。

筆者認為，電子郵件的優點應該還有「普及性」，目前在臺灣的小學生都已開始被教導，如何使用電子郵件繳交家庭作業。換言之，電子郵件很可能繼手機之後，成為另一個全民普及的溝通工具。電子郵件的普及性，提高了我們和受眾接觸的機會。有空的時候，不妨進行一個小測試，想個自己認為不錯的idea，可能是一篇文章、一段笑話、一則漫畫或照片，然後寄給你的朋友們，看看這封信是不是會再轉寄回你郵箱裡？如果回得來，就表示你這封郵件的內容廣受歡迎，讓人覺得「好東西要和好朋友分享」，因此不斷被轉寄。這也是所謂的「病毒式行銷」，只要你的郵件內容夠創意或具有十足看頭（或許

是很實用的資訊），通常都會被廣為流傳。但相對地，一些中傷、不負責任的網路謠言也是靠著電子郵件擴散的。

電子郵件固然有許多優點，但是我們在寄發電子郵件前，仍須注意一些禮儀規範。例如，許多人對於來路不明的電子郵件是敬謝不敏的，所以我們千萬要記住，別貿然花錢去買大筆的收件者資料，這種漫無目標的作法只會適得其反。就像我們接到來路不明的廣告電話，心情總是會受到打擾或不悅是一樣的道理。

## 電子報和電子論壇

基本上，電子報在形式上是網站和電子郵件的複合體，它必須利用電子郵件寄發，但內容比一般電子郵件來得豐富，可是比網站來得少、簡潔。如果想和受眾建立長期的關係，就應該考慮發行一份屬於自己的電子報，主動和你的受眾維持良好互動。通常會訂閱電子報的族群，要不是對你的電子報內容感興趣，就是你原本忠實的支持者。在臺灣，連政治人物、政黨都辦電子報，其中偶有一些特別的論點或內容，還會引起報章雜誌的報導。

在電子論壇裡，大家可以暢所欲言，針對一個特定的話題進行討論，而討論的方式是，每個人將自己的意見寫成文章（帖子），「張貼」在論壇裡或者回應其他人的帖子。電子論壇是我們監控輿情不可忽視的管道，許多議題都是由電子論壇開始討論，最後形成影響社會的輿論。2003年9月，九一八事變週年期間，一群日本人在廣州五星級酒店裡大肆召妓尋歡，結果這個事件在各大論壇中被熱烈討論，網友們大加撻伐，最後大陸公安部門不得不責令酒店歇業，並逮捕若干嫌疑人，才平息民怨，可見電子論壇的威力。當然，我們也可以讓公關人員化身成為電子論壇裡的一名成員，對於組織、企業不友善的文字可以立即加以澄清、處理，或者以專家的立場，回答受眾對於組織的各種疑問。因此，電子論壇也是很重要的一種公關工具。

## 線上社群和線上聊天

日本社會學家岩原勉認為，「社群的本質特徵有兩個：(1)目標取向具有共同性。就是說，參與社群的個人都是帶有某種共同的目的-共同的利益、關心、興趣等等而集合在一起。(2)具有以『我們』意識為代表的主體共同性，例如日常生活中經常聽到的『我們消費者』、『我們青年人』、『我們工薪階層』等等，『我們』體現了一種主體共同性。這兩個特徵意味著任何一個群體都具有互動機制和使共同性得到保障的機制」（郭慶光，1999：p90）。

在網路世界裡，存在著許多虛擬社群，例如同買一種車款的車主、某個偶像歌手的歌迷、準備去美國留學的托福考生等等，這些人在各自的社群裡討論共同感興趣、關心的事物。從行銷的角度來看，他們同屬於某個市場區隔的消費者，在彼此的身上可以找到許多共通點。從公關的角度而言，能夠找到屬於自己的社群，等於是找到自己設定的目標受眾。因此，有的企業會在網站上開闢專區，讓自己的消費者組織線上社群。例如上述提到的NITTO輪胎，許多車迷喜歡用NITTO輪胎來進行車輛改裝以進行道路競速，因此NITTO索性在網站上開闢一個讓網友秀自己改裝車的專區，並且可以相互討論切磋，網站還定期報導改裝車展的訊息。

許多網站都有提供網路聊天室的功能，讓網友在上面交友、聊天，而許多業者也開發出不少的「通訊軟件」，例如雅虎通、騰訊QQ、MSN Messanger，讓網友能夠一對一的交談。當然，我們跟網友聊天絕對不是瞎聊，而是希望能夠透過聊天的形式，瞭解受眾真正的想法，並建立良好的關係。在現實世界裡，我們很難有機會能和受眾真正的面對面對談，但是線上聊天，確實能夠達成這樣的目標。許多歌手會在網路開設個人聊天室，甚至還安裝了視訊系統和麥克風，除了文字，也能夠看見影像、聽到聲音，這樣的作法不僅可以測試歌手的人氣，也能培養出一堆忠實的Fans歌迷。

## 部落格

部落格的興起，使組織與公眾溝通、互動的工具更加多元。許多人藉由部落格表現自己，創造屬於自己的一片天空：個人的心情、感受、意見經常出現在各式各樣的部落格中。對組織而言，顧客對組織的看法、產品或服務的心得，也經常出現在個人的部落格中。網路上的部落客，他們彼此交換公司、產品、趨勢的訊息，這些對話很可能是塑造組織、產品形象或做好顧客關係管理的重要情報。

部落格不僅是聆聽外界想法、意見的管道，也是宣傳組織良好形象的工具。正如Jeremy Wright所指出：「成功的企業……使用部落格延伸品牌形象，與顧客直接互動，獲得與公司及產品有關的真實回應，並教你如何跟進。你會發現，顧客的直接回應是最重要的資產之一」（洪慧芳譯，2006）。試想，如果組織的服務良好，被顧客記錄在其部落格中，然後，其他利害關係人在網路上查詢該組織的訊息過程中，就有機會接觸到這些稱讚或好的評價，就對組織形象有正面的推廣作用。

部落格從1999年正式誕生後，就以驚人的速度快速成長。Jeremy Wright指出：「從第一個正式部落格，到第四百萬個，才花了五年時間……但不是有部落格就有影響力，有影響力的部落客是需要經營的」。至於如何利用部落格，Jeremy Wright在《部落格行銷：百萬顧客同步發聲，開啟雙向溝通的新消費時代》這本書中，有許多案例的介紹，有興趣的讀者可以參考。

## 第三節　網路危機

「『某牌衛生棉品管不良，裡面藏有不知名小蟲，有女性消費者使用後，子宮被小蟲吃掉』，請把這個資訊轉寄給你身邊的女性朋

友」；「某速食連鎖店為了節省成本，他們專養沒頭、沒腳的『基因雞』作為炸雞的材料，雖然說是『養』，但卻是利用特殊方法讓這些『雞塊』長大……」，這些都是著名的網路謠言。這些謠言憑著各種形式和管道四處散播，對於被中傷的廠商造成莫大的損失。

## 網路謠言

　　根據韋氏字典指出，「謠言是一種缺乏真實根據，或未經證實、公眾一時難以辨別真偽的閒話、傳聞或輿論」。做為人類史上最大訊息交流平台的網路，對組織而言最大的危機，便是隨時隨地可能發生而我們卻無法預測的「謠言」。因為現代社會的快速發展，許多事情已經超過我們親身經驗的範圍。換言之，我們生活在必須依賴專家提供意見的世界。而網路裡就存在許多無法辨識其真偽的「專家」，好心地提供網友們許多寶貴的「意見」、或不為人知的訊息。「因為網路的匿名性，胡說八道也會變成專業意見」（袁世珮、邱天欣譯，2001：p153）。但由於一般人缺乏判斷事實真偽的能力，因此便形成網路謠言四處擴散的局面。

　　「網際網路技術造就了資訊傳播自由的特點，資訊發布和傳輸沒有嚴格的檢查和核實系統，操作的方式（如個人網站、論壇、聊天室、新聞組、即時通訊等）也越來越簡便、越來越多樣化，這為別有用心的個人或機構通過網路散布謠言提供了方便。從發展看，今天網路謠言達到『高明』程度有兩大特點：一是在製作環節上，網路謠言炮製者採用新聞報導的手法，在形式上力求『逼真』，甚至盜用媒體的名義；二是在傳播環節上，令網路媒體乃至傳統新聞媒體『中招』，通過它們具有權威性、公信力的傳播平台以新聞形態進行再傳播，以證實其『可信度』」（閔大洪，2003）。以下是一則非常典型的網路謠言：

小心!!!到###購物要小心，因為你的錢被賺了，還會被當成小偷。
請大家幫我一個小忙，花一點點時間把這封信傳給所有你們認識
的人，我不能阻止你們去###購物，但是，請你們在開心購物結帳
時，多小心注意一點，別讓這種倒霉事發生在自己身上。

這是一件真實的事情。

我於12月19日到板橋###購物，我推著推車買了大大小小的東西，
到收銀臺去結帳，因為我幫公司買一些東西，所以，我分了三張
信用卡刷了所有的東西，我忙著刷卡、裝袋，刷卡、裝袋，總共
是價值二千一百多元，正當我推著推車離開收銀臺，快到地下
室拿車時，有一個女的叫住了我，問我：小姐，這些都是你買的
嗎？

我答：對啊。

她說：妳有一個指甲油沒結到帳。

我回：哦，真的嗎？我還主動將六袋的東西一袋一袋打開給她
　　　找。她找了幾袋後，找到了一瓶指甲油。

我還問他說，那可能沒結到帳，那要到那裡付錢。她說你跟我
走。

我還以為他要帶我去結帳。可是她帶我到一間小辦公室，找一個
男的，好像是他們###的課長還是什麼的，我也不清楚，那個男的
就說我已構成「竊盜罪」。正當我在搞不清楚的狀況下，那個男
的問我有沒有帶證件，我說有啊，我還拿出來給他看，那個男的
就拿出一份資料表，上面寫著竊盜紀錄表，正要登記我的資料，
我就收回我的証件，我為什麼要給他們登記啊，我又沒有拿東
西，他們說這是要給主管看的，沒關係。可是我又沒偷他們的東
西，我為什麼要把自己給他們登記在竊盜紀錄表上啊。

我說，你們這樣很莫名奇妙，還沒弄清楚，就這麼定罪。正當我
說出莫名奇妙這四個字，那個男的就說「你說我們莫名奇妙，妳
污辱我的人格」。（我好納悶，我污辱到他的什麼人格了）。於

277

是他就拿起電話報警，警察局又在隔壁，警察不到三分鐘就到了，就這樣不到十分鐘的時間，我已經在警察局了。

警察和我問答了幾句話，就說：###都這樣，亂送警局，而且這是公訴罪，他們報了，他們就要辦。後來，我又從警局被送到分局，分局的人一看資料就說「又是###」。他們也說###真的賊抓不到，就找一些不小心的人來當大頭，替那個警察局做了不少業績。這件案子，目前正在打官司中。

我是帶著錢出門要去消費的，而且也買了二千多元了，我實在找不到任何理由要去貪一百二十元。而且收銀小姐沒注意，沒結到帳他們不去怪，不去檢討，還說我是「偷」，實在氣不過。

花錢事小，名譽對於我個人卻是很重要，要我無緣無故背一個偷竊前科一輩子，我實在不甘心就這麼忍氣吞聲。相信這件事發生在每個人身上，大家也都會跟我一樣，甚至比我更氣，更嘔。所以，我請了一個律師，費用五萬元，就算我真的偷，我賠一百倍也不過一萬二千元，我有必要去做這種投資報酬怎麼算都不對的事情嗎？

曾經，我問了我的律師，我可以反告他們嗎？他說可以告他們精神賠償，可是他不建議，因為要花時間，要花錢跟他們玩，他們不怕，這就是大企業對小百姓的悲哀。我在求助無門之下，只能寫下這封信。請大家幫幫我，花一點點時間把這封信傳給所有你們認識的人，我不能阻止你們去###購物，但是，請你們在開心購物結帳時，多小心注意一點，別讓這種倒霉事發生在自己身上。

　　過去媒體是由少數記者編輯所控制，加上社會給予消費者的支持力量還不夠強，民眾也很害怕跟所謂的大企業溝通。但事實上很多看似不起眼的抱怨或情緒反應，都可能會是企業危機的引爆點。因此，面對這種網路謠言不可不慎。一旦發現有不實傳言時，首先，要查明謠言指控的內容是否屬實，如果確有此事，你就有義務向外界公開

組織的處理方式，對社會大眾說明原由。這個時候，網站就是最好的回應工具。因為網站的內容是不會受到其他人干預、改變的，所以你要傳遞的訊息將可以如實地讓受眾知道。當然，網站的說明內容也可能作為新聞稿發給各家媒體，但這必須是在網站做出澄清之後才做的事。

　　如果謠言的指控是惡意中傷的話，那麼你的網站就更應該搶在媒體報導前展開澄清、反擊的動作。Middleberg提到：「要反擊網路謠言的一個方法就是，提供一個常常更新，容易上手的網路媒體空間給記者或其他人，以便讓他們得到你們公司最正確的消息」（袁世珮、邱天欣譯，2001：p189）。接著，向媒體發布新聞稿，要撰寫這類新聞稿，一般公關人員都能勝任，但是，困難的是要如何讓大家相信你。通常，當組織有負面消息傳出時，社會大眾對於組織都會有一種存疑的態度。因此，要如何先讓媒體記者相信你，在報導上維持客觀中立、甚至偏向組織的立場，是非常重要的一件工作。另外，組織內部應該統一對外的說法，以應付外界的疑慮電話或其他質問，並挑選出一位能夠掌握事件來龍去脈的員工擔任發言人。切記，對外言論必須根據事實發言，絕對不能捏造，否則讓記者發現其中破綻，將使危機一發不可收拾。

## 反骨網站

　　在現實世界中，有「反某某組織」、「反某某協會」等以對抗某個財團、組織、制度為宗旨的團體；在虛擬世界裡也有這種「反骨網站」的存在。早期，這些網站都是以大財團為主要反對目標，例如微軟、麥當勞、Nike等，但這並不表示，一般企業不在他們的反對目標內，他們的存在對每個組織而言，都是一種潛在威脅。一般來說，這種「專搞對抗」的網站會把所有對某件事物感到「不悅」的網民號召起來，組成所謂的線上社群或線上團體，並針對某一議題在「網路肥

279

皂箱」廣開言路，因而會對某一個負面意見產生火上加油的效果（李璞良譯，2001：p197）。

有一個叫做 McSpotlight（http://www.mcspotlight.org）的典範級網站提供了許多抗議麥當勞的資料，包括「提供不健康的食物」、「剝削勞工」、「掠奪貧窮國家資源」、「破壞地球生態」、「屠殺動物」等批評。就以「剝削勞工」而言，該網站指出麥當勞員工在很多國家的時薪都是該國最低的，同時麥當勞也不准許員工組織或參加任何工會。身為最大的反麥當勞網站，這裡除了提供近兩千份檔案資料，詳述他們反對的理由外，也提供麥當勞的正式相關文件，例如員工管理辦法、麥當勞版本的食品營養表等，正反兩面資料俱陳，讓讀者可以在充足的資料中自行裁決究竟那一方才是正確的。此外，作為一個抗議網站，McSpotlight也製作了許多的抗議傳單、海報、標語，供使用者下載和列印，充分發揮了抗議網站的功能。你原本對這個金色拱門有多少瞭解呢？不妨找個時間上McSpotlight去研究一下，或許會有另一種體會。

Matt Haig 建議以下一些預防動作，即使不幸發生事情，也可以將危機化成轉機，把負面情勢扭轉過來（李璞良譯，2001：p198-9）：

1. 一旦決心成立網站，就立刻提出申請，以組織的名稱為網名。
2. 召集或鼓勵組織以外的人成立另一個「非官方網站」，即使立場偏向組織這邊，但由於具有「白手套」的作用，可以使其提出的訊息更具客觀性。因此成立一個類似的網站，讓它在組織和消費者之間擔任「居中協調」的工作，應該是相當有效的e公關策略。
3. 對浮現在「反骨網站」上的議題，加以嚴密監控，並私下以電子郵件直接回應受眾的抱怨。
4. 用「消費者意見」這些關鍵字連同組織名稱，到各大門戶網站上進行搜尋，以隨時對上述網站保持戒心。

事實上，面對這種「反骨網站」，最根本的方法是隨時保持警覺、指派專人隨時監控，並事先擬定一套專門的危機管理計畫應對。根據言論自由的原則，組織依循法律途徑或藉由其他公權力介入，可能無法禁止該類網站的存在。在美國，曾有某個企業透過司法途徑，要求關閉專門反對該企業的反骨網站，最後法院僅要求該網站將部分內容移除；這個網站不僅沒有關閉，更糟的是，受攻擊的企業卻飽受「以大欺小」的輿論非議。既然對反骨網站不能採取強烈的反制手段，而且它還是會繼續對組織展開攻擊，面對這樣的情勢，組織只能隨時保持「積極預防」的警戒心理，並隨時對不實的指控和責難，提出澄清和反駁。

# 第 15 章
# 其他溝通工具

公關的溝通工具包含非常廣泛，除了新聞、事件（活動）、廣告與網際網路之外，各種組織對外的溝通工具還包括演講、小冊、年度報告、通訊等面對面、口語、書面、視覺形式的溝通工具。這些溝通工具經常出現在我們的四周，但是很多人未必能夠馬上聯想到這是一種有效的公關工具。本章我們將集中探討新聞、事件、廣告和網路等四種主要工具以外，包括演講、提報、直效郵件、小冊、通訊、年度報告和戶外媒體等其他溝通工具。

## 第一節　演講（Speech）

　　即使科技不斷在演變，時代不斷在進步，「演講」仍舊是相當具有渲染力與激勵性的一種溝通工具。事實上，演講是一種最直接也最複雜的溝通工具。試想：當一位公眾人物進行演講時，臺下的聽眾不只是聽他所講的話，也看到他的肢體動作，並能從他的語調、表情中，感受到他所想要傳達的情緒。對演講者來說，聽眾對他演講的反應是非常即時的，聽眾可能在他平板的語氣中昏昏欲睡，也可能在他慷慨激昂的時候熱血沸騰。當演講者向臺下聽眾丟出一個問題時，我們從聽眾的反應，就能知道聽眾是否真正融入他的演講中。

　　由於演講是一種立體而帶有高難度的臨場溝通工具。因此，演講者在上臺之前，應該先做好所有準備，此一準備包括了他的衣著是否搭襯合宜、是否對演講主題已經有完全掌握、而演講稿的內容是否針對聽眾而撰寫、是否有完整的架構以及跟聽眾互動上的設計等等。演講者要上臺演講，必然有其想要傳達的目的，原則上，演講內容是根據場合和聽眾來定的，也就是「看人說話」、「看場合說話」。

　　根據Diggs-Brown & Glou（2004）的說法，當一位演講者要公開演講時，他的目的不外有三種：(1)宣告性演講，此為單純的宣布或傳達，例如高層主管向一群同仁說明公司的政策。這類演講的目的，大

概都只是為了傳達客觀的事實或政策。(2)說服性演講，希望透過演講，讓聽眾改變態度、或將演講者所代表的論點傳達給公眾，並希望聽眾也能接受他的論點。例如行銷人員向準客戶們介紹產品的好處，並希望他們能夠對產品產生好感等。(3)場合性演講，這類演講的目的，大多是為了彰顯某特殊場合的意義，因此必須瞭解此一場合的意義，並適度搭配現場氛圍來說話，以免造成與現場氣氛不合或無關的窘境（p158-9）。

## 撰寫演講稿

　　對公關人員來說，「演講」不但是一種溝通工具，「撰寫演講稿」更是一項基本的重要工作項目。這項工作大部分是由文筆較好或演講經驗較多的公關人員擔任。撰稿者最重要的任務，就是針對聽眾和演講目的撰寫出一份演講書面稿。一般而言，不論是多有經驗的演講者，公關人員還是應該為演講者準備書面演講稿為宜。撰寫演講稿有幾個應該注意的原則，以下僅舉數端，提供公關人員參考。

　　演講稿最重要是要跟聽眾進行有效的溝通，因此，在撰寫演講稿之前，應先問清楚：「聽眾是哪些人」？瞭解聽眾的成分，可以幫助撰稿者撰寫出適合聽眾、聽眾可以接受的講稿。比方說聽眾是一群教育程度不高的勞工，那撰稿者就要注意：講稿裡面的詞句不能夠太艱深，例如避免使用艱深或不常通用的成語典故，而使用一般通俗易懂的白話語文，也就是「一般人怎麼說話，演講稿就該怎麼寫」；其次，應避免使用專門用語或專業理論，多用具體的譬喻或實例。我們大概都可以想像，當一群工薪階層聽到「虛與委蛇」這類不常用的成語，或是「通貨緊縮」這種專門術語時，會產生甚麼樣的反應？所以，針對聽眾的水平來撰寫演講稿，是撰稿者的第一守則。

　　演講撰稿者也應該對演講者有概略的認識，對他的語氣、平時說話的風格和技巧、甚至常用的肢體動作，都應該拿來作為撰稿的參

285

考。演講者看稿的習慣都不同，有人希望能照稿念，有人則可以消化整篇講稿後，用自己的話講出來。然而撰稿者不應該期望每位演講者都具有演講的天分，所以撰稿時應該揣摩演講者講話的習慣，比較能寫出適合演講者的講稿。

演講不但是說話，更是一種表演，是一種手勢與肢體語言的表演、是一種說話藝術的表演。相信不少人都有過這樣的經驗，在偌大的會議廳裡聽著演講者毫無抑揚頓挫、內容平板、沒有一點起伏的演講，真是任何聽眾心裡最大的夢魘。因此，撰稿者必須考慮到說話上的幾項技巧：

## 一、多用故事或具體的比喻

語言本身必須有具體的意義，才能引導聽眾進入想像，在心裡勾勒出具體的圖像。一場演講，聽眾大部分的時候都是「聽在耳邊」，所以很多高明的演講者一定會多用些具體而淺顯的故事或比喻，來引導聽眾進入演講的內容，而這些故事或比喻，往往也是聽眾對整場演講印象最深刻的部份，值得撰稿者好好用心加以設計。

## 二、多用數字和輔助工具

引用客觀的數據，可以提升演講內容的可信度，也能凸顯演講者專業的形象；而適度在演講現場展現圖表、照片或海報等視覺輔助工具，可以讓聽眾更清楚明瞭演講者所提出的論證。

## 三、重複以拉高注意力

有一句俗語叫做「馬耳東風」，意思就是說，人們在聽別人說話時，往往注意力稍微一不集中，一句話就像煙一樣溜過去了。在演講場合上的聽眾也是一樣，我們不能奢望聽眾把演講者的每一句話都牢牢記住。所以，撰稿者可以在重點的地方，採用「重複」的手法，來讓聽眾注意或記住我們最想傳達出去的重點訊息。適度地重複，可以

加深聽眾對整篇講稿主旨的瞭解和記憶，美國民權領袖Martin Luther King的「我有一個夢」講稿，就大量採取重複的手法，在每一句開始之前都重複了「我有一個夢」這句話，這篇講稿至今歷久彌堅。

### 四、用「問句」來取得聽眾共鳴

演講並不是單向溝通，相反地，演講是最直接、最有效率的雙向溝通。所以撰稿者應該考慮到：怎樣適度讓聽眾參與、讓臺上臺下產生互動？最有效的方式就是「問句」。撰稿者如果想要聽眾有參與感，最重要的還是「給他們參與的機會」，不給他們參與的機會，他們當然只有乖乖地、默默地坐在臺下當聽眾了。因此，適度加入問句，可以增加演講者跟聽眾之間的互動機會，同時也有使聽眾集中注意力的功能。

### 五、加入情緒的張力

好的演講稿，必須考慮到情緒的張力，要把這種張力表現在語言中，需要比較高明的寫作技巧。撰稿者可以在講稿上註明情緒，讓演講者能夠參考。例如，撰稿者在一段感性敘述一位母親如何為子女付出時，可以在段落空白處註明「音調柔緩」、「稍事停頓」之類的情緒形容詞。

## 講稿的結構

一篇好的講稿，必須講究布局、結構，也就是演講的「動線」，如同文章的「起、承、轉、合」。首先怎樣引起聽眾的注意力？怎樣切入主題？怎樣強調重點？怎樣收尾？全篇有一個重心所在，然後不斷運用各種比喻、實例、重複等技巧，將主題重心拱出來，讓聽眾在聽完這次演講後，能夠真正理解演講者所想表達的整體意思。一般來說，一篇講稿內容主體包括了三個部分，分別是開場白、主文以及結

論。

## 一、開場白

　　演講者通常會以問候語作為開場白，問候語代表對現場聽眾的禮貌。例如經濟性論壇的演講場合，有很多重要貴賓和長官在場，演講者通常以問候在場長官和貴賓作為開場。問候語可以僅是寒暄，也可以一一唱出重要貴賓的名字，端視場合而定。有時為了贏得聽眾的好感，演講者會製造一些「同體感」作為開場白，以拉近演講者與聽眾的距離。例如面對教育人員的演講，演講者可能以「在下也曾經在學校服務過十多年，今天有機會和各位教育工作前輩們一起探討這個主題，感到相當榮幸……」來開場。有力的開場白有以下的原則：

1. 不說不必要的謙虛廢話：例如：「在下實在才疏學淺、對今天這個主題相當陌生」，這些話聽在聽眾耳裡，人家幹嘛還聽你演講？
2. 拉近與聽眾的距離：營造講者和聽者的同體感、以徵詢意見的方式促進彼此互動、展現親和力，都有拉近距離的功能。
3. 人捧人，人高（尊重聽眾）：人都是希望被尊重的，講者如果表現出一副高高在上的樣子，就算有絕佳的專業也難討好聽眾。因此，一開場可以嘗試用「捧聽眾」的技巧，來建立講者的親和感，例如面對女性聽眾的演講，以「一個成功男人背後都有兩個偉大女性的支持」來表示對女性聽眾的尊敬。
4. 說明整個主題的架構或邏輯流程，讓聽眾瞭解從這場演講中可以得到什麼，以吸引他們往下聽的動機和興趣。
5. 引人想要探索演講內容的觸媒：聽眾不解或極想瞭解究竟的問題、有趣的現象、感人的故事等引言，都有吸引聽眾往下聽、想要一探究竟的功效。例如「公共關係為什麼比行銷還要重要」？

開場白最主要的任務就是攫取、凝聚聽眾的注意力，為了達到這個目的，可以使用的技巧還有：

1. 促進互動：如徵詢意見、簡單民調，是建立凝聚力最快的方法之一。
2. 引述名言或文獻：建立專業形象和感覺。
3. 震撼的統計數字：說服聽眾的有力工具。
4. 引述新聞：從聽眾熟知的事物下手。
5. 講故事：吸引聽眾進入演講情境、並幫助聽眾對演講內容有更高的記憶度。
6. 趣味性：讓聽眾保持高度興趣的有效方法。
7. 懸疑性：讓聽眾有往下探索的強烈誘因。
8. 旁敲側擊：引述例子並切入主題。
9. 個人的際遇：兼具故事性和實證性。

## 二、主文

對撰稿者來說，進入演講主題比較好的作法，是把主要內容用條列式的方法分開，一條代表一個跟主題有關的論點，而且有相關的事實或資訊可資佐證。一篇講稿不宜有太多論點，最多分成五個就已經足夠，分成三個可能最適當，再根據這些論點加以發揮。闡述論點一定要引述相關理論和實例，因為，用理論或名言可以證明論點其來有自；用數字、實例或相關證據，可以加強論點的說服力或接受度。前述開場白的若干技巧，也可以適當的運用在主文的撰稿上，以期讓演講既精采、又具有說服力，甚至能讓主題和內容，在聽眾腦海裡留下深刻的印象。

## 三、結論

如同作文一樣，演講稿的結論，就是作總結，可將此次演講主

題簡單再強調一遍，並重點整理一下幾個重要論點。如果能夠再一次引述開場白的故事或實例，和演講主題作一個連結，則可製造前後連貫、一氣呵成的感覺，更可加深聽眾對演講主題的印象。

　　總之，成功的演講者都有兩個不可或缺的特質：專業和激情。演講者必須表現出專業，才能讓聽眾信服、讓聽眾感覺到他對演講內容有十足的把握；激情，讓聽眾能感受到演講者的熱誠、進而受到感染或激勵，從而對演講者和演講內容留下深刻的印象。這些都是撰寫演講稿的公關人員，應該特別注意的。

## 第二節　提報（Presentation）

　　組織的公關部門或公關公司經常要用提報或簡報（presentation）的形式，爭取組織高層或客戶對公關計畫的認可和支持。Michael Egan 更指出：「在未來的社會中，為了提升效率，企業界會愈來愈依靠以簡報為溝通的主要管道。即使是輕薄短小的簡報，它的威力也非同小可。藉由簡報，訊息可以更快速地傳達給一大群人……說服力也有65%的提升！」（周雍強譯，2001：p3）。為了強化說服效果，提報相當重視輔助器材的運用，希望能以更精簡、更流暢的方式，引導受眾接受提報者想要傳達的新觀念和新主張。

　　在進行一場提報之前，提報者可以從四個面向先進行分析，並據以擬定提報策略，這四個面向可簡稱為「APAT原則」（周雍強譯，2001：p42-4）：

1.Audience：聽眾是誰？他們有甚麼感興趣的話題？有無特定的禁忌、態度、信仰或價值觀等等。充分瞭解聽眾，有助於針對他們的需求和偏好，提供他們感興趣或能解決他們問題的方案。

2.Purpose：提案的確切目的是什麼？真正的問題是什麼？是提供

解決方案還是希望聽眾能接受我們的觀念？搞清楚問題才能對症下藥。

3.Action：您希望聽眾採取什麼後續行動？全盤支持我們的方案？還是希望他們提供經費和人力支援？

4.Tone：最適合的語調是什麼？瞭解聽眾、目的和希望聽眾採取哪些後續行動之後，就可以決定用什麼樣的語調，最能達到說服的效果。例如認真、專業或有模有樣等等

## 準備一場精彩的提報

一場提報涉及到許多互動的技巧，許多提報者只把注意力放在提報的內容上，而忽略了其他的互動技巧，因此在遇到真實狀況時，往往會舉措失宜，變得不知所云，讓原本的良好表現大打折扣，並降低了聽眾對提報內容的信任。要準備一場精彩的簡報或提報，主要有五個面向的工作要注意：

## 一、提報內容

不管您要提報的內容是甚麼，如果您無法讓受眾在整個提報過程中注意您、進而信任您，就不算是成功的提報，因此最好儘早作好完善的準備。當您一知道要提報的主題那一刻起，就應該開始準備整個提報。提報跟演講一樣，都是針對某一特定主題與受眾展開互動的溝通，而舉辦這場提報會的單位，會很想早點知道您想要提報的內容，以便他們能夠事先傳達給聽眾知道。因此，提報者必須在主辦單位指定的期限之前，將有關提報的內容摘要傳送給主辦單位的聯絡人。這份摘要應包含主題、對聽眾的益處、以及提報者的資歷。提報內容主要包括三部分：開場白、主要內容和結尾。

1. 有力的開場白：「開場白」是凝聚整個提報會場群眾注意力的關

鍵,一開始若沒有成功抓住群眾的注意,接下來就可能面對一群渙散的群眾,群眾注意力越分散,提報者的信心就會更形低落。關於此部分,可參考前一節「演講」的介紹,不再贅述。

2. 有衝擊力的結尾:結尾和開場白同樣重要,好的結尾可以鞏固您和聽眾的關係,而且是切入賣點的最後契機。提報者可以循「ABC模式」(周雍強譯,2001:p57)來結束這場演講。所謂的ABC就是指行動(action)、利益(benefit)、結語(conclusion),亦即先清楚指出您希望聽眾採取的後續行動,然後扼要列舉這些行動會帶來的利益,之後回到起點模式或再度重複最重要的重點,完美結束這場提報。

3. 視覺輔助元素,讓提報內容更有說服力:為了讓簡報內容能夠更加吸引人、並強化簡報的說服力,專業提報者會相當重視視覺輔助工具和元素。常用的輔助工具,例如海報、錄影帶、電腦、幻燈片等。然而,切勿同時使用太多種視覺輔助工具,因為如果種類過多,反而會分散聽眾的注意力。提報者應該謹記:重點在於向受眾傳達訊息,而非讓受眾被你多樣化的視覺輔助工具搞得眼花撩亂。最常使用的視覺輔助工具是power-point軟體,可由手提電腦接上投影機放大到螢幕上展現提報內容。

值得注意的是,投影片講求簡潔,通常一張投影片不應超過4個論點,每個論點大約不超過 6個字,每張不超過7行字。為了增加圖片的「視覺魅力」,建議所有圖案都應保持一致的風格,並留下若干空白。設計圖案的原則應符合SAVE原則:亦即簡易(simple)、聽眾導向(audience-specific)、視覺魅力(visual attractive)、儉省(economic)(周雍強譯,2001:p110-1)。

提報時的投影銀幕上,應該出現一些視覺輔助元素,以避免全部是文字敘述的單調性,並讓聽眾不會感到吃力,而且這類輔助元素還具有支持提報者論點的功能。比較常用的視覺輔助元素包括:

1. 圖案：包括插圖和表格。

2. 實際的事例或案例。

3. 類比論點：也就是「由已知推論未知」的論點。

4. 專家的意見。

5. 統計數字。

6. 示範：所謂「眼見為憑」、「行動比言語的聲音更響亮」，傑出的實作示範可以證明您的論點正確，而且讓聽眾不容易忘記。

總之，運用這些工具和輔助元素，除了提高簡報內容的視覺效果，讓受眾能感受到提報者的專業和獨特的風格外，也能夠透過這種專業的表現，提升聽眾們對提報者的信賴、以及提報內容的說服力。

## 二、模擬演練

提報是一場具有說服力的表演，就像是一場話劇一樣，所以需要事先演練，越熟練越好，最好能以正式提報的心情和準備來進行演練，並用錄影機錄下提報時的一舉一動，再根據缺點不斷演練修正。在正式演練的過程中，除了重視提報者對提報內容的熟練度、語氣及肢體動作等提報技巧外，也應該注重跟受眾的互動，以下建議幾個提報時應注意的重點：

1. 盡可能讓銀幕和觀眾成45度角，這樣的角度能讓受眾以最舒服的姿勢觀看您的視覺輔助內容。

2. 逐一說明論點時，不要一次顯示全部，可運用power-point「自訂動畫」的功能，將提報內容設計成「逐條展現」的方式，提報者說一條，銀幕上就出現一行。

3. 記住要和聽眾的目光保持接觸，這是禮貌。

4. 提報時可以緩步走向聽眾，藉由這樣的行動，讓聽眾慢慢開始

信任您。但切忌靠得太近，因為這會侵犯到他們的心理安全空間。

5. 觀看自己的錄影帶，檢視自己是否有一些「無意識的手勢」，這些手勢恰不恰當？並檢驗「刻意的手勢」，看看這種手勢是否更能強化效果？

6. 注意提報時的音調不要太快或太高，說話的速度和音量應該有抑揚頓挫，以有效凝聚受眾的注意力。

## 三、提報時的任務分配

大部分的提報雖然都是提報者一人上場的場面，但卻不是提報個人的獨角秀，因為提報時視覺輔助器材的操縱、燈光調節，甚至展示實體商品，都需要有人幫助。因此，必須成立提報任務小組，在提報時能夠同心協力，幫助主要提報者演出一場精彩的提報，團體的密切合作十分重要，在成立提報小組之前，必須先決定下列事項（陳南君譯，2000：p208-9）：

1. 決定監督提案進行的指揮者。
2. 全體確認提案的進行腳本。
3. 決定主要報告者和助手。
4. 決定機械器材的操作人員，並進行事前操作及資料的檢查。
5. 決定計時人員，以便進行時間管理和資料分發。
6. 全體成員進行事前演練，確認各自任務。

## 四、說服的心理戰術

提報是一種講究說服力的面對面溝通工具，因此，提報者必須強化本身的說服力。由於提報場合是一場高度互動的場合，提報者與受眾之間的心理反應，甚至會受到彼此之間小小的動作、眼神而影響。因此，提報者可用以下建議的兩點技巧，提高本身的說服力：

1. 從小事開始，讓對方說「yes」，逐漸累積聽眾對提案內容的認同：最有力的說服策略，就是讓群眾說「yes」。打從心理贊同你的論點。但是要受眾全盤接受提報內容，幾乎是不太可能。此時提報者可以運用「積小勝、成大勝」的原則，從一些小事例或局部論點，先取得受眾的肯定，再逐漸累積受眾對提案的認同。當聽眾累積的認同點越來越多時，基本上我們已經取得了聽眾的支持傾向，剩下來的只是若干局部修正的問題而已。

2. 要讓對方產生贊成的傾向，就要充分掌握對方思考的問題點：將前述的技巧予以延伸，在從事說服性演講時，不但要儘量讓對方說「是」，更要從對方的立場來思考問題，甚至用言語來催化受眾認為您一直都站在他們的立場來思考問題。例如不要用「我認為……」「我呼籲」等主觀意味濃厚的言語，而可以改用「如果站在各位的立場……我可能也會……」或者「各位不妨想想……」之類的言語，讓受眾一直聽到您充分考慮到他們的立場，他們贊同您的動機及意願一定會更強。

## 五、回答問題的技巧

不論是演講或提報，在結束後，都會安排一段時間，讓聽眾就剛剛的內容進行發問。因此，提報者應該事前構思可能被問到的問題，並將答案大綱記錄在手邊的提示卡上。對提報者或演講者來說，在問答的時段裡，最重要的事情，就是要能控制住場面。控制場面的第一個方法就是「指定發問的方式」，清楚地指定一種希望聽眾提問的方式，例如：提報者舉起手，然後說：「有沒有問題」？

提報者應該和發問人的目光保持接觸，並時而點頭、微笑，切勿打斷他的發問、或者做些不在乎的動作。例如隨地漫步或玩弄手邊的東西，因為這樣會讓提報者看起來很緊張、似乎沒有信心回應提問者的問題，而且也顯得很沒有禮貌。提報者在回答時，可以用「覆述問題」的方式，緩和氣氛並為自己爭取時間。例如：「讓我再重複一下

您的問題,您的意思是說……」。

　　如果碰到有敵意的問題,提報者也應該冷靜以對,因為聽眾之所以會提出有敵意的問題,通常是因為聽眾有自己強烈的主見。碰到這樣的局面,先要保持冷靜、面帶微笑,然後輕鬆地重複您的立場。或者您可以說:「那是很有趣的觀點,您自己認為呢」?聽眾的問題也可能會超出您所知道的範圍,萬一遇到您不知道答案的問題時,千萬不要隨口回答,以免被其他聽眾當場挑戰,最好的對策就是「不知為不知」,也就是「坦白承認自己不知道」,但是馬上接著說:「……不過,我會在最短時間內提供資料給您。請問您的大名和電話是」?並拿出紙筆立刻記下。這樣的舉措會讓您的聽眾對您產生一種信賴感,認為您有負責任的態度,他們也會耐心地等您做好筆記,事實上,這樣的舉措反而會讓他們對您產生敬意。但千萬要記住:您已經做了承諾要提供資料給人家,這個承諾您一定要想辦法實現,就算真的找不到資料,至少也應該給人家一個回音。

## 第三節　直效郵件（Direct Mail）

　　直效郵件也稱之為直效行銷（簡稱DM）,是經由郵寄的方式,將平面印刷物、小冊、型錄、影帶及其他組合性的素材遞送給目標公眾的溝通工具。過去,直效郵件被視為一項效果優越的雙向行銷工具。然而,現在的直銷郵件太多了,以致於大部分的直效郵件都直接被人當成垃圾郵件,連看都不看就丟了。儘管如此,如果我們能夠注意幾項要點,直效郵件仍不失為是一種能應付特殊需求的重要溝通工具。

　　由於直效郵件的每份成本並不低,包括郵資、寄送處理費用、印刷費用等,所以一般我們會在幾種情況下才採取直效郵件的溝通模式:

## 一、希望受眾能馬上回應時

　　直效郵件本來就具有雙向溝通的功能，採用直效郵件這項溝通工具，是希望目標公眾能夠回應，而且是馬上回應。直效郵件不應該讓目標公眾覺得這是一份沒有時間限制、可有可無的信件，正如Diggs-Brown & Glou（2004）所強調：「直效郵件希望讓目標公眾感覺到這是一份緊急的文件，並應鼓勵目標公眾立即採取回應」（p45）。

## 二、處理個人化資訊時

　　當組織希望寄發較具個人化的資訊給目標公眾時，都會採用直效郵件方式。例如電話費的帳單、或具有個人密碼資料的重要文件、以及載明個人會員權益的說明信件等。

## 三、進行小樣本受眾研究時

　　直效郵件除了向目標公眾傳達重要訊息外，也可以用來「取得額外的宣傳以及為組織製造新聞。從直效郵件方式所回收到的人口、心理和價值等數據，對於公關專業人員而言具有相當的價值。這類資訊可以衍生出好點子、好故事、新聞焦點以及地方的新聞角度」（Diggs-Brown & Glou, 2004: p46）。一項要求回收的問卷，可以將結果或相關數據寫成新聞稿，例如：「某某組織針對經常性捐款人調查：50%的捐款人年齡在30歲以下」。

## 確保直效郵件成功的因素

### 一、精確的資料庫

　　直效郵件（以下簡稱DM），又稱為「資料庫行銷」（data-base marketing），可見「資料庫」（名單）在整個直效郵件溝通活動上的重要，而且是確保直效郵件活動方案成功的首要因素。首先，資料庫的來源必須可靠而準確，在一般企業中，資料庫的名單往往透過很多

管道取得，例如向專業名單公司購買、歷次舉辦促銷活動的參與者資料、廣告活動的回應者資料等等。

值得注意的是，以DM進行每一次的溝通活動時，並不是貿然把郵件寄給資料庫裡面的所有名單，因為成本會很高，而且無法鎖定真正的目標對象。我們必須從「資料庫」中檢索出符合本次溝通活動目標的對象。例如一家雜誌社想寄發一份DM，要請目標群眾訂閱該雜誌，該雜誌社的資料庫裡面除了原本舊訂戶之外，還有很多來源不同的名單，這時候他們必須找出「有可能透過這份郵件而訂閱的人」，包括「過去透過報紙和雜誌廣告而曾經來信主動索閱試看」以及「退訂的舊訂戶」等人，因為這些人才是有可能訂閱的目標群族。

## 二、從一對一溝通觀點進行設計

在設計上，有效的DM要從一對一的互動觀點來設計整份DM，也就是內容必須能呈現個人化的溝通風格。例如信函以「某某先生您好：」來取代「敬啟者」這類沒有特定對象的稱謂。封面上也可以做一些符合收信人需求或偏好的訊息設計，例如針對重視時尚的年輕族群，封面上可以有一些最新的流行資訊指引，讓目標受眾有興趣拆開郵件、接觸到內容的訊息。

## 三、完整的內容

擔任過讀者文摘經理的英國DM行銷專家Robin Fairlie依其經驗，列出一份DM最起碼應該具備的要件（李清祥譯，1993：p10-11）：

1. 針對目標閱讀者所撰寫的信函：理想的DM應該包含一封針對目標族群所寫的信件。Fairlie認為：「欠缺信函的DM就好像沒有引擎的汽車，無法把您帶到任何地方」。然而，許多DM並沒有注意到其所擔負的「溝通任務」，充其量只是達到「廣告任務」，等於是把一份平面廣告貼上郵票就寄出去，如果DM不能

讓收信的人感覺到，這是特地針對他而來的一份個人化訊息，那麼DM就極可能成為「垃圾郵件」，難逃被隨手丟棄到垃圾桶的命運。

2. 供讀者回覆的回郵信函：DM與一般印刷媒介最大的不同點，在於其必須有讓讀者立即回應的機制，許多善於以DM進行行銷溝通的組織，都不會漏掉這一點。從讀者的回應中，不但可以瞭解受眾對訊息的接受度，更可以看出DM所可能達成的效果。

3. 設計精美的包裝信封：許多DM會以非常精美的包裝來吸引人拆開來看，然而，在DM氾濫的情形下，許多DM的設計水準都已經不錯，那麼如何推新呢？有人從信封名條下功夫，例如把名條直接印在信封上，甚至在信封手寫收件人的地址與姓名。然而不論如何推陳出新，DM的外觀包裝，最主要還是跟其他塞在信箱裡面的DM競爭。換言之，誰能讓收件人在數十封DM中注意到，並且願意拆開一觀裡面的內容，誰就是贏家。

4. 一份廣告訊息：這是搭載溝通訊息的平面廣告，可能是傳單、型錄、折價券、試用券等等。這份廣告訊息不應該是通用的廣告訊息，而應該針對收信人的特性或喜好來設計，這樣的內容才容易產生效果。

## 四、配合其他輔助活動

　　DM一旦寄發出去，主動權就完全操縱在收信人的手中，也就是說，收信人極有可能因為忙碌、或其他個人因素，而忽略或遺漏這封直效郵件。成功的DM溝通活動，會搭配其他輔助活動，例如直接撥打電話進行提醒、或以廣告方式提醒收信人近期可能收到一份幸運郵件，以提高受眾拆開DM的機率，從而增加組織訊息暴露於目標公眾身邊的機會。

　　另外，Roger Brooksbank提出策略聯盟、「折扣組合」的概念，他指出：「先選擇四、五家合作廠商，選擇的條件是：非競爭對手、具

有互補性、能滿足目標對象不同的需求,以及信譽卓著、樂於與其合作的公司……邀請他們加入你的郵寄折扣組合計畫……請合作廠商一同負擔部分郵資……如果合作廠商也能提供他們潛在顧客的名單和地址的話,是最好不過的事」(吳幸玲、施淑芳譯,2004:p155)。如此不僅能降低成本、還能擁有大量郵寄名單、更能因為有豐富的折扣優惠而吸引潛在消費者的關注和保存你的DM。可謂是一舉數得的作法,值得嘗試與推廣。

## 第四節　戶外媒體

　　戶外媒體,傳統上也稱為戶外廣告看板,是一種最古老的廣告媒介,至今仍然被廣泛運用。有人認為,戶外廣告主要分為兩類:海報與看板(林柳君譯,1999:p152)。海報的尺寸通常是以「開數」來衡量,有八開、四開、菊對開、對開、全開等尺寸。目前大多數我們在戶外所看到的巨幅看板,都是利用電腦噴繪出來的寫真看板,色彩鮮豔、畫質也講求精細。現代的戶外看板,在材質上大多已經走向更精緻、多元的方向,不再僅只用木板或帆布,更大量使用玻璃纖維、壓克力、塑膠(PVC)、高級防水像紙等材質。

　　從字面意義來說,「戶外媒體」似乎就是豎立在戶外的媒體,然而,現代社會所謂的戶外空間,已經產生了更多的意義。例如安置在地鐵或捷運站的媒體、放在大型超市或機場的看板,算不算是戶外媒體呢?而各種類型的媒體形式,例如燈箱、旗幟、LED、Q-Board、甚至仿造商品造型製作的巨大模型,算不算是戶外媒體呢?這些媒體都不是傳統定義的廣告看板,但是它們都是出現在公共場所的媒介,也都具備了傳達訊息的功能,因此有人把它們都列為戶外媒體。

　　戶外媒體的種類隨著各種材質與空間的創意運用,呈現出許多不同的創意,甚至發展出另一個領域:「交通媒體」。交通媒體包括

候車亭招牌、車站招牌、終點站招牌、車內廣告看板、出租車（計程車）內、外殼廣告，這類媒體的到達率、頻率、受眾注意度都很高，成本卻很低，可以長時間暴露廣告訊息，並且具有重複性和地理靈活性（機動性）等優點（徐小娟，2002：p82），已經成為行銷、公關大量運用的溝通工具。

　　戶外廣告的好處在於流動性高，且可以針對特定目標族群傳達訊息。通常戶外媒體用於兩種策略性的功能。一種就是塑造品牌的形象，因為戶外媒體不宜傳遞太多文字訊息，在整體視覺上強調「效果」，所以適合用於傳達商品精簡定位的訊息。另一種功能則是用於「指示」或「提示」性的訊息傳遞，是作為一種引導目標受眾立即進行購買、或採取行動的媒體。例如大賣場在外面懸掛看板，上面寫著：「全面五折，最後三天」，消費者可能在看到這樣的訊息後，就立刻驅車進入賣場，準備好好採購一番。

## 設置戶外媒體的考量因素

　　運用戶外媒體來作為傳達訊息的工具時，有幾個因素必須考量：

### 一、法令因素

　　戶外媒體因為是豎立於公共空間，所以會有法令上的限制，例如搭設在建築物旁的廣告看板，就可能有高度上的限制；或者是懸掛於地鐵及捷運站的燈箱看板，在面積、創意與表現手法上，都必須依照規定，以免影響建築物安全、列車運行或乘客通道的暢通。

### 二、安全性

　　戶外媒體同時也必須考量到安全，以大型看板而言，可能會被強風吹垮而造成傷亡。所以在施工時，特別要注意到這類因天候改變而可能引發的意外。最好的辦法就是在看板上打風洞，讓風能從看板的

風洞上穿過，減少看板承受的風力。此外，懸掛式的戶外媒體特別要注意到安裝上的安全考量，因為若沒有堅固的連結，可能因墜落而造成意外。

### 三、視覺範圍

戶外媒體也應考量到受眾的視覺範圍，這需要實地去看現場才能知道。例如當我們在戶外設置一張大型廣告看板時，我們可以從設置廣告看板的附近來觀察：到底哪些角度可以清楚看到這張看板的訊息？

### 四、施工難易度

戶外看板的安裝與施工需要由專業人員進行，施工的難易度也會影響到費用，只要施工一次，就得計算一次費用，如果要換版面，還得再計算一次費用。因此，在施工方面的問題，應該請教專家，根據實地的狀況，給予適當的建議。

### 五、價格與保險

一般而言，戶外媒體的價格是由幾個部分所組成的：包括媒體本身的製作費、材料費、夜間照明設備，以及設置地點租金、施工費用等。而戶外媒體因為比其他媒體更需考量安全問題，所以通常不但會投保安全險，還可能需要投保第三人責任險，否則萬一發生意外事故而傷到人，那就得不償失了。

## 第五節　小冊、通訊、年度報告

在公關實務上，小冊（brochure）、通訊（newsletter）和年度報告（annual report），也是組織經常使用的溝通工具，這些工具能夠容

納較深入、詳細的資料，因此對組織除了有建立、維護形象的功能之外，還具有深入介紹組織的作用，以下我們將為讀者說明規劃這些工具的注意事項。

## 小冊（brochure）的規劃

簡介或小冊這類編輯成冊的宣傳物，是組織最常用的公關溝通工具，例如公司簡介、產品手冊等印刷物，都是組織利用較長篇幅向受眾提供詳細說明的溝通工具。這類工具的形式非常多樣化，有的是跟一本書一樣大小的手冊（handbook）、有的是短短幾頁的簡冊（booklet）、有的可能是單張摺頁的傳單（pamphlet），種類與形式之多，令人目不暇給。

小冊是組織跟特定受眾進行溝通的工具，因此必須針對特定受眾來撰寫，不能單方面只考慮到組織的需要。小冊除了組織特色的介紹外，也應該強調「吸引注意」和「閱讀的親和性」這兩項原則，所以在整體設計上必須把握以下要點：

### 一、凸顯組織的特色
這類宣傳品以組織的介紹為主，為了和公眾建立正面的關係，小冊內容應首重組織形象的建立，所以應該儘量凸顯組織的特色。

### 二、引起注意力
1. 尺寸：尺寸可以說是影響注意力的關鍵。美國研究所（American Institute of Research）建議：受眾通常會忽略尺寸太小的小冊，因此儘量用較大的尺寸（Wilcox等，2000：p484）。但也有人以方便隨手攜帶角度出發，發展出適合放在外衣口袋的小冊，讓受眾通勤無聊時隨手閱讀。因此究竟什麼尺寸合適，端視宣傳的目的和受眾而定。

2. 封面、封底：小冊的封面、封底設計，最重要在吸引目標群眾的注意，因為小冊的發送管道大多是在定點放置供人取閱，同一地點的小冊必然很多。因此，如何運用色彩、圖片、標題等引人注目的設計元素，抓住人們的注意力，是小冊封面、封底設計時應該考量的重點。

### 三、閱讀親和性

1. 目錄：包括內容的細目，讓人可以馬上抓住內容的大概。
2. 內文：內文可以採用創意的圖表、照片，加上圖說等方式展現，內頁應多留白、在編排上應該拉大間距，不要太擁擠，讓人看起來舒服一點。每一行的字數宜少不宜多、採用粗體字強調重點，以利受眾閱讀（Wilcox等，2000：p484）。
3. 有創意的編排方式：期望小冊能讓受眾留下深刻印象，必須用心於內容的展現方式。傳統上總是組織領導者首先亮相說一段話的編排順序，稍嫌老套不容易突出。如果換個排序，把組織最具吸引力或特色的核心訊息放在最前頭，再加以創意的展現形式，可能比較容易讓受眾留下深刻的印象，也能凸顯組織的創意和用心，進而在讀者的心目中建立一個不錯的形象。

## 通訊（newsletter）的規劃

通訊是組織將訊息發送給目標公眾，一種經常性的印刷出版品，最常見的形式是折成四摺，尺寸約為21.6×27.9公分（81/2×11吋）（Wilcox等，2000：p479）。一般大型企業會發給員工、股東等內部公眾，其他如非營利事業組織寄給經常性捐款人、或會員性組織寄給會員，以及社區自辦的社區報、政黨發給黨員的政黨報，都會利用通訊來跟特定的受眾溝通，可以說是一種常見的公關溝通工具。

通訊通常是持續性出版，可以採定期或不定期的方式發行，所

以適合用於跟目標公眾維持長期持續的關係。通訊擁有很濃厚的意圖性，所以在內容上並不必然強調超然中立，因為一個組織之所以會發行通訊，當然不是要取代一般報紙，而是要跟特定的目標群眾長期保持溝通。一般來說，通訊有兩種媒體形式：印刷物和電子報。由於網路的發達，越來越多組織發行「電子報」（e-newsletter），作為與客戶、員工、以及一般目標公眾的一項溝通工具，電子報讓通訊從原本的內部公關、社區公關的範疇，漸漸發展成為一種強有力的行銷溝通工具。如何規劃一份有效的通訊呢？通常有以下重點：

## 一、設定目標和受眾

當組織打算發行一份定期通訊時，需先決定發行通訊的目的，這份通訊的目的到底是資訊告知、主張說服或者只是娛樂性用途？或者是綜合性的用途？基本上，辦一份通訊就像是辦一份雜誌一樣，這份通訊有一定的名稱，但是內容可以依照組織的目的來編輯。有了目的就能夠設定目標受眾，有了目標受眾才能針對他們的需求和偏好，提供他們喜歡以及符合他們需要的資訊。

## 二、設定內容

原則上，通訊的資訊內容都必須符合「即時」、「重要」、「對目標受眾有吸引力」三個原則。因為通訊主要是組織提供給特定目標群眾的資訊，不符合時間要求或沒有重要性的資訊，只會讓受眾閱讀通訊的動機更形薄弱。

組織在準備發行一份通訊時，通常會忘記「對目標受眾有吸引力」這個原則。但這卻是一份成功通訊最核心的問題，因為如果沒人想看，通訊還出得下去嗎？要瞭解甚麼樣的內容最能吸引目標受眾，最直接的方法就是「針對目標受眾進行調查」。例如一份對內部員工發行的通訊，可以針對員工進行調查。美國的通訊專業公司Grapevine Communication曾為一家南加州的連鎖餐廳Gelson's /Mayfair Markets設

計了一份通訊，稱之為「Express line」。他們經過訪談後，瞭解到員工喜歡閱讀的報導包括店內的造勢活動、新產品介紹、各連鎖店參與的運動與慈善活動報導、有關員工婚禮與生育的消息，因此確立了整份通訊的編輯與撰稿方向，結果該通訊受到連鎖店所有員工的歡迎，閱讀率也相當高。

通常通訊大多不脫以下的內容（Diggs-Brown & Glou, 2004: p113）：

1. 組織領導或代表人的一封信：大型企業的內部通訊，通常都會刊登以最高負責人署名的公開信，發表一些重要的訊息，例如提出近期展望、報告跟公司營運有關的事件。
2. 精彩內容瀏覽：以簡明的方式列出本期重點訊息，讓收到通訊的人對於這一期的內容有大略的認識。
3. 各部門新聞：報導組織內部或受眾主要關切議題的近況。
4. 問答錄：類似報紙的「讀者來函」，由編輯或相關人員進行回答。
5. 專欄：刊載某些特定議題或評論的版面。
6. 實用資訊：例如社區工作機會、活動日程、以及各種希望讀者能利用的訊息。

## 三、設計

通訊通常跟報紙一樣，都會有固定的「刊頭」，「刊頭」設計包括這份通訊的名字、通訊的形象設計、以及發行單位、發行人、發行日期等簡潔的資訊。如果是採取郵寄的通訊，通常會在刊頭適當位置打上「大宗郵件」的記號，以利直接大量交給郵局寄發。

通訊所用的底色，對讀者來說，也是一種訊息。組織的形象可以透過通訊所用的色調來傳達給受眾，例如象牙白的底色，比較具有正式感，而用其他底色則比較不正式。通訊用紙的磅數也會對讀者造成

影響，採用較重磅數的紙張來印，會顯得比較有質感。所以當預算充裕時，不要選用磅數太輕或質地較差的紙張。

## 四、徵稿

　　對於通訊的編輯者來說，稿件的來源常常是讓人頭痛的事情，因為稿件不足，可能會造成「開天窗」的局面，讓通訊無法準時出刊，所以編輯該多多開拓固定的稿源。但是，通訊的撰稿者大多都是義務幫忙，例如員工幫公司通訊寫稿，大部分都是出於義務，編輯不能強迫他們，當然更沒有資源提供豐厚稿酬。美國的Grapevine溝通公司提出以下幾個建議，協助編輯建立與撰稿者之間的關係，確保稿件能夠源源不斷（見http://www.grapevinecom.com/contributor.html）：

1. 進行讀者調查：透過調查，我們才會知道讀者喜歡的內容為何，也才能依此找出適當的撰稿者。

2. 列出固定專欄：Grapevine溝通公司發現，通訊編輯者應該在通訊上列出固定需要的稿件內容，讓撰稿者知道寫哪些主題會比較好。因為如果撰稿者不知道哪些內容比較適合刊登在通訊上，他們就比較不會投稿。

3. 邀集投稿者聚會：對於剛發行的通訊來說，編輯可以邀集一些撰稿者來場聚餐，這些撰稿者大多是編輯運用關係得來的，他們可能幫通訊寫一次稿，也可能繼續固定寫下去。因此利用相聚機會讓他們更清楚知道通訊需要些怎樣的稿件，有助於未來源源不斷的稿源。

4. 設立誘因：通訊的撰稿者大部分都是義務幫忙，他們也有自己該作的工作，因此編輯可以考慮設立一套誘因機制，例如請客、或給予小禮物，也可以選出一季或半年內寫稿最多的撰稿者，並給予較大的獎勵。

5. 提早兩到三週邀稿：要撰稿者幫忙，最好能提早在截稿前兩、三

週跟他說好希望他寫的主題，讓撰稿者能有多點時間寫稿。

6. 不要規定一定要寫稿：並不是大家都喜歡寫稿，事實上，幫公司的通訊寫稿，可能是一件苦差事，所以編輯要鼓勵他們寫稿，而不必規定他們一定得寫出一篇完整的稿子。例如有些人只喜歡提供一些現成的素材，但是叫他們提筆，他們可能不太願意。因此編輯有時候要找人代勞，將這類撰稿者所提供的素材寫成稿子，或者修改一些撰稿者不太齊全的稿子。

## 年度報告（annual report）

「年度報告」也是組織對外溝通的一種工具，只是這項工具有比較嚴謹的規定。一般來說，一個組織的年度報告，主要是向重要的利害關係人提出報告，例如企業的年度報告，對象就是股東、金融界、管理組織的官方單位等具有權威性的利害關係人；而非營利組織的年度報告，則主要是向官方監督單位、主要捐款人、董監事會或理事會等提出報告。

年度報告的內容，大體上是組織一年來所做的重大決策以及營運的實際狀況。例如美國企業的年度報告，就包括(1)財務報表；(2)財務狀況檢討；(3)財管單位報告；(4)財務重點摘要；(5)管理目標與重大問題探討等幾大部分。然而確切的內容，則依照各地區規定不同而有異，例如美國上市企業的年度報告，主要依據美國證券交易委員會（Securities & Exchange Commission）的規定內容撰寫（Wilcox等，2000：p488），並有法令強制上市企業必須向聯邦部門提出年度報告。由於年度報告的內容完全是由組織控制，所以年度報告內所顯示的內容並不一定真確，組織可能會「揚長抑短」、「報喜不報憂」，外人也無從查起。

年度報告的撰寫必須簡潔、扼要、易讀，最大的挑戰就是「既要包含所有的基本資訊，又要能獨特反映出組織的現況處境」（Diggs-

Brown & Glou, 2004: p5）。然而，年度報告在最近有了新的轉變，那
就是朝向比較有創意、平易近人的內容展現，例如在整個設計上學雜
誌、期刊一樣，希望能引起目標公眾閱讀的興趣。

## 年度報告的形式

在形式上，一本年度報告會包括封面、封底、目錄、內文、最高
行政負責人的一封信、組織概況、財務專章等幾部分（Diggs-Brown &
Glou, 2004: p5-7）：

1.封面、封底：在過去，年度報告的封面封底設計往往非常保守嚴肅，
　然而現在不妨可以參考一般雜誌的作法，為組織的年度報告進行若干
　包裝，甚至加上適當的照片。雖然年度報告不是給一般大眾閱讀，所
　以有其嚴肅性，但仍然要能體現出組織的形象。

2.目錄：包括內容各章節的細目，讓人可以馬上抓住年度報告的內容。

3.內文：年度報告的內文可以採用創意的圖表、照片，加上圖說等方式
　展現，最好能夠加上一些組織的背景說明、新產品、銷售狀況、現有
　資源狀況等描述，讓閱讀的人可以很快瞭解本組織。

4.最高行政負責人的一封信：是最高行政負責人針對過去一年的財務營
　運狀況所造成的影響、以及未來一年的展望所署名發表的文章。這篇
　文章之所以重要，是因為它代表經營者對組織過去一年來的總結、以
　及未來一年的經營展望，對一些投資者來說，是重要的參考依據。此
　外，組織領導人也必須要在這篇文章中展現出企圖，並能勾勒出公司
　的遠景，以建立外界對組織的好感。為了提高可信度，在內容上應該
　將正面與負面的訊息並列，避免讓人覺得是在吹噓。

5.組織概況：這一部份可包括組織的產品或服務、活動、員工的主要成
　就與得獎事蹟、過去一年的績效檢討以及組織未來的計畫。

6.財務專章：年度報告與一般溝通工具最大的不同，就是必須要能具體

描繪出營運的績效,提供投資者參考。而財務數字能描繪出任何組織最具體的營運績效。此一部份應該包括財務狀況摘要說明以及詳細的財務報表,詳細內容則依據法定要求檢附各項財務報表。

# 第 16 章
# 評　估

**從**建立組織正面形象、宣導政策或理念，甚至是為某些傳言消毒，都有可能是公關活動想要達到的目標。既然公關方案具有目標，就必須有方法來判斷目標的達成度。但如上述說的，目標可能是建立公司正面形象、宣導理念等項目，因為這些目標通常是抽象、不可測量的，因此我們鮮少在公關方案中見到效果評估這一項目，公關學者Fraser P. Seitel就曾說：「公關的結果幾乎永遠不能達到完全被量化的地步」（鍾榮凱編譯，1998：p147）。如果忽視評估這項工作，將會衍生哪些後果呢？

　　過去曾有一個地方政府計畫在情人節當天舉辦一個活動，希望藉由媒體的報導建立地方首長知名度、提升正面形象，同時為接下來的地方大型活動進行宣傳。雖然活動當天出席的媒體很踴躍，但一家知名報社卻在隔天刊登對活動負面評價的新聞報導。在這事件中，如果主辦單位的工作只停留在「舉辦活動」上，而沒有「評估」的計畫，那麼該地方政府可能已經有潛藏的危機而不自知了。首先，該報導對於民眾將引發何種效應？對主政者的滿意度造成多少影響？缺少評估的工作讓這些事情變的無法預測、更別談消毒。再者，沒有評估就無法避免同樣的事件再度發生。同時也會因為沒有評估，所以導致某個環節發生了疏失卻仍不自知。

　　確實做好評估，組織才能知道公關活動或訊息的效果如何，進而找出缺點讓組織的公關方案能夠適時修正，並追求更好的效果。本章將從評估的重要性談起，從而建立正確的評估觀念以及評估的方法，讓公關方案的評估工作能夠真正被落實。

## 第一節　評估對公關的重要性

　　一個公關活動最大的敗筆，是執行人員無法驗證它究竟為組織帶來哪些正面的價值，問題就是缺少評估的動作或程序。當公關人員無

法提出公關活動存在於組織的價值，想要繼續推動公關活動的執行，便缺乏有力的說服力。所以美國公關學者C. K. Russell曾說：「許多公關活動的致命弱點，就是沒有讓決策者看到活動的明顯效果」（張百章、何偉祥，2002：p146）。因此，評估可以說是讓公關方案持續推動的動力。

John Marston認為公關的程序（process），包括了四個重要的環節或部分：「R-A-C-E」，這四個程序或環節也可以看作是公關工作的四個步驟（p7）：

1.Research 研究：組織遭遇的問題或是情況為何？組織面對的公眾有什麼期待或需求？所處的環境存在什麼議題與組織的生存有關？也就是情報或資訊的蒐集與分析。

2.Action（program planning）行動：組織面臨問題或欲追求的目標，應該採取什麼因應策略或作為？在前述情報的基礎上，組織從事解決方案的規劃。

3.Communication（execution）溝通：在前述方案的指導下，組織執行溝通方案，以期與若干關鍵利害關係人建立正面的關係。

4.Evaluation 評估：溝通或解決方案實施之後，成效如何？必須加以檢視以確定方案是否達成目標？例如核心訊息是否接觸到目標受眾？溝通結果對受眾產生什麼樣的影響？組織與公眾之間的關係品質是否改善？

Jerry Hendrix則認為公關的程序應該是「R-O-P-E」（Newsom等，2004：p221），其中第一和第四個步驟與Marston的主張相同，所謂的「O」指的是目標（objectives），至於「P」指的是方案的規劃和執行（program-planning & executing）。然而，不管是「R-A-C-E」還是「R-O-P-E」的程序主張，都強調研究和評估的重要性。

問題是，何謂評估呢？事實上，評估就是一種研究。Seitel指出：

「所謂評估,是要確定究竟發生了什麼?為什麼?」(鍾榮凱編譯,1998:p143)。Wilcox等人(2000)認為,有關「評估」最好的定義是由James Bissland所提出的:「對一項方案及其產生的結果所進行的系統性評價(assessment),這是公關專業人員對其客戶以及本身提供說明解釋(accountability)的一項手段」(p191)。一項有效的公關方案必然會產生某些結果或影響性,但是到底這些結果或影響是什麼,就必須由專業人員加以評估,在事前與事後提供給客戶合理及客觀的說明。此外,熊源偉(1993)等人進一步指出:「公共關係評估的目的,就是取得關於公共關係工作過程、工作效益和工作效率的訊息,作為決定開展公共關係工作、改進公共關係工作和制訂公共關係新計畫的依據」(p265)。總括而言,評估工作對公關活動的重要性,可由以下幾個面向來看:

1. 提升公關活動的效能:公關活動的評估,並非侷限於活動結束後之效果評估而已。一個完整的公關評估計畫應該包括四個階段:計畫過程的評估、活動實施的評估、個別方案的效果評估以及組織與公眾之間關係程度的評估。從公關方案擬定到執行結束,透過評估的工作,可以監控整個計畫的執行,是否和預期目標產生偏差,進而確保計畫能發揮最高的效能。

2. 確定公關努力與組織目標相符:公關的主要目的即是希望透過公關活動,為組織建立正面、良好的形象、和關鍵利害關係人建立良好的長期關係。透過各階段的評估工作,能夠確定公關活動是否和組織的經營目標相契合,同時也能檢視公關努力和組織所預期的公關目標是否相符。

3. 作為往後公關方案之依據:公關活動在短期之內不容易有顯著成效,必須透過長期的累積,才能為組織與其公眾建立良好的長期關係。這也透露出公關活動「連續性」的特質,組織中的每一個公關活動都是環環相扣的。正因為如此,公關方案的效果

評估、以及組織與公眾的關係評估，可以作為往後組織進行公
關方案的重要依據。

4.透過評估激勵組織內部士氣：將公共關係計畫的目標、措施、實
　施過程及效果，充分讓組織內的員工瞭解，可以使他們認清組
　織的利益和目標實現的途徑，從而使組織目標與員工的工作性
　質緊密結合，進而因為評估成效的展現，激勵組織內部的士氣
　（熊源偉，1990：p264）。

　　另外，張百章及何偉祥（2002）也提到：「通過公共關係的評
估工作，可以使組織的領導者清楚地看到公共關係活動的作用與效
果，充分認識到公共關係活動對塑造組織的形象，提高組織的經濟
效益和社會效益的作用，從而進一步理解和支持公共關係的活動」
（p136）。雖然公關活動的成本相較於廣告宣傳預算來得低，但仍是
需花費時間及經費執行的工作，因此說服領導階層繼續支持相關的公
關活動，最好的方式便是證明公關活動能為組織帶來正面的效應，而
評估工作在此時更顯得重要。

　　Wilcox等人（2000）也提到評估的兩大重要性，一為「使下次的
公關方案做的更好」；二則是幫助組織瞭解「投入資金、時間及努力
的公關方案是否有助於公司達成目標」（p192）。既然評估非常重
要，那為什麼在實際操作的案例中經常被忽略呢？其實，方案的規
劃、執行、溝通效果以及關係品質的評估，應被視為整個公關方案的
一部份。但由於公關活動並非強調獲利性，因此無法像行銷一般，從
商品的銷售率判斷。再者，公關活動的關係效果是很難僅從一次的活
動中達到顯著的成效。也就因為公關活動效果的評估需要長期累積、
且無具體的指標（如：行銷後商品的銷售成績變化）可供參考，因此
公關的效果評估常被忽略。孫秀蕙（1997）曾說：「要做好企業公關
的效果評估工作是充滿挑戰性的」（p121）。這也是評估工作在公關
活動中易被忽略的原因。但由於目前公共關係正朝向「效果導向」的

趨勢發展，愈來愈多組織開始正視評估的重要性，也讓「評估」這個環節逐漸受到公關實務界的重視。

## 第二節 掌握評估的要點

在執行評估的過程中，我們必須掌握以下要點，才能確保評估結果的準確度，也才能讓評估工作對公關方案有所助益。

### 一、設定一個統一且具體的評估目標

Wilcox等人（2000）認為「目標」是評估工作的先決條件。Cutlip等人（2000）也提到：「如果目標不統一，則會在調查中蒐集許多無用的資料，影響評估的效率和效果」（p433）。因此在評估工作展開前，計畫人員、組織內部人員以及執行評估工作人員，應共同設定一個統一且具體的評估目標，才能掌控評估的效率及結果的準確度。Hendrix將R-A-C-E程序改為R-O-P-E程序，就是強調目標設定的重要性。可見目標明確與否、能否量化，是評估工作是否有依據的構成條件。一般而言，目標應該要符合「SMART」的原則：1.Specific（明確化）、2.Measurable（可評量）、3.Achievable（可達成）、4.Realistic（實際性）、5.Time related（時間觀念）。所謂時間觀念，係指目標的完成應有明確的期間要求，例如在三個月內希望消費者知道企業贊助公益活動的比例從目前的20%增加到45%。

### 二、尋求一個統一的評估標準

公關效果評估的準確性，應建立在一個共同的評估標準上，汪秀英（2002）將評估標準分為「所得與所費」及「目標達成度」兩種（p138）。「所得與所費」即是以公關活動的花費和活動所得之比較；另「目標達成度」則是以公關活動是否達到預期的目標為評估標

準。至於應該選擇何種標準則應依據公關方案本身的內容，選定適合該計畫的評估標準。一份計畫的評估標準如果不一致，就像考試沒有統一的標準答案，這樣的考試又如何能測定學生程度的好壞呢？因此不論選定的標準為何，切記只要標準統一即可。

## 三、檢視評估工作是否為公關方案的一部份

　　許多人在擬定公關方案時，都忽略評估也是計畫的重要一環。若是將評估工作獨立於計畫之外，不僅會讓評估的成效大打折扣，而且也無法隨時檢視計畫的每個環節是否有缺失，以便及時進行補救。因此評估工作不僅應該是公關方案的一部份，更應該是在計畫擬定之初，就開始負起監控的任務。

　　另外，Wilcox等人（2000）還指出評估工作是項需要花費時間、人力投入的研究工作，在執行評估的過程中必然會遭受某些障礙。因此他們提醒所有公關人員在進行評估前，都應該以下列八項問題檢視自己，才能讓評估工作更加落實與精準（p192）：

　　1.該公關活動是否經過充分的計畫？

　　2.接受訊息的受眾是否真的瞭解訊息的內容及意義？

　　3.如何使計畫的策略發揮最大的效果？

　　4.訊息是否能觸及到本次計畫中主要及次要的對象？

　　5.企業的目標是否達成？

　　6.是否有其他沒有預期的情況影響計畫的成功？

　　7.計畫或是活動的支出是否超出預算？

　　8.有何步驟能夠運用在未來類似的活動中以增加成功的機會？

## 評估的十大步驟

Cutlip等人（2000）針對公共關係的評估提出了十個步驟，公關人

員也能從以下這十點中，清楚瞭解到一項公關方案的評估工作原則及
輪廓，以便對評估工作有概括的認識（p433）：

1. 建立評估工作的明確目標：訂定一個明確的評估目標是評估的首
   要步驟。有了明確的目標，才能使評估工作順利推展，也才能
   將槍口對準目標，精確的蒐集有用的資料以做為評估之用。

2. 取得組織高層認可後，將評估工作納入公關方案中：評估工作應
   視為計畫本身的一部份，且評估本身又必須投入人力及金錢的
   情形下，因此應該在獲得高層認可後，納入計畫之中，才能讓
   評估工作有全面的思考。整個公關方案必須以情報的研究為核
   心，進行問題的界定、公關策略的規劃、公關活動的執行以及
   評估計畫的制訂。

3. 在組織內部發展對評估研究的共識：只有公關人員實際參與，才
   能對評估工作有深層的體會與認識。公關人員可能無法立即將
   活動抽象的結果和可測量的因素連結，因此在組織內部尋求評
   估標準和方式的共識，對評估工作的進行和落實，有一定程度
   的助益。

4. 評估項目力求具體化：缺少具體化的評估項目，就無法進行評估
   工作。因此應該把各個評估的項目予以具體化、可測量化。

5. 選擇適合的評估標準：從組織訂定的目標，選擇最能測知目標達
   成率的評估標準。例如企業只是希望透過該活動讓大眾認識該
   企業，則透過新聞的曝光度可以窺知一二。但是如果企業是希
   望瞭解大眾對企業的態度，則以媒體曝光率為評估標準，無法
   完成評估的工作。此時可能需要在活動前後，透過受眾態度的
   調查才能窺知活動的成效。總之，評估的標準必須視方案所訂
   定的目標來加以確定。

6. 確認蒐集證據的最佳方式：最佳蒐集證據的方式，必須衡量目
   標、標準才能斷定。沒有唯一最好的蒐集證據途徑，有時單是

組織的活動記錄就能成為蒐集證據的最佳方式。

7.完整記錄計畫的執行細節：完整記錄一項公關方案或計畫在執行
　過程中所發生的狀況或細節，不僅能反映工作人員的工作方式
　及效率，並能做為檢視各環節缺失的資料，瞭解遺漏或需補強
　的地方。

8.運用評估結果：評估的主要目的之一，是做為下次計畫的參考依
　據。因此評估結果的運用，不僅能驗證組織在公關策略的應用
　是否得當，更能將結果運用到下次的公關方案上，做為順利推
　動公關方案的重要推手。

9.將評估的結果向組織的管理者匯報：將評估的結果向組織管理者
　報告，不僅能讓管理者充分掌握公關方案運作的情形，瞭解公
　關方向是否與組織的目標一致，同時能向管理者證明公關計畫
　在組織運作中的重要性。

10.充實專業知識：從公共關係的策劃、執行、資源整合管理到效
　　果評估，讓公關人員能透過活動過程及評估結果中瞭解到更多
　　的專業知識，以充實公關的基本內涵。

## 第三節　評估的內容

　　Cutlip等人（2000）將公關的評估工作區分為三個階段及十四個項
目（p436），下面將逐一介紹在評估三階段中主要的評估內容。

### 一、計畫階段的評估

　　在公關方案的計畫擬定過程中，透過評估可以即時發現不足或是
與預期目標不符的項目。在這階段中，主要的評估內容包括：公關活
動所帶來的預期效益、計畫內容與目標是否具有一致性、活動主要的
訴求對象是否正確或合適、以及預算成本的掌控等方向。掌控整個公

關方案對準預期目標的方向,是這段時間最大的要務。在計畫擬定階段的三個評估項目包括:

1. 背景材料是否充分:在計畫尚未實施前,無法評估公關的效果,因此應反覆檢閱計畫中有無遺漏的重要項目、目標公眾是否正確且完整,以及提供給新聞界的新聞背景資料是否齊備等。在這階段思考得愈縝密,愈有助於公關目標的完成。
2. 訊息內容是否適合、能被接受:檢視傳播的內容、訊息是否和計畫目標相符,確保有助於達到設定的目標,且必須考量欲傳播出去的訊息,對目標受眾是否合適?有沒有意義?看得懂嗎?會不會造成誤解?他們能否接受?會不會依據訊息的指示去採取支持行動等問題,以確保訊息能夠完成預期的傳播目標。
3. 訊息表現形式是否恰當:透過何種方式、媒體來傳遞訊息,也就是訊息的表現形式問題。表現形式將會影響受眾理解及接受的程度,從選用的媒體,如:海報、傳單、廣播等,到用圖表或文字陳述等。在這個計畫中,公關人員應該反覆論證:面對選定的目標受眾,最容易影響他們的表現形式是哪一種?選擇適當的表現形式,將有助於訊息的傳播效果。

　　在計畫準備階段,因為訊息尚未傳遞出去,因此評估方法以組織的內部小組會議為主,根據上述的參考標準,透過會議的討論,以健全並修正計畫內容。

## 二、活動實施階段的評估

　　在活動實施中,最主要的評估工作,在於監控目前正在進行的每個環節及步驟,是否都依循著計畫而行。在這個階段中,最重要的工作,就是「完整記錄活動執行情況」,因為這份記錄能充分反應出公關人員的效率、計畫中各類項目的完成度、以及計畫或方案的可行

性等，可以讓我們更瞭解及衡量計畫或方案的貫徹程度。在這個階段中，有下列四項評估的項目：

1. 發送訊息的數量：記錄各項宣傳發送的數量，如新聞稿發送的件數、海報寄發的張數等。透過數量的統計，不僅能反應公關人員的執行度，還能和後續其他的數據資料相比較，找出效果較差的部分，作為日後的參考。

2. 訊息被媒體採用的數量：發送的訊息數量並不等同於訊息被媒體採用的數量，唯有訊息被媒體採用，我們的目標對象才有可能接收到訊息。我們透過對媒體的監控，如廣播播放率、電視新聞報導次數、新聞見報率，甚至活動接受採訪的次數等，都需要記錄。

3. 接收到訊息的目標公眾數量：在這個項目中，我們必須掌握「接觸到我們的訊息之受眾，有多少是我們的目標對象」，因為唯有目標對象接收到訊息，才有助於達成我們的目標。在這階段若及時發現接收到訊息的目標對象不足，則可以及時補強。

4. 注意到訊息的目標公眾數量：接收到訊息並不意味受眾就會注意到訊息的內容，透過評估，我們可以掌握受眾對訊息內容的注意度。如果受眾接收到訊息，但訊息卻無法引起受眾的興趣和注意，就反映出我們的表現方式可能有問題，必須修正。

## 三、活動效果階段的評估

　　這個階段的評估，不僅是總和上述兩個階段的評估結果，為整個計畫成效做出評斷，同時也是爭取組織領導階層繼續支持公關活動，以及往後實施計畫的依據：

1. 瞭解訊息的公眾數量：這個項目主要是評估「多少目標受眾瞭解訊息內容」？唯有當目標受眾理解了計畫或方案想要傳達的

訊息,才能為組織在公眾心中建立正面的形象。因此我們必須知道究竟有多少公眾透過公關方案的實施,而理解了訊息的內容。

2. 改變觀點的公眾數量:這個項目主要是評估「多少目標受眾改變了觀點」?公眾在理解訊息之後,將進階到觀點的改變,當公眾受到訊息的刺激後,透過理解及認同的過程後,則會產生觀點的改變。例如:電力公司透過媒體宣導拔去插頭可節省電費,受眾接觸到訊息後,認知到拔除插頭是省電的新作法,即是達到改變觀點的作用。

3. 改變態度的公眾數量:態度的改變,通常是透過理解訊息、改變觀點後,才會達成。但是有時即使目標受眾已經改變了觀點,但是態度卻不一定因而改變。接續上面電力公司宣導省電的例子來看,民眾或許已經認知、也認同這個新訊息,但是態度上可能相當保守,認為雖可省電但他本身可能不會在乎,此時公眾並沒有因為改變觀點而改變了態度。通常公關效果要達到受眾觀點及態度的改變,都需要長時間的努力。

4. 發生期望行為的公眾數量:我們希望公眾在接收訊息後,能夠產生我們預期的行為改變。再以拔插頭可省電的宣傳為例,如果公眾從此養成用完電器就拔掉插頭的習慣,即是發生了組織期望公眾採取的行為。又如某反菸社團宣導戒菸班的活動,社團期望的行為是「癮君子來參加戒菸班」,在第一天若有不少人來戒菸班上課,這些人便是產生了我們期望的行為。

5. 重複期望行為的公眾數量:這是評估「多少目標受眾重複了期望行為」?承接上面的例子,第一天參與戒菸班的的人,並不代表他們還會繼續來上課,我們希望他們能不斷的重複我們所期望的行為,亦即持續來上戒菸課。而公關活動之所以要持續進行,最主要的考量就是要提高重複期望行為的發生。

6. 達到目的與解決的問題:評估工作的最後階段,在於評估「是

否達到計畫或方案的目標」以及「計畫和目標解決了甚麼問題」？有時評估人員會在這階段中發現非預期目標中的額外收穫，有些公關學者甚至認為，這些意外的收穫也是達到預期目標的另一種表現方式，而且這些意外收穫可納入下一階段，作為目標擬定時的參考資料。

7. 社會經濟與文化的改變：要產生社會經濟與文化的改變，需要其他因素一起作用影響。Cutlip等人（2000）認為，這類改變「要隨著較長的時間推移，並經過其他多種因素相互作用之後，以複雜而綜合的形式表現出來。公關人員無法對這種影響進行評估，這是留給社會學家和心理學家的題目」（p452）。

## 關係品質的評估

　　除了計劃本身、實施過程和傳播效果評估之外，公關的主要目的是要和關鍵公眾建立良好的長期關係。因此，組織和公眾之關係程度的評估，成為公關評估中不可忽視的項目。Grunig（2001b）特別指出：「公共關係的價值，可以透過組織與策略性公眾之關係品質的衡量來決定」（p57）。他並借用人際關係的四種指標（indicators），來測量組織與策略性公眾的關係品質，這四種指標分別是：

1. 相互控制度（control mutuality）：指組織與公眾彼此所擁有相互影響力的程度。

2. 信任度（trust）：指一方對另一方的信賴水準，以及願意開放自己的程度。

3. 滿意度（satisfaction）：指一方感覺到另一方的善意程度，即組織與公眾相互感覺善意或有利的程度。

4. 承諾性（commitment）：指組織與公眾相信和感覺，彼此的關係值得維持和促進的程度。

323

為了與行銷領域所強調的關係結果之性質相比較，Grunig（2001b）另外提出第五類指標：交換性（exchange）對照共同性（communal）關係。這兩種性質的關係最大的不同在於：交換性關係中的一方基於某種回報，所以對另一方有所付出；而共同性關係則強調，一方的付出並不求另一方的回報。這對指標呈現出組織與公眾對彼此之關係性質的認知，從對組織和公眾的認知中，我們可以發現組織和公眾的關係究竟比較偏向哪一種性質。

　　透過以上五種關係品質指標，我們可以分別對組織和公眾進行測試，藉以瞭解彼此的認知差距，以及組織與公眾之間關係的程度。這種測量經過定期的比較，也可以發現組織和公眾之間的關係究竟有沒有改善？至於這五種指標的量表，我們將在下一節作進一步的介紹。

## 第四節　評估的方法

　　評估的執行技術與方法眾多，美國公關實務人士Walter K. Lindermann認為，公關人員可以使用的評估方法，依照目的不同，大體分為三種（Wilcox等，2000：p193），包括：

一、瞭解訊息散布情況與位於媒體位置的資訊蒐集

二、目標公眾的認知、理解與記憶度的調查

三、態度、意見、與行為變化的測量

### 訊息散布情況與位於媒體位置的資訊蒐集

　　這是公關評估工作最常作的事情，也是評估最起碼的要求。實務上，一般中小型的公關方案，較少深入評估活動對於受眾的認知與理解度，乃至於態度變化等較複雜層次的評估，但卻不會忽略此一層次的評估。這類評估工作最主要在於探尋訊息曝光於媒體上的成果，重

要的評估方法包括：

## 一、內容分析法

主要是透過「媒體的內容分析」來評估公關效果。透過剪報搜整或媒體監看，可以觀察出媒體的報導狀況，包括刊登的版面、篇幅的大小、新聞內容對該活動的評價，以及新聞稿內容是否有被誤解的情形。如果新聞稿同時發送給多家媒體，但被採用的比例卻很低時，代表在某個環節出問題，必須及時檢討補救。而公關人員通常都會把這份媒體的內容分析，當成是給組織高層或客戶的重要成果資料。

雖然媒體的內容分析法能客觀反映出與本次計畫或方案有關訊息的曝光度、次數與頻率等資訊，讓人更能瞭解此一計畫或方案的曝光情形，但我們卻不能以為「只要活動能被報導，就算成功」。孫秀蕙（1997）認為，公關人員在進行媒體內容分析時，應該進一步瞭解以下三大事項（p28）：

1. 媒體的經營型態、定位、發行量（收視率）：不同的媒體，能接觸到不同特性的受眾。所謂的「發行量」或「收視率」僅是呈現該媒體接收訊息的公眾人數，卻無法告訴我們：這個媒體能幫我們接觸到多少目標公眾？例如：一則針對投資人族群所發布的投資訊息，若是刊登在以影藝娛樂為主要取向的報紙，很可能不易接觸到目標受眾。

2. 公關訊息（媒體報導）在媒體出現的大小、前後順序與位置：在報紙版面，依閱報人閱讀的習慣分別為右上、左上、右下、左下，從新聞的曝光位置、版面大小、有無圖片等情況（另外就電視新聞而言，可從播出時段、播出時間長短、有無專訪等情況），可以判斷該則新聞被閱報人接觸機會的高低。

3. 報導內容為正面、中立或是負面：新聞媒體所呈現的並非一定就是對組織正面的訊息。有時，新聞記者並不一定採用公關人員

所給的新聞資料,所以在評估時必須針對該則報導的內容屬性進行分析和說明。

除了媒體的內容分析之外,Wilcox等人(2000)也針對訊息曝光度的部分提出幾個可供評估的衡量指標(p196-200):

## 二、媒體印象(media impression)

媒體印象是指一項公關方案或計畫的訊息,經由媒體接觸到多少潛在公眾。媒體印象是用以說明某特定訊息的「穿透力」(penetration)。例如一則新聞在某報曝光,若該報發行量為150,000份,則媒體印象為150,000。Wilcox等人(2000)特別指出,媒體印象不能代表訊息被受眾接受的程度,必須佐以其他的評估技術探測受眾的反應,瞭解受眾在接收訊息後對組織的反應,才能真正測量到公關方案是否達成目標(p196)。

## 三、網路點選次數

在網路世界裡架設一個網站,每當有人點選進去瀏覽,該網站就會自動記錄瀏覽的人次,目前網絡成為熱門媒體,許多活動或是廣告都會在網路架設一個專屬網頁,屆時只要從伺服器上就能判定點閱網站的人數,以此作為訊息曝光次數的瞭解。

## 四、換算廣告價值(advertising equivalency)

換算廣告價值是將新聞版面或是新聞報導的時間,以刊登廣告的價值換算,該活動新聞稿刊登的數量、版面都是衡量的因素。以王品臺塑牛排十週年活動為例,王品牛排館為慶祝十週年慶,只要民眾手持10朵鮮花和一句祝福語,即可免費享受高級牛排。該活動造成熱烈迴響,不僅民眾感興趣,連媒體都派駐SNG車連線報導。最後王品整個活動花費800萬元的預算,卻為他贏得超出5000萬廣告費的媒體

曝光，不僅達到宣傳的效果，更透過該活動，擴展原先未曾開發的族群。在這一個公關活動中，不僅王品是贏家，連消費者也是贏家。

## 五、電腦系統追蹤

運用電腦資料庫系統來處理大量且複雜的媒體內容，進行與內容分析法相同的分析評估工作。這需要運用到比較專業的資料庫設計專業知識，其原則是設定一些變項，例如市場滲透率（market penetration）、刊物種類、引述來源等欄位變項，以建立一個完整的媒體追蹤資料庫，用以分析媒體刊登的內容。

系統追蹤的價值之一，就是能夠在活動執行過程中，規律而持續不斷地分析媒體的回饋情形，讓公關人員能瞭解關鍵訊息是否已經如實傳達給大眾。例如Capistone/MS&L公關公司幫土耳其政府執行過一項推動旅遊的公關方案，目的在提高美國大眾對土耳其的旅遊意願與好感。負責評估這項溝通方案的研究調查公司，就運用電腦系統追蹤技術，在溝通方案執行前後，每天定期定時蒐集相關新聞報導，發現在這項溝通方案執行後，介紹土耳其旅遊樂趣的正面報導增加了四倍。

系統追蹤技術比人工進行的內容分析法，更能用省時省力的方式，分析更多變項。例如組織可能會想要知道競爭者的媒體報導，這時候就可以運用系統追蹤，設定相關的資料欄位變項，以便瞭解例如「主要對手是否獲得更多的正面報導」？有時候組織可能想知道更深入的問題，例如「新聞報導把公司報導成具有創新力量的領導者，還是只強調了公司的規模」？想要以這類訊息內涵問題，作為調整公關策略的依據，也都可以用到系統追蹤的技術。

## 六、消費者專線來電詢問數

從目標受眾主動打電話詢問的數量，能直接看出公關方案的效果。很多企業都設有消費者免付費電話，讓目標消費者在看到廣告訊

息後隨即打電話詢問。如果公關方案成功，來電諮詢的人必然很多，我們也可以用這個來電數字作為評估的標準之一。

## 七、每人成本

每人成本的概念是由廣告業發展出來的，這是計算訊息接觸到每位受眾所需花費的廣告成本。例如晚上八點檔連續劇期間的廣告費用貴的嚇人，但是還是有許多企業願意花費高額的廣告費買下時段，因為通常在那段時間收看電視的觀眾人數很多，所以把廣告金額除以該時段收看的觀眾人數，其實分攤到每個人的成本並不高。同樣的方式運用在公關上，算出每人成本可以幫助公關人員控制宣傳的預算。

## 八、受眾出席率

從受眾出席率的高低，可以判斷一項事前宣傳訊息是否有效。例如一場公益性的活動，透過媒體發布新聞稿宣傳訊息，出席的人數便直接反映出活動預告訊息的效果。若受眾出席率太低，則顯示宣傳做得不夠。另外一個原因，可能是雖然目標受眾知道這個活動，但卻因為缺乏參與此類公益活動的興趣或意願，而造成出席率偏低的結果。

## 九、廣播與電視節目接收者調查

Cutlip等人（2000）指出，要瞭解受眾對廣播、電視的使用情形，主要有幾個方式（p446）：

1. 日記法（diary）：由接受測驗的受眾，記錄自己每天收聽廣播、收看電視的時間、頻率、內容等事項。透過受測者的紀錄內容，分析目標受眾對廣播電視的接收情形。
2. 表錄法（meter）：將電子記錄器調整到被測的電視、電臺頻道頻率一致，以測定各媒體對訊息的發布情形。不過這種方法的最大缺點是無法確定收聽收看的對象。

3. 個人收視率記錄器（people meter）：在選定的調查家庭中，裝置收視記錄器，每個人按下按鈕後選擇自己想看的電視，記錄器即能進行辨識。

4. 電話訪問法（telephone interview）：這是當訊息在廣播或媒體曝光之後，以電話訪問受眾瞭解收聽、收看率，及對訊息的理解度等。

## 目標公眾的認知、理解與記憶度調查

受眾對於我們的訊息如果無動於衷、沒有任何反應，那麼，即使我們的訊息大量透過媒體曝光，也是枉然。因為這一層次的評估方法，要更進一步探討目標受眾對於訊息的感受，以及對訊息的理解情況。為了幫助我們瞭解訊息到底有沒有引起受眾的注意和理解，我們經常會用到科學性的調查研究方法。

這一層次的評估方法，大體上包括問卷、電訪以及面訪三種，都是屬於公關研究中蒐集初級資料的方法，執行的細節也都大同小異（詳見本書「情報與研究」的說明與介紹）。舉例來說，微軟公司在為其革命性的作業系統Window 95進行數個月的盛大宣傳造勢後，對消費者進行一項「產品上市訊息的認知」評估調查。結果發現，歷經幾個月的宣傳，竟然有高達99%消費者「認知到」（aware）微軟的Window 95即將上市，並且正準備進行消費者預購（Wilcox等，2000：p200）。

## 態度、意見、與行為變化的測量

公關人員發布訊息、製造宣傳，最大的目的不只是讓訊息上報紙版面，也不只是讓公眾「記住、瞭解」此一訊息。溝通的最後目標，就是要能造成受眾態度與行為的改變，以達到組織的目標。此一層次的評估，也就是在評估「公關的宣傳與說服效果」。例如：一家大型

百貨公司的行銷公關方案，目的絕非僅是得到大量的媒體曝光報導，更重要的是，必須能吸引更多消費者到這家百貨公司來買東西。

有一種測量受眾態度變化的技術，稱為「基準線研究」（baseline study），也稱為「標竿研究」（benchmark study）。基本上，這個方法最主要是以百分比來測量：一項公關宣傳計畫在執行前、執行時與執行後，隨著資訊與宣傳的增加，造成受眾在態度與意見上產生轉變的情況。例如美國鋼鐵公會（American Iron and Steel Institute）曾經發起一連串宣傳，宣揚美國鋼鐵產業在資源回收工作上的投入與努力，他們並在此一宣傳活動之前、中、後三個階段進行「基準線研究」的評估工作。結果發現在宣傳活動舉辦前，只有52%民眾知道鋼鐵罐可以回收，而宣傳活動過後，有64%的民眾知道，顯示在經過鋼鐵公會的大力宣傳之後，民眾產生了認知上的改變，甚至引起態度上的改變（Wilcox等，2000：p201）。

態度或行為效果的評估涉及很複雜的變數，因為我們不知道受眾的改變，究竟是因為某項公關宣傳活動所引發的效果，還是因為其他因素所導致。因此，除了客觀性的調查之外，也可以採取主觀性的評估方法，張百章和何偉祥（2002）提到用「專家評估法」來評估公關的效果，就是由各學科、各領域的專家會同公關人員，組成專門評估小組，對公關活動進行評估與質詢（p141）。

## 關係品質的評估

至於關係品質的測量，主要在瞭解組織一定期間的公關作為，究竟在組織與公眾之關係面向上是否有進展？值得強調的是，上述傳播效果的評估大都以公眾作為受測對象，換言之這種評估屬於「單向」的評估。關係品質的評估則強調「雙向」的評估，即同時對組織和公眾作測量，從兩方的認知落差中去找尋可能的問題和改善的空間。關係品質的評估需要長期持續的實施，藉以瞭解組織和公眾之間關係

的變化，至於評估的內容，主要以前節所介紹的五類指標為準，各類指標都有相關的量表，以這些量表對組織和公眾實施調查，並加以比較。這五類量表如下（Grunig, 2001b: p63-4）：

## 一、相互控制度

1. 這個組織與我之間彼此會傾聽或專注對方所發出的訊息。
2. 這個組織相信我所發表的意見是正當或合法的。
3. 這個組織在與我交涉（打交道）的過程中，會有濫用組織勢力的傾向。
4. 這個組織真的會傾聽我不得不說出的話（我真的想對他們說的話）。
5. 這個組織的管理人員在決策過程中，讓我暢所欲言。

## 二、信任度

1. 這個組織會公平且公正的對待我。
2. 每當這個組織做重要決策時，我知道他會關心我。
3. 這個組織會信守諾言，能夠被信賴。
4. 我相信這個組織在做決策時，會把我的意見納入考慮。
5. 對這個組織的專業技能，我感到相當有信心這個組織有說到做到的能力。

## 三、承諾性

1. 我覺得這個組織一直在努力對我維持長期的承諾。
2. 我瞭解這個組織想要和我維持關係。
3. 這個組織和我有一個長期持續的緊密關係。
4. 與其他組織相比，我比較重視這個組織與我的關係。
5. 在與這個組織一起工作或不在一起工作之間，我願意選擇前者。

## 四、滿意度

1. 我與這個組織相處愉快。

2. 這個組織和我都從彼此的關係中獲益。

3. 大部分的人都跟這個組織相處愉快。

4. 一般來說，這個組織和我已經建立的關係，令我感到愉悅。

5. 大部分人喜歡和這個組織打交道。

## 五、交換性關係

1. 每當這個組織提供或給我一些東西時，它通常期待回報。

2. 雖然我與這個組織已有關係（或長期關係），每當它提供給我好處時，仍然想獲得回報。

3. 當這個組織知道將獲得回報時，它會對我妥協。

4. 這個組織會照顧那些可能對它有回報的人。

## 六、共同性關係

1. 這個組織不特別喜歡援助他人

2. 這個組織非常關心我的福利

3. 我覺得這個組織會佔弱勢族群的便宜

4. 我認為這個組織會以他人做為踏腳石來獲致成功

5. 這個組織幫助他人完全不求回報

　　評估工作的擬定與執行，需要和公關方案相互配合，尤其需要有明確的公關目標。在確定的目標下，公關人員應選擇適合該計畫本身、又能達到組織要求的評估標準和方法，並且確實去落實執行，才能讓評估工作真正對公關方案產生助益。

危機篇

# 第 17 章
# 危機前的最佳操作

大家一定聽過「危機公關」這個名詞，這是否意味危機發生以後才來做公關呢？事實上，「有效公關計畫的最大好處是，它可以讓你在發生嚴重問題導致危機來襲時，用公司所需要的友好關係來防護企業……必須確定組織有足夠的防護措施，抵禦企業無法逃避的各種危機……企業中進行的公關計畫，將有助於讓這些防護措施繼續維持下去，達成防止危機發生的終極目標」（陳儀、邱天欣譯，2002：p271）。換言之，危機公關的最大價值並非在危機發生以後，組織應該在平時就做好公關，以期增強組織對危機的抵抗力，並從公關作為中建立預警系統，從而防範危機於無形。

Kathleen Fearn-Banks（2001）指出：「某些危機溝通理論認為，平時對外溝通良好（with specific practices）的組織在發生危機事件時，會比溝通不良（without those practices）的組織，遭受比較輕微的財務和形象損害」（p480）。Fearn-Banks（2001）更具體指出，組織若能在危機前持續做好下列十一項操作，不僅能讓組織立於比較有利的危機預防位置；危機侵襲時，組織受到的傷害會比較輕微、而且能夠恢復的比較快。這十一項操作包括（p480-1）：

1. 公關主管能夠進入組織最高決策階層。
2. 設計各種方案，和所有關鍵利害關係人建立良好關係。
3. 透過研究確認關鍵利害關係人，區隔他們並依重要性加以排序。
4. 針對每一類關鍵利害關係人，進行持續性的公關計劃。
5. 利用公共關係和新聞媒體建立密切（strong）關係。
6. 由公關部門負責雙向對等的議題管理。
7. 進行持續性的雙向對等危機溝通計畫，以因應危機事件。
8. 建立並執行風險溝通活動。
9. 組織應具備一種鼓勵、支持和為危機管理爭取準備的意識形態。

10.藉由「危機盤點」（crisis inventory）的方式，預期可能危害組織的危機種類。

11.由於整體的開放、誠實政策，使組織得以經常維持對外的良好形象。

　　Marra把組織在危機之前的公關作為和努力，稱為「最佳操作（best practices）」。這些操作「雖不能百分之百免於危機侵襲，卻絕對可以減少危機的衝擊程度。Ray（1999）也指出，對危機免疫是不可能的，只有積極思考如何增加危機的抵抗力」（吳宜蓁，2002：p44）。換言之，危機公關不只是危機事件發生時的損害控制而已，更涉及危機事件之前和之後的溝通和努力。在探討這些做法之前，我們應該先瞭解什麼樣的事件才算是「危機」？一般所謂的「危機管理」範圍又有多大？

## 第一節　危機與危機管理

　　何謂「危機」？危機有何特性？這些特性對我們有哪些啟示？學者多從組織本身的立場來看危機，強調危機對組織信譽或形象會造成重大損傷，甚至威脅到組織的生存。J. R. Caponigro指出：「危機是指可能對企業信譽造成負面影響的事件，對公司而言通常是已經或即將失控的局面」（陳儀、邱天欣譯，2002：p13）；Otto Lerbinger認為危機是「突然發生的最大問題……導致一企業組織陷入爭議，並危害及其未來獲利、成長、甚至生存的事件」（于鳳娟譯，2002：p5）；W. T. Coombs（1999）則強調：「危機不可預測（unpredictable），但並非不可預期（unexpected）。聰明的組織都知道危機可能會降臨，他們只是不知道什麼時候會發生而已」（p2）。

## 危機特性與啓示

以上危機定義表明危機具有突發性與嚴重威脅性。有人或許會質疑：危機既然具有突發的特性，是否意味危機防不勝防？事實上，危機爆發之時間點，雖往往出人意料之外，但所謂「冰凍三尺非一日之寒」，大多數危機皆有脈絡可循，只要危機管理者多注意週遭的變化或各工作環節的異常現象，仍然可能循著這些蛛絲馬跡，找到危機的徵兆或訊號，從而預防危機之爆發，避免危機的傷害。換言之，危機的「突發性」仍提醒我們危機預防的重要與必要性。

危機對組織而言，嚴重威脅來自兩個面向：財務與形象。問題是：組織面對危機侵襲時，為避免巨額損失往往從財務觀點出發處理危機，這樣的觀點或心態本無可厚非，但若只顧及財務損失，完全忽視形象傷害，許多危機案例的經驗表明，最後的結果很可能是兩者皆失，組織不可不慎。比較明智的觀念應是：財務重要，形象亦不可毫不顧慮。研擬一套兼顧財務與形象的危機處理或傳播方案，方是面對危機的正當、健康心態。

除突發與嚴重威脅兩特性之外，吳宜蓁（2002）的定義則凸顯了危機發生時，決策時間短促、急迫的特性：「危機就是在無預警的情況下所爆發的緊急事件，若不立刻在短時間內作成決策，將狀況加以解除，就可能對企業或組織的生存與發展造成重大的威脅」（p24）。正因為做決策的時間非常短暫和急迫，使得危機決策品質堪慮，從而影響危機處理成效。為避免做錯決策並有效提高決策品質，組織必須在平時做好危機準備，以期望危機管理者在驚慌失措、六神無主的狀況下，得以在危機應變計畫的指導下，從容應對做好決策。因此，做好萬全準備，將是應付危機「急迫性」的最佳行動。

危機發生後，是否擴大或往壞的方向發展，往往難以逆料，因此危機具有的第四個特性是不確定性。不確定性的來源有二：媒體報導的角度和利害關係人對危機的認知。Don Middleberg就強調「危機

指的就是對組織及其領導者的公正和觀感會造成威脅的情況。這種情況通常會隨著媒體的關注而更形惡化」（袁世珮、邱天欣譯，2001：p202）。媒體報導既然會增加危機處理的複雜度，組織就應該用正確的心態與媒體打交道。由於媒體報導往往左右了社會大眾對危機的認知和評價，再加上危機事件先天就具備極高的新聞價值。因此，如何爭取媒體公正客觀的報導，已然成為組織應對危機不可避免的最重要課題。

　　另外，Pearson和Clair認為：「危機是一種由關鍵利益（害）關係人所認知且主觀經驗的情況，其發生機率低，卻有高度影響性與威脅性；由於情況的成因、結果及解決方法均混沌不明，常導致群體心理共享的經驗及信仰價值破滅或喪失」（吳宜蓁，2002：p25）。換言之，當關鍵利害關係人主觀認定組織犯錯時，即使事實上組織沒有做錯事，組織也可能因為利害關係人的認知而陷入危機。此時，如果組織純然只從對錯角度論危機，或只從組織本身的角度評估危機，很可能造成組織與利害關係人的認知差距，從而採取不符公眾期望之反應策略，勢將導致公眾的負面評價或失望。因此，為避免認知差距或採用不符期望之策略，組織應該密切注意利害關係人對危機事件的認知，從受眾的角度思考問題並採取相對應的策略。

## 危機管理與危機處理

　　Lerbinger指出：「許多研究均顯示，大多數組織並未擬妥危機管理計畫，即使有，也根本不當一回事」（于鳳娟譯，2002：p19）。為什麼要擬妥管理計畫呢？Caponigro認為：「危機管理的作用是將企業危機可能引發的潛在損害降至最低，它也以幫助企業有效掌握情勢……危機管理可以讓公司信譽的損害降至最低，並且進一步將危機化為轉機，而從中受惠」（陳儀、邱天欣譯，2002：p24）。問題是，何謂「危機管理」？危機管理的範圍包括哪些工作？

339

Coombs（1999）指出：「危機管理是一組被設計來對抗危機並減輕危機傷害的原則要素，換言之，危機管理的目的在尋求避免或減少危機的負面後果，以保護組織、利害關係人和產業免於受傷害。因此，危機管理有四個基本要素：預防、準備、執行和學習」（p4）。危機管理專家Norman R. Augustine則強調：「幾乎所有的危機都蘊含成功的種子及失敗的根源，發掘、建立及得到潛在的成功機會，可說是危機管理的精髓，而不當的危機管理會使艱難的處境偏向更惡化的地步」。Augustine將危機管理分為六個階段：一、預防危機發生；二、擬妥危機處理計畫；三、嗅到危機的存在；四、避免危機擴大；五、迅速解決危機；六、化危機為轉機（吳佩玲譯，2001：p5-35）。

　　Caponigro則認為危機管理是「危機管理流程（the Crisis Counselor mind-set）中的一部分，是一連串持續性的活動……危機管理的流程如下」（p25-7）：

一、辨識與評估組織的弱點

二、防範弱點爆發成危機

三、事先做好應變計畫

四、危機發生時立即察覺，並決定應該採取的行動

五、在危機發生時作最有效的溝通

六、監控並評估危機，並在過程中進行必要的調整

七、透過強化組織聲望與信譽來防堵危機

　　從以上學者和專家的論述，我們可以為「危機管理」下一個定義：「組織為了避免或減輕危機事件所帶來的嚴重威脅，針對危機前、中、後所做的管理措施和因應策略，以期對危機的產生、發展和變化實施有效的控制；危機管理應該是一種長期性的規劃、適應和不斷學習的動態過程」。危機管理包括了危機事件發生前、中、後三個階段，各階段的重點工作如下：

一、事前的：1.危機訊息的偵測

　　　　　　2.危機預防

3.危機準備

二、事中的：1.危機處理和溝通（傳播）

三、事後的：1.復原和重建

　　　　　2.不斷的學習

　　換言之，「危機處理」和「危機傳播」都只是「危機管理」的一部分。從危機管理的範圍來看，其實中國人早就具備了危機管理的概念，例如「居安思危」要我們時時注意可能的危機徵兆，屬於危機偵測的概念；「防微杜漸」提醒我們小問題可能演變成大問題，千萬不可忽視，深具危機預防的寓意；「未雨綢繆」要我們事先做好充分準備，以免危機事件來臨而措手不及，就是危機準備；「臨危制變」、「處變不驚」講的是面臨變局必須保持冷靜、理性，將損害控制到最小的程度，屬於危機處理的概念；「轉危為安」除了強調危機就是轉機之外，也有如何從變局中復原，重新迎接新局的意味，所以有復原和重建的意涵；「前車之鑑」則是要我們記取經驗教訓，不可重蹈覆轍，也就是不斷學習。這些概念，先賢諸子早已諄諄教誨我們，身為後代子孫的我們，能不慎乎？

## 第二節　危機訊息的偵測

　　Augustine指出：「雖然『預防』是控制危機最省錢也最簡單的方式，但令人驚訝的是這個步驟通常完全被省略」（吳佩玲譯，2001：p10）。這句話道出了危機預防的重要性，以及預防工作極易被組織決策者忽略的特性。問題是，何謂「危機預防」？危機預防該從何做起？如何做好預防的工作，才能將可能的危機消滅於無形？

　　Mitroff指出：「所謂危機預防是指在此階段，組織成員針對危機警訊或徵兆採取行動，並努力嘗試減少危機發生的機率」（Coombs, 1999: p39）。換言之，組織為了有效撲滅火苗，以期火勢不會擴大而

燎原，首先應該積極搜尋、檢視各種相關訊息，以期發現可能的危機徵兆或警訊，這就是所謂的「危機訊息偵測」。危機管理人員要從哪些面向去搜尋這些訊息呢？許多危機公關的研究建議，應該從議題管理、風險評估以及利害關係人的關係等三個面向，開始訊息蒐集和分析的工作。

## 從議題管理面向搜尋訊息

「組織可以透過議題管理的環境偵測技術偵測危機，並且避免危機發生。即使在危機發生之時，也能掌握危機變化，使其不至於擴大成眾所矚目的議題」（吳宜蓁，2002：p83）。所謂環境偵測，是指觀察外界環境的趨勢變化、搜尋大眾所關心的社會、政治或健康等議題，找出足以在未來影響組織的各項不利因素，然後進行仔細的分類與分析；並仔細評估所搜尋的各類議題，爆發成危機的可能性和威脅性；最後再規劃一套管理策略，重點防範這些可能性最高、威脅性最大的危機發生。

應該從哪些來源搜尋對組織可能有影響的議題呢？Coombs（1999）特別列出傳統和線上的來源，我們摘要簡述如下（p22-6）：

### 一、傳統的訊息來源是監看、聆聽或閱讀新聞媒體

新聞媒體包括報紙、電視新聞節目、新聞性和商業性雜誌。組織應該特別關注類似組織（如同業或同類型的組織）所發生的危機事件，針對類似組織的危機所做的個案研究，對危機管理人員而言是相當珍貴的訊息來源，危機管理人員可從這些案例中學習到別人的經驗。

### 二、其他有用的出版品

包括同業協會或專業性的期刊和資訊、相關的醫藥或科學期刊、

通訊、政府出版品、民意調查以及特殊利益團體（如環保、反菸團體）的出版品。

1. 同業協會期刊會報導產業所面臨的議題和該產業的抱怨微詞，產業的議題和抱怨兩者都有助於該產業中的個別組織發現可能的危機。
2. 醫藥或科學期刊中的研究成果可能會影響人們如何看待該產業。對於大眾健康的關懷，大都從醫藥和科學出版品開始，而非來自新聞媒體，例如行動電話和意外事故的關聯。
3. 從政府出版品中可以發現可能的政策走向、立法變化以及熱門的議題。
4. 民意調查則可以看出大眾態度、生活型態或價值觀的變遷。
5. 特殊利益團體的出版品可以提醒組織：「好事」的利害關係人關注哪些事情？能讓組織發現潛在的威脅。

## 三、人是另一個關於環境訊息的來源

焦點應該放在兩類人身上：民意專家和組織的利害關係人。我們可以從民意專家身上獲知大眾態度、生活型態或價值觀念；而從利害關係人身上則可以瞭解他們對議題和組織若干作為的看法。值得注意的是，組織很容易過於重視大眾媒體，而忽略了從民意專家和利害關係人身上獲得環境的訊息。

## 四、線上來源

從線上資源來偵測環境已經越來越普遍，所謂線上資源是指透過網際網路傳輸的資訊，這類訊息類似於出版品來源，只是以電子方式儲存，也以電子方式取得。其中新聞討論區和網站非常重要，不可忽視。

1. 新聞討論區：人們將他們對於某特定問題的看法貼到電腦網路上，並且和別人進行討論。當一個與組織有關的問題被持續討論的時候，這就是組織應該關注的話題或線索（thread）。組織應該設置與其有關的新聞討論區，並對這些話題或線索加以監督。組織可以從討論區中發現抱怨、批評和謠言，這可以說是組織的另一種聆聽機制，能聽到利害關係人對組織或組織相關議題的看法。

2. 網站：不滿的利害關係人可能在網站上表達抱怨、批評，甚至散播謠言。如果不予回應、任其蔓延發展，對組織將造成相當大的影響或殺傷力。例如生產可能導致污染的企業，應該密切關注和環保有關的網站，藉以瞭解利害關係人的心聲，以及環保議題的演變。

## 從風險評估面向搜尋訊息

相對於議題管理，風險評估比較屬於組織內部的檢測，重點在於關注並找出組織既存或正在醞釀的弱點。Caponigro強調要「認真考慮公司的弱點，並認真的檢視這些弱點。思考某個弱點惡化成嚴重問題的可能性（陳儀、邱天欣譯，2002：p98）」。Coombs則從風險來源和特定危機的關聯面向，提醒組織應該注意的訊息來源包括（p26-8）：

一、全面品質管理：可以有系統的評估製造過程，藉以改善產品品質。部分過程的疏失可能是產品瑕疵之所在，產品的瑕疵可能導致退貨的危機。

二、組織營運或生產對環境可能造成的污染或威脅：這些污染可能導致意外事故、法律訴訟、抗議或是遭受罰款。

三、法律上的檢查：組織應該定期檢查或確認，組織的行為是否符合中央和地方法規？如果違反規定，會遭到起訴或罰款。

四、財務上的檢查：組織要隨時檢查或確認，組織的財務狀況是否健

全？藉以衡量組織是否面臨被接管或是股東反叛的危機。

五、保險的範圍：投保行為是分散風險的做法，尤其應該檢查負債和勞工補償方面的保險是否足夠？這些保險的疏忽，可能引來訴訟和負面宣傳的危機。

六、自然災害對組織的影響：組織必須瞭解水災、地震和火山爆發等自然災害，會不會破壞組織的設備，以危害到組織的正常營運。

七、安全、維護和意外事故的記錄：從這些記錄中可以看出危機的端倪，因此必須經常檢查。須知一連串的小問題，具有升高為主要危機的風險。

八、掌握員工的人格特質，藉以瞭解哪些員工具有潛在的危險性：具有暴力傾向的員工可能會在工作場所滋事，形成職場的暴力危機；因家庭或情感問題困擾的員工，則可能發生意外等危機。

九、道德倫理的評估：評估組織是否有詐欺、性騷擾或種族歧視等行為上的瑕疵，以及有無文化盲點的問題。所謂文化盲點是指組織對上述問題的管理態度與價值觀的偏執。

## 從關係管理面向搜尋訊息

何謂「關係管理」？組織和利害關係人建立良好的關係、增進和利害關係人之間的合作，組織對這些關係的規劃、執行和評估，就是關係管理（relationship management）的基本概念。危機管理的研究和文獻相當強調組織在危機之前，必須持續和利害關係人進行關係的維繫，以累積形象資產，預防危機爆發時突然的信任度崩潰。吳宜蓁（2002）特別從「民意與危機」的概念來解釋關係管理對危機的重要性，她指出：「所謂『民意的後盾』，經常是因為某組織平時具有良好的形象（尤其是公益形象），民眾對其有一定的信任與肯定，因此在危機事件發生時，民眾有可能展現支持、諒解甚至同情的情況」（p93）。

有哪些利害關係人的不滿或抱怨，可能引起組織的危機呢？對企業而言，顧客的抱怨如果沒有給予適度的關注和處理，就很有可能為企業帶來極大的損失。1994年一位大學教授發現Intel的晶片無法精確執行複雜的數學運算，於是他連絡Intel公司並且報告他的發現。因為Intel對公司的產品深具信心，據說他們給了那位大學教授一個軟釘子。教授於是轉向網路……最後在消費者強大的壓力下，Intel不得不為消費者更換晶片，而使Intel認列了一筆四億七千五百萬的損失。Intel的執行長Andrew Grove後來說：「對某些人而言，我們的政策似乎過於傲慢與不經心，而我們為此道歉」（吳佩玲譯，2001：p19-20），這就是忽視顧客抱怨或查詢的下場。

　　提供不正確或不充分的資料給媒體，可能使媒體對組織處理某些事件的誠意和能力產生質疑，從而在報導的角度上給予「特別的關注」；相反的，平時若與媒體保持良好的互動、反應快速，並經常以誠實、開放的作風提供詳實的訊息給媒體記者，組織的正面訊息不僅能夠比較順暢的傳播出去，當危機來臨時也比較容易獲得媒體的信任和支持。以AT&T的斷訊危機為例，AT&T在危機發生之前與媒體記者的互動關係，被媒體評定為僅次於IBM，這個良好印象使AT&T在斷訊事件期間得以安然進行危機處理計畫，不至於嚴重傷害到組織形象（吳宜蓁，2002：p96）。

　　除了顧客和媒體之外，還有哪些利害關係人的訊息需要注意呢？不滿的員工，可能到處宣傳組織的不是和缺點，也有可能導致職場暴力危機；未達期望的績效表現，可能引發股東的不滿和牢騷，從而造成組織經營的阻力或股價的下滑；疏忽了社區關係可能引發社區居民或團體的抗議，或導致新的地方法規使得組織受損；忽視律師、會計師或稅務顧問的建議，可能遭致罰款或罰責，甚至信譽和信任度的損耗；不重視經銷商的關係維護，可能導致經銷商不盡全力推銷組織的產品和服務，甚至轉而代理或經銷競爭對手的產品，使組織陷入銷售通路減縮的危機。

總之，與組織有關的利害關係人如果不高興或對組織的作為有意見，就可能利用抗議、杯葛、訴訟或其他形式的對抗，把他們的問題變成公眾的問題，而讓組織陷入危機。因此在危機訊息偵測階段，應該重視利害關係人認知、態度和意見等資料的蒐集，藉以瞭解他們真正的想法。蒐集這些意見和想法的方式，可以利用訪談、調查、焦點團體座談或是關鍵性接觸來向相關人蒐集訊息，以建立利害關係人的圖像。所謂關鍵性接觸是針對社區、企業或組織的意見領袖的訪談，前面提到的民意或議題專家也是一種關鍵性接觸。

## 分析訊息找出危機徵兆

　　從議題、風險和利害相關人關係等三個面向蒐集來的資訊，必須加以整理分析，Heath & Nelson指出「分析是瞭解警訊或徵兆是否以及如何影響組織的過程」（Coombs, 1999: p31）。換言之，在這個階段裡的重點有二：(1)分析若干警訊是不是會影響組織的正常運作或造成傷害；(2)如果可能影響或造成傷害，應該進一步瞭解是如何影響組織的，以利組織採取行動預防危機發生。但由於組織的資源有限，不太可能應付所有對組織會造成傷害的警訊或徵兆，因此必須分析並過濾出一些對組織危害較大的問題，以期消滅這些可能的危機於無形。要做到這樣的要求，危機管理人員應該要有一套評估標準，作為篩選和過濾的依據。

　　議題和風險通常是用「可能性」和「衝擊度」兩個標準來分析，所謂「可能性」是指議題和風險演變成危害組織事件的機率有多大；「衝擊度」則指議題和風險影響組織營運或造成之傷害的強度。只有衝擊度大的議題和風險，才會被認為是危機，「因為危機必須是會妨礙組織的正常運作……（因此）可以按照可能性和衝擊性的程度給議題（和風險）1至10的分數，分數最高的議題（和風險）應該被進一步加以追蹤，組織並應採取行動以防止或減輕議題（和風險）的威脅」

公共關係學原理與實務

（Coombs，1999：p32）。

　　組織和各利害關係人的關係有時會出現問題，如果利害關係人在意這些問題，他們很可能會採取威脅組織的行為，從而成為對抗組織的行動公眾。問題是哪些問題最有可能演變成為危機？Coombs（1999）引述Mitchell的看法指出：「有三個標準能夠用來評估利害關係人威脅所具有的潛在危機，即：權力、正當性與意願」。「所謂權力是指利害關係人使組織去做它原來不想做之事的能力，權力和利害關係人阻礙組織運作的能力有關。如果利害關係人控制組織重要的資源（如聯邦快遞的司機發動罷工），或是具有聯盟的能力（如好事者、客戶和合夥人的結合，導致Levi's牛仔褲公司關閉在緬甸的生產設備），則是擁有很大的權力」（p33）。權力越大、也就是阻礙組織運作能力越大的利害關係人，對組織的威脅越大，因此和他們之間關係的緊張或問題，越值得組織關注和修復。

　　所謂「正當性是指利害關係人的行動被認為是可取的、或是適當的。當利害關係人所持的理由，被其他人認為具有正當性時，關係問題的威脅性將大增。組織如果忽視一個具有正當性的議題，會被其他利害關係人認為是麻木不仁、冷酷無情」（Coombs, 1999: p34）。在Intel晶片事件中，發現晶片運算有問題的大學教授，由於他的質疑被大多數消費者認為是正確的，所以取得正當性並引發消費者的跟進，從而造成Intel的重大損傷。因此，組織必須注意其他利害關係人，到底如何看待該一問題？如果其他利害關係人覺得問題發起人頗有道理，也就是問題發起人取得事件的正當性，組織就應該高度關注並妥善處理，以免問題因為正當性而醞釀成危機。

　　所謂「意願是指利害關係人是否願意因為問題而直接和組織對抗……如果利害關係人和組織的關係良好，他們比較不會公開揭發組織的問題……比較好的關係將促使雙方避免採取直接對抗的方式解決問題」（Coombs, 1999: p34）。以勞資關係為例，某組織平時相當照顧員工，在工作條件和福利方面一直讓員工相當滿意，當組織發生營運

348

困難時，即使短時間不能按時發工資，員工們發動罷工或抗爭的「意願」可能不高，這就是平時做好員工關係所奠定的基礎，降低了員工直接和組織抗衡的「意願」。

當利害關係人權力大、或問題的正當性強時，代表事件對組織的衝擊強而有力；當問題的正當性強、或利害關係人對抗組織的意願高時，代表事件發展為危機的可能性高。因為權力會增加抗爭的能量、意願會增加相關人採取行動的機率，正當性則會增加其他利害關係人支持的可能性。組織可將各利害關係人的威脅性大小依權力、正當性和意願，由1排到10分，得分最高的應該受到組織優先的關注和處理。

## 第三節　危機預防基本要素：改變與監督

分析議題、風險和利害關係人之關係後，找出得分最高、也就是可能性最高、衝擊度最大、相關人權力、意願和正當性最強等指標排名前列的警訊或徵兆，接下來就應該針對這些優先的警訊或徵兆，展開危機預防的工作。Coombs（1999）特別指出：「危機預防的目標是，注意、處理危機警訊與風險以化解危機……危機預防有兩個基本的要素：改變和監督。第一個要素是從事改變，以減少或降低警訊變成危機的可能性，也就是採取行動來管理議題、降低風險，以及建立關係……沒有監督，組織無從知道改變的行動是否有效（降低或減少警訊轉化成危機的機會）？……有些改變並無結果，更甚者可能使警訊或風險加劇，而致組織更加接近危機，重複的檢討可以確定改變是否有效」（Coombs, 1999: p40）。

從議題管理角度來看，針對可能造成組織威脅的議題，組織應該擬定改變策略，可能是要改變輿論或立法部門對議題的看法，也可能必須改變組織本身的作為，以免議題成為政策或法規時，組織面臨無法適應的局面。例如麥當勞面對環保人士抱怨漢堡盒子會破壞環境的

呼聲時，最初強調漢堡盒子可以回收，希望改變環保人士的態度。但是環保人士和消費者對回收做法的回應並不好，最後麥當勞決定放棄回收的策略，改採改變自己作業流程的策略，不再使用漢堡盒，以避免麥當勞陷入消費者抗議的危機情境。議題管理成功與否，「端視實際上獲得的解決和原先預期的解決，兩者的差距有多大？」除了這個差距的評估之外，還需要注意：「議題是會重覆出現的，還會再次形成……議題可能捲土重來的性質意味著，組織至少應該每一年檢查一次，藉以檢視該議題是否獲得新的動力而重現江湖，從而再一次對組織構成威脅」（Coombs, 1999: p41-2）。

面對可能造成組織危機的風險，組織應該先確定兩件事：

一、成本效益分析：對「減少風險的成本」和「風險的成本」進行比較，如果前者大於後者，採取行動減少風險是不符合成本效益的。但值得注意的是，忽視風險的結果可能會比原先預期的代價來的高，因此在做這項評估時一定要謹慎，千萬不可低估「風險的成本」。

二、技術分析：從技術上看，風險真的能夠減少或避免嗎？如果技術上無法克服，就算有心想要減少風險也不可得。

當成本效益和技術分析都顯示降低風險是可行的時候，組織就應該針對危害最大和發生機率最高的風險，採取風險轉移方案，也就是採取某些改變行動以徹底排除風險或將風險減少到合理的範圍。改變之後應該隨之密切的監督、定期檢視風險狀況，藉以瞭解風險轉移計劃的成效。換言之，風險轉移的評估是一個持續不斷的過程，評估時應該比較計劃實施前後的風險程度，且必須持續不斷的監督或檢視，以保證威脅不會再次出現。在風險轉移過程，風險溝通專家Suzanne Zoda建議：「趁早與可能受到影響的公眾展開對話，不要等到阻力出現後才行動，提早跟可能受影響的人進行接觸，至為重要」（Wilcox等，2000：p188）。這些溝通不僅可以增加民眾對風險的認識，降低組織對風險造成後果所必須擔負的法律責任；也可以協助民眾對風險

議題形成正確的討論與結論，並促使民眾採取某些行動來降低風險。

## 建立關係的要素：密切往來、可信度、符合期望

　　面對可能與組織發生衝突、或給組織帶來威脅的利害關係人，組織應該如何和他們建立良好的互動關係呢？許多危機公關的文獻都提到，組織和利害關係人之關係的要素包括：維持密切的往來、組織的可信度（credibility），以及組織作為是否符合利害關係人的期望。

　　組織和利害關係人密切往來，可以使組織預先瞭解他們的需求，進而針對需求提供滿足，這將有利於爭取利害關係人對組織的認同。因為進行對話而相互瞭解，相互尊重，使雙方對彼此都產生正面而積極的認知，進而在利害關係人心目中建立或提昇組織的信譽。J. Grunig和Repper甚至認為建立關係是某種的訊息發現。「和利害關係人密切往來可以幫助組織及早發現問題，並預作準備以防止這些問題演變成議題或危機」（Coombs, 1999: p45）。因此，當發現某利害關係人與組織的關係愈形愈遠之際，組織應該增加與利害關係人的聯繫和往來，以利關係的改善，進而化解可能的危機。吳宜蓁（2002）的腸病毒個案研究也發現，臺灣衛生單位在腸病毒危機前，與媒體的互動關係頻率和品質，確實會影響危機時的溝通成效（p145-83）。

　　「可信度」可以說是公關努力的核心，對於組織訊息的說服效果更有顯著的影響。「研究證實可信度來自兩個要素：專業能力和值得信賴。所謂專業能力是指傳播者對課題所具備的知識，專業的組織看起來是適任的、有能力的、有效率的。所謂值得信賴，是傳播者對（訊息）接收者表現出善意或關心，一個值得信賴的組織，是真誠的、道德的、而且當它做決策時，會考慮（其）行為對利害關係人的影響……危機專家一再強調，組織必須在危機中控制得宜，並表現出同情之心」（Coombs, 1999: p46-7），其實就是在強調組織的可信度。因為，組織有專業能力，比較可能將危機控制得宜，獲得利害關係人

351

的信任；組織如果能表現出悲天憫人的胸懷，自然能夠讓利害關係人感到值得信賴。

前文提過當組織作為能夠符合利害關係人的期望時，就是具有正當性。當組織作為沒有正當性，也就是不符合利害關係人期望時，極可能引來利害關係人的不滿和抱怨，甚至引發對組織的抗議或衝突。因此組織應該充分瞭解利害關係人的期望，並經常檢查組織作為是否違反他們的期望，才能夠避免衝突或抗爭的危機。如果發現組織作為有違利害關係人期望時，應該盡快改變作為，並監督這樣的改變是否得到他們的諒解和支持。以姚老師上公共關係學這門課為例，如果發現同學出席率越來越低，想必課程內容或講課方式不符合同學們的期望，姚老師必須改變授課內容或表達方式，並密切注意這些改變是否有效，才能避免下學期沒有同學選修這門課的危機。

總之，為了和利害關係人在危機前建立良好的關係，危機管理人員必須建立、維繫和利害關係人之間的雙向溝通。組織必須知道和利害關係人維持密切關係的管道，並評量每一個溝通管道的雙向可能性。組織尤其不應該忘記他們曾經許下的諾言，組織唯有締造出「言出必行」的紀錄，才能在利害關係人的心目中建立起信用和正當性。為了瞭解組織與利害關係人的關係如何，應該進行定期的評估，評估標準至少應有兩方面的資料：組織表現的自我評量和利害關係人的認知，並加以比較，以先期發現組織和哪些利害關係人的關係發生了變化，從而採取改善措施，以預防危機的來臨。有關組織和利害關係人之間關係品質的評估指標，請參閱本書第十六章「評估」的介紹。

晚近，危機預防的研究已經注意到極易被組織忽略的層面，因為研究發現，「危機往往爆發於人們最想不到的地方」（Olaniran, 2001: p490）。Olaniran（2001）的危機預測模型，是從組織對科技過度及錯誤的倚賴，來討論危機管理的策略。他指出：「由科技引發的危機事件層出不窮……最主要的原因是組織為了靠這些科技設備獲利，卻不花心思去避免可能的災難。這種決策途徑之所以危險，是因為其他

利害關係人並不知道他們可能會因此而面臨危機。所以關鍵的問題不在於這項科技到底會不會產生危險？而是在於這項科技究竟何時及如何產生危險？預期模型就是在回答這個「何時」與「如何」的問題」（p489）。換言之，組織應該關注所有可能，千萬不可因為「善小而不為」，更不可因為短期的獲利因素，故意忽略獲利設備可能引發的巨大傷害，因為多一分預防，就多一分安全。

## 第四節　危機準備

俗話說：預防勝於治療。問題是，就算有萬全的防範措施，危機就一定不會發生嗎？當然不，更由於並非所有危機都有辦法事先預防，所以必須做好事前的準備工作。所謂「勿恃敵之不來，恃吾有以待之」，組織有了萬全的準備，就算危機真的來臨，一個做好充分準備措施的組織，比較可以專注於危機的處理，並且採取果斷有效的應變對策，以降低危機不確定性所可能帶來的巨大損失。因此，組織不應以為有了預防措施就能高枕無憂、不會受到傷害。組織應該做好處理危機的準備，準備好隨時迎戰無可避免的危機。

危機準備的目的在於一旦危機發生時，組織能夠冷靜、有信心且有條不紊地面對危機、處理危機。問題是，如何才能達到上述的要求？主要是「人」和「事」，也就是什麼樣的人適任、如何才能讓他們表現得適任等問題。因此，危機準備的工作重點至少應該包括：成立危機處理小組、挑選及訓練發言人、研擬危機應變計劃以及危機的模擬和訓練。

### 成立危機處理小組

組成有效的危機處理小組，必須經過精挑細選和訓練的過程。

挑選是選擇最適合的人選，而訓練則有助於增進處理危機的技能。
Coombs（1999）指出，危機過程中處理小組「有四項任務：集體決
策、團隊合作、實施危機管理計劃、以及聆聽」（p64）。因此小組成
員需要具備：審慎的決策能力、合作特質（配合團隊）、對模糊狀況
的耐心和抗壓性、聆聽的技巧等條件或特質。挑選小組成員不只是發
掘哪些人適合加入而已，還必須考慮要將組織中哪些功能領域納入處
理小組。成員必須代表組織中各個功能或部門。例如：法務、生產、
行銷、營運、安全維護、公共關係、材料採購、品管和執行長等。這
些部門的納入有的是基於知識、有的基於技能、有的則是基於組織的
權利關係。

　　發言人是組織處於危機時的代言人，主要職責是正確傳達組織
的訊息、和媒體打交道，訓練不良或能力不足的發言人只會使危機更
加惡化。危機發生時，應該由誰擔任發言人？Caponigro認為「取決
於危機的特質和嚴重程度」，他並提出以下建議（陳儀、邱天欣譯，
2002：p211-2）：

一、派出執行長：如果危機極為嚴重，必須展現出組織的關切、憐憫
　　以及同理心時，應該考慮由執行長作為主要的發言人。

二、從公關人員中挑選：如果想要傳達的只是單純的組織聲明、立場
　　等訊息，避免回答一些基本問題以外的詢問時，是公關人員擔任
　　發言人的適當時機。

三、指派熟悉產品的專員：當必須以權威專業的形式來說明複雜的資
　　訊，證明組織已經掌握狀況，並有能力解決問題時，可考慮指派
　　這類型的人員。

四、由律師出面：只有當需要傳達高度複雜的法律條文和細則，而且
　　其他人難以正確傳達時，才使用法律顧問作為發言人。

## 組織需要什麼樣的發言人

　　發言人應該具備哪些條件或特質？Caponigro進一步指出，決定發言人選的其他考慮因素包括（陳儀、邱天欣譯，2002：p214-5）：

一、擁有迅速掌握資訊、有效表達的能力。

二、可靠度和可信賴感。

三、仔細傾聽的能力。

四、能表達同情、溫暖和耐心。

五、願意接受批評指教。

六、必要時，隨時待命。

七、具備強大的抗壓性。

八、有高度毅力應付長時間的工作。

　　很多危機管理文獻都強調，應該指定唯一的發言人才能統一口徑。問題是，萬一危機發生時該發言人不在？如果危機持續數天，需要24小時或48小時持續投入，缺乏睡眠會不會使績效打折扣？Coombs（1999）認為：「一個發言人才能統一口徑是過甚之詞，統一口徑只是意味組織應該呈現一致的訊息，不同發言人一起共事，還是可以有一致的發言。因此，團隊合作對危機小組至為重要。危機發生時媒體傾向找權威人士問問題……所以記者會可以安排數位發言人，每個問題都由最適合的人作答，關鍵是每位發言人都應該做好準備，所有相關的資訊都必須共享、互通，以免產生不一致的現象」（p72）。

## 發言人的媒體任務

　　「危機專家一直建議發言人應該接受媒體訓練。媒體訓練通常是指與媒體對答的練習」。我們可以從發言人的媒體任務，來瞭解發言人應該接受哪些訓練？發言人的媒體任務包括：一、在媒體面前展現親和力；二、針對問題作有效回答；三、明確提供危機訊息；四、處理困難的問題（Coombs, 1999: p72-8）。

## 一、在媒體面前展現親和力

溝通方式或風格會影響訊息內容被接受的程度。為了在媒體面前展現友善、關懷且態度堅定等風格，發言人應該注意某些傳達訊息的技巧：

1. 經常與觀眾保持目光的接觸，至少60%的時間看著觀眾。
2. 要利用手勢強調重點。
3. 聲調要有抑揚頓挫，以免過於單調。
4. 臉上的表情要有變化，不要面無表情。
5. 避免太多如嗯、喔等口語虛詞。

這五個要點具有掌控、專注、友善的感覺，同時使人看起來更可靠。須知，好的傳達技巧將使發言內容有加分效果，不好的技巧則會使傳達的內容大打折扣。因此發言人應該接受專業訓練，讓他看起來大局在握並具有悲天憫人的氣質。此外，發言人不應該咄咄逼人或是好辯，這兩種特質都容易和記者發生爭執，但這並不意味著發言人容許錯誤訊息的存在。

## 二、針對問題作有效回答

聽問題時要很專注，發言人必須針對記者所提的問題回答，不能答非所問；萬一遇到不知道答案的問題時，應該承認不知道，但要承諾一旦得到答案時會立刻告知記者。發言人一定要謹記：千萬不可說「無可奉告」（no comment），因為「無可奉告」會帶來兩種不良後果：

1. 65%的人聽到「無可奉告」，會認為是組織承認犯錯或有罪。
2. 「無可奉告」無異於沉默，是一種非常消極、被動的回應，這意味著組織允許「對情況不明、有錯誤訊息、或對組織不懷好

意的人」對媒體或社會大眾說明危機事件。

## 三、明確提供危機訊息

　　所謂明確提供危機訊息著重的是回應的內容，這涉及回答問題要簡潔有力，但是應該焦點集中。重點是利害關係人是否瞭解發言內容？用新聞媒體和消費者能夠理解的語言，少用組織的專門術語或是過於技術性的語言，能夠讓發言內容清楚而具體。此外，謹慎而有系統的回答有助於讓發言內容更清晰，所以發言人應該仔細檢查欲說明的核心訊息，是否容易為人所瞭解，並多加演練。

## 四、處理困難的問題

　　發言人常見的困難或棘手問題包括：

1. 冗長而複雜的問題：可要求記者再重複一次、描述一下或是稍作解釋。
2. 包含許多子題的問題：可選擇發言人想回答的部分作答，這部分應該是組織最想傳達出去的訊息；也可以提出所有的答案，但應針對各個問題一一列點回答。
3. 微妙而尖銳的問題：發言人必須讓聽眾瞭解這是很不好回答的問題，因此需要比較長的時間回答；這個問題也可能無法回答，此時發言人必須解釋無法回答的原因。
4. 基於錯誤資訊的問題：一定要提出異議並且更正，發言人也需確定錯誤的資訊已經從記者會資料中剔除。
5. 多重選擇的問題：發言人必須判別這些可供選擇的答案是否公平？如果這些選擇會使組織陷入「冷酷無情」或是「愚蠢不堪」兩難的境況，發言人為何要在這些不合理的答案中作選擇？發言人應該說明這些答案不合理或不適當之處，並針對問題提出自己的答案。

總之，發言人處理困難問題的技巧包括：

1. 能認清難題的癥結所在。
2. 能反問問題以做出回答。
3. 能夠機智的回答難纏的問題。
4. 能指出問題中錯誤的部分。
5. 能解釋為何某一問題不能回答。
6. 能評估比較對一個問題不同答覆的好壞。
7. 能用多種說明回答問題。

這些都是發言人在接受媒體訓練時應該注意的重點。

## 研擬危機應變計劃

Augustine強調「管理者必須擬妥計畫，是為了在危機發生時，除了有『自信』面對外，『真正』有能力處理」危機（吳佩玲譯，2001：p15）。換言之，危機應變計劃的價值在於，當危機發生時，誰應該做什麼事都已經事先指派完成，處理事件的先後順序也安排妥當，這些措施都能加快危機處理的速度；計劃還可以使回應更有系統、更有效率，進而可以挽救生命、降低組織的風險，並在從容不迫的情況下採取補救措施。Caponigro認為危機應變計劃最有效的程序如下（陳儀、邱天欣譯，2002：p110-2）：

1. 確定全權負責的主管人員。
2. 提撥專用預算。
3. 將危機管理列入年度業務計畫。
4. 成立組織內部危機管理團隊。
5. 一年至少進行一次組織內部弱點交叉分析。

6. 針對五個最可能發生的危機設想最糟糕情況，並擬定計劃來防範、管理。

7. 每年更新公司的危機應變計畫。

8. 為危機管理人員準備危機反應教戰手冊。

9. 擬定概要說明表、背景說明書、備忘錄、信件與重點訊息的草稿，一旦發生危機時，便可以針對這些現有文件進行快速的修訂。

10.取得組織外部重要顧問的參與及建議，包括那些在法律與危機管理實務界的 專業人士。

11.每年應擬定危機模擬訓練計劃並實地參與演練。

12.每年至少參加一次媒體訓練。


　　危機應變（或處理）計劃是一種傳播溝通的文件，內容是關於應該和誰接觸、如何接觸，以及危機發生時，該說什麼或不該說什麼的資訊。不論危機處理計畫的項目大綱如何安排，一個完整的處理計畫應該做到以下四點要求：


1. 應變方案、溝通程序和責任劃分務必清楚，應避免模稜兩可、語意含糊。

2. 給負責處理危機的人員明確指示。

3. 危機期間，提供發言人面對媒體和大眾時應掌握的指導原則。

4. 找出組織中可派上用場的其他緊急資源和人力。

## 危機的模擬和訓練

　　有危機處理計劃還不夠，因為：(1)計劃無法詳列所有情況，危機處理小組要能夠針對計劃外的突發狀況調整計劃；(2)組織在變、環境也在變，危機處理計劃至少應該每年檢查一至兩次，作必要的更新；(3)如果沒有實際的操演，計劃其實沒有什麼價值，模擬演練可以發現

漏洞或缺點，而在危機發生前補足或強化（Coombs，1999：p83）。問題是，成功的危機模擬訓練要素為何？Caponigro指出，成功的危機模擬訓練應該包括以下幾點（陳儀、邱天欣譯，2002：p125）：

1. 最可能在危機發生時協助處理危機的人員均應參與訓練。
2. 應準備足夠的時間以進行有效的講習（至少三小時）。
3. 可能發生的模擬危機情境需與被公司列為高順位的弱點一致。
4. 採用複雜度適中且與公司內部員工有關的情境一就像是真正危機時可能發生的狀況。
5. 讓參與的人員進行幾個主要群眾（如員工、客戶、政治官員以及新聞媒體）的角色扮演。
6. 「新聞媒體」角色的參與，顯現他們對這個危機的興趣。
7. 模擬媒體訪問。
8. 指派攝影人員監控並錄下後續檢討與討論的情況。
9. 指派專員觀察並評估危機管理成效，以提供後續的改善建議。
10. 預先制定具體評估表格，需與公司危機管理目標一致一這可由觀察家或評估者填寫。

　　危機處理小組必須透過模擬演練，才能瞭解人們可以將危機處理計畫實施到什麼程度，以及如何改善危機處理計畫。美國公關協會在1992年的一項研究指出，具有危機處理計畫的公司中，只有63%在過去兩年曾經演練過危機處理計畫。換言之，即使有危機處理計畫、成立危機處理小組的組織，並沒有認真準備面對危機。Coombs（1999）更指出：「因為訓練的重點在於如何實施危機處理計劃，因此大部分的危機模擬都強調團體層次的訓練。雖然團體層次的訓練很有用，但卻忽視了對個人在危機處理中所需具備的知識和技能的訓練……危機處理小組的訓練應該同時考慮個人和團體層次的知識和技能。對危機模擬的評估，應包括對個人層次技能的測試」（p70-1）。

# 第 18 章
## 危機處理

2004年「5月22日,700位臺灣球迷(這些球迷為一睹巨星風采,大量購買NIKE商品,以得到抽獎資格,並爭取與球神會面機會)帶著朝聖心情,參加『麥可‧喬丹亞洲之旅2004—The Show』活動,好不容易等到喬丹出場,滿場止不住激情嘶喊。但是他前後只出現約90秒,眾人既錯愕又失落。喬丹的快閃,引發了球迷的憤怒、媒體連日負面報導、消基會要求道歉賠償、臺北地檢署調查是否涉嫌詐欺。主辦這次活動的NIKE,多年來品牌形象高高在上,卻因此成了過街老鼠」(洪儷容,2004:p20)。NIKE在這次的危機處理上,究竟犯了什麼錯誤?在分析此案例之前我們先看看一般處理危機的概念。

## 第一節　危機處理原則

既然危機已經發生,組織就必須理性的面對它、並且保持冷靜地和外界溝通。問題是,要如何進行溝通呢?Carponigro建議在做危機溝通時,應該思考以下幾個概念(陳儀、邱天欣譯,2002:p156-9):

1. 首先找出所有受危機影響或是希望獲得資訊的群眾。
2. 證明公司已經找出問題並設法解決。
3. 針對特定群眾傳達重點訊息。
4. 只告知已經查證屬實的訊息。
5. 面對媒體或受眾絕對不要說謊。
6. 不要對假設性問題提出個人看法。
7. 傳達一種強烈的感覺,讓人覺得你平易近人且願意溝通。
8. 果斷。對主要群眾證明公司已盡全力,處理危機的機會通常僅有幾個小時。
9. 保持冷靜。
10.不要對媒體或其他人說出「無可奉告」的話。

11.把不好的消息一次說出來。

12.透過各種管道，向群眾徵詢意見。

13.記錄文件。確認你接到的電話、召開的會議，以及在危機發生時的溝通會製成文件並歸檔。

14.最後要監控並評估情勢的發展。

15.不要停止溝通。如果持續加強與主要群眾溝通，危機就可能會順利解決。


綜合許多危機管理的研究和文獻，我們發現組織在處理危機時，應該把握的處理原則至少包括：一、即時；二、誠實；三、負責；四、展現同情心；五、訊息一致性；六、和利害關係人直接溝通。以下是我們的說明：


## 一、即時

贏得時間就意味著損失的減少。所謂「即時」包括迅速瞭解情況、迅速找出事實真相、迅速召開記者會或對外發表聲明、迅速做出判斷、迅速控制事態發展，以期危機能夠盡速落幕。有人說，事件發生後的24小時，是處理危機最重要的黃金時間，組織應該掌握第一時間，迅速對事件作出反應。「因為最初的24小時是很關鍵的，一旦人們的認知形成就很難動搖。你是否能控制情況，就在這一天內決定」（詹中原，2004：p167）。綜觀喬丹快閃事件發生在5月22日下午3點，NIKE在23日晚上才作出第一次反應，完全錯失第一時間處理危機的機會；在媒體窮追猛打，消基會、地檢署相繼介入後，事件愈形擴大，但NIKE總經理直到28日才出面向球迷和消費者鞠躬道歉。

詹中原（2004）指出：「危機溝通的重要原則，就是把不好的新聞快速且完整的說明，愈是害怕不好的新聞，愈要試圖控制資訊，因為一旦被迫作反應時，就輸了這一戰」（p221）。Coombs（1999）則強調：「大部份利害關係人在面臨資訊空白的時候，會利用媒體報導

作為對危機相關資訊的主要或首要來源。如果危機小組無法及時提供第一手危機資訊給媒體時，會有其他的團體提供相關資訊，這些團體可能會提供不當或錯誤的資訊，甚至會有意地打擊組織，資訊的空白會被謠言或猜測而非事實所填滿，這樣會使危機所帶來的損害進一步加劇或惡化」（p115）。所以，吳宜蓁（2002）提醒我們：「盡快公布真相，並且在媒體找上門之前，先找他們……原因有二：1.搶先取得事件的解釋空間；2.防止危機期間謠言滋生，擴大危機的殺傷力」（p54）。

Augustine認為「處理危機最重要的一件事，就是不要選擇沉默」。James Lukaszewski也指出「無論如何請發表一些意見，如果你不準備說話，報導者會找其他願意的人來說」（吳佩玲譯，2001：p26）。因為沉默代表組織的疑慮和消極，沉默就是允許他人控制情勢，讓其他團體解讀危機的涵義，對危機的快速回應就是讓組織親自解讀危機—將危機的內幕透露給媒體，然後傳達給社會大眾。Coombs（1999）更認為：「快速回應能夠幫助組織建立大局在握的形象，表示情勢都已在危機小組的掌控之中」（p115-6）。換言之，快速的危機回應代表組織正在採取行動、組織有能力處理危機的象徵，所以是重建組織可信性的第一步。

當危機來臨時，大眾想要知道到底發生了什麼事，危機將會帶來或可能帶來什麼影響或傷害。因此組織應該提供「說明性資訊」給公眾。除了危機的時間、地點、原因和程度等危機內容的基本資訊外，「Sturges（1994）建議組織在對外公布資訊時，必須對相關公眾提供三方面的訊息：1.行動指引（如何對抗危機）；2.心理上如何對抗危機；3.透過對外資訊，傳達組織解決問題的誠意及善意」（吳宜蓁，2002：p55）。

## 二、誠實

　　Wilcox等人（2000）強調在處理危機時要：「誠實不欺瞞，不要

隱瞞事實或誤導大眾」（p181）。因為不誠實會嚴重破壞組織和利害關係人的關係，也會損害組織的信譽，甚至在將來的訴訟中被判處高額的賠償金。以Exxon石油公司Valdez油輪漏油事件為例，律師建議公司不要承認錯誤，以便在辯護時取得較有利的立場。最後該公司不但被陪審團判賠數十億美元，也輸掉它的信譽。問題是組織究竟應該「說多少」及「何時該說」？Warren Buffet建議：「首先，你必須申明你並不清楚全部事實，然後立即陳述你所確知的事實，我們的目標是，做得正確，做得迅速，快速抽身，結束問題」（吳佩玲譯，2001：p25-6）。

　　Coombs（1999）也指出：「在危機管理的圈子裡，通常是大力鼓吹謹慎的透露所有資訊。然而，透露所有的資訊幾乎是不可能與不合理的，因為……有時候，透露所有的資訊會引發直接與間接的訴訟成本反而使危機惡化……組織在考量對受害者的責任時，應該同時考慮對股東、債權人與員工的責任……所以危機發生時，危機管理人員必須考量應該透露多少資訊……有限度的透露資訊應該是讓利害關係人知道他們應該知道的事實，而不應該拿來作為搪塞的理由」（p118-9）。不管應該透露的訊息有多少，要切記的是：如果隱瞞事實、封鎖消息，更會引起新聞界及公眾的猜疑和反感。

　　誠實告知媒體壞消息是挽救組織最有效的方法。AT&T的線路在1990年突然當機，當決策者知道技術人員一時之間無法排除故障時，他們在兩個小時之內決定告訴媒體四件事：(1)線路確實發生故障；(2)目前還無法查出原因；(3)公司會盡快修復；(4)一有最新進展會立刻通知媒體；1994年美國航空427班機空難，面對焦急親友詢問時，公司要求員工儘量以「是的，他在名單上」，而不直接說「是的，他在飛機上」來回答。另外在危機期間，組織也必須隨時監控媒體的報導，一旦發現有錯誤或不確實的消息時，應立即反應、並要求更正。有關誠實原則的進一步陳述，請參閱本書第六章第二節「誠實為上策」的說明。

## 三、負責

如果因為組織犯錯導致其他人受到波及，組織應該勇敢為這個
錯誤致歉，並扛起應負的責任。須知，公開道歉不見得是件壞事，反
而更容易博得媒體和公眾的諒解和欣賞；即使責任不在自己，組織也
應該展現善盡社會責任的良好形象。因為事實上，人們感興趣的往往
是組織對事情的態度，而非事情本身。組織必須從攸關大眾利益的角
度、而非組織的利益出發；置公眾利益於腦後，只是搬石頭砸自己的
腳，可能會使組織的危機更加嚴重。這也就是Wilcox等人（2000）所謂
「以大眾為先」的原則（p181）。

娇生公司面臨Tynenol膠囊引起的一連串死亡事件，娇生公司
為確保大眾的安全、並重拾顧客對Tynenol的信心，決定從全國回收
三千一百萬顆Tynenol膠囊，並重新設計包裝，還以整版的平面廣告和
電視廣告宣告它的決定。在三個月內，該公司即收復危機發生前95%
的市場佔有率。贏得這樣的成績當然付出相當大的成本，但若是公司
的信譽受損後想再重新建立，成本則是更難以估計。雖然這是一個悲
劇，但娇生公司展現它對客戶的關心和負責的態度，反而擁有了更好
的形象（吳佩玲譯，2001：p31-2）。

反觀喬丹快閃事件，NIKE的律師在「與消保會協調時，姿態
很高，一直強調『沒有錯，為何要認錯？認了錯，豈不牽涉法律責
任？』」。在這樣保護自我的心態下，26日的記者說明會，「NIKE經
理黃湘燕坐著表示，只針對『部分感到不滿意』的球迷表達歉意，當
場被媒體質疑缺乏誠意……NIKE避重就輕的回答，讓記者很不高興，
臺北市籃球記者聯誼會最後決定退席」（洪儷容，2004：p23）。而
且現場球迷大為不滿，一陣交相指責後，球迷紛紛退席抗議，說明會
最後也不歡而散。值得一提的是，NIKE「這個危機雖處理得不好，但
NIKE並沒有把責任推給喬丹、賴聲川（本次活動策劃人）或楷模公
關（NIKE的公關公司），他們始終是概括承受」（洪儷容，2004：
p24）。算是整個事件當中唯一被媒體稱許之處，顯見「負責」在處理

危機時的重要性。

## 四、展現同情（理）心

　　危機事故中可能有人受到身體、心理或金錢上的創傷，組織面對這些受害者應該表達關懷或同情心。換個角度看如果您是受害者，您希望組織用什麼態度和您溝通？如果組織能夠用設身處地的角度去擬定溝通策略，溝通一定更加有效。因此，組織應該以同理心去贏得公眾，以悲天憫人的胸懷去創造妥善處理危機的良好氛圍。詹中原（2004）強調：「冷漠、沒有人性，或不關心，通常會在危機處理中造成失敗」（p230）。Coombs, W. T.（1999）則特別提醒我們：「表達關懷並不意味著組織承認所有責任……組織展現同情心或表達關懷，是要讓利害關係人知道它是可信賴的」（p119）。

　　因為人類總是同情弱者的，所以切忌和受害者在事故現場發生爭辯。試想當您看到某一發生事故的公司，在事故現場和罹難者家屬大吵大鬧的畫面，不管事實為何，您會站在哪一邊？您對那家公司又有何觀感？因此組織應該盡可能使用人性化的語氣和措辭，來對待一般利害關係人，對受傷的民眾尤應表達深切的慰問之意。2002年5月25日，中華航空公司編號CI611班機於下午15：28在馬公西北方10浬處失事，機上206位乘客、19位機組人員全部罹難。由於飛機是在3萬呎以上高空解體，屍體打撈進度緩慢，焦急的罹難者家屬向華航人員尋問搜救進度，華航人員卻請家屬自己看電視！當您看到「搜救進度 請家屬自己看電視」（聯合報，2002年5月27日：第8版）這樣的報紙標題和報導時，您心中對華航的評價為何呢？

　　再看看NIKE的表現，23日的第一次反應，「NIKE經理黃湘燕表示，他們不覺得活動設計有問題，也有人覺得看一眼喬丹，此生足矣……這時候說這句話，完全是忽略人性，簡直讓球迷氣死了……為了平息眾怒，NIKE24日再次發出聲明，除了持續表達歉意，那700名入場球迷，將獲贈一張喬丹限量絕版海報；下次有NBA球星訪臺，他

們也能優先入場。這個善意不被球迷領情，被解讀成拿有價物品來摸頭、搪塞，引起更多反彈」（洪儷容，2004：p22）。為什麼NIKE的善意無法奏效？關鍵就在於NIKE的回應讓球迷或消費者覺得缺乏人性或誠意，顯見危機處理過程中展現同情心或誠意的重要性。特別值得提醒讀者的是，在危機事件的溝通過程中，應該充分傳達兩種感覺：第一、組織有解決危機事件的誠意；第二、組織有控制事態發展的能力。這兩種感覺能夠獲得公眾的信賴，也就是在塑造組織的可信性。

　　與此原則相關、更重要的一個危機處理態度是：以「同理心」角度發言或做決策。以2009年的莫拉克颱風為例，行政院祕書長薛香川在8月8日晚上陪95歲的岳父吃父親節聚餐、行政院長劉兆玄8月11日勘災後跑去理髮、外交部長歐鴻鍊8月14日在捷克陪臺商打高爾夫球、總統馬英九在風災那幾天仍然照常慢跑、民進黨主席蔡英文在勘災期間入宿五星級酒店等傳聞，為何讓媒體大作文章？媒體最想凸顯的就是：官員不能苦民所苦、官員與受災民眾完全生活在不同的世界、官員沒有以受災民眾的角度出發思考問題。事實上，以上官員的作為，在平時絕對沒有問題，但把這些作為搬到風災情境或畫面裡，這些作為就成為大惡不赦的行徑。官員力爭其行為之合理性，則更凸顯官員不能以同理心看待問題的心態，因為這時候，公眾關切的不是行為本身的對錯問題，而是官員面對質疑的態度問題。

## 五、訊息一致性

　　組織面對危機所做的任何回應，必須保證前後所提供的訊息是一致的，也就是所謂「口徑一致」（one voice）原則。如果組織發布的訊息前後矛盾，媒體和社會大眾對組織的發言或提供的訊息，就會產生疑慮、甚至不信任。這牽涉到兩個問題：(1)是否只能由同一個發言人對外發言，才能做到訊息一致性的要求？(2)非正式管道的發言問題。第一個問題我們曾經在上一章「危機準備」中討論過，這裡我們要強調的是，充分的準備有助於所有發言人做出訊息一致性的要求，因為

使用相同資訊來源的發言人們，可能會比準備不充分之單一發言人的回答，還要來的一致。

「任何員工都有可能在媒體的勸誘下回答問題，而成為非正式的發言人，出自非正式發言人的訊息無法確保它的正確性和一致性。所以組織的危機處理或應變計畫中，應該明確設定處理任何詢問的程序和方法，這些程序或方法必須要讓員工能控制一下急於為公司發言的衝動……所有的猜測與謠言就是經由這些非正式發言人的意見發表而進入並呈現於媒體。危機處理計畫和危機訓練可以減少這些非正式發言的問題，前後一致的訊息要比前後矛盾的訊息具有較高的可信度，所以要建立對外回應的可信度，口徑一致是相當重要的」（Coombs, 1999: p117）。

## 六、和關鍵利害關係人直接溝通

危機期間除了要和媒體接觸、溝通之外，組織發生危機或意外事故時，員工通常是直接有關或受到影響最大的人；他們可能是媒體追問的對象，私下也會受到鄰居或親友的關心。如果員工是透過媒體才得知危機事件，他們的心理可能不好受，更難和組織同心協力一起度過難關，因為組織好像把他們當作「外人」看待。因此組織應透過內部管道，讓員工瞭解事情真相。

除了員工，還有一些重要的利害關係人，包括客戶、股東、供應商、經銷商以及組織所在地的社區，組織也應該有特定的通報管道，向他們報告危機訊息、並和他們保持密切的聯繫，而不要等到他們自己在大眾媒體上獲取有關組織危機的消息。組織「管理層即使在面臨著必須對媒體做出反應的巨大壓力時，也不能忽視這些對公司消息特別關心的人群」（MBA核心課程編譯組，2003：p146）。也就是應該要和組織的一些重要利害關係人做直接的溝通。

如果是產品發生瑕疵或遭下毒，消費者、經銷商、醫生和病患都急著瞭解狀況。嬌生公司的應變措施便值得借鏡：第一起Tynenol膠囊

369

造成的死亡案例公布後一天之內，嬌生公司發出了50萬份警告電報；每位分公司的員工都收到兩封信，告知最新狀況並感謝他們對公司的支持；另外還設立免費消費者熱線，在一個月內接聽了三萬通以上的詢問電話，而且所有消費者的來信都獲得了回覆。

## 第二節　危機處理案例一：新航空難

　　2000年10月31日深夜23:18，一架新加坡航空公司的班機，在臺灣中正機場的跑道上，因為撞擊到跑道上施工的機具車輛而失事。為什麼跑道上有施工的車輛呢？初步研判是新航飛機進錯跑道，而導致這場悲劇。為甚麼飛機會進錯跑道呢？這有兩種可能：第一、新航機師看錯燈號指示，進錯跑道；第二、塔臺指示燈號錯誤，導致飛機進入致命跑道。首先讓我們來看看整個事件經過，以及新加坡航空公司的處理過程：

2000.11.1：A.宣布對罹難者立即致贈25,000美元慰問金。

　　　　　　B.緊急調派155名工作人員，成立「緊急危機處理小組」。

　　　　　　C.安排家屬搭乘專機來臺。

2000.11.2：A.新航總裁晚上抵臺，立即聽取簡報。

　　　　　　B.聽完簡報已經是凌晨，新航總裁於01:20前往祭拜罹難者、並到過境旅館向罹難者家屬致意。

　　　　　　C.凌晨02:00新航總裁召開記者會，除表示最深的歉意外，也表達全力配合調查、並願提供任何可以處理善後的人力和物力。

2000.11.3：A.初步調查結果公布，確為新航飛機入錯跑道。

　　　　　　B.新航於晚上21:30召開記者會，總裁聲明：接受初步調查結果、致歉、並表示會對旅客與家屬負起全責、承擔責任。

C.記者會上有記者問：「如果是機場指示燈出問題，是否能讓新航減輕責任」？新航總裁回答：「我不關心能減輕多少責任，是我們的機師和飛機出了事，我們會承擔責任」。

2000.11.4：下午，新航宣布：每位罹難者賠償40萬美金（不含25,000美元慰問金，40萬美金約合1,300萬臺幣）。

2000.11.5：部分家屬不滿意新航片面宣布賠償金額；另提出賠償2000萬臺幣的要求，但對新航第一線人員的服務表示感謝。

2000.11.6：媒體的報導焦點落在「機師應不應該在臺灣被起訴」的爭議上。

2000.11.7：罹難者的頭七法會，新航臺灣分公司總經理向靈位下跪，代表新航向罹難者致上最深的歉意。

## 立即的反應，奠下信任的基礎

11月8日以後，新航空難的消息在各媒體，就像是煙消雲散一般的「不見了」。為什麼新航能夠在這麼短的時間，就遠離媒體的「暴風圈」？它的危機處理或溝通與前述的原則是否相符？有何值得借鏡的地方？以下是我們對新航案例的檢討和分析：

事故一發生，新航立即從香港和新加坡，調派155名人員來臺組成危機處理小組，投入救災、善後、溝通和服務工作；新航總裁在48小時之內趕赴最前線，一到臺灣立即瞭解最新情況、緊接著在凌晨兩點鐘召開記者會；初步調查結果出爐，新航在當天晚上立即召開記者會，作出立即且善意的回應；不到四天的時間之內，決定臺灣有史以來最高的賠償天價（上一次華航空難的賠償金額約為九百多萬臺幣）。這些作為都充分顯示出，新航把握「即時」的處理原則。

## 誠實、負責的作風，獲社會高度評價

　　新航飛機入錯跑道所以發生事故，這是事實。所以初步調查結果一公布，新航暫時不去深究到底是塔臺燈號指示錯誤、還是新航機師看錯燈號的問題？以坦然、誠實的態度去面對調查結果，讓媒體留下不錯的印象。尤其是新航總裁回答記者提問時強調：即使是指示燈號出問題，「我不關心能減輕多少責任，（畢竟）是我們的機師和飛機出了事，我們會承擔責任」。這番話更讓媒體和社會大眾對新航勇於任事的表現，給予相當高的肯定和評價；另外連同慰問金高達近一千四百萬臺幣的賠償金額，也讓社會大眾印象深刻，不少民眾戲稱：「早知道賠償金額這麼高，就應該去搭新航這班飛機」的玩笑話，也體現出社會大眾對新航處理危機的滿意程度。可見「誠實」、「負責」原則的重要性。

　　新航總裁聽完簡報後，立即前往靈堂祭拜罹難者、隨即到過境旅館慰問乘客家屬、記者會上以「道歉」開場；155位調派前來支援、和臺灣員工對乘客家屬的親切服務，贏得罹難者家屬的高度肯定和感謝；臺灣分公司總經理在罹難者頭七法會上，以中國人最高敬意、表示最大哀悼的方式：下跪，來表示新航對罹難者最沉痛的歉意。凡此種種，都是「展現同情心」的誠懇態度表現。

　　事實上，在這短短一星期內，媒體也曾出現過對新航不利的一些報導，這些比較負面的報導主要有三點：第一、新航發生事故後未能在第一時間通知乘客家屬；第二、當初步調查結果出爐，新航內部非正式管道傳出「他們不相信經驗豐富的機師，會飛錯跑道」的聲音或意見；第三、新航在沒有和罹難者家屬商議情況下，公司片面決定賠償金額。這三項報導也印證了前述幾項危機溝通原則的正確性和有效性：即時、訊息一致性和展現同情心等原則。

## 非正式管道發言，讓新航捏了一把冷汗

特別值得在這裡凸顯的一個問題是，為什麼新航內部會有「不相信經驗豐富的機師，會飛錯跑道」的聲音？這樣的意見看在社會大眾的眼裡，讓大眾很容易產生組織逃避或推卸責任的感覺，對組織處理危機絕對沒有好處。根據研判這應該是員工的「不平之鳴」，員工基於保護組織之動機而發的意見，對組織尚且會造成不利的影響，更何況那些對組織有意見或不滿意的員工和離職員工？可見「訊息一致性」或「口徑一致」原則，在危機處理過程中的重要性。

雖然媒體上有這三項不利於新航處理危機的報導，但相對於新航在飛航史上從來沒有發生過空難的「模範生」形象、這次空難是新航第一次面對的危機事件而言，對新航無法在第一時間通知乘客家屬的指責聲音並不明顯；相對於新航總裁不管燈號是否錯誤，對乘客一定負責到底的宣示，也讓非正式管道傳出的「不平之鳴」，對新航的傷害降到了最低；相對於媒體、其他臺灣民眾對40萬美金賠償，普遍存在「仁至義盡」的感覺，更讓罹難者家屬不滿新航片面決定賠償金額、另提2000萬臺幣賠償的要求，無法獲得媒體和社會大眾的共鳴。總而言之，雖然新航在危機處理的過程中，仍有一些不盡人意的疏失，但整體而言應該可以用「瑕不掩瑜」，為新航的危機處理下個總結：由於即時、誠實、負責和展現同情心的原則運用，讓新航在一個星期之內，安然度過難關。

## 第三節 危機處理案例二：雀巢碘超標

2005年4月下旬：浙江省工商局在全省範圍內對兒童食品進行了一次品質抽查，檢測中發現，批次為20040921的雀巢金牌成長3+奶粉碘含量達到191.6微克／百克，超過其產品標籤上標明的上限值41.6微

克／百克,浙江省工商局於5月10日與雀巢(中國)有限公司取得聯繫,要求雀巢公司在15天內答覆與正式的說明。以下是雀巢處理該危機事件的經過:

2005.5.25:A.在15天之後沒有得到雀巢的正式說明,浙江省工商局公布「雀巢」金牌成長3+奶粉的抽檢報告,報告顯示20040921批次的產品「碘」含量超過國家標準要求。並依據法律程序對外公布:雀巢金牌成長3+奶粉為不合格產品。

　　　　　　B.雀巢的公關代理─北京環球公關公司發表聲明:雀巢公司已經知道這件事情,並且非常關注;並稱雀巢食品一向對消費者負責任,一定是安全的。雀巢會積極配合工商部門,妥善處理該起事件。目前公司正在調查碘超標事件,詳細情況的公布可能還需要一段時間。

2005.5.26:A.業內批評雀巢已經被宣布為不合格產品,何來安全之說?

　　　　　　B.雀巢中國公司發表聲明稱:雀巢碘檢測結果符合《國際幼兒奶粉食品標準》。雀巢對浙江的檢測結果高度重視,立即對原材料使用和生產加工過程進行了全面檢查。調查發現:該產品使用新鮮牛奶作原料,碘天然存在於鮮奶中,此次抽查顯示的碘超標,是由於牛奶原料天然含有的碘含量存在波動而引起的,並且該成份的含量甚微,因此雀巢金牌成長3+奶粉是安全的。

2005.5.27:A.業內調侃雀巢不要動不動就抬出國際標準。

　　　　　　B.雀巢稱:中國營養學會公布的《中國居民膳食營養素參考攝入量》,兒童碘攝入量的安全上限為每日800微克。因此,上述檢測中所提及的碘含量不會帶來任何安全和健康問題。

　　　　　　C.但是業內有專家又指出:中國營養學會公布的《中國居民

膳食營養素參考攝入量》只是公布了兒童碘每日攝入量的安全上限，這個衡量標準與雀巢產品本身應遵守的國家標準，沒有直接聯繫。

D.繼全國各大超市將雀巢金牌成長3+奶粉全面撤櫃後，部分超市開始無條件退貨，但雀巢中國公司表示對「問題奶粉」目前尚不實行召回；金牌成長3+奶粉出事，連帶雀巢幾乎所有產品都受影響。

2005.5.28：A.雀巢正式對外公布，出現碘超標的奶粉批次為：2004.09.21。雀巢公司雖聲稱清楚生產數量及銷往哪些市場，但拒絕向公眾透露具體資訊。

B.搜狐、新浪等網站所作的調查發現，有八成的網民表示，暫不買或今後再也不用雀巢。

2005.5.29：A.央視經濟半小時播出的《雀巢早知奶粉有問題》。該節目質疑了雀巢的很多問題，其中最為關鍵、最為致命，也是被央視記者置於首位的質疑是：雀巢稱是通過媒體瞭解到自己的產品超標的；中消協卻說，有關部門在對外公布檢測結果前，曾給雀巢十五天時間讓它說明情況，他們既不說明也不申辯！

B.商務經理孫莉在回答中央電視臺《經濟半小時》採訪時說：「雀巢公司的安全體系中有一部分叫質量體系，這個體系是從農民養奶牛開始、到收買、到銷售，整個過程完全由我們控制」。

C.技術總監向媒體解釋：「金牌成長3+奶粉的加工過程中，工廠會在原料奶中添加一定量的配方粉，這種配方粉包含一定量的碘，如果原料奶本身含碘偏高，那麼在添加配方粉後就會造成碘超標」。

2005.5.30：越來越多消費者到超市要求退貨，然而大部分消費者卻遭到拒絕。雀巢方面依然沒有就問題奶粉事件，給出關於召

回或退貨的進一步答覆，導致大部分消費者退貨無門。

2005.5.31：有法界人士指出：雀巢違反《刑法》第140、143條規定，應承擔刑事責任。

2005.6.1：中國消費者協會公開指責雀巢公司不能自圓其說。

2005.6.5：雀巢公司大中華區總裁向消費者道歉，並首次公布了這批碘超標奶粉的數量和流向，表示願意接受消費者換貨。

2005.6.8：雀巢公司終於在退貨問題上有所鬆動，表示消費者如有退貨要求，公司可予以辦理，但只限於被檢出有問題的批次。

2005.6.11：雀巢主動與媒體聯繫並聲明表示，將擴大退貨範圍，除了被查出有問題批次的金牌成長3+奶粉外，其他任何批次的該產品都無條件退貨。

2005.6.12：央視《每週品質報告》播出，雲南省工商局在昆明全市範圍抽檢時發現，20050120批次的雀巢金牌成長3＋奶粉中含碘199微克/百克，判定為不合格產品。

2005.6.13：雀巢說：保證雀巢金牌成長3+奶粉之外的其他產品是安全的。

2005.6.18：雀巢公司技術總監顧德等高層公開亮相並再次向消費者表示道歉。他們說了一段語重心長的話：「出現對標準的偏離，這是我們的錯誤，我們為這個錯誤道歉，這讓我們付出了非常昂貴的代價」。

## 錯失預防危機爆發的溝通時機

綜觀整個事件經過，浙江省工商局早在5月10日通知雀巢碘超標情況，並給予15天的時間答覆或說明，可是雀巢公司卻視若無睹，完全不加理會。原本危機尚未完全爆發，但是雀巢完全忽視強烈的危機訊號（奶粉碘超標通知），放任危機爆發，違反了迅速瞭解情況、迅速做出反應、迅速對外說明的即時原則。5月25日雀巢產品碘超標情況

經媒體披露後，雀巢急於宣示其產品安全，一再援引國際幼兒奶粉標準、中國營養學會所公布之兒童碘攝入量上限標準，並強調其產品乃使用新鮮牛奶做原料，碘乃天然成分且含量甚微，藉以說服中國消費者：雀巢產品是安全的。這樣的做法也許無可厚非，但廠家不能以消費者同理心角度思考問題，則昭然若揭。

雀巢最不可原諒的是：當媒體問及雀巢是何時知道此事時，雀巢竟謊稱是5月25日看媒體報導才知道的。但中消協立即在媒體訪問中揭穿雀巢的謊言，指出浙江省工商局早在5月10日就通知了雀巢，且給雀巢15天的時間答覆與說明。由於雀巢說謊，導致「經濟半小時」節目有機會，下出殺傷力比碘超標事件本身還要大的標題：「雀巢早知奶粉有問題」！試想，看到這樣的標題，您對雀巢公司產生什麼樣的觀感？這就是說謊、不誠實的下場。

## 退貨問題：擠牙膏式回應

面對不合格產品，雀巢卻遲遲不對產品召回做出明確決定，而且在退貨問題上拖拖拉拉，從換貨、只限有問題批次可退、到全面退貨，這種「擠牙膏」式的回應，最後結果仍是全面退讓。從財務觀點看結果相同，但從形象觀點而言，則引發了消費者、法界人士與超市等通路，對雀巢更加的不耐與不諒解。所以廠商的僥倖心理不僅沒有得逞，反而賠了夫人又折兵。這就是違反負責原則的結果。

在口徑一致方面，最初是由公關公司面對媒體發表聲明，而後又分別由商務經理與技術總監接受媒體訪問，而且發言內容南轅北轍、破綻百出。例如雀巢在5月26日強調該產品「使用新鮮牛奶作原料，碘天然存在於鮮奶中，此次抽查顯示的碘超標，是由於牛奶原料天然含有的碘含量存在波動而引起的」。但技術總監在接受採訪時卻表示：「金牌成長3+奶粉的加工過程中，工廠會在原料奶中添加一定量的配方粉，這種配方粉包含一定量的碘，如果原料奶本身含碘偏高，那麼

在添加配方粉後就會造成碘超標」。前後不一致的發言，嚴重傷害雀巢公司的可信度。

本危機事件中，除消費者外，工商局、中消協、媒體、超市通路皆是關鍵利害關係人，可是雀巢公司不是完全沒有溝通、就是溝通慢半拍，雀巢有如過街老鼠、人人喊打！何以致之？理由顯而易見，這就是沒有與關鍵利害關係人直接溝通的結果。綜合以上分析，我們發現雀巢公司完全違反六項危機處理原則，我們也不得不為這個事件下一個評語：「一錯（沒有與工商局溝通）再錯（說謊）、錯上（口徑不一致）加錯（擠牙膏式回應）」。

# 第 19 章
# 危機傳播與危機過後

由於媒體報導會增加危機處理的困難度，而且媒體報導也將深深影響公眾對組織形象的認知和評價，因此危機研究者發現：組織在危機發生之後的言說反應，對危機管理的成敗有著關鍵性的影響。學者的研究焦點是危機反應策略，希望瞭解危機管理者如何運用各種符號資源，也就是「危機言說」來解決危機和挽救組織形象。換言之，危機傳播是為影響大眾對組織的形象與認知所作的努力，目的在溝通與形象修復。

## 第一節　形象修護策略

　　危機傳播的研究主要可分為兩大取徑，分別是公關與語藝觀點。Benoit所提出的形象修護策略（Image Repair Strategies）是目前在語藝學派中，最常被用來分析的理論之一。Benoit原先在1991年提出的四大形象修護策略分別為：否認、推諉責任、淡化傷害及後悔道歉。1994年Benoit與Brinson將之前的四種策略做些許的改變，將原先的「淡化傷害」放在「降低危機衝擊性」中，做為子策略，同時將「修正行動」由「後悔道歉」中提昇為主要策略，修正為五大類的主要策略，包括否認、推諉責任、降低危機衝擊性、修正行動及後悔道歉等。1997年Benoit又進一步完善，共計五大類主策略，十四項子策略：

### 一、否認（denial）
　　表明惡行與組織無關，又可分為兩項子策略：

1.單純否認：直接表明組織沒有做過此事。以富士康遭受媒體負面報導為例：2006年6月15日，大陸「第一財經日報」發表「富士康血汗工廠黑幕」一文，聲稱「3個年輕女工因為經常加班，暈倒在生產線上」，並評論富士康員工的生活：「幹得比驢累，吃

得比豬差，起得比雞早，下得比小姐晚，裝得比孫子乖，看上去
比誰都好，五年後比誰都老。」6月18日，富士康稱：「報導與
事實嚴重不符，沒有事實根據，純屬虛構。」 就是單純否認策
略之運用。

2. 推給他人（shift the blame）：除了表明組織自己沒做外，還指出
　是誰做的。以某學生被指控打人為例，該學生稱：「不是我打
　的，是某某某打的」。又如2005年《蘋果日報》揭露：臺中市精
　華路段的自來水管線為致癌的石綿管線，引起全國關注。市政府
　第一時間表態對此事並不知情，並指控自來水公司刻意隱瞞。此
　即「推給他人」策略之應用。（姚惠忠、粘淑菁，2006a）

## 二、避開責任（evading responsibility）
希望降低組織對惡行所應該負擔的責任，又可分為四項子策略：

1. 受挑撥、煽動（provoked）：受到某些人的搧動或激怒而做出的
　反應。以某學生被指控打人為例，該學生稱：「是對方先動手
　的」。

2. 無力控制（defeasibility）：因為欠缺某種重要資訊或是行為無法
　控制所造成的。以2005年臺北縣長選舉為例，民進黨臺北縣長候
　選人羅文嘉在電視辯論會中，披露周錫瑋過去曾向銀行超貸，且
　利用特權施壓不還款。針對此一指控，周錫瑋表示：「永洲公司
　貸款事件，是因為他的印鑑被盜刻利用，加上他是該公司連帶保
　證人，因而受害」。這是「無力控制」策略之運用。（姚惠忠、
　粘淑菁，2006b）

3. 純屬意外（accident）：並非有意造成所發生的意外。再援上
　例，該學生稱：「因為做運動，不小心打到的，絕非故意」。

4. 動機良善（good motives or intentions）：雖然惡行發生了，但是
　本意、動機是善良的。以某老師被指控體罰學生為例，該老師

稱：「打學生是為學生著想，希望他變好才出此下策」。

## 三、降低危機衝擊性（reducing offensiveness）

降低惡行中「惡」的程度，以期望降低大家對組織的責難，又可分為六項子策略：

1. 尋求支撐（bolster）：強調個人或組織的長處或善舉，以尋求大家對組織的諒解。以芬必得為例，2005年4月中美史克針對美國食品藥品監督管理局所發布，有關消炎止痛藥的指導聲明，所造成的誤解發表聲明：「中美史克生產的止痛藥芬必得，屬於非處方藥類，在中國臨床應用已有15年歷史，安全性紀錄良好，深受中國廣大醫學專業人士的推薦和消費者的信賴。目前在中國上市和銷售的的芬必得，符合並遵守中國國家食品藥品監督管理局的管理規定。消費者須按說明書服用，無須過多擔心，如有任何疑問，可即時諮詢醫師。」 就是尋求支撐策略的應用。

2. 淡化傷害（minimization）：輕描淡寫惡行造成的傷害結果。以豐田銳志汽車滲油事件為例，2006年3月14日，一汽豐田針對漏油事件表示：「因部份發動機油底殼裝配不良，銳志發動機出現少量滲油的問題，但該問題不涉及車輛的行駛安全。生產廠已於今年2月做出改善，自此再未接到過任何滲漏油的報告。」 前段有關「少量」、「不涉及車輛的行駛安全」等用語，即是淡化傷害策略之應用。

3. 區隔化／差異化（differentiation）：設法將惡行與傷害性更大的行為類別作區別，以降低惡行對組織的傷害。以麥當勞廣告為例，2005年6月，麥當勞在成都某電視臺播出一則廣告，因為其中含有消費者向商家下跪「求折扣」畫面，引起許多民眾的質疑與反感。2005年6月24日，麥當勞發表聲明：「由於廣告代理商李奧貝納的失誤，使麥當勞誤認為『討債篇』廣告已經通過有關

部門的審批。」此聲明即區隔化策略之應用。

4.提高層次（transcendence）：設法從組織更有利的角度或更大的
方向層次來看問題。以化妝品公司為例，動物保護協會經常指責
化妝品公司利用動物做實驗。對此，化妝品公司提出說明：「為
了人類的的健康與美麗，不得已使用動物做實驗。」；再以海巡
署為例，海巡署基層單位出借廁所給民眾使用，但有民眾卻因此
發生意外傷害。海巡單位表示：「純粹是因為好意，想要幫助民
眾才出借廁所，沒想到會發生意外，實在很遺憾。」 以上皆是
提高層次策略之應用。

5.反擊對手（attack accuser）：利用攻擊指控者以降低其可信度，
更期待因為對手更大的惡行而降低公眾對組織的責難。再以富士
康為例，2006年7月10日，富士康的法人公司鴻富錦，以報導失
實、名譽侵權糾紛為由，起訴了《第一財經日報》編委翁寶和記
者王佑。另以2005年臺中市長選舉為例，在投票前夕民進黨立委
林進興與臺中醫界聯盟代表高大成等十二位醫師，召開記者會公
布胡志強在榮總的「病歷解析表」，證明胡志強再度中風的機率
高。面對胡志強健康有問題之指控，胡志強競選總部發布聲明指
稱：「林進興涉及詐領健保費，說話不具公信力」，此即「反擊
對手」策略之運用。（姚惠忠、粘淑菁，2006a）

6.給予補償（compensation）：以物質補償或是收買受害者，以降
低惡行對組織的傷害程度。以喬丹快閃事件為例，2004年5月
NIKE公司針對喬丹快閃事件，提出補償辦法：「(1)贈送每人一
張以停版印刷的海報；(2)下次再邀請NBA球星來臺時，700位球
迷優先參加。」 即是給予補償策略之應用。

## 四、修正行動（corrective action）

亡羊補牢，採取某些行動使惡行不再持續或不再發生，又可分為
兩種子策略：

1.復原：承諾將事情回復原狀。以肯德基的禽流感事件為例，肯德

基表示：「目前肯德基在中國擁有近30家本土供應商，他們的產品都出口日本和西歐。它們每一批貨都要出具由當地動物檢疫部門簽發的『出境動物產品檢疫合格證明』和『動物及動物產品運載工具消毒證明』，以此確保從源頭防堵任何污染的可能。」

2.預防：承諾會做某事來避免惡行再度發生，以金龍魚酸價超標為例，金龍魚各地發言人分別透過各地方媒體指出：金龍魚已經將被通報的批次產品，送第三方機構複檢。在複檢結果出來之前，金龍魚將對該批次食用油無條件召回，並公布了召回電話。

## 五、後悔道歉

透過承認惡行與組織對惡行的責任來尋求他人的諒解，例如向社會大眾或受害者道歉並請求原諒。再以豐田銳志汽車滲油事件為例，2006年6月29日，一汽豐田在京宣布：「從7月17日起，對銳志、皇冠開展免費入場檢修活動（修正行動），並將這些車輛，發動機滲油項目的保修期從現在的2年或5萬公里延長至4年或10萬公里（給予補償），同時還通過浙江省消費者協會，就滲油問題向用戶致歉」。

## 第二節　危機情境與反應策略之對應

危機傳播的研究主軸大多集中在「情境—策略—效果」的關聯上。Coombs, W. T. 整合企業辯解策略與形象修復策略，建構危機反應策略[1]，主張依危機情境選擇適用策略。他稱其理論為情境式危機傳播理論（Situational Crisis Communication Theory, SCCT）（Coombs, 1999, 2006; Coombs & Holladay, 2002, 2007, 2008）。Coombs（1999）以「危

---

[1] 姚惠忠、汪睿祥（2008）指出，各學者的用詞不同，不論是辯解策略、形象修復策略、危機反應策略或危機傳播策略，皆可視為形象修護策略的同意詞。

機責任」的輕重來區分，提出五個不同的危機類型（情境），從組織需要擔負的責任輕到重分別為：謠言、天災、惡意中傷、偶發意外及不正當行為等危機類型。

　　依據上述的五種危機類型，Coombs提出七個對應的反應策略，若是組織需要承擔的責任較輕的情境下，Coombs建議使用較「抗拒」型的反應策略，例如抨擊原告或堅決否認等策略。若是組織應該負擔較重的危機責任時，Coombs則認為誠意致歉、改善行動會是較有效的反應策略。危機類型（情境）與反應策略的應對[2]如圖19-1所示。

　　Coombs的SCCT理論（Coombs & Holladay, 2002, 2007, 2008），主張以利害關係人對組織的危機責任歸因程度，來選擇適當的反應策略。Coombs並指出，利害關係人或公眾會根據以下因素，形成組織的

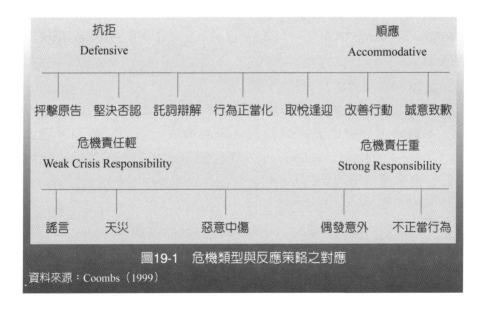

圖19-1　危機類型與反應策略之對應

資料來源：Coombs（1999）

---

2　Huang, Lin, and Su（2005）考量華人文化特色，主張策略也可以依「明確—模糊」程度分類，合用「抗拒—順應」與「明確—模糊」兩個向度，所有的策略都可以落在「明確—模糊」與「抗拒—順應」雙軸座標中，所在的位置就呈現策略的抗拒程度與明確程度，借以凸顯華人文化中危機反應策略的特色。此外，Huang等人也將Benoit（1997）的策略擴充為5大策略，18項子策略。

危機責任程度認知：組織的過去表現、證據真實度、損害程度、以及組織對危機起因之控制能力。如果組織的過去表現越好、證據真實度越低、損害程度越小、組織對危機起因的控制能力越小，則公眾會將危機責任越少歸因於組織；反之，則會將大部分責任歸咎於組織。組織應該根據這些因素，判斷利害關係人的危機責任認知，從而採取相對應的反應策略加以回應。

## 組織回應溝通模型

Bradford and Garrett （1995）根據社會心理學的「基本歸因謬誤」（Fundamental Attribution Error）及「折扣原則」（Discounting Principle），認為公眾在資訊不完全時，傾向於將危機視為組織的責任；如果公眾能夠接觸充份資訊，則會降低對組織的指控。據此，Bradford 與 Garrett 主張依受控者能提供的資訊來區別危機情境、選擇反應策略：

1. 受控者能提出未犯錯的證據、或是沒有證據證明受控者犯錯時，受控組織處於行為問題的情境，簡稱「行為情境」（commission situation），受控者應該採取「否認」策略。
2. 當有證據證明受控者犯錯，但受控者能提出沒有能力控制的證據、或是沒有證據證明受控者有控制能力時，受控組織處在控制問題的情境，簡稱「控制情境」（control situation），受控者應使用「藉口」策略。
3. 當有證據證明組織犯錯且有控制能力，但受控者能說明指控標準太過嚴苛或不合理時，受控組織處在標準問題的情境，簡稱「標準情境」（standards situation），此時受控組織應使用「合理化」策略。
4. 外界指責都對，即有證據證明組織犯錯且有控制能力，而且指控之標準也相當合理時，受控組織處在「同意情境」

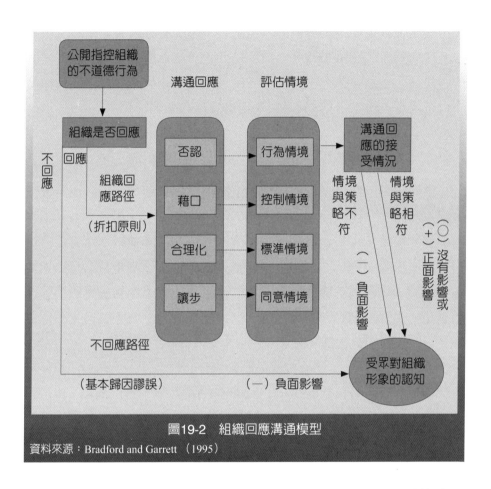

**圖19-2 組織回應溝通模型**

資料來源：Bradford and Garrett（1995）

（agreement situation），此時受控組織應該採取「讓步」
（concession）策略。

    Huang（2006）曾據此理論，研究國內四位政治人物的對誹聞指
控的回應策略效果，研究結果主張這個模型的分類類型有效，能解釋
政治人物的危機反應行為。Bradford and Garrett（1995）的「組織回應
溝通模型」，如圖19-2所示。

    以上一章的雀巢碘超標事件為例，我們先來檢視雀巢究竟處在何
種情境？有沒有證據證明雀巢的奶粉碘超標？有沒有證據證明雀巢有

公共關係學原理與實務

能力控制讓碘不要超標？指控雀巢奶粉碘超標有害兒童健康，合不合理？從消費者的認知來看，這三項條件，雀巢似乎都符合，也就是既有證據證明雀巢碘超標、有能力控制讓碘不要超標、而且指控的標準也相當合理。換言之，消費者認為雀巢公司處在「同意情境」。

## 雀巢在碘超標事件中用了哪些策略？

依照組織回應溝通模型建議，組織處在同意情境，應該使用讓步策略。2005年6月18日，雀巢高層向消費者表示道歉，他們說：「出現對標準的偏離，這是我們的錯誤，我們為這個錯誤道歉，這讓我們付出了非常昂貴的代價」，這就是認錯道歉、也就是讓步策略，這個策略果然讓雀巢步出危機的暴風圈，結束了碘超標事件對雀巢的衝擊。問題是：事件一開始，雀巢使用什麼策略來因應？效果如何？為什麼雀巢一開始不使用讓步策略？

2005年5月26日，雀巢中國公司發表聲明稱：「雀巢碘檢測結果符合《國際幼兒奶粉食品標準》」。2005年5月27日，雀巢稱：「中國營養學會公布的《中國居民膳食營養素參考攝入量》，兒童碘攝入量的安全上限為每日800微克。因此，上述檢測中所提及的碘含量不會帶來任何安全和健康問題」，這些都是「尋求支撐」策略的運用。2005年5月26日，雀巢強調：「該產品使用新鮮牛奶作原料，碘天然存在於鮮奶中，此次抽查顯示的碘超標，是由於牛奶原料天然含有的碘含量存在波動而引起的，並且該成份的含量甚微，因此雀巢金牌成長3＋奶粉是安全的」，這是「淡化傷害」策略。2005年5月28日，雀巢正式對外公布：「出現碘超標的奶粉批次為：2004.09.21」，換言之，其他批次的奶粉是安全的，這是「區隔化」策略的運用。

以上「尋求支撐」、「淡化傷害」、「區隔化」等子策略，皆屬「降低危機衝擊性」策略，也就是Bradford and Garrett（1995）所稱的「合理化」策略。從雀巢的整個處理過程可看出，合理化策略無法獲

得媒體與消費者的認同，從而使危機越來越嚴重。問題是：雀巢處在「同意情境」，為何使用「合理化」策略？由此衍生的問題是：「為什麼企業老是用錯策略」？

## 為什麼企業老用錯策略？

企業使用成本較低的「合理化」策略，除了基於僥倖心理之外，更可能的現象是：雀巢根本不認為它處在「同意情境」、雀巢很可能認為它處在「標準情境」。在這樣的狀況下，雀巢與消費者對危機情境之認知產生明顯落差，我們的問題是，究竟應該以誰的認知為準？相信讀者多數認為應以消費者的認知為準！但若您身為組織的一員、身陷危機當中，您也能做出「應以消費者的認知為認知」之結論嗎？

既然危機傳播之目的，在爭取關鍵公眾對組織之諒解與支持，當組織深陷危機當中，關鍵公眾對危機情境之認知一旦形成，自然會產生「組織應該採取相對應策略（例如消費者希望雀巢採取讓步策略）」的期望。如果組織以自己的情境認知，做出相對應之策略（例如雀巢認為它處在標準情境，從而採取合理化策略），當然會讓關鍵公眾失望，從而對組織做出負面的評價。因此，以關鍵公眾之情境認知為準，並採取相對應之策略，才能獲得關鍵公眾之諒解與支持，從而獲得良好的形象修護效果。

再以馬政府行政團隊在莫拉克風災的應對為例，為什麼行政院秘書長薛香川口出「是父親節耶……拜託！」的言詞？就是官員與民眾對危機情境的認知不同所致。從官員角度解讀，他可能認為處在「標準情境」，然而媒體與民眾則認為官員處在「同意情境」。媒體與民眾在此認知下自然期望官員能夠「認錯道歉」，但出乎意料的是，官員竟然以陪95歲岳父度父親節為自己行為「合理化」，當然讓媒體與民眾大失所望，也因此種下官員離職、內閣改組的直接導火線。可見危機主事者應該確切瞭解關鍵公眾情境認知的重要性。

### 第三節　危機過後

　　危機告一段落，組織就能高枕無憂了嗎？危機管理是一個持續的循環，當危機暫時被控制住情勢時，組織應該開始進行危機的評估和後續的行動，評估旨在建立經驗教訓，以期組織能夠不斷學習、避免重蹈覆轍；後續行動則主要在於儘快讓組織的營運能夠恢復、並重建組織受損的形象。組織通常從兩個面向來評估危機管理：(1)組織如何處理危機，主要分析危機管理各個階段的績效；(2)危機所造成的影響，藉此瞭解危機所造成的實際損害（Coombs, 1999: p136）。

### 一、危機管理成效的評估

　　危機管理績效，主要取決於計畫的品質和小組成員的能力。沒有效果的危機處理計畫、或毫無效率的決策和執行、或是兩者兼具都可能導致危機管理的失敗。評估的步驟，首先是各種危機記錄資料的蒐集，包括：事件報告表、危機處理小組的策略工作單（小組所有重要的決策和行動）、利害關係人的聯絡紀錄單（利害關係人對危機的回應、對利害關係人提問的處理和回答）和資訊記錄檔（危機公布通報的過程、危機資訊蒐集或處理的程序、組織對外公布關於危機的訊息、媒體的報導專訪）等。檢閱這些記錄看看是否發生任何值得注意的錯誤，像是重要資訊在處理過程中是否被遺漏、是否忽略了某些利害關係人的質疑、或是傳達了不適合的訊息給利害關係人？組織可以透過媒體報導、針對小組成員、員工和外界利害關係人對危機處理過程之看法、評價的調查或訪談獲得進一步的資料。

　　第二個步驟是彙整並分析這些蒐集來的資料。危機有不同的時期和附屬階段，在處理危機事務上可能有不同程度的成功或失敗，例如可能擅長資訊蒐集，但不擅長清楚的表達公司對危機的回應。因此只有將評估資料依不同時期或階段細分，才可以讓資料能夠顯現出各階

段的優缺點。在評估的過程中，千萬不要假設您瞭解利害關係人對危機的想法。將每一類利害關係人分開來考慮，評估者可藉此評斷，對某些特定的利害關係人而言，哪些管理行動是有效或無效的。資料劃分的主要目的，是為了尋找危機管理計畫、管理小組和組織內部結構的個別強項或弱項。危機管理計畫應該要根據評估結果來更新；小組成員要被分成個人和團體兩個不同層次來評估，以期改善危機管理的績效（Coombs, 1999: p136-9）。

## 二、危機影響的評估

　　危機到底對組織產生哪些損害？可以從財務上、聲譽上、人事上、間接與財務相關的因素、以及媒體報導的時間和內容等面向加以評估。財務損失的衡量相當標準化，可以利用每股利潤、股票價格、銷貨量和市場佔有率來衡量；評估危機對組織聲譽所產生的影響有三點：危機前後組織聲譽的變化、媒體對危機的報導內容、利害關係人的反饋意見。在危機期間，利害關係人對組織的觀感會來自於媒體的報導和組織的危機處理行動，但利害關係人也不會對媒體的意見照單全收，因為人們拒絕接收那些與原先認知相反的資訊。因此危機期間，我們鼓勵組織應該和一些重要的利害關係人進行直接的溝通。

　　人事上的損害評估重點包括受害者（包括死亡）的人數、受傷害的程度（對環境的破壞也包括在這裡）；所謂間接與財務相關的因素，包括訴訟案件（數目或訴訟金額）和新法規。政府可能為防止類似危機再度發生，而制定新法規，組織為了遵行這個新法規，可能會造成組織財務上的損失；有效率的危機處理是試著將危機逐出媒體，也就是讓媒體對危機消息失去興趣、讓危機消息沒有新聞價值，因此危機報導出現在媒體所持續的時間越短越好；至於媒體報導的內容，可以比較媒體報導中，組織立場和反組織立場的文章數量，此一比例越高代表危機溝通經營的越成功。

　　組織必須將危機損害的評估結果，與(1)假設沒有採取任何行動

處理危機所導致的結果：(2)管理小組所預期的目標作一比較，來證明危機管理到底對組織是有正面或負面的效應，或根本沒有影響。這些評估結果應作成評估報告，由於評估的目的在於學習和改善管理績效。一旦評估報告完成，報告中應該要能夠看出：(1)管理小組是否已經很有效率的完成應做的事情？(2)小組對危機所造成的情況，是否可以有效的預期和解決？(3)組織的結構是幫助或是阻礙了危機管理的努力成果？(4)所有的評估是否提供了對損害的預測？（Coombs, 1999: p139-44）

## 危機過後的行動

組織面臨危機的衝擊，生產秩序和組織聲譽可能受到影響或破壞。因此危機過後，應立即設法讓組織恢復正常的營運，並開始採取若干行動，重建已經受損的形象。其中最重要的工作就是：後續的溝通。即使危機已經告一段落，管理者還是要維繫組織和利害關係人的良好關係，仍然要回答所有因為危機而產生的新疑問。組織應該隨時向利害關係人報告：持續危機偵測的進展和結果、組織防範危機再度發生的措施、組織的變革或改善何時完成、這些努力有何效果？這些答案將有助於組織重新獲得利害關係人的信任。

縱使組織已經恢復正常營運，所有立即的危機影響暫時消失，危機的起因可能還在政府機關的偵查中。所以組織必須和偵察機關合作，一來建立組織和政府機關合作的良好形象，二來讓利害關係人感受到組織公開和誠實的態度。除了不斷的溝通、與偵察者合作之外，組織還要採取危機追蹤的行動。追蹤危機的目的在於追蹤是否有其他的威脅產生？同時可以發現危機警訊或徵兆、並做好危機的準備。這些工作和行動，其實又回到危機偵測、預防和準備階段，顯示出危機管理是一種長期規劃、持續不斷循環的動態過程。

# 參考文獻

中文部分

1. MBA核心課程編譯組（2003），《危機管理》。臺北：讀品文化。

2. 于鳳娟譯（2002）， Lerbinger, Otto原著，《危機管理》。臺北：五南圖書。

3. 公關世界（2003），《新浪網》http://china.sina.com.tw/tech/other/2003-08-11/1405219494.shtml。

4. 方世榮譯（1996），Kotler, Philip原著，《行銷管理學：分析、計畫、執行與控制》二版。臺北：東華書局。

5. 方世榮譯（1997），Kotler, Philip & Armstrong, Gary原著，《行銷學原理》。臺北：東華書局。

6. 王文科、王智弘譯（1999），Vaughn, Sharon & Schumm, J. S. & Sinagub, J.原著，《焦點團體訪談—教育與心理學適用》。臺北：五南圖書。

7. 王詩文主編（2001），《電視廣告》。北京：中國廣播電視出版社。

8. 白巍（1998），《公關原理》。北京：中國經濟出版社。

9. 石芳瑜等譯（2000），Lesly, Philip原著，《公關聖經》初版。臺北：商業週刊。

10. 江麗美譯（1998），De Bono, Edward原著，《嚴肅創意》。臺北：長河出版社。

11. 余明陽等著，熊源偉編（1990），《公共關係學》。安徽：安徽人民出版社。

12. 吳友富、王英譯（2004），Mathis, Mark原著，《媒體公關12法則》。

廣州：廣東經濟出版社。

13.吳佩玲譯（2001），Augustine, Norman R.原著，《危機管理》。臺北：天下遠見。

14.吳宜蓁（1998），《議題管理：企業公關的新興課題》。臺北：正中書局。

15.吳宜蓁（2002），《危機傳播—公共關係與語藝觀點的理論與實證》。臺北：五南圖書。

16.吳幸玲譯（2002），Levine, Michael原著，《企業游擊公關》。臺北：麥格羅‧希爾。

17.吳幸玲、施淑芳譯（2004），Roger Brooksbank原著，《200個行銷創意妙方：利用最低成本，創造無限商機》。臺北：麥格羅‧希爾。

18.吳怡國、錢大慧、林建宏譯（2002），Schultz, D.E.& Tannenbaum, S. & Lauterborn, R.原著，《整合行銷傳播》。北京：中國物價出版社。

19.吳玟琪、蘇玉清譯（1997），Harris, Thomas L.原著，《行銷公關》。臺北：臺視文化。

20.呂冠瑩（2002），《廣告學》。臺北：新文京開發出版。

21.巫宗融譯（2001），Drucker, Peter等著，《突破性思考》。臺北：天下遠見。

22.李明譯（1999），O'keefe, John原著，《創意Format》。臺北：天下遠見。

23.李芳齡譯（2003），Ries, Al & Ries, Laura原著，《啊哈！公關—行銷策略大師Al Ries談公關與廣告的新定位》。臺北：遠流出版。

24.李茂政（1987），《當代新聞學》。臺北：正中書局。

25.李彬（2000），《大眾傳播學》。北京：中央廣播電視大學出版社。

26.李清祥譯（1993），Fairlie, R.原著，《DM與資料庫行銷》。臺北：遠流出版。

27.李淑娟譯（1998），Young, James W.原著，《創意妙招》。臺北：滾石文化。

28. 李璞良譯（2001），Haig, Matt原著，《數位公關》。臺北：商智文化。

29. 李聰政譯（2000），後藤秀夫原著，《市場調查個案研究》。臺北：小知堂。

30. 李瓊芬譯（2001），Griffin, Gerry原著，《權力遊戲：剖析權力的建構與解構策略》。臺北：遠擎管理顧問公司。

31. 杜明城譯（1999），Csiksentmihalyii, Mihaly原著，《創造力》。臺北：時報文化。

32. 汪秀英（1991），《公眾關係學原理與應用》。北京：中國商業出版社。

33. 汪睿祥、姚惠忠（2009），〈公關策略：定義與範疇〉，working paper。

34. 周雍強譯（2001），Egan, Michael原著，《簡報就是表演Show》。臺北：天下遠見。

35. 居延安（2001），《公共關係學》第二版。上海：復旦大學出版社。

36. 林幼卿譯（1997），Martin, David原著，〈故事性訴求增加廣告的戲劇性〉，《廣告雜誌》第69期：p114-120。

37. 林先亮（2002），《最佳公關指南》。臺北：華文網。

38. 林志懋譯（2001），Perkins, David原著，《阿基米德的浴缸：突破性思考的藝術與邏輯》。臺北：究竟出版社。

39. 林柳君譯（1999），Katz, Helen原著，《媒體探戈》。臺北：經典傳訊文化。

40. 邱恩綺譯（2000），Schulz, E.原著，《行銷遊戲》。臺北：先覺出版。

41. 邱偉光、韓虹（1998），《現代公共關係》。長沙：湖南大學出版社。

42. 邱順應譯（1999），White, Hooper原著，《如何製作有效的廣告影片》。臺北：滾石文化出版。

395

43. 姜雪影譯（1994），Roshco, Bernard原著，《製作新聞》。臺北：遠流出版。

44. 姚惠忠（2003），〈公關的WHATS原則〉，《第四屆工業關係本質與趨勢學術研討會論文集》：p244-256。彰化：大葉大學工業關係系。

45. 姚惠忠（2001），〈您的受眾在想什麼─營銷公關策劃的技巧〉，《時代財富》總第59期：p74-75。北京：時代財富雜誌社。

46. 姚惠忠、汪睿祥（2008）。〈選舉危機情境分類之探討〉，《選舉評論》，第十五卷，第二期：p67-90。

47. 姚惠忠、粘淑菁（2006a），〈候選人危機反應策略之探討─以胡志強競選2005年臺中市長為例〉，《選舉評論》，第一期：p1-23。

48. 姚惠忠、粘淑菁（2006b），〈候選人競選期間形象修護策略之研究-以2005年臺北縣長候選人周錫瑋為例〉，《關係管理研究》，第四期：p111-132。

49. 姚惠忠、王怡雯、張靖嫻（2005），〈公關策略之探索性研究〉，《第二屆關係管理學術研討會─全球化、在地化與公共關係論文集》：p1-17。彰化：大葉大學人力資源暨公共關係系。

50. 洪良浩、官如玉譯（1987），Ogilvy, David原著，《奧格威談廣告》。臺北：哈佛企管顧問公司。

51. 洪儷容（2003），〈地方文化產業紛紛開花〉，《動腦雜誌》第326期：p30-31。臺北：動腦雜誌社。

52. 洪儷容（2004），〈NIKE犯的5大公關錯誤〉，臺北：《動腦雜誌》第338期：p20-24。臺北：動腦雜誌社。

53. 胡祖慶譯（1996），Haywood, Roger著，《全面公關時代─打造企業公關新形象》。臺北：麥格羅 希爾。

54. 范壽春、王子龍（2004），《古早歌、詞、話》。臺北:英才文教基金會。

55. 夏年喜（1997），《世界最迷人的公關大師》。北京：工商出版社。

56. 孫秀蕙（1997），《公共關係：理論、策略與研究實例》。臺北：正

中書局。

57.孫秀蕙、黎明珍（2004），《公關大有為》。臺北：揚智文化。

58.孫拓譯（2000），Hague, Paul & Jackson, Peter原著，《市場調查完全手冊》。臺北：小知堂。

59.徐小娟（2002），《100個成功的廣告策劃》。北京：機械工業出版社。

60.袁世珮、邱天欣譯（2001），Middleberg, Don原著，《關公想騎洛克馬，公關要靠新方法》。臺北：麥格羅・希爾。

61.張在山（1994），《公共關係學》。臺北：五南書局。

62.張百章、何偉祥編（2002），《公共關係原理與實務》。大連：東北財經大學出版社。

63.張依依（2004），《新世紀營銷》。臺北：聯經。

64.張依依（2007），《公共關係理論的發展與變遷》。臺北：五南。

65.張敏譯（1995），菊池織部原著，《創意是成功之鑰》。臺北：新雨出版社。

66.許時嘉譯（2001），後藤秀夫原著，《市場調查實務手冊》。臺北：小知堂。

67.郭慶光（1999），《傳播學教程》。北京：中國人民大學出版社。

68.陳光榮譯（1999），Aaker, D.A. & Day, G. S. & Kumar,V.原著，《行銷研究》。臺北：學富文化。

69.陳金美、陳金龍（1993），《現代公共關係實務》。長沙：湖南師大出版社。

70.陳南君譯（2000），高橋 誠原著，《所向無敵的企劃高手》。臺北：臺灣廣廈出版集團。

71.陳琇玲譯（2002），Davenport, Thomas & Beck, John原著，《注意力經濟》。臺北：天下遠見。

72.陳皓譯（1999），Salzman, Jason.原著，《製造新聞》。臺北：書泉出版社。

73.陳儀、邱天欣譯（2002），Caponigro, Jeffrey R.原著，《危機管理—擬定應變計畫化危機為轉機的企業致勝之道》。臺北：麥格羅‧希爾。

74.陳靜雲（2002），〈挑戰童玩節障礙〉，《新新聞周報》第810期：p54-57。臺北：新新聞周報社。

75.閔大洪（2003），《中國社會科學院網站》http://www.cass.net.cn/webnew/file/200306177040.html。

76.黃文博譯（1998），西尾忠久原著，《如何寫好廣告文案》。臺北：國家出版社。

77.黃文博（1998），《關於創意我有意見！》。臺北：天下遠見。

78.黃懿慧（1999），〈西方公共關係理論學派之探討—90年代理論典範的競爭與辯論〉，《廣告學研究》第12集：p1-37。臺北：政治大學廣告學系。

79.詹中原（2004），《危機管理—理論架構》。臺北：聯經出版。

80.詹宏志（1998），《創意人—創意思考的自我訓練》二版。臺北：臉譜文化。

81.臧國仁（1988），〈泰諾止痛藥下毒案〉，孔誠志主編《公關手冊：公關原理與本土經驗》：p135-142。臺北：商周文化。

82.臧國仁（1988），〈統一鋁箔包下毒案〉，孔誠志主編《公關手冊：公關原理與本土經驗》：p143-152。臺北：商周文化。

83.臧國仁（1999），《新聞媒體與消息來源》。臺北：三民書局。

84.裴春秀（2001），《公共關係與形象策劃》。北京：經濟科學出版社。

85.蔡亦竹譯（2001），後藤秀夫原著，《市場調查基礎入門》。臺北：小知堂。

86.蔡伸章譯（1997），Simmons, Rober E.原著，《公關活動規劃》。臺北：五南圖書。

87.蕭富元譯（2000），De Bono, Edward原著，《創意有方》。臺北：天下遠見。

88.蕭富峰（1991），《廣告行銷讀本》。臺北：遠流出版。

89.賴明珠譯（1988），江川朗原著，《企畫技術手冊》。臺北：遠流出版。

90.鍾榮凱編譯（1998），Seitel, F. P.原著，《實用公共關係學》。臺北：天一圖書。

91.羅文坤、鄭英傑（1994），《廣告學》。臺北：華泰書局。


英文部分

1. Benoit, W. L. (1997). 〈Image Repair Discourse and Crisis Communication〉, *Public Relations Review*, 23(2), 177-186.

2. Benoit W. L., & Brinson, S. L. (1994). 〈AT and T: Apologies are not Enough〉, *Communication Quarterly*, 42, 75-88.

3. Benoit, W. L., Gullifor, P., & Panici D. A. (1991). 〈President Reagan's Defensive Discourse on the Iran-contra Affair〉, *Communication Studies*, 42, 272-294.

4. Bland, Michael (1998), 《*Communicating Out of Crisis*》, London: Mammilla Press LTD.

5. Boorstin, Daniel J. (1992), 《The Image: A Guide to Pseudo-Events in America》, NY: Random House Inc. Vintage Books; Reissue edition.

6. Bradford, J. L., & Garrett, D. E. (1995). 〈The Effectiveness of Corporate Communicative Responses to Accusations of Unethical Behavior〉, *Journal of Business Ethics*, 14, 875-892.

7. Coombs, W. Timothy (2006). 〈The protective powers of crisis response strategies: Managing reputational assets during a crisis〉, *Journal of Promotion Management*, 12, 241 - 259.

8. Coombs, W. Timothy(1999), 《Ongoing Crisis Communication—Planning, Managing, Responding》, California: SAGE Publication Inc.

9. Coombs, W. T., & Holladay, S. J. (2008). 〈Comparing apology to equivalent crisis response strategies: Clarifying apology's role and value in crisis communication〉, *Public Relations Review*, 34(3), 252-257.

10. Coombs, W. T., & Holladay, S. J. (2007). 〈The negative communication dynamic: Exploring the impact of stakeholder affect on behavioral intention〉, *Journal of Communication Management*, 11(4), 300-312.

11. Coombs, W. T., & Holladay, S. J. (2002). 〈Helping Crisis Managers Protect Reputational Assets: Initial Tests of the Situational Crisis Communication Theory〉, *Management Communication Quarterly*, 16(2), 165-186.

12. Cutlip, Scott M. & Broom, Glen M. & Center, Allen H.(2000), 《Effective Public Relations》(8th ed), New Jersey: Prentice-Hall.

13. Diggs-Brown, Barbara & Glou, Jodi L. G.(2004), 《The PR Style guide: Formats for Public Relations Practice》, CA: Wadsworth/Thomson Learning Inc.

14. Fearn-Banks, Kathleen(2001), 〈Crisis Communication: A Review of Some Best Practices〉, In Heath, R. L.(Ed.), 《Handbook of Public Relations》: p479-485, California: SAGE Publication Inc.

15. Green, Andy(2001), 《Creativity in Public Relations》(2nd ed), New Hampshire: Kogan Page US.

16. Grunig, J. E. & Hunt, T.(1984), 《Managing Public Relations》, New York: Holt, Rinehart & Winston.

17. Grunig, J. E.(2001a), 〈The Role of Public Relations in Management and Its Contribution to Organizational and Societal Effectiveness〉, 《公關新世紀—理論與實務的探討》：p7-26，臺北：世新大學。

18. Grunig , J.E.(2001b), 〈Building Relationships with Publics: The Next Wave of Research and Evaluation in Public Relations〉, 《公關新世紀—理論與實務的探討》：p50-69，臺北：世新大學。

19. Grunig, J. E.(2001c), 〈Two-Way Symmetrical Public Relations—

Past, Present, and Future〉, In Heath R.L.(Ed.), 《Handbook of Public Relations》: p11-30, California: SAGE Publication Inc.

20. Huang, Y. H. (2001). 〈Values of public relations: Effects on organization-public relationships mediating conflict resolution〉, *Journal of Public Relations Research*, 13(4), 265-301.

21. Huang, Y. H., Lin, Y. H., & Su, S. H. (2005). 〈Crisis Communicative Strategies: Category, Continuum, and Cultural Implication in Taiwan〉, *Public Relations Review*, 31, 229-238.

22. Hutton, R. L.& Grunig, J.E.(1999), 〈The Definition, Dimensions, and Domain of Public Relations〉, *Public Retations Review*, 25(2): p199-214.

23. Hutton, R. L. (2001), 〈Defining the Relationship Between Public Relations and Marketing-Public Relations' Most Important Challenge〉, In Heath R.L.(Ed.), 《Handbook of Public Relations》: p205-214, California：SAGE Publication Inc.

24. Kent, M. L. & Taylor(1998), 〈Building Dialogic Relationships through the World Wide Web〉, *Public Relations Review*, 24(3): p321-334.

25. Kim, W. Chan & Maubogne, R.(2001), 〈Strategy, Value Innovation and the Knowledge Economy〉 In Cusumano, Michael A. & Markides, C. C.(Ed) 《Strategic Thinking for the Next Economy》, (p197-228), Cambridge: Jossey-Bass Corp.

26. Newsom, Doug & Turk, Judy V. & Kruckeberg, Dean (2004), 《This is PR: The Realities of Rublic Relations》 (8th ed)., California: Thomson Wadsworth.

27. Olaniran, Bolanle A. & Williams, David E. (2001), 〈Anticipatory Model of Crisis Management: A Vigilant Response to Technological Crises〉, In Heath, R. L.(Ed.), 《Handbook of Public Relation》: p487-500, California: SAGE Publication Inc.

28. Olson, Beth (2001), (Media Effects Research for Public Relations

401

Practitioners), In Heath R. L. (Ed.), 《Handbook of Public Relations》：p269-278, California: SAGE Publication Inc.

29. Semenik, Richard J.(2002), 《Promotion & Integration Marketing Communication》, Canada: South Western of Thomas Learning.

30. Vasquez, G. M. & Taylor, M. (2001), 〈Research Perspectives on "the Public"〉, In Heath R.L.(Ed.), 《Handbook of Public Relations》：p139-154, California: SAGE Publication Inc.

31. Wilcox, D. L. & Ault, P. H. & Agee, W. K. & Cameron, G. T. (2000), 《Public Relations-strategies and tactics》 ($6^{th}$ ed), New York: Addison-Wesley Educational Publishers Inc.

32. Wilson, L. J. (2001), (Extending Strategic Planning to Communication Tactics〉, In Heath R. L. (Ed.), 《Handbook of Public Relations》：p215-222, California: SAGE Publication Inc.

國家圖書館出版品預行編目資料

公共關係學：原理與實務／姚惠忠著. －－二
　版.－－臺北市：五南圖書出版股份有限公
　司，2009.10
　面；　公分
參考書目：面
ISBN 978-957-11-5793-1（平裝）

1.公共關係

541.84　　　　　　　　　　　98017256

1Z91

# 公共關係學：原理與實務

作　　　者 ― 姚惠忠（156）

編輯主編 ― 李貴年

責任編輯 ― 李敏華、何富珊

封面設計 ― 童安安

出 版 者 ― 五南圖書出版股份有限公司

發 行 人 ― 楊榮川

總 經 理 ― 楊士清

總 編 輯 ― 楊秀麗

地　　　址：106臺北市大安區和平東路二段339號4樓

電　　　話：(02)2705-5066　　傳　　真：(02)2706-6100

網　　　址：https://www.wunan.com.tw

電子郵件：wunan@wunan.com.tw

劃撥帳號：01068953

戶　　　名：五南圖書出版股份有限公司

法律顧問　林勝安律師

出版日期　2006年1月初版一刷
　　　　　2009年10月二版一刷
　　　　　2025年3月二版十一刷

定　　　價　新臺幣450元

# 經典永恆・名著常在

## 五十週年的獻禮 —— 經典名著文庫

五南，五十年了，半個世紀，人生旅程的一大半，走過來了。
思索著，邁向百年的未來歷程，能為知識界、文化學術界作些什麼？
在速食文化的生態下，有什麼值得讓人雋永品味的？

歷代經典・當今名著，經過時間的洗禮，千錘百鍊，流傳至今，光芒耀人；
不僅使我們能領悟前人的智慧，同時也增深加廣我們思考的深度與視野。
我們決心投入巨資，有計畫的系統梳選，成立「經典名著文庫」，
希望收入古今中外思想性的、充滿睿智與獨見的經典、名著。
這是一項理想性的、永續性的巨大出版工程。
不在意讀者的眾寡，只考慮它的學術價值，力求完整展現先哲思想的軌跡；
為知識界開啟一片智慧之窗，營造一座百花綻放的世界文明公園，
任君遨遊、取菁吸蜜、嘉惠學子！